ドラゴンさんは友達が欲しい!
東和国編
IV
Dragon want a Friend!

帝
カルラ

真琴
仙次郎

リグリラ

ドラゴンさんは友達が欲しい!

IV 東和国編

Dragon want a Friend!

道草家守
Yamori Michikusa

白味噌
illust. shiromiso

登場人物◆PERSONS

ネクター◆
元人間の高位精霊。
ラーワの旦那様。
ラーワ◆
古代神竜。
女子大生だったが、
ドラゴンに転生した。
カイル◆
ネクターの親友。
魔族として甦った。
アール◆
ラーワと
ネクターの子ども。
魔導学園に
通っている。

リグリラ
魔族。
ラーワの友人。
仙次郎
狼の獣人。
リグリラと両思い!?
美琴
東和国の少女。
魔導学園に留学中。
真琴
美琴の姉。
東和国の巫女。

THE STORY SO FAR

ぼっち女子大生の“わたし”は、
ぼっちを克服すべく新歓コンパに行く途中、
異世界でお一人様万歳な最強種族の
古代神竜《エンシェントドラゴン》に転生してしまった。

…友達欲しいのに意味無いじゃん!!!

などと文句も言いつつ、要《かなめ》の竜として
世界の魔力循環を守護していた“わたし《ラーワ》”は、

ある日、拘束衣につつまれ
捨てられた謎の青年ネクターと出会う。
そのネクターを助け、彼の国の危機を救い、
いつしか恋におちて……やがて、
二人の間にアールも生まれました。
魔道学園のトラブルを解決したり、
昔なじみを魔族として転生させたり
隣の国のお嬢さんと
その国の危機を救ってみたり。
今では友人、旦那様、そして可愛い子供《アール》と
一緒に充実した毎日を送っています♪

そんな日々の中、新たな謎の敵〝触〟に
対抗すべく、東和国へ向かおうとしていた
“わたし《ドラゴンさん》”たちなのですが…

CONTENTS

第1話　ドラゴンさん達の温泉旅行

私はドラゴンである。

たてがみと皮膜の赤に、鱗の黒、そして瞳の金色で彩られたこの体は、世界そのままの力が凝って形作られている。

ドラゴン一体一体には生まれたときに得意な性質があり、膨大な魔力と、世界の摂理をその身に宿した私たちは、それぞれ個性として持った事象を体現しているのだ。

星のきらめく夜に、流動する灼熱のマグマから生じた私は、闇と影、そして熱と火炎がもっとも得意とする分野だ。

もちろんそれだけではなく、レイラインの守護者として必要な、針に糸を通すような緻密で繊細な魔力操作に、レイラインをつなぎ直す際には忘れちゃいけない魔力圧縮も鼻歌交じりにこなしている。

森羅万象に関わる深い知識も標準装備。

魔力を操る技術も人族では想像すらおよばない超絶技巧を操れちゃう、めちゃくちゃ器用なドラゴン様である。

世界の理《ことわり》についてなら……まあ役に立ってほしいときに立たないけれども、たいていのことは知っているし、魔法も魔術にも使えないものはない。

さらに私は、別の世界でとはいえ人間だったし、話せる友達が欲しかったことも相まって、人族と関わるために、人族の言語も文化も魔術ももりもり学んだものだ。

そのおかげで、ドラゴンの中では若いけれど、人族に関しては随一詳しいから、人族関連なら私、というくらいには相談事も持ち込まれたりする。

まあそんな人族マスター（自称）な私でも、予想外のことは起こるわけでして。

◇　◇

春真っ盛りなバロウ国のヒベルニア。

……からは遠く離れた冷涼な空気の流れる山岳地帯。

ヒマラヤも目じゃない標高の山々が連なる私の生まれ故郷、ヴィシャナ山脈の麓にきていた。

さすがに自分の体ができた魔力だけあって、私にはものすごく居心地がいい。

まあその分、強力に成長した幻獣やいたずら好きの精霊なども元気だし、整地されていないから、人の足でここまでくるのは困難な場所なのだけど、そんな鬱蒼とした森の中に、明らかに人工的に整地された一画があった。

地面を平らにならされ、ついでに言えば家なんかも建っちゃっているそこの傍らにあるのは、静かに水をたたえた湖だ。

だが、ただの湖ではない。

ドラゴンの私が悠々と羽を伸ばしても余りある広さの湖にはところどころほのかに湯気が立ち上り、

かすかに硫黄のにおいを漂わせる、つまり温泉である。

もう一度言おう、温泉である。

当時、私がこれを見つけたときの喜びを察してほしい。

だってドラゴンになったとしても、私は日本の女子大生だったころの記憶が残っていたのである。

当時は転生してから日も浅かったからより鮮明だ。

そうしたらね、そうしたらね。入りたくならないわけないじゃないか！

実はこれを見つけた当初は、広さはともかく、私がようやく足を浸せる程度の水深だった。

どうせなら体ごとつかりたい。

その欲望を抑えきれなかった私は、豊富な湯量が近くの川にあふれ出している状況なのをいいことに、ドラゴンスペックを全力で駆使して拡張したのであった。

……チートの無駄使いなんて言わないで。木精《もくせい》のおじいちゃんにもあきれられたから。

趣味で作った温泉だけれども、ヴィシャナ山脈の麓なだけあって水にとけ込む魔力も濃く、魔力の回復にも最適で、レイラインの修復に疲れたときは時折入りにきていたのだ。

その効能は、木精のおじいちゃんを苦手にしているリグリラまで、私に断りを入れて訪れるほど。

ネクターとくるようになってからは、居心地よくするためにさらに改造を施し、休憩できる場所も欲しいよね？　となった結果、家まで建てたのはやり過ぎだったかなあと思いつつも後悔はなし。

泳ぐもよし、若干湯の温度を引き上げてまったりするもよし。

さらに、レイラインの条件さえよければ、タイムラグなしに家から別荘まで通じる転移陣も用意しているので、もう一つの我が家といっても過言ではない。

そういうこともあって、ヘザットから帰ってきた私たちは、残りの春休みを思いっきり楽しむために、ヴィシャナ山脈の温泉へやってきていたのだった。

私は皮膜の翼を広げて水面を移動しながら、目安になるように点々と魔術で印をつけていく。

最後の一つをつけた私は、岸辺にいる黄砂色の髪をした人影に思念話で呼びかけた。

《先輩、ここまでお願い》

今は、いつもの黄砂色のミニドラゴンの姿ではなく、男性の人型をとった先輩はこくりとうなずくと、片手を虚空へ差し伸べた。

とたん、膨大な魔力があつまると、波紋が生まれる水面を割って岩が飛び出してきた。

轟音を響かせながら、次々に現れる岩は私が印を付けたとおりに弧を描いていき、楕円形の浴場ができあがる。

あっというまに湖の片隅に現れた、大浴場の湯船に素足の私が降り立ってみれば、膝の上あたりまでお湯がきた。

湯の底はなめらかで、温《ぬる》い水をかき分けて歩いてみても、とがった岩一つ引っかからない。

かっぽーん。

というお風呂特有のアレは室内浴場で桶を落とす音だから、屋外のここではしないけど、完璧な温泉である。

真名《まな》を、「荒野に息吹きもたらし育む者」という先輩は、大地にまつわる魔法を扱わせたらドラゴンの中でも指折りの存在だ。

そんな先輩を昔はちょっと怖いと思っていた私だが、エルヴィーを通して人族の世界を垣間見て、数か月前に晴れて彼らと友達になった彼は、今ではすっかり過保護なドラゴンになっていた。

それでも魔力操作は健在で、さすが先輩、私のお願いと寸分たがわないきっちりとした仕事ぶりで、荒野の名前は伊達じゃない。

……ドラゴンのチートな魔法をこんな風に使ってもいいのかって？

楽しむためには自重しないのである。先輩もエルヴィーたちのためならと文句言わなかったし！

むふふ、と嬉しくなった私も、ぱっと腕を一閃した。

私の魔力によって、区切られた浴槽内の水が一気に温まり、水面から立ち上る湯気の量が増える。

人の体温よりも高め、ぬくぬく楽しめる温度になったことを自分の足で確かめた私が、岸辺を振り返れば、ちょうどネクターが地面に描いた魔法陣を起動させるところだった。

魔法陣から現れたのは、脱衣所にするつもりで買った小屋で、基礎部分ごと人里から術式で転移させてきたのである。

この近くに建っている家も同じ方法で持ってきたのだけど、このためだけにあの規模の建築物をゆがみもなく、正確に呼び寄せる術式を組んでくれたネクターには感謝するしかない。

「岩が、一気に……」

「というか、あの量の水が一瞬で温まるとか……」

「何よりもいきなり家が現れるってないわ、まじないわ」

相変わらずネクターの技術はすごいなあと思いつつ、私は再び翼を使って、岸辺にいるエルヴィーたちの前に降り立った。

「エル君、イオ君、美琴にマルカちゃんおまたせ！」

岸辺にいた彼らの反応は様々だ。

上から現れたことで驚かせてしまったのか、エルヴィーとイエーオリ君はびくっとしていてちょっと申し訳なさを感じた。

それは美琴もだったけど、彼女はどこか気もそぞろで、内心を表すみたいに黄金色のしっぽがそよそよ揺れている。

マルカちゃんは、ミニドラヴァスに戻った先輩が戻ってくると、きらきらと麦穂色の瞳を輝かせて飛びついた。

「ヴァスすごーい！　あんなに岩がどーんって！」

「かあさまが付けた印ぴったりに岩を作り上げるなんてかっこいいですっ。あれだけ地面を動かしたのに、全然周囲の魔力も乱れてません！」

「この程度の魔法は初歩」

いつもと変わらぬ風を装いつつも、マルカちゃんとアールにほめられて心なしか嬉しそうなのが微笑ましい。

ドラゴンは魔法でほめられることなんて滅多にないからね、気持ちは良くわかる、と思いつつ私はぱんっと手を叩いた。

「はいみんな注目！」

一斉にこちらを向いたアールを含む魔術機械研究会の面々に、湖の向こう側を指してみせる。

「まず、見えると思うんだけど、この湖周辺と、湖のだいたい半分くらいには遮断結界を張り巡らせてあるよ。そこまでだったら危険な幻獣も魔物も入ってこないから安心して遊んでね。ただ、湖は足がつかないくらいには水が深いから気をつけることと、森を探索したいときは、私達か、ヴァス先輩と一緒にいくこと。理由はわかるね？」

さっき、カイルと周辺を歩き回っていたときに、第二級クラスの幻獣に遭遇していたから、実感しているだろう。

もちろんカイルがあっさりと倒したので、本日の夕飯になる予定だ。

案の定、エルヴィー達が一斉にこくこくとうなずいてくれるのに満足していると、ずびしっ！と手を挙げたのは、美琴だった。

頭頂部の黄金色の狐耳もぴんとたたせて、期待と不安に満ちた表情を浮かべている。

「質問！　お風呂は、何も着ないで入って、いい！」

エルヴィーとイエーオリ君が真っ赤な顔でぎょっとするのも、美琴は眼中にないらしい。

「ちょっと待てミコト。温泉に入るんなら水着は着なきゃだめだろ」

イエーオリ君が驚いた声を上げるのにも美琴はひるまず、かたくなに首を横に振った。

「東和では、裸で、入るもの、なの！」

うん、その気持ち、よくわかるよ。

西大陸の文化では、公共の浴場というか温泉は、みんな水着着用だもんね。

私も人里に下りてから、よっしゃ温泉だー！　と入りに行ったときにものすごく残念な気持ちになったものだ。

もしかしたら美琴も、こっちで悲しい思いをしていたのかもしれない。

だから、私は少し狐耳をしょげさせる美琴に向けて、ひとつ、うなずいてみせた。

「先輩が岩で囲ってくれた部分は、のぞき防止の魔術を施してあるんだ。脱衣所もこうして完備したし、何より浴場のお湯の温度は人肌より若干高めに設定！　ぬっくりほっこり楽しめるようにしているよ！」

何せ私が入りたいからね！　と親指を立ててみせれば、美琴はぱあっと表情を輝かせた。

いつもはそれほど動かない顔いっぱいに喜色を浮かべて、狐耳は元通りにぴんとたち、珍しいくらい激しく尻尾が揺れている。

その喜びようにエルヴィー達は驚いていたけれど、それでも彼ら彼女らの顔は、程度は違えど期待に満ちていた。

「アールは腕輪をはずしていいよ。でもちゃんと、みんなのことを考えて使うこと」

「はあい！」

表情を輝かせたアールが早速腕輪をはずせば、ふわりと亜麻色の髪が魔力をはらみ、赤の房が現れた。

「ほかに質問は？」

ぶんぶんと、首を横に振った彼らに、私はもう一度ぱんっと手を叩いてみせた。

「じゃあ、楽しんで行ってらっしゃい！」

「着替えだ着替えっ。まずは泳ぐぞ！」

「イエーオリ、持ってきたアレ試してみようぜ！」

「ぼくもやりたいですっ」

「わたし、あんまりうまく泳げないの」

「提案、我が水面に浮遊し、支えとする」

「えっいいの！」

「私が、水練、おしえてあげる」

「ヴァス、ミコトさんありがとうっ」

子供たちが興奮した調子で言葉を交わしながら走っていくのを、私は微笑ましく思いつつ見送ったのだった。

見ての通り、ヴィシャナ山脈へマルカちゃんを含む魔術機械研究会の面々も招待しているのだが。

その理由は、休暇中にいろんなことがありすぎて、エルヴィーたちが遠出ができず残念がっていたのをアール経由で聞いたからだ。

たしかにヴィシャナ山脈には、二級や一級の強い幻獣がごろごろいるけど、安全面なら私とネクターとエルヴィーに自動でついてくる先輩がいれば問題ないし、温暖な気候で、湖も温泉だから温水プール並みに快適だ。

私たちが居ない間アールがお世話になったことだし、なにかお礼ができればいいな、と思っていたからちょうどいい。

さらに後で人員も増えるから、きっと目は行き届くだろう。

ついでにひ孫と遊ぼうよ！　とカイルも強引に引っ張り込んで、こんな大所帯の小旅行になったのだった。

早速着替えた彼らは、湖を全力で遊びまわっていた。

「じゃあ、先輩、行きますよ」

湖に出した船から、身を乗り出したアールは、持っていた人一人が立てそうな大きさの板を水面に浮かべた。

アールが着ているのはセパレートタイプの水着だ。

リグリラお手製のそれは、上着の裾がフリルで飾られ、動くたびにひらひらとしてかわいらしさを演出している。

共布のキュロットスカートから伸びる白い足もすんなりと健康的だ。

胸元に埋まっている赤い竜珠《りゅうしゅ》も、アクセサリーっぽくていい感じである。

持っている板は、エルヴィー達が持ち込んだ遊び道具の一つだ。

表面には塗料で魔術式が描かれていて、水につけてもにじまないように防水加工が施されているのだと、イエーオリ君が言っていたっけ。

「いいか、アール。その遊泳板《ゆうえいばん》を動かすのに、魔力は術式を起動させる分だけでいいからな。加速と減速は魔力の増減でできるけど、ブレーキは慣性でしかかからないから気をつけろよ」

「はい！」

一緒に船に乗っているイエーオリ君の忠告にうなずいたアールは、わくわくと表情を輝かせながら、器用に板の上に立つと魔力を込めた。

すると、淡く魔術陣が活性化した途端、板は若干の浮力を持って浮いたかと思うと、急発進する。

アールが器用に板の上でバランスをとって走っていけば、カイルが風を起こして波を作った。

前方に現れる壁のような波にもアールはひるまず、逆に魔力を込めて一気に加速した。

「そーれっ！」

そんな声とともに波を駆け上がったアールは、板ごと宙を舞う。

水しぶきを引き連れ水着のフリルを遊ばせる姿は軽やかで、水の精霊もかくやという雰囲気だ。

おへそがちらっと見えるのも可愛い。

そうして、華麗に一回転したアールだったけど、着水したとたん、体勢を崩して水面に落ちた。

「アール!?」

同じように遊泳板で水面に浮かんでいたエルヴィーが慌てて近づいていくと、すぐに水面から顔を出したアールはにこにこ笑っていた。

「エル先輩、どうでしたか！　ばっちり飛べてました？」

「ばっちりだったけど、あんまり驚かすなよ」

「だってエル先輩がかっこよかったんですもん。やってみたくなるじゃないですか」

再び、遊泳板の上に乗りつつアールが言うのに、エルヴィーはちょっと視線をさまよわせた。

「ま、まあいいんだけど。……そこまで簡単にやられると、俺の立つ瀬がないんだよなあ」

嬉しいような、困ったような苦笑いになるエルヴィーに、ちょっと小首をかしげていたアールだったけど、水しぶきの音に気づいて振り返った。

近づいてきていたのは遊泳板を走らせるカイルで、アールよりもずっと滑らかに乗りこなしていたカイルは二人の前で見事に止まった。

彼ももちろん海パン水着である。

恵まれた体格に細マッチョ何それ、って具合に筋肉もついているから結構見ごたえがあるんだ。

エルヴィー達はノーコメントで。

「へえ、体重移動と、魔力の付与だけで動くのか。イエーオリは良い試験になったから試作品をもう一度加工してくるそうだ。勝手に遊んでくれ、と言われたんだが」

面白そうに魔力を込めたり込めなかったりして反応を観察しているカイルに、エルヴィーは勢い込んで言った。

「じゃあカイルさん、競争しませんか！」

「ぼくも慣れてきましたから負けませんよ！」

アールも便乗するのに、カイルは愉快そうににやりと笑ってみせる。

「ああ、いいぞ。何なら二人同時にかかってこい」

その挑戦的な言葉にアールとエルヴィーは顔を見合わせると、闘志をみなぎらせて遊泳板の上に乗る。

「俺は結構これで遊んでいるので、後悔しないでくださいよ」

「絶対捕まえてみせるんですからね！」

たちまち、エルヴィー&アールVSカイルで追いかけっこが始まった。

彼らから少し離れた場所では、いつものミニドラより若干大きくなった先輩が水に浮き、背中にマルカちゃんを乗せていた。

リボンの飾りがついた巻きスカートがかわいらしい、ワンピース型の水着を着たマルカちゃんは、先輩の背中からそろりと降りる。

その手を、先に水に浮いて待ち構えていた美琴が握った。

ちなみに美琴は、明るい色のタンクトップに一分丈くらいのパンツを合わせている。

水の中で揺らめく尻尾の毛が何とも涼やかだ。

「まずは、ゆっくり、体の力を抜く」

「ふわふわしてて、こわい……」

早くも体をこわばらせて泣きそうになるマルカちゃんだったけど、ふいにきょとんとした。

「あれ？　足がつく？」

立ち上がったらしく、胸のあたりまでしか来ない水にマルカちゃんが戸惑っていると、同じように立ってみた美琴が気づいたように先輩を見た。

「もしかして、ヴァスがやってくれた？」

「肯定。一時的に足場を構成した」

うなずいたヴァスは、マルカちゃんに首をもたげて言った。

「水への恐怖は溺死の可能性を想起することが原因。我がいる限りその可能性は微細であると提言する」

「うん。ありがとうっヴァス、わたしがんばる」

ぱっと花が咲いたように笑ったマルカちゃんに、先輩はどことなく嬉しそうだった。

そんな感じで湖を満喫する彼ら彼女らを、私が岸辺に置いた椅子に座ってほのぼのと眺めていると、ネクターが水着に着替えて戻ってきた。

トランクスタイプの水着だから上半身はよく見える。

知っていたけど、ネクターって理系の割にはちゃんと筋肉があるんだよなあ。

「とりあえず、この周辺に二級以上の幻獣が入ってこないように、結界を張りなおしてきました」

「ありがと、ネクター」

ネクターは嬉しそうに頬を緩ませると、私をまじまじと見る。

「やはり、よく似合っていますね」

その視線が、私の水着を楽しそうに眺めるのに、ちょっと照れた。

「いや、その……うん。結構気に入ってる」

私もリグリラが以前にくれた水着を身につけていた。

アールと似たデザインになっているのだけど、私のは丈が短めで谷間が見える仕様になっていて、胸の中央に埋まった赤い竜珠がアクセントになっている。

下も腰に巻くタイプのスカートがセットになっていて、大人っぽくも可愛い感じに仕上がっていた。

さっきも面と向かって褒められて照れたけど、ネクターの薄青の瞳には称賛の色しかなくて、何度言われてもうれしいものだった。

まあ、自重せずに眺められるものだから、恥ずかしいのだけどね！

「カイル、そこそこ楽しそうでよかったね」

ちょっと耐え切れなくなった私は、ネクターの気をそらすために話題を振った。

視線の先ではエルヴィーとアールと、イエーオリ君まで加わって、カイルを捕まえる鬼ごっこが繰り広げられていた。

さすがに、遊泳板の製作者だけあって、エルヴィーもイエーオリ君も取り回しがうまくて、カイルに迫っていける。だけど、この短時間でカイルは遊泳板のコツをつかんだらしく、サーファーも真っ青なテクニックで逃げ回っていた。

波に乗らなくても走るんだから、スケートボードのほうが近いのかな。

アールも魔術を使ってトリッキーに仕掛けるけど、それもきれいにいなしている。

そんなカイルの表情は、ヘザットから帰ってきた時よりいくばくか明るいように思えた。

「そうですね。ヘザットから帰ってきたときには、少し心配でしたから」

「無理もないんだけど、ちょっとね」

あの「蝕」の事件の後、カイルは目に見えて沈んでいた。

ベルガが精霊として目覚めていただけでなく、リュートに自らついていったのだから当然だ。

だからカイルは、一通りの騒動が終息に向かおうとするさなか、ベルガの行方の手掛かりを探すため、ヘザット内に残るリュートたち精霊の足跡を手当たり次第に追っていたのだ。

もちろん私たちもできる限り探索の手を伸ばしていたけど、カイルの鬼気迫る様相には少し危ういものがあった。

結局、ヘザットでリュートたちへの手掛かりらしい手掛かりはつかめず、思いつめたカイルが当てもない探索に出ようとするのを引き留めるために、今回の旅行へ強引に引っ張り込んだのだ。

あのままの勢いでいっても、いい結果にはつながらないと思ったから。

エルヴィーやマルカちゃんと過ごせば少しは気がまぎれるかもと思ったのだけど、完全にとはいかないまでも、少し緩んだ表情は、息抜きになったみたいでほっとした。

「ラーワ、私がここにいますので遊びに行ってもかまいませんよ」

ネクターが申し出てくるのにちょっと考える。

たしかにあの遊泳板は私もやってみたいし、思いっきり泳ぎたいけど。

「でも、そろそろだと思うから、待っていようかと思って。それからでも遅くないかなあと」

「そうでしたね。なら、一緒に待ちましょうか」

納得した顔をしつつ隣に座ったネクターに、ちょっぴりうれしい気分になっていると、湖から美琴が上がってきていた。

「あれ、美琴どうしたの？」

ぶるっと、尻尾を震わせて水けを切った美琴は、私が荷物番をしていた杖を腕に抱えた。

いちおう危険地帯だから、念のために杖とか武器とかは手の届く場所に置こうね、とエルヴィーの銃や、カイルやネクターの杖も置いてあったのだ。

ただ、イエーオリ君のおいていった、一見しただけではなんだかわからないものがすっごく気になるんだけど……いじってないよ？

「そろそろ、温泉、入ろうかなって。でも用意を、忘れたから、取りに行く」

私にそう返した美琴の表情は、抑えきれない期待に染まっている。

うんうん、楽しみにしてくれて嬉しいよ。

「そっか、じゃあ私もいったん戻ろうかな」

「では後で」

ネクターに荷物番を任せて、私は美琴と連れ立って別荘のほうへ戻っていったのだった。

湖畔から少し歩いたところにある別荘は、二階建ての一軒家だった。

私のハンター稼業で稼いだお金で買った家を、転移陣で移動させてきたものだ。

間取りは、生活に必要な台所や居間などのスペースに、私とネクターとアールの部屋と、客室が二つだけだったのだが、今は魔術で拡張しているから、必要に応じて何人でも泊められる。

美琴と別荘へたどり着いた私は、彼女が軽い足取りで二階の客室へ上がっていくのを見送ってほっこりした。

美琴の嬉し気に揺らめく黄金色の尻尾を見ているだけで、なんだかこっちまで楽しくなってくる。

エルヴィーたちから聞くところによると、美琴は長期休暇になると、時間とお金が許す限り各地に遠征に行っていたらしい。

人捜しらしい、とは聞いていたけれど、そこで結構な割合で温泉にも立ち寄っていたというのだから、やっぱり東和の人は入浴文化が根付いているのだろうと思う。

やっぱり温泉もお風呂もええものだ。

そんなことをつらつら考えていると、膨大な魔力の気配がして、私は目当ての人の到着を知った。

一階の一室にある転移室へ向かえば、ちょうど扉を開いて現れたのはリグリラと仙次郎だった。

トランク一つだけ持ったリグリラが金砂の髪をはらってこちらを見る。

「招待にあずかりましたわ、ラーワ」

「いらっしゃい！　無事にいろいろ済んでよかったよ」

ひらひらと手を振れば、横にいた仙次郎は軽く会釈をしてくれたが、その顔は若干疲れている。

そんな仙次郎もリュックみたいな背負い袋に、愛用している黒い短槍という身軽ないでたちだったけど、どことなくよれた感じだった。

「無事なのかどうかはようわからぬが、とりあえずは終わり申した」

「とりあえず、第五階級《クインテイプル》に昇級おめでとう」

私が祝えば、仙次郎は複雑そうに顔をゆがめる。

「今のままでも十分だと、進言したのでござるがな。やはり受け入れられなんだ」

「いや、それは無理だよ。だって国境の魔物災害だけじゃなくて、メーリアスで増殖してた魔物も、二級、一級ばかりを撃破してたじゃないか。あれで、英雄扱いされなかったらそれこそハンターギルドの目が節穴ってことになっちゃうよ」

「ラーワ以外では、ギルド内であなたに勝てるものなど誰一人いないのですから、当然でしてよ」

すましてはいても「さすが、わたくしの仙次郎」と言わんばかりにリグリラは鼻高々だ。

たぶん、今回の仙次郎の昇級を一番喜んでいるのはリグリラなんじゃないかと思う。

さすがの仙次郎もこそばゆそうに耳を動かしつつ、しみじみと言った。

「それにしても本当に温泉地に来られてよかったでござる。昇級の手続きもこれが待っていると思うておったゆえ頑張り申せた」

来られなかったら後悔するところでござった、と打って変わって嬉し気に顔を緩める仙次郎に、私は誘って良かったと思ったのだった。

この旅行に誘った時、リグリラも仙次郎もめちゃくちゃ乗り気だった。

だけど国境の依頼や、メーリアスでの騒動の活躍を知ったバロウ支部から仙次郎へ、第五階級への昇級話が来て、王都に帰って早々手続きに追われることになったのだ。

そのやり取りの膨大さとめんどくささは、私も第五階級に上がった時に経験しているから、一時は不参加かと考えた。

だけど、リグリラが王都に残ると言ったことで、仙次郎の雑務が終わり次第、私の家の転移陣を使ってくることになったのだ。

リグリラは、放置していたリリィ婦人服飾店の様子を見る必要があるからと言っていたけれど、いくらかは仙次郎のためなのだろうなあと思う。

温泉があるよといった瞬間の仙次郎の喜びようと、行けそうにないと悟った時の落胆ぶりは、普段の仙次郎からは考えられないような落ち込みようだったから。

それでも今の仙次郎の浮かれっぷりには、リグリラもあきれた目を向けていた。

「なんでまあ、水の者でもないのに温泉にこだわりますの？　わたくしは消費した魔力の回復に最適という理由がありますけど」

「国では旅行といえば温泉か分社参拝なのでな。さらにラーワ殿から東和式で入れると聞けば、居てもたってもいられぬでござる」

無意識だろう、仙次郎のふさっとした灰色の尻尾が揺れ動くのに、私は思わず笑ってしまった。

「やっぱり同じ東和の人だなあ」

私がつぶやけば、仙次郎は眉を上げて反応した。

「もしや、以前言っていた、シグノス学園にいるという、東和の留学生のことでござるか」

「そう、アールの先輩の女の子だよ。その子も、露天風呂に入れるって知ったら、尻尾をふって喜んでいてさ、すごくかわいかったんだあ。あ、そうだ、今いるんだ。紹介するから話してあげてよ」

「うむ、それがしで良ければ承った」

仙次郎は、そこだけは表情を引き締めてうなずくので、私は話を切り上げた。

「さ、こっちだよー。とりあえず、隣同士で部屋を用意してあるからね」

前に立って歩きはじめれば、ついてきたリグリラがちょっと意地悪そうに微笑んだ。

「あら、わたくしは別に同室でも構いませんわよ」

からかい交じりの表情で片腕に絡みつくリグリラに、仙次郎は若干顔を赤らめつつも、やんわりと引きはがしにかかった。

「アール殿の学友もいる中で、それは良くないと思うのでござるよ」

「いいではありませんの、見せつけてやればいいのですわ。と、いうより、見えないところならいいんですの？」

片手が荷物でふさがっているせいでうまく振り払えないうえ、揚げ足をとるリグリラに仙次郎は早くも劣勢だ。

これでまだ付き合っていないのだから世の中は不思議である。

ただ、これをエルヴィーたちに見せるのは刺激が強すぎる気がするから、ちょっと自重してもらったほうがいいかなあ。

考えているうちに、吹き抜けになっている玄関ホールにたどり着いたのだが、ふと、仙次郎が顔を上げた。

「この匂い、どこかで……？」

その不思議そうな、戸惑うような様子におやっと思っていると、軽い足音がして顔を上げれば、二階へつながる階段の手すりのむこうに美琴の姿があった。

「あ、ちょうどよかった。紹介したい人が来たんだ、けど？」

言いかけた言葉は、美琴が呆然とこちらを見下ろす表情で尻すぼみになってしまった。

幽霊でも見たような視線の先にいるのは仙次郎で、仙次郎も信じられないとばかりに息をのんでいる。

けど、すぐに喜びに染まった。

『もしかして、美琴か？　大きくなったなあ！』

東和国語で紡がれたのは親し気な言葉で、私もえっと驚いた。

私はまだ仙次郎に彼女の名前は言っていなかったはずだ。それで迷いなく呼びかけるってことは。

「仙さん、もしかしなくても知り合いかい？」

「知り合いもなにも」

興奮冷めやらない様子の仙次郎が答えようとした時、リグリラが不満そうに身を乗り出してきた。

「あら、あの娘は誰ですの？」

絶対わざとだろう、リグリラにボリュームのある胸をぎゅっと押し付けられた仙次郎は、一瞬言葉を詰まらせたものの、口を開きかけたのだが。

その姿に影ができる。

正体は、階段の手すりを乗り越えて飛び降りてきた美琴が、吹き出す殺気のまま仙次郎に杖を振りかぶる姿だった。

『何色ボケてやがるんですかこの唐変木野郎――――ッッ！！！』

同郷の人に会えば喜ぶか、喜ばないまでも驚いて、話のタネにはなるかなと思っていたけれど。出会って数秒で襲い掛かるのは予想外だったと、ふわっとかわいい水着のまま飛び込んでくる美琴の姿に、ぽっかーんとした私なのだった。

……ってうえええええ!?

第2話　途方に暮れしドラゴンさん

私が状況を飲み込めずに立ち尽くしている間も、美琴の猛攻は止まらなかった。

体重と落下の勢いを乗せた一撃は、とっさに荷物を脇へ捨てた仙次郎に短槍で受け止められた。

鈍い音が玄関ホールに響く。

険しい顔をした美琴は、無理に押し込むことはせず、力を抜いて地面に着地したとたん、さらに杖を振りぬいていく。

いつの間にか杖は淡く魔力を帯びていて、何らかの力が乗っているのは間違いない。

仙次郎は何とかよけたが、風圧が私のところまで来る鋭さだった。

『美琴、ちょっと待ってくれ！』

その勢いと不穏さに、仙次郎は焦りながらも、狭い玄関ホールでは不利だと悟ったらしい。

次々と繰り出される杖を後ろに跳ぶことでよけつつ、玄関の扉を蹴破る勢いで開けて、転がるように外へ出た。

そこでようやく体勢を立て直した仙次郎を追ってきた美琴は、怒りに満ちた表情でようやく口を開いた。

『……東和を出て行って5年です。どこをほっつき歩いているかと思えば、こんなところで美女相手に鼻の下をのばしているだなんてっ。こんなものを兄と呼んでいたなど末代までの恥です。せめて私が引導を渡してやります！』

『いやせめて話を聞いてくれ！』

焦る仙次郎の言葉も無視して、美琴はさらに魔力を練り上げる。

独特の構成の仕方はたぶん東和の魔術なのだろう。

だが、その時黒い鞭が飛んできた。

美琴は追尾してくる鞭を避けたが、発動させようとしていた術式は不発に終わった。

「そこの狐娘。断りもなくわたくしの物に手を出さないでくれまして？」

私と一緒に外へと彼らを追ってきていたリグリラは、そう言って美琴に微笑みかける。

だけど不機嫌さMAXの、不穏に満ちた笑みだ。

止められた美琴もいらだちのままにリグリラをにらんだが、はっとしたように目を見開いた。

『荒御魂《あらみたま》!?　仙にいまさか』

『いや、彼女はその、話せば長くなるんだが――』

「わたくしのわからない言葉でしゃべらないでくださいまし」

おろおろする仙次郎が説明しかけたのをぶった切ったリグリラは、愕然とする美琴に言い放った。

「あなた、何やら用がある様子ですけど。仙次郎はこの首、この体、この魂に至るまで、すべてわたくしの物ですの。手を出すのなら、わたくしの許可を取ってからになさいまし」

そうして、仙次郎の下へ歩み寄ったリグリラは悠然と見せつけるように、仙次郎の首をなでて婉然と微笑してみせたのだ。

その仕草から立ち上る艶めいた色に、美琴が真っ赤になった。

黄金色の狐耳も尻尾も一気に逆立つ。

『な、な……』

『確かに俺はあんたの物だけど、それは語弊が……ないな。や、美琴、ちょっと落ち着こう。な？』

しどろもどろになる仙次郎だったけど、律儀に言い切れないでいるせいで、どんどん墓穴を掘っている。

案の定、美琴は真っ赤になった顔のまま目をつり上げると、指を突き付けた。

『なんと、破廉恥なっ……っ！　不潔、です!!』

「あら、この程度は普通のことですのに、ずいぶんと初《うぶ》なお子さまですこと。自分のものだったわけでもありませんのに」

わなわな震える美琴に、リグリラは仙次郎の腕に胸を押しつけるように絡めてふふんと笑う。

リグリラ、言葉はわからなくても、ニュアンスはわかってて火に油注いでいるね……？

私が若干あきれつつも、なんとか割って入ろうとしたのだが、リグリラの勝ち誇った笑みに、美琴の目が完全に据わった。

『……祓《はら》い給え　清め給え　守り給え　幸《さきは》え給え』

起動呪文を詠唱した瞬間、あたりの魔力が尋常じゃない濃度で渦巻き始める。

その不穏な気配は明らかにまずいのだけれど、初めて見る術式で咄嗟に手が出せない。

変に介入したら、美琴にけがをさせてしまうかもしれないからだ。

髪と尻尾が揺らめくほどの魔力をまとった美琴は、勢いよくその場に杖を突き立てると、朗々と謳いだした。

『かけまくもかしこき　雷を司りし和御魂《にぎみたま》が一柱《ひとはしら》カイル・スラッガートに　仕えつとむる天城美琴の名において　請祈願《こいねが》い申し給う』

その魔術詠唱を聞いた瞬間、仙次郎は驚愕に目を見開いた。

『神降ろしの儀式!?』

焦ったようにつぶやいた仙次郎にリグリラが訝しそうにした時、湖の方からカイルがやってきた。

「おい、嬢ちゃん呼んだか……て、は？」

不思議そうにしながらも陸に降り立ったカイルだったけど、緊迫した様子の仙次郎と詠唱まっただ中の美琴を目にして立ち尽くした。

そんなカイルを射貫く視線でとらえた瞬間、美琴は杖を掲げた。

『今一度この身柄に宿りて　諸々の禍穢《わざわいけがれ》を打ち祓えし　浄め祓ひの神業を分け与え給えと　恐み畏み申すっ！』

「ちょっと待て早まるな嬢ちゃ――――うわっ!!」

祝詞が完結したとたん、爆発的な魔力の奔流が生まれたかと思うと、焦るカイルから雷にも似た魔力が放出されて、美琴の体に宿った。

ようやく正体がわかった、召喚術式だ。

カイルがタイミング良くというか悪くというか来たのは、美琴がカイルに思念話で呼びかけていたからなのだろう。

にしても格上の相手から、能力の一部を譲渡してもらうなんてすごい技術な気がするよ!?

「あれは召喚術式を応用した能力譲渡でしょうか!?　東和の魔術はおもしろいですねっ！　ぜひお話を聞かせていただきましょう」

いつの間にか私の傍らにやってきていたネクターが、爛々と薄青の瞳を輝かせていた。

いや、確かにちょっと見たことないタイプの魔術ですごく気になるけれども！

「さすがに止めなきゃ」

「魔術的なパスをつなげることで、スムーズな意思の疎通や魔力の譲渡だけでなく、魔族の性質の複写まで可能にしているのでしょうね。あの様子ですと、ほぼ魔族と同等の力を出せるのかもしれませんね。人族にとってはまさに福音といえる術式でしょうが、魔族側のメリットは何でしょうか……ともかく今の術式はメモしなければ」

ああもうネクターは通常運転だね！

そんな感じであわあわしている間もばちっと雷光を身にまとった美琴は、少々苦しげな顔をしながらも仙次郎をにらみつけて飛び出していく。

『滅《めっ》します！』

雷光を引き連れて、いつもの美琴からは考えられない速度で肉薄する姿は、戦闘中のカイルと重なる。

そうして振り下ろされたまさに光速の一撃を、仙次郎は槍で受け止めた。

のだが、今度は即座に振り払うと、立ち尽くすカイルを振り返って怒鳴ったのだ。

『てめえ、うちの妹になに手を出してやがんだ!!』

見たことないほど激昂する仙次郎に私はびっくりしたが、文句を付けられたカイルも同じだ。

東和国語はわからないだろうけど、その雰囲気で怒りを向けられていることはわかったのだろう。

「い、いやちょっと待て！　俺はこの嬢ちゃんに助けてもらった時にした契約を履行しているだけで……」

『そうです、私がどのような神を奉じようと仙にいには関係ないのです！』

しどろもどろになるカイルに仙次郎が場も忘れて詰め寄ろうとしたが、美琴が食い気味に割り込みながら、さらに攻撃を繰り出した。

仙次郎は美琴の高速で繰り出される雷電と杖の猛攻をさばきつつ、普段から考えられないほど荒っぽい口調で彼女に言い返す。

『降ろすんなら女神にしろって言っただろっ、何でよりにもよって野郎なんだっ』

『私はもう神を一人で選べる年齢に達してます！　それに仙にいだって、あんない、色っぽい美女の荒御魂に見入られてるじゃないですか！』

『それにしたって、大社の巫女の立ち会いの下で吟味を重ねて交わすのが常道だろう!?　軽々しく契《ちぎ》りを結んで、そもそもどうしてこんな遠くまで一人で来てる!?　巫女になったんならお勤めがあるだろう!?』

『軽々しくなかったですし、巫女としての責務は留学が決まったときにすべて免除が認められてますっ。でも仙にいは全部ほうり出して出て行ったじゃないですか！　どれだけ守人《もりびと》たちが困っていたと思うんです!?』

『それはっ……』

初めは余裕があったのに仙次郎は、だんだん美琴の剣幕に押され始める。

美琴は、雷を引き連れて容赦なく攻撃を加えながら怒鳴った。

『知ってますよ、運命の人を探すんでしょう!?　でも帰ってくるって思ってたのに、気配すらなかった！　守人の矜持を忘れたのですか！　お姉ちゃんを支えてくれるって信じてたのに!!』

その目尻にたまる涙に気づいてしまった仙次郎が、息をのんで立ち尽くす。

『仙にいなんて、だいっ嫌いです！！！』

そう叫んで美琴が振りかぶった杖を、私は背後からつかんで止めた。

うわ、かなりびりっとくるな。

「美琴、ちょっと落ち着こうね」

『っラーワ様!?　ふにゅっ』

愕然とする美琴の肩に手をおいて、強制的に使っていた術式を無力化した。

美琴がまとっていた紫電が霧散する。

おおざっぱにだけど、なんとかどんな術式かはわかったから、魔術式に供給されている魔力の流れを断ち切ったのだ。

一気に力が抜けて、杖から手を離してくずおれかける美琴を片手で受け止める。

ふいーっと、息をついた私は、いつの間にかこちらに来ていたけど、なにがなんだかわかっていないアール達に、顔をこわばらせる仙次郎。むっすりとしているリグリラにほっと息をついているカイルと、どこからともなくノートと筆記具を取り出して記録をとっているネクターを見渡して、一言。

「とりあえず、話をしよっか」

それが一番だと思うんだよ。

話し合いを提案したものの、この険悪な雰囲気では無理かもしれないと思ったけど、仙次郎も美琴もなんとリグリラまで同意してくれた。

というわけで、当事者＋私とネクターは居間に集まって顔をつきあわせることになった。

エルヴィー達はただならぬ様相にこれはまずいと思ったらしく、マルカちゃんやアールとともに外で遊んでくれている。

安全面も先輩がいるから大丈夫だろう。

初顔合わせの仙次郎やリグリラが気になっただろうけど、今は穏便に紹介できる気がしないから、それは正解だ。

何せ今の不機嫌まっただ中のリグリラは、アールですら困ったように視線をさまよわせたのだから相当だ。むしろよく隣に座ってくれているな、と思う。

ただ、どうしてこの席順になったかなあと思わないでもない。

何せ、私を挟んで右隣にはリグリラが腕を組んでそっぽを向き、左隣には、服に着替えた美琴が全身に殺意をみなぎらせて座っていて、私を緩衝材に異様な緊張が漂っているのだ。

若干涙目になったけど、向かい側のネクターも真ん中で、仙次郎とカイルに挟まれているから似たようなものだし、こうするしかなかったのはわかる。とはいえかなりつらい。

「……それで、仙次郎。そっちの狐娘とどういう関係ですの？」

さあ、これからどうしようと悩んでいると、当のリグリラが口火を切ってくれた。

「彼女はそれがしの遠縁の従姉妹にござる。だが、同じ里で兄弟のように育った故、家族も同然でござるな」

視線を合わせないながらも、話しかけてくれてほっとしたらしい仙次郎が答える。

それで、仙次郎と美琴の魔力波が全く違うことに説明が付いた。

さすがに魔力波でわかるのは兄弟とか、親子とか、近しい血縁だけだ。

何世代か隔てればそれだけわかりづらくなるから、仙次郎と美琴ではそれなりに遠いのだろう。

「獣人は、別の種族とつがって、子ができても、どちらかの種族になる。けど、同種族か、似た種族の方が、できやすい。だから狐人《こじん》と狼人《ろうじん》は行き来が多い」

美琴が硬い声音で補足したのに、ネクターが薄青の瞳をきらめかせた。

「別種族と婚姻をして子を産んでも、新たな種族が生まれるわけではないと」

「ゆえに先祖の血筋が強く出て、父母とは違う種族の子供が生まれることもまれにあってな。それがしの里にも、狼人の夫婦の間に生まれた鹿人《かじん》の子供がおったりした」

苦笑した仙次郎は、次いで鋭い視線でネクターを挟んで隣にいるカイルに視線をやった。

「で、カイル殿。美琴とのなれそめはどのようなものでござろうか。短い間でござるが、ともに時間を過ごして、なかなかの好人物であると感じておるが、事と次第によってはそれがし、そなたを斬る」

灰色の瞳の鋭さといい、声の重みといい、仙次郎の本気が垣間見える。

さっきも思ったがひどく意外だ。

知り合って1年ぐらいになるが、仙次郎はいつも泰然としているから、悲しみや怒りという負の感情をほとんど見たことがない。

私の知る限りでは、リグリラに振り回されるときだけだ。

カイルが途方に暮れたようにしつつも口を開こうとしたが、その前に美琴が割り込んできた。

「それよりも、そちらの荒御魂《あらみたま》と兄の関係。おしえて」

据わった目でにらむ美琴を、仙次郎が眉をひそめて見返した。

「カイル殿とおまえの話が先でござる」

「私が、先」

譲らない二人にどうしたもんかと思っていると、カイルが意を決したように声を上げた。

「とりあえず、彼女と俺の件を話そう。センジローに誤解されたままじゃ、俺が殺されそうだ。その後にラーワ殿」

「なんだい？」

「あなたからセンジローとリリィ殿の関係を話してくれ。本人達からでは客観的な話はできないだろうからな」

「う、うん」

と、言うわけで、若干駆け足でカイルの魔族化にまつわる諸々と、リグリラと仙次郎の出会いと前世の因果を話した。

聞き終えた二人は、何となくぼうっとした風で沈黙をしていたけど、不意に仙次郎が動いた。

「カイル殿、我が妹を救っていただいたにもかかわらず、無礼な振る舞い、まことに申し訳なかった」

　狼耳をぺたりと伏せて深々と頭を下げた仙次郎に、カイルは苦笑を返す。

「いや、かまわない。俺も彼女に助けられた身だからお互い様だ。だが、どうしてああも怒ったんだ」

　当然の疑問に、仙次郎は狼耳を伏せたままためらいがちに言った。

「その、だな。東和には八百万《やおよろず》の神々、こちらで申す魔族や精霊よりお力をお借りする技があり申す」

「美琴がカイルを助けるために使ったのや、さっき使ったやつだね」

　私が言えば、仙次郎はうなずいて、ちょっぴり気まずげに続けた。

「だが、な。東和の巫女や守人は数多くの神を奉じるが、その身に宿らせ力を借りる神は一柱のみなのだ。多くの神は、嫉妬深いでな。ほかの神のお手つきとなった者には力を分け与えたがらぬ」

　彼ら、東和国の人々が、八百万の神々と称する魔族達とうまく付き合っていくために、様々なことをしているのは前々から聞いていた。

　さっき見た美琴の術は、カイルの力の一部を借りていたけど、それでもしんどそうだったから、物理的にも、魔族達の性質からしても仙次郎の説明は納得できた。

「それゆえに、自らに降ろす神を定める際は、伴侶を選ぶがごとくといわれている。神々が我らに求めるのは、縁《えにし》と霊力、といわれている。ゆえに幸運にも神の力を借り、縁を結ぶことができたならば、その者は生涯その神に身を捧げるのだ」

「……つまり？」

なんとなくいやな予感がしつつも促せば、仙次郎はがっくりと肩を落として言った。

「美琴はカイル殿を和御魂《にぎみたま》として奉じ、すべてを捧げると決めた。なにをしても逆らわない。逆らえないのでござる」

つまり、カイルと美琴が主従契約を結んだことになっているってことかい!?

美琴は肩までの黄金色の髪に黒目がちな大きい瞳がかわいらしい女の子で、カイルは縦も横も美琴の倍近くはある大男だ。その二人が主従関係なんて言われたらシュール以外の何物でもない。

一斉に視線が向けられたカイルは、焦った様子で首を横に振った。

「確かに必要だと彼女と契約を交わしたが、あれは救命活動の一環だろう!?　ノーカウントなんじゃないのか？」

私はあのとき、美琴がカイルを降ろす場面を見ていたわけじゃなかったから、彼らの間にどんなやりとりがされていたかは知らない。

だけどその言葉からして、カイルには思い当たる節があるらしい。

「……私は、あのときから、覚悟を決めてる。あなた様にお仕えする」

「いや、君も抵抗すべきだ。ほぼ初対面の俺を助けてくれたのには感謝するが。知らなかったとはいえ、君がそんな代償を支払う物なら、簡単には受け入れなかったぞ」

沈黙していた美琴にまっすぐ見つめられながら言われたカイルは、大いにうろたえていた。

そりゃあ、年頃の女の子にひたむきな表情をされたら困るのは当然だろう。

ただ、ここでカイルがあっさり受け入れたり、喜んだりしないことがわかっているから笑っていられるけど、何も知らない人が聞けば、少々犯罪臭を感じるかもしれない。

「こちらの言葉にするのであれば、魔族たちと契約する代償に魂を捧げる、ということになりますか。ですが、それにしては、少々何かが……？」

考えるようにつぶやいていたネクターは、だけど仕切り直すように息をついて、隣のカイルをじと目で見た。

「とりあえず、このような若い娘さんに手を出した上、責任をとるつもりがない、なんてひどい言い草じゃありませんか」

「おいネクター。それわざと言ってるだろう？」

「私は事実しか言ってませんよ。省略はしましたが」

「そのはしょり方がひでえって言ってんだ！」

ぎろりとカイルににらまれたネクターだったけど、どこ吹く風である。

だけどそれでちょっとは落ち着いたらしいカイルは深くため息をつくと、美琴に向き直った。

「ミコト、でいいか」

「はい」

「とりあえずな。俺はただの人……じゃなくて、ただの魔族だ。神として奉じられるとか全然わからん。君には助けてもらったんだから、捧げるとかそう言うことは無しにしよう、な」

「でも、もう、契約が成立、してる。したからには全うするのが、巫女の矜持です」

かたくなな態度に、カイルが天を仰いでいたけど、私は少し考える。

「美琴、ちょっとごめんね」

私が彼女に触れて精査してみれば、確かにカイルと美琴の間にはパスがつながっていた。

んーだけど。

「なあ、カイル。これまだ仮契約だから、すぐにでも解除できるんじゃないかい」

術式としては、私とネクターがやった使い魔契約よりは断然軽い。

ついでにカイルに有利に設定されているようだから、美琴からは無理でも、カイルからならできるはずだ。

「そうか！　よし、ミコト、後で解除するぞ」

今にもやらんばかりのカイルに、美琴が傷ついたように表情を沈ませた。

「……私、では力不足、ですか」

「そうじゃねえよ。一方的な隷属関係がいけ好かないってだけだ」

その重い言葉に、私ははっとした。

カイル達は、形は違っても隷属契約によってずっと国に服従を強制されていたことがある。

どんな苦汁をなめたか、どんな痛みを経験したのかは推し量れないけれど、そんなカイルなら、隷属するのもさせるのも、我慢ならないのはよく理解できた。

「どうせならちゃんと選べる状況で、対等の契約をしよう。いきなり呼び出されるのは勘弁だが、助けが必要なら、俺でよければいくらでも応じるぞ」

「は、い……」

カイルの真摯な言葉に、美琴はしぶしぶながらうなずく。

そうして浮かない顔ながら、仙次郎のほうを向いて言った。

「……とりあえず、私もわかった、です。仙にいが運命のヒトを見つけたのだ、と。まさか、荒御魂とは思わなかったです、けど」

ちらりと窺う美琴の視線に気づいたのか、リグリラが悠然と腕を組んだ。

「先ほどから聞き慣れぬ名称を使いますけど、わたくしは魔族ですの。アラミタマ、などと言うものではありませんわ」

「東和では人に奉じられておらぬ神々のことを『荒御魂』と表していてな。『和御魂』は人に奉じられる神のことを申すのでござる」

「ふうん？　つまり、同じモノなのに人の役に立つモノを勝手にそう呼んでいるだけですのね。人の区分に勝手に当てはめられてそのままにしておくなんて、そちらの国にいる魔族は何を考えているのかしら」

「八百万の神々は、東和の妖魔を倒してくれる、ありがたい、存在。でも人里に来て迷惑もかける。ただの区別」

「あら、威勢のよろしいこと」

リグリラの余裕たっぷりの紫の瞳で流し見られた美琴はきゅ、と唇をかみしめたけど、負けじと視線に力を込める。

そんなにらみ合いに困った顔をしていた仙次郎だったが、ふと気づいたように声を上げた。

「それにしても、美琴はずいぶん西大陸語が堪能でござるな」

「あたり、前。留学するためにいっぱい勉強した。仙にいこそ、語尾が変」

「それがしは里の書物で学んだのでござるが。……そう言えば、少々違うような？　ラーワ殿、どこがおかしいのでござろうか」

狼耳をひくりと動かした仙次郎に聞かれて、完全に気を抜いていた私は少々慌てた。

「ええとね、たぶん文法の使い方がちょっと古いんだと思うよ。どれくらいかは――」

「おそらく100、200年前の西大陸語ですね」

ネクターが補足すれば、仙次郎は納得したようにうなずいた。

「なるほど。それがしが学んだ里の書物は、百数十年前に漂着した大陸人によって編纂されたものであったはず。どうりで、行く先で妙な顔をされると思うた」

「仙にい、気づくの遅い」

「うむ、だが意志の疎通は問題なくできるぞ。何せ5年も方々をふらふらしてたでな」

「ふらふら、は自慢できるところじゃない！」

美琴がいらだたしげに声を荒らげれば、仙次郎はかえって嬉しげな顔になった。

「おおう、久しぶりでござるな。美琴に怒られた」

「よろこぶな！」

「真琴と話している時も、よく怒られたな」

「どんどん違う方にいって終わらない、から！　日が暮れる！」

「うむ。そうでござった。いつも美琴に世話になっていたな。おまえが居ると、あっという間に話がまとまって助かっておったなあ。懐かしい」

思い出すように灰色の目を細める仙次郎に、美琴が顔を赤らめて口をつぐむ。

その気安い感じに、私が本当に家族なんだと感心していると、リグリラが椅子から立ち上がった。

私の角度から見えたその表情は、ひどく面白くなさそうにむっつりとしている。

「どうしたんだい、リグリラ」

「飽きましたから、湖にでも泳ぎに参りますわ」

「っまだ、話が終わってない!!」

美琴が立ち上がってかみつくように言うと、歩いて去ろうとしていたリグリラは、金砂色の巻き髪を払いつつ振り返って、傲然と笑ってみせた。

「あら、わたくしがあなたに何を話す必要がありまして？　仙次郎の知り合い、というだけのあなたに？」

「っ……」

「では失礼いたしますわ」

美琴がひるんでいる間に、リグリラはさっさと歩いて行ってしまった。

まあ、潮時かな。

と思いつつも一抹の不安を感じていると、リグリラの背が扉の向こうへ去って行くのを震えながらにらんでいた美琴は、仙次郎に詰め寄って東和国語でまくし立てた。

『仙にい。なぜあんな荒御魂と契約をしてしまったのです!?』

『いや、彼女はあれで、かわいいところも――』

『私が留学してきた理由の一つは仙にいを見つけて、連れ戻すことです！　里も、お姉ちゃんも仙にいの帰りを待ってるんです!!　東和に帰りましょう、仙にい！』

仙次郎は美琴の顔に何を見たのかは、美琴が身を乗り出しているせいでわからなかったけど、仙次郎は穏やかな表情で言った。

『それはできない。俺は、リグリラの隣にいると決めたんだ』

『まさか、契約で強制されているとか！』

『じゃねえよ、本心だ。ガキの頃から、焦がれて焦がれて焦がれぬいたヒトが目の前に現れてくれたんだぞ。契約なんぞなくったって離れたくねえよ。そもそも、彼女は強いぞ。俺ですらまだ偶然で一太刀入れるのが精一杯だ』

『なん、と』

勢いがそがれたように立ち尽くす美琴に、仙次郎は手を伸ばし、狐耳の間にぽんとおいた。

『ごめんな、美琴。俺は、帰らない』

『っ……！』

その申し訳なさそうな、でも覚悟を決めたような表情の仙次郎に、美琴の尻尾が逆立った。

私とネクターは、聞き取るだけなら不自由はないから、美琴の言葉でだいたいの事情は理解してしまったし、カイルは東和国語はわからないだろうけど、雰囲気で察しているはずだ。

下手に慰めることもできず、うつむく彼女に、誰も声が出せない。

沈黙が下りる中、ふいに美琴の黒い瞳が光る。

瞬間、美琴の右拳が仙次郎のあごをえぐっていた。

なかなかいい音がして仙次郎の頭が跳ね上がったのには、思わず腰を浮かせたほど。

『……もう、仙にいなんて知りません。荒御魂に魂まで食われちまえばいいのです』

その目尻に涙が溜まっていたのは、ここにいる全員が気づいたことだろう。

吐き捨てた美琴は、呆然とする私たちを振り返って一礼すると、小走りで去っていったのだった。

美琴が居間から消えていくのを見送った私は、くつくつと忍び笑いが聞こえて首を元に戻した。

『今のは結構効いたなあ。あんなにちっちゃかったのが、こうまで成長するか』

美琴に殴られたあごをさすりながらも、ひどく嬉しそうに仙次郎がつぶやいて、私達はなんだか脱力してしまった。

一気に弛緩した空気が漂う中、頭に手をやったカイルは仙次郎を向いた。

「センジロー。俺が言うのも何だが、かなりの修羅場だと思うぞ」

「うむ。困り申した」

リグリラは余裕たっぷりに見えて、絶対意地を張っているだけだし、美琴のほうは長年捜していたお兄ちゃんに会えたと思ったら、恋人にでれでれしていたというシチュエーションだ。

衝撃を受けていることは間違いないし、かなりまずいと思う。

うかつに引き合わせてしまった私も反省すべきかもしれないけど、仙次郎のその言いぐさはどうだろうか。

全然困っているように思えなかった仙次郎に、私は若干じと目をむけかけるけど、笑いつつも少し痛みを感じているかのような表情に気づいてはっとする。

「それがしは東和と縁を切った身だ。まさか、美琴がこちらに来ているとは思わなかったゆえ、再び相まみえることができたのは嬉しいが、少々複雑でござる」

「東和には、国外に出る際に制限があるのかい。今まで国交もほとんどなかったし」

私が問いかければ、仙次郎はかぶりを振った。

「いや、それがしが出国する際は貿易船に便乗させてもらったゆえ、手続きさえすれば問題はないのだが」

袖に手を入れつつ、仙次郎は続けた。

「以前、少々話したかもしれぬが、東和はこちらとはかなり事情が違ってな。日常的に街道や人里近くにまで妖魔が現れるゆえ、それを倒す守人と巫女達は地位が高く、大事にされるのだ」

「仙次郎は、守人《もりびと》だったんだっけ」

確認すれば、仙次郎は少し、複雑そうな表情でうなずいた。

「自らの霊力……こちらで言う魔力を以て滅するものを巫女、巫女達を武器を持って守るのが守人でござる。だが、大事にされるがために行動が制限されることもままあり申してな、国外へ出るなどというのは考えられぬことだったのだ」

遠いまなざしになった仙次郎は苦く笑った。

「そもそも東和の民には国外へ出るという発想がなくてな。守人も、巫女も故国を守るための要であるため、外へ出るならば国を捨てたととられてもおかしくないのでござるのだよ」

淡々と明かされる事情に、私達は言葉に詰まる。

「それがしは今でも、東和を忘れたわけではないが、それでも会いたい人がいたのだ。実質故国を捨てたことになるゆえ、申し開きもないのでござるよ。巫女になるはずであった美琴がこちらに来ていることからして、多少は意識が変わったのかもしれぬが。それでも帰れることはなかろうて」

なにせ、地位もお役目も放り投げてきてしまったのでござる。と明るく続けた仙次郎には、黙り込まざるを得なかった。

だいたいの事情は知っていたつもりだったけど、リグリラの下にたどり着くためにどれだけの犠牲を払っていたのか、と思うと、仙次郎の覚悟の深さに圧倒されたのだ。

「けど、仙さんは、まだリグリラと本契約をしているわけじゃないだろう」

「だとしても、それがしが戻らぬことは変わりない。下手に期待させるよりは、言い切った方が美琴のためでござろう」

そこまで考えていたのか、と自分の浅慮さに恥ずかしくなって私は口をつぐんだ。

これだけの覚悟でここにいるのなら、私に言えることは何もない。

だけど、カイルがふと気づいたように口を開いた。

「なあ、リリィ殿は今の話を知っているのか」

「今の話というと、どれでござろう」

「故郷を捨てた、というくだりと、おまえさんが帰るつもりがないという部分だ」

ひくり、と戸惑うように灰色の狼耳を動かした仙次郎は、記憶をさらうように考え込む。

「話したことは、ないでござるな」

今の話を、リグリラは知らない……？

はじめはカイルの質問の意図がわからなかった私だったけど、仙次郎の答えに酢を飲み込んだような気分になった。

「……仙さん、今すぐリグリラ追って、話してきた方がいいと思う」

「なぜでござろう？」

不思議そうな顔をする仙次郎に、同じ結論に達しているカイルが、眉間に手をやりながらいった。

「おそらく、リリィ殿は旧知の相手に再会したことで、あんたが里心ついて東和に帰るんじゃないかって考えているはずだ」

「なんと!?」

「ついでに、仙さんが帰るつもりがないって話していたところにいなかったから、余計にそう思っているんじゃないかな」

それにしても、リグリラの反応はいつもと雰囲気が違う気がするが。

誤解を解いておかないと、リグリラがどんな突拍子もない行動をとるかわからない。

さあっと顔を青ざめさせた仙次郎は、乱暴に椅子から立ち上がった。

さすがにリグリラの性格を熟知しているだけはある。

だけど、仙次郎は悩むように灰色の狼尻尾を揺らめかせていた。

「だが、美琴が……」

うん、どっちも大事なんだよね。

「恐らくだが、今ミコトのところにおまえさんが行っても逆効果だ」

「心配なら、アール達に一緒にいさせるから、仙さんはリグリラの方に行って。そっちは仙さんにしかどうにかできないからさ」

カイルと私で口々に言えば、仙次郎は申し訳なさそうに顔をゆがめて頭を下げた。

「ご免。リグリラ殿を捜して参る」

そうして出て行った仙次郎に、私とカイルは一気に息をついた。

「なんか、すごく疲れた」

「そうだな……いろいろ濃かった。後は、当事者達の問題だろうが」

カイルは言いつつも何か考える風だけど、気になっても、私達にできることが何もないことは確かだ。

いい方向へ行ってくれることを祈りつつも、妙に疲れた私は机に突っ伏した。

リグリラ達が来たらこの場は任せてやりたいことはあったけど、ちょっと無理そうだ。

「ねえ、ネクターとりあえず、今日一日は遊ぼうと思うんだけど……」

返事がないのをいぶかしく思って顔を上げてみれば、ネクターはいつの間にやら取り出したメモ帳にペンを走らせていた。

「ネクター？」

「あ、はいなんでしょう？　って、あれ、美琴さんだけでなく、仙次郎さんまでいつの間にいなくなっていたのです？」

「お前は……」

手元を見れば、メモ帳はびっしりと埋まっていて、速記で書かれているから私でもうまく読み取れなかったけど、美琴の使っていた魔術式の考察やら東和国についての覚え書きみたいだった。

通常運転過ぎて、逆に安心したけれど。

薄青の瞳を瞬かせて驚くネクターに、私とカイルがまた脱力したのは言うまでもないのだった。

第3話　湯けむり魔族様とドラゴンさん

その後は、放っておいてしまう形になったアール達と思いっきり遊びまくった。

魔術で作った人工の波でサーフィンにいそしんだり、エルヴィー達と水上鬼ごっこをしたり。

用意していた遊泳板は三枚だったのだけど、途中でイエーオリ君がもう一枚作り始め、さらにそこに興味を持ったネクターが加わったものだから、魔改造が繰り返された。

イエーオリ君は機械畑、ネクターは魔術畑の人だけど、凝り性で気があったのか、楽しそうに言い合いながらできあがった一品は、アールに渡され、私でさえ捕まる性能を発揮していた。

なんだけど、意外にもヴァス先輩とマルカちゃんのコンビが鬼のように強かった。

背に乗ったマルカちゃんの指示で、ドラゴンのままの先輩が私達に次々に襲いかかるのだ。

その迫力はすさまじく、エルヴィーも私もカイルも顔を引きつらせて逃げ回ったのだが、結局は捕まってしまうのだった。

普段置いてけぼりのほうが多いから、マルカちゃんは輝くような笑顔で鬼役を引き受けていた。

あ、私は鬼ごっこって言っているけど、西大陸では「竜と魔術師」って呼ばれててね。

暴れる竜が鬼で、それをいかにして魔術師がなだめるかっていう設定で、暴れる竜に捕まると消えてしまうから、魔術師役の子はそれで脱落。魔術師が全部捕まるか、竜が疲れたらおしまい。

……昔っからどれだけ恐怖の権化をしてたんだよって、考えたらだめだよ？

ちなみに美琴は鬱憤を晴らすように湖を全力で泳ぎ回っていたものの、途中から水上鬼ごっこに参加して遊泳板を乗りこなしていた。

だんだんこわばりがほどけていく美琴が、エルヴィー達と笑い合いながら逃げ回るのには、少しほっとしたものだ。

ただ、日が暮れても、夕ご飯になったあとでも、リグリラと仙次郎は帰ってこなかった。

槍もちゃんと持って行っていたことだし、仙次郎なら結界の外にいても大丈夫だろうけど。

さすがにほんのり心配になっていると、ネクターが言った。

「仙次郎さんに夜食を用意しておきましょうか。いつ帰ってきても食べられるように」

「そうだね。もしリグリラの憂さ晴らしに付き合っているのなら、ものすごくおなか空かして帰ってくるだろうし」

ただ、戦闘らしき魔力の乱れも感じられないことが、かえって不気味なんだよなあ。

でも、リグリラと仙次郎がやるときはまだ物理だけだし、わからなくてもおかしくはない。

そう思って、この話はおしまいにしたのだった。


思いっきり遊んだ子供達がそれぞれの部屋に引き上げた後、私は一人で温泉に来ていた。

カイルは一応夜の巡回に出ていて、ネクターは昼間にとったメモを深く考えたいからと家に残っている。

私は、せめてリグリラ達が帰ってくるまでは起きていようと思ったのと、なんだかんだでゆっくり入れなかったのもあり、今のうちに堪能しておこうと思ったのだ。

明日は別の予定があるから、今ぐらいしかゆっくり入れる時間がなかったりするしね。

おっふろ、おっふろとスキップしつつ、たどりついた脱衣所に明かりをともし、ぽぽいと衣服を脱いで、浴槽に向かったのだが。

湯気に隠れるように先客がいた。

ぱちぱちと目をしばたたかせつつその人影を確認した私は、笑顔になった。

「リグリラ、戻ってきていたんだ」

応えるようにぱしゃり、と水音をさせて湯をかき混ぜたのは、金砂色の髪の美女。

決まり悪そうな表情をしているリグリラだった。

湯船に足を滑らせていたリグリラは、ちらりと脱衣所を流し見た。

「……明かりが無粋ですわ。月がこんなにきれいですのに」

誘われるように見上げた夜の空には、満天の星々がきらめいて、浮かび上がるような大きな銀月があたりを照らしている。

これだけ光があれば、私達には昼間と変わらない視界だ。何より風情があっていいだろう。

「そうだね。消そうか」

指を鳴らして魔力で灯していた脱衣所の明かりを消した私は、体の汚れを流してから、リグリラの隣に滑り込んだ。

「お風呂の水はなるべく汚さない」は、公衆浴場じゃなくても基本なのだ。

私こだわりの42度の湯温は、涼しい夜の気温でますますちょうどいい。

硫黄の匂いと、指先から染み渡るようなぬくもりと、溶け込んだ魔力が心地よくて、思わずはにゃーんと体を伸ばした。

「あーきもちぃー……」

「伸びきってますわね」

「魔力が足りなくて、本調子じゃなかったからねえ」

あの騒動で枯渇寸前までいった魔力は、その後のレイライン整備もあって、今もフルチャージにはほど遠かった。

レイラインに潜り込めば数日ほどで回復できるけど、それをするには本性《ドラゴン》に戻らなきゃいけない。そうしたらアールの春休みが終わっちゃうから、折衷案としてもこのヴィシャナ山脈温泉旅行は大事だったのだ。

「それで、骨休めを。それなら本体の方がいいのではなくて？」

「いや、本性のまま全身を浸すためだけに湖の水を温めるのは、さすがに環境破壊が過ぎるかなあと自重した結果だよ。あったかい温泉で体を伸ばしたかったからさ」

「全く妙なところで優しいんですから」

少しあきれた風なニュアンスで言ったリグリラは、いつも通りに戻っているようで、少しほっとする。

私は肩まで湯につかりながら、岩の一つに腰掛ける彼女を見上げた。

今のリグリラは、金砂の髪を下ろしていて、巻髪は緩んでしっとりと首筋に張り付いていた。

その胸から腰にかけて、女性として理想以上の曲線を描く肢体はもはや芸術の域だと思う。

エロい、そしてえろい（大事なので二度言った）。

長い足をさりげなく伸ばして、湯をかき混ぜる姿が実に様になっていた。

と、眺めていたら視線に気づいたらしい、リグリラの紫の瞳が向けられた。

「何ですの、ラーワ」

「いやあ、いつ見てもきれいだなあと思ってさ」

しみじみ言えば、リグリラは虚を衝かれたように硬直した後、若干じと目になった。

「この体はわたくしの作品の一つですから当然ですけど。なんであなたはそう、いつもいつもさりげなく褒めるんですの」

「ええー」

なぜか文句を言われて不本意に思いつつ、自分の体を見下ろしてみる。

……うん。

平均並みに胸はあると思うけど、元が女子大生時代のままだから、見比べるもんじゃないな。

たぶん、頑張れば大きくしたり腰を細くしたりはできるだろうけど、まあ、ネクターがこれでいいって言うんだからいいよね。

リグリラはいつから温泉にいたのか、ほんのりと肌が上気していて色っぽい。

彼女も私と同じように人族の嗜好品を楽しむときには、人族の体に近づけていることが多いから、そのせいなのだろうけど。

さらに、その表情は日中に出て行った頃よりずっとさっぱりしていて、どことなく上機嫌のようだった。

「仙さんとはどうだった？」

だから水を向けてみれば、リグリラは決まり悪そうに視線をさまよわせる。

見れば、金砂色の髪が落ち着かなそうに揺らめいていた。

「まあ、それなりに」

その頰は、さっきよりも薔薇色に染まっている。

「それなりって、どれなり？　話はできたのかい」

これは、悪かったわけじゃないな、と思った私がさらに踏み込めば、リグリラは湯の中に体を沈めてきた。

彼女はそれほど熱いのが得意ではないので、私が湯温を調整してぬるめにすれば、ほうと息をつく。

「別に、仙次郎がいろいろごちゃごちゃとしゃべっていましたけど」

「うん」

「……帰るつもりは、なかったと言われましたの」

手持ちぶさたに、リグリラはお湯をすくってはほどいた。

きっと、ほかにもいろいろあったのだろうけど、そう言う表情は安堵に包まれていたから、仙次郎はうまく話ができたのだろう。

「あんなに必死にならなくったって、帰るなんて毛ほども考えてませんでしたし。何よりわたくしに許可なく離れることなんてありましたら、全力で縛り付けますもの」

「でも、それはしたくなかったんだろう」

図星を指したようで、リグリラはちょっと言葉を詰まらせた。

「そうしたとしても、何も面白くはありませんし。そもそもわたくしが不満だったのはあの娘の反応のほうで……」

言いかけたリグリラは、しまったという顔をして口を閉ざした。

あのときの美琴は仙次郎が故郷に帰らないことに怒っていて、それは意外なほど強情のように思えたけど、反応としては普通の範囲に見えた。

それが、何だというのだろう？

「いえ、何でもありませんわ」

リグリラは紫の視線をそらすと、片膝を抱えた。

少しの間、風と湖からする水の音だけが響いていたけれど、リグリラはぽつ、ぽつと話し始める。

「今まで、今の仙次郎がいればいいと、前世からここにいるのならそれ以外を気にする必要があるのか、と考えておりましたわ。ですけどあれにも血族がいて、わたくしの知らない一面が、過去があるというのが少し……」

「悔しかった？　それとも寂しかった、かな？」

濁された言葉を代わりにつなげれば、案の定リグリラは、顔を赤らめたけど、開き直ったように言った。

「だから、仙次郎が覚えている限り、全て吐かせましたの」

尋問してきたみたいな言い方だったけど、思い出話をずっとしていたのだろう。

なんか、やりとりまで目に浮かぶようだ。

プライドが邪魔してうまく切り出せないリグリラの、精一杯の意思表示を仙次郎がくみ取って、一つ一つ語っていったのだろう。

もしかしたら、自分の過去に興味を持ってくれるのが嬉しくて、仙次郎の尻尾が揺らめいていたかもしれない。

「その結果、仙次郎は、延々と仙次郎だったということがわかりましたわ。わたくしはそれで十分でしたけど、仙次郎がわたくしのことまで聞きたがったものですから、ちょっと長話になりましたの」

まあ、東和の衣服事情はなかなか面白かったですわ、と続けたリグリラは澄ましていたけれどやっぱり雰囲気が明るい。

そこそこ心配だっただけに心底ほっとした私は、湯の中でめいっぱい手足を伸ばした。

懸念が一つなくなっただけで、だいぶ気が楽だ。

「ともかくよかったあ。仙さんはもう家に戻ってるの？」

「ええ、多少ふらついてはいましたけど、家に帰っているはずですわ」

……ゑ？

私がぱちくりと目をしばたたかせれば、それをどうとったのか、リグリラは肩をすくめた。

「今回は骨休めも兼ねていますから、決闘はしてませんわ。ちょっと詫び代わりに貰っただけですの」

い、いやいやいや、いったい何を貰ったんですかリグリラさん!?

意味深過ぎるその言葉に戦慄していれば、リグリラはじいっと私を見つめている。

正確には、私の胸元に埋まっている、赤い竜珠だ。

人型でいる間、余分な魔力が漏れ出ないように、竜としての魔力を封じ込めている魔力の塊は、今も胸の中央で赤く光をはらんでいる。

「ちょっと気になっていたのですけど、あなたの竜珠《それ》ってどんな感じですの」

「どんな感じって」

「たとえば、爪や髪のように外殻要素なのか、それとも皮膚や粘膜のように触覚があるのか、とか？」

思わず肩を震わせてしまった私の反応が完全にアウトだったのは、リグリラの紫の瞳が加虐と好奇心に染まったことで知れた。

「確か以前に言ってましたわね。人型でいる間に余剰なものを概念として凝らせている、と。それってつまり、人の身には余る五感なども保管している、というわけではなくて？」

「い、いや、そんなことは」

あるのだけれど！

少々身の危険を感じた私が後ずされば、リグリラが妖しい光を帯びさせながら追いかけてくる。

「ラーワ、少し触らせてくださいませんこと？　ええもちろん魔力が欲しいわけではありませんのよ？　ちょっとつついたりはじいたりしてみたいだけで」

「リグリラわかって言ってるだろう!?」

「いいではありませんの、減るもんじゃありませんし」

「減るよ！　主に私の精神力が！　それにネクターだけで十分だから――！」

「っ!?　あの精霊なんてう」

「それ以上言わせないよ!?」

大声で遮りながらも、私は、嬉々としたリグリラの魔の手から逃げようと身を翻した。

あたりに盛大に水しぶきが立つ。

「逃しませんわよ！」

だが慌てていたものだから、悪いことにつるっと足を滑らせてしまった。

いや、ちがう、リグリラの金の髪が足首に絡みついたのだ。

なんでそこまでやるかな!?

と思っても体勢が立て直せるはずもなく、私は湯船へ倒れ込んだ。

勢いよく水しぶきがあがるなか、なんとか顔を上げれば、そこには心底楽しそうなリグリラがいて、顔を引きつらせる。

そのとき、がらりと勢いよく脱衣所の扉が開いて小柄な人影が躍り込んできた。

「ラーワ様っいったいなに、が!?」

それは、着の身着のままで杖を持った美琴だった。

険しく表情を引き締めて、あたりを警戒する彼女だったが、湯船の中でほぼ押し倒されている私とリグリラと目が合うと、ぶわっと狐耳と尻尾の毛を逆立てた。

「っっ～～～！！！？！？！？」

もはや声もなく、顔をゆでだこのように真っ赤にする美琴が、一歩、二歩と後ずさるのに、盛大な誤解を感じた私は、リグリラを押しのけて湯から上がった。

このまま帰らせたら何かが絶対まずい気がする!!

「まって、美琴待って！　お願い誤解だから、今駆け込んできてくれてすっごく助かったからこのままいかないで！」

「私は、別に、なにも、じょ、女性同士？　でもラーワ様にはネクター様が」

「そこから違うからっ。なあ、温泉に入りに来たんだろう？　是非一緒に入ろう。いい月だよ！」

おめめがぐるぐるになっていた美琴をなんとか正気に引き戻そうと言いつのれば、はっと覚めたような顔になった。

だけど、私の背後にいるリグリラを見たとたん、こわばった表情になった上、かぶりを振られた。

「いいえ、私は、またの機会にしま」

「わたくしはかまいませんわよ。はいればよろしいわ」

美琴の答えを遮るようにリグリラが言うのに、美琴は驚いたように耳を立てた。

私も少し意外に思って振り返れば、リグリラは水音を立てて上がると、浴槽の縁を囲む岩の一つに腰掛けた。

「涼むにはもってこいですから。その間、言いたいことがあるのなら、勝手にどうぞ。わたくしも少々言っておくことがありますし。この際解消してしまいましてよ」

胸の下で腕を組むリグリラに、顔をこわばらせていた美琴だったけど、挑戦的なまなざしに変わった。

「ちょっと、まって」

美琴は、そう言い残すと、脱衣所へ引っ込んでいった。

そこで、ようやく第2ラウンドが始まることを理解した私は、途方に暮れて浴槽の底に腰を落としたのだった。

耳から尻尾の先まで丁寧に洗い終えた美琴が、ちゃぷんと温泉に身を浸した。

思わずといった風に、はふうと吐息をついた彼女の姿は、心底幸せそうだ。

金色の尻尾も湯の中で上機嫌に揺らいでいたけれど、それもすぐに止まり、じっと、リグリラをにらむ。

◇　◇

私は膝を抱えながら、逃げるに逃げられずに傍らで待機だ。

どんな話になるか気になる、というのはもちろん、万が一、億が一にでもリグリラが美琴に何かをする可能性を考えてしまえば放っておく訳にもいかなかった。

二人とも、私を追い出すそぶりもなかったから、いた方がいいんだろう。

……ああでもおかしいな、ちょっと胃が痛い。

なぜか、あんまり温泉が温かくない気がしていると、ささやくような声音で美琴が話し始めた。

「仙にいは、あのまま東和にいれば、国一番の護国の剣となるはず、だった。いずれ、姉と祝言をあげるのだといわれていたし、家同士で、約束を取り交わしてもいた」

初っぱなからの爆弾に、私は顔を引きつらせた。

仙次郎ってば、思った以上にヘヴィーなものを置いてきていたのか……。

ぎゅっと、膝の上で拳を握りしめた美琴は、口惜しそうに続ける。

「あなたが、いなければ、仙にいが国に帰れなくなることもなかった。平穏に、東和で過ごせたのに」

「それが望みだと、本人から聞きましたの？」

リグリラから振り下ろされた言葉に、美琴は顔をこわばらせた。

「それ、は」

「仙次郎はそうはならなかった。そうしなかった。わたくしの下にいることを選んだ。ならばあなたが口を出せる余地など、はなからありませんのよ」

意外なことに、仙次郎が婚約をしていたという話にも、リグリラは毛ほども動じていなかった。

皮肉な物言いはいつも通りだったけど、相手をえぐっていたぶるような話運びではなく、ただ淡々と事実を突きつけていく。

代わりに美琴がかたくなにかぶりを振る。

「私は、姉の家族だからっ。こっちにこれない姉の代わりに」

「それにあなた、本当に姉のために仙次郎を連れ戻しに来ましたの？　海を越えて？」

「どういう、意味」

いぶかしむように美琴の眉がひそめられるけど、私にはその表情にどこか、怯えがにじんでいる気がした。

「当てもない異国まで、強制されたわけでもなく、たった一人を捜しに来られまして。姉のためと言っていても、あなたが激昂したのは仙次郎がわたくしのものと知ったタイミングでしたわ。そこにあなたの意思が混じっていないとでも？」

「っ！」

美琴は黒々とした瞳を見開いて絶句したあと、顔がすごい勢いで赤く染まる。

その反応は間違いなく、湯あたりじゃなく羞恥からだ。

私ですら、えっと思った。

直接的な言葉は使っていないけど、リグリラは、こう言っているのだ。

美琴は、仙次郎に恋をしているんじゃないかって。

日中の美琴の反応は、ちょっと過剰な感じはしたけど、それでも私には突然の再会に加え、変わり果てた？　姿を見た時の動揺の範疇に思えていたのだ。

リグリラが想い人へ向けられている感情だったから気づいたのか、鎌をかけたのかはわからない。

だが、頬を色づかせる美琴のうろたえ方は、彼女の自覚はどうであれ、図星なのだと理解できた。

「なに、それ、ちがっ私は」

「やはり、自覚してなかったんですのね」

しどろもどろになる美琴に、憐れみのような憐憫のような表情を浮かべて、リグリラはゆっくりと足を組んだ。

「わたくしは仙次郎《あれ》だけを欲していますの。だから外部の要因を持ち出して、大義名分を作って、己の望みに気づいていない。同じ土俵にすら立っていないあなたは論外ですわ」

傲然と月光すら従えて、強く艶《あで》やかに主張するリグリラの姿は、慣れている私でも見惚れてしまう。

でも、気づいていなかった想いを明るみにされた美琴は、いったいどんな想いでいるのか。

私がそっと窺えば、美琴は、呆然とリグリラを見上げていた。

混乱と、動揺と、怒りと、おびえと、様々な感情を入り混じらせて言葉を紡げないでいる。

黙りこくってしまった彼女に、リグリラは一つため息をつくと、ざっと温泉から足を引き上げて立ち上がった。

「わたくしからは以上ですの。お子様ならお子様らしく、おとなしく故郷へ帰ることね」

そのまま去って行こうとするリグリラに、私はどうしようかと迷った。

リグリラの言い過ぎに思えたけれど、信念の元に言った本心だというのは長いつきあいでよくわかってしまう。とがめたとしても謝ることは絶対にしないだろう。

美琴を慰めるべきか。でもこんな傷ついた彼女に何を言えばいいのか。

私が右往左往していれば、水面をゆらし、美琴が勢いよく水しぶきを上げて立ち上がった。

面食らって見上げれば、美琴は固く拳を握りしめて、今にも泣きそうな目でリグリラの背をにらみつけていた。

『あなたが前世から知っていようと、仙にいとは私の方が長く一緒にいたのです！　馬の骨ともしれない荒御魂のあなたになんか、そう簡単に渡せないんですから！』

気を高ぶらせた美琴が、東和国語で叫んだことは、きっとリグリラは正確には理解できないだろう。

けど、それは、譲りたくないという明らかな意思表示で。

立ち止まったリグリラは、ゆっくりと彼女の方を振り返ると、心底愉快そうに唇をつり上げた。

そのまなざしを私は知っている。戦うに値するモノを認めた目だ。

「あら？　小娘がきゃんきゃんと何かわめいていますわね。ああ、狐娘なのだからしかたないのかしら」

『あなたこそ、仙にいの故郷の言葉がわからないくせに！　好きっていうんならちょっとでも理解する努力をしたらどうです!?　乳がでかいだけでえらそうにしないでください！』

「っあなた、今この胸をののしりましたわね。これはわたくしが長年、試行錯誤を重ねて創り上げた理想的な肢体ですの。仙次郎も立派だと認めましたわよ」

リグリラが胸を張ったとたん、大きく揺れた。

あーうん。たしかに、すごいよなあ。

『せ、仙にいだって男の人ですもの！　じょ、女性の肢体に惑うのは仕方がないですけど、仙にいがもっと好きなのは鍛錬ですっ』

美琴も思わずといった感じで見くらべて、心底悔しそうな顔をしていたけれど、攻め手を変えてきた。

『毎朝毎晩せっせと槍を振り回していましたし！　そのせいで懸想されても気づかれない朴念仁なんですから！　どうせあなただって放っておかれるのですっ』

「ふふふ、いいように言ってくださいますけど、魔力と思念でニュアンスは伝わるんでしてよ。仙次郎の朴念仁ぷりと律儀さは知っておりますわ。なにせわたくしとは毎日鍛錬をしているんですから。さんざん転がしても、ぎらぎらと食らいついてくる姿にはぞくぞくいたしますの」

『……では、仙にいがそれなのに意外とモテてしまうのも知ってるのですね！』

「っ!?」

『妖魔討伐で方々を旅するたびに届く恋文の返信を、私とお姉ちゃんで考えたんですよ。さる高貴な姫君が婚姻を求めてきたときはどうなるかと思いました！』

「べ、べつに仙次郎の心を射止められなかった路傍の石のことなど、きょ、興味ありませんわ」

いや、めちゃくちゃ気になりますって全身で言ってるよね？

『何度もそれで面倒なことに巻き込まれてるのに、直らないんですから……仙にいは困っている人がいたら、見捨てず手をさしのべてしまうんですから』

へにゃり、と狐耳を伏せた美琴に、リグリラもちょっと言葉を詰まらせた。

「あの男、せっかくそばにいるのに自分からは一切手を出してきませんし。そのくせふらふらとうかつに離れてたりもして」

『気がついたら居なくなっていて……こっちの心配も知らずに、のんきに帰ってくるんですよ』

言葉は一方的にしか通じていないはずなのに、口げんかをしていたかと思えば良いところを褒めて、愚痴を言い合ってしんみりして、なかなかに目まぐるしい。

やり玉に挙げられているのが仙次郎で、すごくいたたまれないことを除けば、彼女たちが言葉をぶつけ合うたびに心の距離が近づいている気がしてちょっとすごい。

そろってしんみりしていたが、ふいに美琴はふふんと、どこか得意げに尻尾を揺らした。

『それでも、私、仙にいとお風呂に入ったことありますもん』

「……なんですって？」

愕然とするリグリラに私は半笑いになってしまう。

それ、東和にいた時の話だから、美琴がまだ小さい頃だよ。

でも心底うらやましそうな顔をするリグリラと、どや顔をする美琴を前に補足する気力は湧かなかった。

『きちんと髪と尻尾のお手入れをしていただきましたもの！　肩車して貰ったり、膝枕で寝かせて貰ったり！　遠征したときはいつもお菓子を買って帰ってきてくれましたし。特別扱いしてくれましたもん！』

「わ、わたくしだって、仙次郎の尻尾の手入れは欠かしませんわよ！　油と櫛と最近は手技で骨抜きにしていますわ！」

『尻尾に触っているのですか!?』

たしか、獣人の尻尾はごく親しい人にしか触らせないものだと聞いているから、つまりそういうことだと言っているようなもんなんだよね。

ええと、なんか、しょうもない応酬になっているけど、リグリラも美琴もなんとなく放っておいて大丈夫そうだ。

東和国語と西大陸語で成立する、謎の言い争いは終わりそうもないので、私はそろーっと温泉から抜けだした。

なによりこれ以上聞いていると仙次郎に悪いというか、リグリラに大変なことされているなあと気まずいし。

東和でも、いろんなことがあったんだね（苦笑）みたいな。

半笑いで思いつつ体を拭いて着替えていたのだけれど、ふと入り口の方に何か違和感を覚えた。

というか、誰かいる気配がする？

着替え終わった私が、そろっと、外をのぞいてみれば、建物脇の暗がりに座り込む大きな影が一つあった。

灰色髪に覆われた頭を抱えて、全力で狼耳をへたらせて、尻尾まで丸めているのが誰なのか一目瞭・

然だった私は、心の底から同情した。

私が近づいていけば、仙次郎はただ狼耳をぴくりと動かす。

「……けして、盗み聞きするつもりではござらんかったのだ」

「うん、わかってるよ。温泉、入りたかったんだろう？」

リグリラも美琴もかなり大声で言い合っている。私もこの位置で特別耳を澄まさなくったって聞こえるのだから、仙次郎なら同じくらい聞こえているだろう。

むこうの二人に聞こえないようトーンを落として話しかければ、ようやく顔を上げた仙次郎の顔は、お風呂で温まってきたときのように赤らんでいた。

「こう、忘れてくれるとありがたい」

「仙さんも苦労しているねえ。と、言うか。愛されてる？」

しみじみ言ってあげれば、仙次郎の狼耳が面白いように逆立った。

普段、あんまり動揺した姿を見ないから、ちょっと楽しい。

「聞かなかったふり、しといた方がいいかもね」

「むろんだ。……墓場まで持って行く」

それだけは真摯な声音で言った仙次郎は、そっと立ち上がった。

本当に驚くほど気配なく動くなあ。これじゃ、気づかないのも無理はないや。

「もうちょっと、聞いていく？　それとも見つからないうちに帰る？」

問いかければ、仙次郎はかぶりを振った。

「いや、それがしがいたとして、益になるものは一つもなかろう。朝風呂を楽しませていただくでござる」

「それがいい」

なんとなく連れだって歩けば、仙次郎がぽつりと言った。

「リグリラ殿には感謝しかござらん。無理かと、思うておったゆえ」

「私もびっくりだった」

まず、美琴に興味を示したことが一つ。

さらに、あそこまで歩み寄るなんていうのが一つ。

「それがしが、時間をかけて言い聞かせなければならぬことを、肩代わりさせてしまったことが申し訳ないが。リグリラ殿がそれがしの心情をくみとって対話を選んだのが少々」

「嬉しい？」

「うむ」

照れくさそうに尻尾を揺らめかせた仙次郎は、少し、遠いまなざしを虚空へ投げた。

「美琴は、年が離れておったからな。なついてくれている自覚はあったが、それがしが東和を出る前には10を超えたばかりであった。ゆえにあれだけの思慕を残してくれているとは、思わなかったのだ」

リグリラはああ言ったけど、私は美琴のそれは恋心と言うよりも、仙次郎というお兄ちゃんへのあこがれの気持ちの方が強いんじゃないかな、と思う。

それでも初恋は初恋だし、軽く扱うつもりはないけれどね。

「捨てたのであるからと覚悟していたが、あの反応は少々堪えるものがあった」

重い仙次郎の吐息が、夜の闇に染み渡った。

でも、そこから感じ取れる悲壮感も痛みもごくわずかだ。

「美琴は、それがしにとっては、大事な妹にござる。ゆえに、絶縁せずにすむかもしれぬと希望を抱けたのは嬉しいのでござるよ」

きっと美琴にとっては、悲しいことだ。仙次郎の心は、どうあったってリグリラに向いているから。

折り合いをつけるしかないのだけれど、美琴はきっと重く悩むことはないだろう。

なにせ、リグリラが、美琴の鬱憤を解消している真っ最中なのだから。

「リグリラは、やりたいことをやるだけだから。だから、きっと、そのやりたいことに君を慮るというのが入ったのだろうねえ」

何気なく言えば、仙次郎はまた尻尾を揺らめかせて、空いている手で顔を覆った。

「うむ、似たようなことを言われ申した」

照れる男性をかわいいと思うのはだめかなあ。ネクターも可愛いんだよね。

いやあ楽しいものだとにまにま笑っていると、仙次郎はごまかすように咳払いをした。

「とりあえず、美琴とは話したいことがあったゆえ、よかったでござる」

「話したいこと？　東和のこととか？」

5年も帰っていなければ故郷について気になるだろうなと思ったのだが、仙次郎の反応は鈍かった。

「うむ、そうと言えばそうなのだが……」

なんだか煮え切らないというか、どう説明すればいいのかわからないと言った風で言葉を濁した仙次郎に首をかしげる。

「確信が持てたら、言うでござる」

「わかった。あ、仙さん、最後に聞きたいんだけど」

「なんでござろう」

「リグリラからすっごく仙さんの魔力の気配がしたんだけど、いったい何してたんだい」

「……のーこめんと、というやつでたのむでござる」

心底決まり悪そうな仙次郎ににやにやしたところで、私達は家に着いたのだった。

第4話　ドラゴン一家の里帰り

目まぐるしくも濃密な一日が終わった、翌日。

本性に戻った私は、ネクターを背に乗せてヴィシャナ山脈上空を飛んでいた。

少し前を、亜麻色の鱗に覆われた体に赤の翼を広げるドラゴン姿のアールが飛んでいる。

以前に見たときよりも、少し体が大きくなった気がする。

本来なら、ドラゴンは生まれたときから成体だ。

けれど、アールは私から生まれたせいか、ちょっと事情が違っていて、精神年齢とともにドラゴンの体が成長しているようだ。

この春休みの中で何かあったのかな、と思うと嬉しくもあり、寂しくもあり。

《それにしてもまさか、リグリラと美琴がのぼせるまで言い争ってたなんてびっくりだったよ。手遅れになる前に気づいてよかった……》

《ですが、軽い湯あたりでしたし、朝食は旺盛に食べていましたから。しっかりにらみ合っていましたけど、大丈夫だとは思いますよ》

《それに、お姉さまとみこさん、ちょっと仲良くなったみたいな感じするね。口げんかしてるけど》

《そうなんだよねえ。なんだかんだで今日も湖でじゃれ合ってるし。けんか腰だったけど》

バチバチと視線を交わしつつも、同じテーブルに着いていたリグリラと美琴を思い出して、私も思わず笑ってしまった。

あの後。家に帰っていた私だったけど、いつまでたっても帰ってこないことをいぶかしく思って様子を見に行ったら、二人とも湯船につかったままぐったりしていたのだ。

調整役の私がいなければ、源泉掛け流しのまま42〜3度で推移するのを忘れていた。

私は慌てて彼女達をすぐそばの湖に浸けて熱を冷まし、意識がはっきりしたところで服を着せて家へ運び込んだのだ。

美琴はともかく、なんでリグリラまでと思ったけど、あとから聞き取ったら、一人で一刻ぐらい、泳いでは温泉であったまるをせっせと繰り返していたらしい。

最近、リグリラが人型の再現度を上げていることは知っていたけれど、まさか湯あたりできるまで作りこんでいるとは知らなかった。

仙次郎のためなんだろうなあと思うから、ニマニマしてしまうけれども、そりゃあ湯あたりするよ、のぼせるよ……。

完全に目を回していた美琴は、今日起きてきたとたん顔を真っ赤にしつつスライディング土下座を決めてくれて、また一騒ぎあったのだが。

ともかく、リグリラと美琴は、反感はあっても打ち解けるというなんとも奇妙な関係になっていたのだった。

今日も今日とて、ヴィシャナ山脈を満喫しているエルヴィー達だったが、その中で美琴とリグリラはつかず離れずの距離を保ち火花を散らし合っていた。

仙次郎もカイルもいることだし、とりあえず大丈夫だろうと考えて、私達はこちらに来るときに予定していた里帰りを決行中なのである。

《かあさま、見えたよ！　おじいちゃんの木！》

アールの弾んだ思念が伝わってくるのに前後して、私も視認する。

森の中に、そこだけ一つの山のようにこんもりと飛び出した緑があって、ひときわ濃密に魔力を灯らせている。

そのこんもりとしたところは、すべて大きく枝葉を茂らせる、一つの樹木で構成されているのだ。

それが、木精のおじいちゃんの依り代であり、ネクターの親木でもある、世界でも有数の大樹、精霊樹だった。

私はアールへ思念話を飛ばして、降下を始める。

ゆるゆると高度を下げ始めれば、ネクターも心得たもので、私の背中から降りて杖に乗った。

ネクターが巻き込まれないところまで離れたのを見計らい、人型をとりながら皮膜の翼だけを残して羽ばたき、緩やかに地面へ降り立つ。

とたん、濃密な緑と土の入り混じったすがすがしい匂いに包まれて、ほうと息をついた。

同じように人型になって、赤の皮膜の翼を広げたアールは、ちょっとふらついたところをネクターに支えられて降り立っていた。

「まだ人の姿で飛ぶのは難しいや。尻尾でバランスがとれないんだもの」

「人の姿は飛ぶのには適していないし、そもそもやる必要がない技能だからね。まねしなくてもいいのに」

「だって、かあさまが人型で飛ぶのはかっこいいんだもん。ちゃんとできるようになるよ！」

拳を握って主張するアールに笑みをこぼしつつ森の中を歩けば、すぐに一面に木漏れ日が降り注ぐ空き地に出た。

その空間を支配しているのは、たった一本の樹だ。

高さは人の姿だと、首が痛くなるほど見上げてようやくてっぺんがわかるほどで、枝ですら一本の樹木のような太さを誇っている。その高さを支える幹は、大小のこぶが浮き出ていて、大きく隆起した壁のような根っこが、縦横無尽に広がっていた。

幹は、一回りするのに、たぶんドラゴンの私が数体は必要だろう太さだ。

今日は晴天だったけれど、その日差しも枝葉でほとんど遮られていて、冷えて澄んだ空気の中に、緑の光が揺らめいている。

静謐で、なのに圧倒されるような、美しい空間だった。

風が吹いたことで、枝が揺れてざああと音が響けば、それに合わせるように濃密な魔力の中で生まれたばかりの精霊達が、ころころと笑いさざめくのを感じた。

やっぱり、魔力と精霊の気配が色濃い。

もともと植物には、地中のレイラインから魔力を吸い上げ、枝葉を通して周囲へと発散させる性質がある。けれど、精霊樹はその吸収量と発散量が桁違いなのだ。

さらに、自身の成長と防衛のために精霊に助力を求めるため、精霊が好みやすい魔力の濃度にする。

だから、精霊が生まれやすく、魔力が色濃い環境になるのだけど、その濃い魔力に惹かれて、幻獣や強い動物がやってきたりもするわけで。

やたらめったら強い幻獣や精霊がいる森があったら、その中心には精霊樹が生えているといわれるくらいには、有名な植物だった。

精霊樹には例外なく精霊が宿り、精霊樹の精霊から杖を分け与えられた魔術師が、国に帰って英雄になる、というおとぎ話もあるほどだし。

よくここで、おじいちゃんに古代魔術の講義をして貰ったなあと、しみじみしていたのだが、すぐに違和感に気がついた。

「あれ、おじいちゃんがいない？」

その精霊樹の下はきれいで落ち着く感じだったけど、肝心の木精のおじいちゃんの気配がしなかった。

精霊は、本体とパスがつながれば、もっと踏み込んで言うと、その存在を維持するための魔力さえ吸収できれば、普通の人と変わらず自由に行動ができる。

普段、亜空間に本体となる杖をしまい込んでいるネクターが典型例だ。

ただ、精霊は生まれた土地からはほとんど離れたがらないし、離れる理由もないから移動するという概念がないひきこもりなのである。木精のおじいちゃんも例外ではなく、今までそんなこと一切したことがなかったから、ひどく驚いた。

「おじーちゃーん！　いないのー？」

アールも、気配がしないことに気づいたようで、それでも根っこの上を飛び回って幹に近づきながら呼びかける。

すると、幹のそばにすうっと魔術陣が現れて、淡く透ける美老人な姿が現れた。

一瞬おじいちゃんが戻ってきたのかと思ったけれど、その視線が合わないことで記録魔術の一種だと気づく。

音声だけでもめんどくさいって言うのに、おじいちゃん相変わらず器用だなあ。

私達が前に集まったのを見計らったように、映像のおじいちゃんはしわを深めて柔和に笑った。

『久しいの、黒竜や。これを見ておると言うことは、アール坊をつれてきておると言うことじゃな。どうせ不肖の弟子もおるのであろう』

「いますけど、その言いぐさは相変わらずですね」

苦々しそうな顔をするネクターにも、記録映像は頓着せず続けた。

『どうせおまえさん達のことだ、相変わらず年がら年中いちゃいちゃいちゃいちゃしておるのじゃろうて。心配はしておらぬが、アールの手前ほどほどにするがよいぞ』

「い、いや、さすがにそんなにはしてないと思う……」

顔が赤らむのを感じつつ、つい言い返してみれば、ほんとにそうかとでも言うようなじと目を向けられた。……これ本当に記録魔術かい？

間をとるように一つ息をついたおじいちゃんは、ぱっと手を一閃すると、簡素な服装が、ぴっしりとした旅装に変わった。バロウ国風でちょっとしゃれているのが芸が細かい。

『さて、本題に入るぞい。春休みにはくると言うておって楽しみにしておったのじゃが、ちいと野暮用ができたゆえ出かける。この際であるから久方ぶりに方々を漫遊してくるぞい。連絡が取れずとも安心せい』

「野暮用……？」

おじいちゃんの野暮用が全く想像つかなくて、首をひねる。

そこで映像は若干下の方、アールくらいの背丈に視線を合わせるように向いた。

『すまんなアールや。じいじも遊びたかったが、土産でも持ち帰るのでな。それで許しておくれ』

「楽しみにしてるね」

映像だとわかっていてもアールが応えれば、おじいちゃんは笑みを深めて、ふっと消えた。

発動媒体になっていた枝と、その周りに描かれた魔術陣を調べていたネクターはこちらを向いた。

「どうやら、春休み前にはいなかったようですね。だいたいの日付が推測できるよう、あとを残してあります」

「おじいちゃん、お出かけしちゃったんだ」

「残念だったね。思念話が通じなくても、まさかとは思っていたけどさ」

しょんぼりと肩を落とすアールの頭を私がなでていれば、気遣わしげな精霊達もよってくる。

それで、少し慰められたのか、アールはくすぐったそうにしつつはにかんだ。

「うん、大丈夫だよ。ありがとう。……そうだ、かあさまほかの精霊にも挨拶してくるね！」

「気をつけていっておいで」

言い出したアールは、精霊樹をひょいひょいと上っていき始めた。

正確には、一枝が太いから、軽く跳躍して、枝から枝へ飛び移っている、のだけど。

どんどん小さくなっていくアールを見送った私は、なんだか気が抜けてしまって根の一つに腰を下ろした。

根っこと言っても、座って足がかろうじてつくかぐらいには高さがある。

やっぱり前世ではお目にかかれないファンタジー樹木だな、と改めて思いながら、浮いた足をぷらぷらと揺らした。

「残念だったなあ。聞いてもらいたいことも、聞きたいことも沢山あったんだけど」

引きこもりだったおじいちゃんが、外を出歩くのはいいことなのかもしれないけど、あてが外れてしまって、落胆の気持ちは隠せない。

はあ、とため息をつけば、隣に腰を下ろしたネクターが案じるようなまなざしを向けてきた。

「やはり、『蝕』についてですか」

「うん、ドラゴン以外で私よりも長く生きているヒトっておじいちゃん位しか知らないからさ。ドラゴン達の反応は、本当に微妙だったし」

私は、ここに来る前に招集したドラゴンネットワークでの会合で、蝕について報告したときのことを思い出したのだった。

《以上が、私が遭遇した魔力異常……いや、世界の消滅現象に関する事柄だ。この現象について知っていたら速やかな情報共有を求める。これは世界の存亡に関わる事案だ》

私がそう締めくくれば、不気味な沈黙がドラゴンネットワーク内を満たした。

定期招集ではなかったから、集まったのは全ドラゴンの4割くらいだった。

これでもかなりいい数字だと思う。

ドラゴンはレイラインの修復に大半の思考領域を割いていて、さらに一度レイラインの中に意識を沈めれば、その作業にかかりきりになる。

だから、ドラゴンネットワークで呼びかけられても応答できないことの方が多かった。

レイラインの調整はそれだけ面倒で複雑な作業なのだ。

それにドラゴンネットワーク内に情報を更新しておけば、余裕ができた時に自分のタイミングでアクセスして閲覧することができるから、リアルタイムで集まる必要も薄かったりする。

今回、集まった中には千年二千年クラスのドラゴンもいたから十分だ。

そう、思ったのだが。

《答、該当する記録なし》

《同じく。未知の現象なり》

《まって、みんな知らないのかい？　似たようなことも？》

呆然と聞き返した私の問いかけにドラゴン達が活発に情報交換をするけれど、どれ一つとして仮説の域を出なかった。

結局リュート達の捜索をし、継続的な調査をすると合意するだけでおしまいになってしまった。

魔力波のパターンは共有したけど、あれだけドラゴンを憎んでいるリュートのことだ。ドラゴンのいるような領域には来ないだろうから、見つける確率はすごく低いだろう。

ただ、その時の会合にはなぜかヴァス先輩はいなかった。

だから、エルヴィーが寝静まっている夜のうちに、ミニドラな先輩をひっ捕まえて聞いてみたのだ。

そうしたら……。

「『情報が規制されている』ってどういう意味なんだろうねえ」

最後の最後で先輩が口にした言葉を繰り返してみたが、やっぱりよくわからなかった。

「『本体に仮称〝蝕〟に関する事柄について情報検索を申請。だが、閲覧不許可と回答。最大深度の封印記録に該当するため、以後アクセスも不可とする』でしたね」

ネクターが正確にそらんじたのは、そのときのヴァス先輩の回答だ。

「情報がないわけではないが、何らかの理由で開示できないということでしょう」

「そのあとは何回聞いてもだんまりだったもんねえ」

とても申し訳なさそうに沈んでいた先輩の表情を思い出してちょっぴり沈む。

本当に、ぎりぎりのところまで明かしてくれたのだろうと思うけど、知っている人がいるのに教えてもらえないというのは生殺しのような気分だ。

だけど、エルヴィー達のことを持ち出しても明かすことはできないというのだから、よっぽどのことだとあきらめたのだった。

……脅したわけじゃないよ？　ただ、エルヴィー達が蝕に巻き込まれる可能性もなくはないんじゃない？　って言ってみただけで。

それでも、一つだけ見えたのは、知っているかもしれないドラゴンがいたという事実だ。

あんまり考えたくないのだが、私はシグノス平原の騒動で、先輩ドラゴンたちが隠し事をするのを体験している。

だからもしかしたら、ほかにも知っているドラゴンがいて、私にだけ黙っていた可能性もありえるのだ。それを先輩だけが曲げて教えてくれたのだとしたら、とても貴重な情報だった。

とはいえ、確か先輩は５０００年以上生きているドラゴンだったはず。

５０００年たてば世界の座に還ってしまうドラゴンが多い中で、とても貴重な存在だ。

ほかのドラゴンに聞いても、まともな答えは返ってこないと思った方が良い。

ならば、ドラゴンと同じくらい長く生きてそうなおじいちゃんに一縷の望みをかけてみたのだけど、肝心のおじいちゃんがいなかったのだった。しょんぼりである。

「ラーワは御師様の年齢をご存じなのですか」

「詳しくは聞いたことないなあ。けど2000歳以上ってことは確かだよ」

だから結構まじめに当てにしていた部分もある。

なぜわかるのか、といった顔をするネクターに種明かしをした。

「ネクターが研究所の所長だった時代に、そこの魔術資料を読んだんだよ。そこの文献に載っていた古代魔術が、おじいちゃんに教わったものだったから、文献が編纂された時期も併せるとだいたいそれくらいかな、って」

「ならば、もっと時代が下ったあと、その魔術が実用とされていた時代に知ったというのも考えられるのでは」

「その古代魔術を教わったときに、研究秘話？　みたいなのも話してくれたんだ。なんか、その場にいないとわからないような感じのやつ。ネクターみたいに精霊樹の枝を出張させていて聞いたのなら、あり得る話だろう？」

「なるほど。ちなみにどの書物の古代魔術でしたか」

「ええと確か……」

納得したネクターにその古代魔術が載っていた文献を上げれば、少し考え込む風だった。

たぶん、これは頭の中で読んだ資料全部に検索かけているな。

「その文献は確か翻訳写本ですので、奥付の日付は写本日になっています。写本になると写した際に当時の術式も追加されたりしますが、その術式は原書にあったはずなので、原書の編纂時期の方がより正確でしょう」

「へえ。原書ってどれくらい前の本？」

「当時の研究ですが、約５０００年前、古代人の滅びた時期までさかのぼるだろうといわれています」

　まさかのドラゴンのとりあえずの寿命と同じだった。

　というか、それだけ昔の文献が写本とはいえ読める形で残っている、というのは驚くべきことかもしれない。

　高度な魔導書には必ずと言っていいほど状態維持の魔術がかけられているものだし、魔導書の形状も書籍や巻物のほかに、記録珠《オーブ》と呼ばれる触れた者の脳に直接術式を刻み込む、なんてものもある。

　だから、地球よりもずっと情報が後世に残っていきやすい。

　ただ、それにしたって、５０００年前というのは、私でも途方もない時間だった。

　思わず黙り込んでしまった私がネクターを見返せば、ネクターの薄青の瞳は深い思索に沈んでいた。

　無意識のうちに触れているのは、座っている根、つまり精霊樹だ。

「実は私も、人間時代に御師様について調べたことがあるのですよ」

　その声に耳を澄ませれば、ネクターは思慮深い顔つきでゆっくり話し始める。

「最高の杖の基材になる精霊樹は、魔術師の中では垂涎の的ですから、発見されれば必ず記録が残ります。ましてやヴィシャナ山脈は、大陸が違う西大陸にすらその名が知られている場所ですから文献に残っていて当然と考えました」

「どうだったんだい」

「一番新しい記録は約600年前でしたが、一番古いのは5000年前でした。……奇しくもラーワの言った魔術式が作られた時期ですね」

「へええ、やっぱりおじいちゃん長生きだなあ」

のほほんと感心したのだが、ネクターの表情は物思いに沈んだままだ。

「すこし、疑問が残るのです」

「どこがだい」

「5000年前、からなのですよ。記録に残る限りで御師様が人に会われ始めたのは。なのにそれより以前のものであろう古代魔術を極められているのです。5000年前にはすでに、古代魔術は断絶しているはずなのに」

はじめ、ネクターの言いたいことがわからなくて首をかしげたが、だんだん頭にしみこんでいくにつれて思い至った。

「つまり、古代人が使っていた魔術を、人と関わってなかったはずのおじいちゃんがああも深く知っているのは何でだろうってこと?」

こくりと頷いたネクターは賢者の顔で続けた。

「古代人の記録は途絶え、古代魔術については、私が人間だった時代から迷宮の記録から断片しか知ることはできません。だからこそ、5000年前より昔の記録がないのなら、古代人がその頃に途絶えた、というのは有力な仮説です。ならば、御師様の抱える膨大な古代魔術の知識はいったいどこで修められたものなのか、少し疑問が残るのです」

さあ、と風が吹いて、ネクターの三つ編みからこぼれた亜麻色の髪が舞い広がった。

私の黒髪もてあそばれるが、気にならなかった。

「そもそも、精霊は魔術を使いません。この身に宿る魔法を駆使するのがせいぜいで、それすらも滅多に使いませんから、熟達するという発想自体がありません。なのに、御師様は深い研鑽を積まれていて、古代魔術の発展はもちろん、現代の術式まで興味を持たれて組み込もうとされていました。その思考はとても私と近しいような気がするのです」

おじいちゃんがごく当たり前のように魔術を教えてくれたから、全く考えたこともなかったけど。

精霊が使うのは生まれたときにその性質を形にする魔法だ。それも練り上げて使うということはせず、そのままの状態で行使する。強力だけど、応用力はほぼない。それが精霊だった。

これが魔族だと、魔物を効率よく駆除するために、色々研究して魔力を使ったり、道具を作ったりするのだけど。

私も考え込む。

おじいちゃんが、古代魔術を知ったきっかけって、何なのだろう。

やっぱり、古代人から？　それともほかの魔術師から？

だけど古代魔術は百数十年前に私が伝えるまで、文献には残っていても、使い方がわからないものが大半だったのだという。

「いや、でも、おじいちゃんがもっと長生きで、古代人から直接聞いたって言うのもあり得る話じゃないか」

不意に気づいて主張してみれば、ネクターはあっさりうなずいた。

「ええ、ですから私が気にし過ぎている部分もあるでしょう。研究者としての血がつい騒いでしまいました。……ですがむしろそちらの方が嬉しいですね。御師様が古代人についてご存じなら歴史的記録になりますし！」

別の方向へ興味を移していったネクターに苦笑しつつ、私は精霊樹の何百年も前から変わらない、どっしりとした立ち姿を見上げた。

おじいちゃんがいったいどういう経緯で精霊になったのか、なぜ私に古代魔術を教えてくれたのか。

世界最強ドラゴンでも、案外わからないことは多かったのだなあと、ちょっぴり自虐的に、でもなんだか新鮮な気分でぼんやりと思った。

リュートについても蝕についても、新しい発見はない。

まずはアールの気持ちと疲れた体を癒やすことを優先したから当然だけど、それでも、ひたひたと忍び寄るような焦燥は常に近くにあるのだ。

蝕についてわかっていることと言えば、古代人に封印されていたもので、魔法しか通じないこと。生物も無機物も、魔術も等しく消滅させるけれど、私はそれに耐えられたこと。

私が耐えられたのは、このドラゴンの体が世界の分体《ぶんたい》で、世界を形作る魔法の一種だからってことはあるのだろうけど。かといって蝕がどういう物なのか、消滅した物はどこへ行くのか。そもそも蝕がどこから来たのかすらわからない。

唯一知っているリュート達は行方知れずだ。

それでも、打てない手がないわけではないけれど、それにかかる膨大な手間を考えると今からちょっと気が遠くなる。

「いったい蝕って、何なんだろう……？　あんな、悲鳴とか苦しみとか、感情がにじむものなんだから、生き物に近いものなのだろうけど」

無意識につぶやいて、これについてはもう一つ疑問が発覚したのだと思い出した。

「そうだ、これ、私にしか感じなかったんだよねぇ……」

「あの蝕から感じたという、負の思念についてですか」

ネクターの問いかけにこくんと頷いた私は、片足を立ててその上に頬杖をついた。

事態の収拾が付いたあと、意見交換をしたときの衝撃は記憶に新しい。

蝕があふれて出てきたとき、私は意識が飛びそうなほどだった負の思念だが、そばにいたリグリラは感じていなかったというのだ。

蝕の間近にいた仙次郎も、カイルも、ネクターも、なにかぞわっとしたものは感じていたけれど、蝕から伝わってきた負の思念については首をかしげるばかりだった。

そりゃあ私はドラゴンだから、ほかの生物とは違うモノを感じ取ることができる。

だけど、あまりそれを自覚したことがなかったわけで、ついでにあんなに強いモノを誰も感じていないのが軽く衝撃だった。

私が思念話で感覚を共有したときに、みんなが青ざめながらもこれは本物だと言ってくれなかったら幻だったのかと疑っていたかもしれない。

「さらに不思議なのは……」

言いかけたとき、ざざざっと、音をさせて頭上からアールが落ちてきた。

地面に降り立ったアールは、赤の房が混じった亜麻色の髪についた葉っぱを振り落としながら近づいてきた。

「どうかしたかい？」

「ねえ、いま話していたのって、メーリアスであったことでしょう。怖い感じのことを話していたの？」

どうやら、上で私達の話を聞いていたらしい。

不安そうに金の瞳を揺らしながら問いかけてきた、アールの言葉が何を指しているのかわからず、戸惑った私だったけど、ネクターは違ったようだ。

「アール。その怖い感じ、というのがなにかわかるのですか」

ネクターに問いかけられたアールは、若干表情を曇らせながらもこくりと頷いたのだ。

「とうさまと、かあさまがヘザットに行ってる間にね。すごくぞわってなる夜があったんだ。悲しいのとつらいのと苦しいのと怖いのとがごちゃごちゃになるような感じ」

まさしくあの感覚を表現するのにふさわしい言葉の数々に、私は拍手を送りたい気分だったけど、それよりも何よりも驚きで立ち上がる。

そわりと、体を震わせたアールは揺れる金色の瞳をさまよわせた。

「その夜は全然眠れなくて。もしかして、とうさまとかあさまがその中にいるんじゃないかってすごく不安だったんだ。ほんとうに、大丈夫で、よかったな、って」

その両の瞳に涙がたまり始めるのを見て、反射的にしゃがんで、アールを抱きすくめれば、安心したように肩口に顔をすりつけてきた。

「大丈夫。私達はここにいるからね」

私は、同じ物を感じていたことが嬉しいような、戸惑うような気分で、だけど、アールを安心させるためにその亜麻色の髪を撫でた。

腕の中のアールが徐々に落ち着いて行くのを感じながら、同じように立ち上がっていたネクターと視線をかわす。

ネクターの表情も、驚きと困惑に彩られている。

それも無理もない。バロウとヘザットは別の国だから距離は離れているのに、アールは蝕が噴出したのに気づいていた。

だけど、

「ほかのドラゴンは、気づいていなかったよね」

「ええ」

ドラゴンネットワークで、ほかのドラゴンたちに尋ねた時も、誰もその感覚を知っているとは言わなかったのだ。

先輩も、この負の思念については、気づいていなかったと言っていた。

レイラインだって世界の裏側で起きていることはわかりづらいものだ。

だから、距離によるものなのかなと軽く考えていたけど、アールが気づいていて、ヴァス先輩が気づかなかったのはすこしおかしい。

「私とアールの共通点、か……」

私が悩みこもうとしたとき、肩に腕が回された。

見れば、しゃがみ込んだネクターで、アールごと抱きしめてくれたのだ。

「アールとあなただけがそれを感知できたというのは気になりますが。今ここで、答えを求めなくともいいでしょう」

「……うん、そうだね」

今は、家族の時間だ。どうせすぐに答えは出ないのだから、ちょっと後回しぐらいは問題ない。

「とうさま、かあさま？」

ほんのりと金の瞳を潤ませながらも、戸惑いをうかべるアールに、私とネクターはにっこりと笑ってみせた。

「さ、アール。ちょっと早いけどお弁当にしよっか！」

「どうせですから、見晴らしのよいところへ参りましょう。そうですね。御師様もいないことですし、精霊樹のてっぺんなんていかがですか」

私たちが明るく言えば、アールの表情も徐々に輝いてくる。

「うんっそうする！」

「よしっ、じゃあ競争しよう。私とどっちがいい枝にまで上れるか！　さん、にい、いち、スタート！」

「あっずるい！　かあさま、まてー！」

たちまち走り出した私に、つられて走り出すアールがわくわくした表情に戻っている。

そのことにほっとしつつ、まずはおいしくお弁当を食べるための競争にいそしんだのだった。

第5話　狐人の少女は兄を想う

ざく、ざく、ざく。

天城美琴は脳裏に鮮明に焼き付く光景を振り払うように、森の中を歩いていた。

乱暴に下草をかき分けたことで緑の匂いがいっそう強くなり、ちぎれた草の汁が裾を汚したが、かまわなかった。

一応、安全を考えて、帰り道のわかる森の浅いところまでしか進んでいない。

美琴の耳も鼻も、この周辺の濃密な魔力と強力な生ける者の気配を感じ取っていた。その中で一時期の感情で愚かな行為に走るほど、巫女としての研鑽は甘くはない。

それでも一人になりたくて、ぎりぎり灰色の部分まで無視していることは否めない。

木立がこすれるさざめきしか聞こえなくなったところで、美琴は丁度良さそうな樹木を見つけて足を止めた。

根元に持ってきていた杖を立てかけると、軽く足に力と魔力を込める。

東和に伝わる身体強化術で軽く飛び上がった美琴は、太い枝に飛び乗ると、そのままとん、とん、とんと、上っていった。

見晴らしがいいところまでいったところで、美琴は枝の付け根に座り込んだ。

この森の木はどれも立派で、下がかすむような高さまで来ても美琴を支えられるほど枝が太く、主軸は言わずもがなで寄りかかるにも困らない。

自分の黄金色の尻尾を抱き込んだことでようやく落ち着いた美琴は、ほう、と一つ息をついた。

『……すごかった』

はからずともつぶやいてしまうのは、感嘆の言葉。

『仙にい、すごく、強くなっていました』

その事実に圧倒され、同時に泣きたいような心地になる。

頭の耳が勝手に伏せられてしまうのは、紛れもない美琴の心情を明確に表していた。


ラーワとリグリラの遊び場として作られたという陸の広場で、先ほどリグリラと仙次郎が模擬戦を繰り広げた。

遊びだからと魔族だというのに魔術は使用せず、武器も仙次郎とおなじ槍のみに限定するというリグリラの言葉に、美琴はあきれたものだ。

なぜなら、故郷での仙次郎は幼い美琴が知る中でも国一番であったし、東和の歴史上最年少の13歳で守人の資格を得たのだ。

守人は、心、技、体を全て併せ持ち、血のにじむどころではなく、血反吐を吐くような研鑽を積んでなお、たどり着けぬ者がいるほどの高みだった。

人々の安寧を守るため、巫女達とともに日々妖魔のふりまく厄災を防ぐ役割を担っている。

常人ではただ、食われ、消滅するしかないそれらの脅威をその身一つで、あるいはたぐいまれなる術によって退け、時には無体を強いる八百万の神々にまで立ち向かう。

その活躍があってこそ、平安が守られていることを東和の民は骨身にしみてわかっており、尊敬と敬慕を一身に集めているのだ。現に、仙次郎は東和時代に、神々の一柱を退けた実績もある。

だから、昨日仙次郎の言っていた「一太刀入れるのが精一杯だ」という言葉も驚きはしてもさほど重くは受け止めていなかったのだ。

だが、彼と彼女が向き合った瞬間、それが誇張でも何でもないことを嫌でも理解した。

気当たりがちがう、気迫が違う。

一合、切り結んだだけで、空気がびりびりと震えた。

速すぎて残像となり、槍の穂先がとらえられず。

攻防が目まぐるしく入れ替わり、ただ槍の柄が打ち鳴らされる音ばかりが響く。

隣で、この応酬のすさまじさにエルヴィーが青ざめていたが意識の外だ。

巫女として、美琴もそれなりに武術をたしなんでいるからこそ、わかってしまう。

リグリラと名乗った神の……こちらでは魔族と言う彼女がどれだけ桁違いか。

その彼女の荒々しくも華麗な、槍の舞を受け切れている仙次郎がどれだけ高みにいるか。

そして、彼と彼女がどれだけ想いを交わし合っているか。

わかって、しまった。

自分が、どういう気持ちで兄を、仙次郎を追っていたか。

理解してしまった。かなわない。と。

仙次郎は年がほぼ一回り離れているせいか、ずっと優しくしてくれる兄だった。

美琴が物心ついた頃にはすでに守人として活躍していて、いつものほほんと笑っていた。

いればいつでも遊んでくれて、おいしいものを買ってきてくれて、里の誰よりも強い。

自慢の兄だった。だから美琴もいつか、この人と肩を並べられるようになろうと、巫女を目指した。

ただ、肩を並べたのは、大社の巫女となった姉の真琴だったけど。

もともと年が離れている上、姉は幼いころから才能を発揮していた。

なにより、国一番の術者とも呼び声高く、大社入りすらした姉は、優しく柔らかく、美琴にないものを全て持ち合わせていた。

だから姉と仙次郎の婚約話が出たときも、大好きな二人が一緒になるのならば幸せだと、素直に思えたのだ。

なのに、仙次郎は婚約寸前で出奔した。

『仙次郎は、運命の人を探しに行ったのですよ』

知って真っ先に会いに行った姉の真琴は、そう話してくれた。

いつもと変わらず、嬉しげに笑みすらこぼして。

それが美琴の心に何かを落として、許せない、と思ったのだ。

それはいままで、姉を捨てていった仙次郎への怒りといらだちだと考えていた。

だから、巫女達の中から、留学の話が出たときに、真っ先に手を挙げ真琴の推薦もあって、美琴は東和からバロウへ来た。

けれど。

『違ったのですね……』

美琴は自分の尻尾をぎゅっと握って、膝に顔を埋めた。

羞恥と、戸惑いと、心をえぐられるような痛みがどろどろと胸の内を渦巻いた。

昨晩、金砂の美女、リグリラに指摘された瞬間は、何を馬鹿なと思った。

あくまで兄であったはずだった。家族が急にいなくなれば心配するだろう。

そう思ってまくし立て、初対面のさらに言えば荒御魂であるリグリラと人生で初めてくらいの大げんかを繰り広げた。

その最中は必死すぎて忘れていたが、荒御魂に怒鳴り散らすなんてよく殺されなかったと思うし、同時にのぼせてダウンする、という引き分けに持ち込めたのはなかなかの偉業なのかもしれない。

だがそうやって言い合っているうちに、どんどん腑に落ちていってしまったのだ。

彼女が仙次郎に向ける想いと、美琴が持つ想いが、あまりにも似通いすぎていることが。

いらだちの正体は、自分があきらめたのに、なぜ姉はあっさりあきらめるのか、という仙次郎はもちろん、姉に対しての怒りだった。

美琴は、国のためではなく、姉のためでもなく、自分自身のために、仙次郎を追いかけてきていたのだ。

でも、もう遅い。美琴の恋は、自覚すると同時に破れてしまった。

口げんか、という対話の中でわかった。

傲慢で理不尽で何より荒御魂らしいリグリラが、どれだけ仙次郎に焦がれていたか。

なにより、模擬戦とはいえ、槍を交わし合う姿は何よりもしっくりきて。

仙次郎の心底楽しげな闘志むき出しの表情が、東和にいた頃よりも、数段輝いていることを。

無意識でも、ずっと彼の面影を追い続けてきた美琴だからわかる。

仙次郎は探し続けた人を見つけた。美琴の入る余地などどこにもない。

なにより、あの二人の間に入り込めないと理解してしまった。

美琴は、深く長くため息をついた。

身が裂けそうな胸の痛みが治まるわけではない。

無自覚だった想いを自覚してしまった今、仙次郎とリグリラをまともに見られるかというとそんなわけがない。

だから、せめて冷静に折り合える時間が欲しいと、逃げてきたのだった。

『お姉ちゃんは、このことをわかっていたのでしょうか』

きっとわかっていたのだろう。

記憶の中にある姉が仙次郎に向ける瞳に、リグリラのような色はなかった。

姉である真琴は、大社入りを果たしただけあって、恐ろしくさとい。

もしかしたら、美琴に留学を勧めてくれたのも、美琴の恋心を見抜いていたのかもしれない。

『……それは、とても恥ずかしいのです』

かあと勝手に熱くなる頬に、わき上がってくる落ちつかなさに、もだもだした。

美琴が頭を振れば、耳と髪がひんやりとした空気にさらされたことで、少しだけ気が落ち着いた。

略式だが、背筋を正し、瞑想にはいる。

巫女や守人の修行の一つだったが、ごちゃごちゃになった心を整理するにも丁度いい。

この胸の痛みを消すには何ヶ月も瞑想が必要だろう。それでもせめて、リグリラと、仙次郎の顔を見ても、逃げ出さないくらいには落ち着けたいと、意識を底に沈めて凪にした。

森の中、というのは実に瞑想に向いている。

木立のざわめきと、濃密な魔力の流れに身を任せれば、自然と意識は薄れていくのだ。

そうすれば、余計なことを考えずにすむ。

と、反射的に狐耳が動いた。

ぱち、と瞳を開けた刹那、嵐のような強風が吹きすさぶ。

急速に近づいてくるのはまがまがしい敵意の気配。

反射的に首を巡らせれば、上空から翼を広げてこちらを急襲しようとするものを見つけた。

美琴よりも大きな翼を広げているその猛禽はその翼にふさわしく強大で、鋭いかぎ爪とくちばしを備えて、やたらと大きい目玉をぎょろつかせている。

ここまで魔力が感じ取れることからして、おそらくは幻獣だ。

この距離で視認できるほど大きいのであれば、美琴を軽々とかぎ爪で持ち運べることだろう。地上の獣に襲われぬように木に登ったが、空からの脅威については油断していた。

ほぞをかみつつ、びりびりとしたプレッシャーにひるまぬよう気を確かに持つ。

今から地上へ避難したとしても、落ちていく途中で捕まるだろう。

美琴はならば、と地上を目指して降りていくかたわら、迎撃のために空いている手を差し出した。

『〃おいでませ〃』

巫女の杖は所有者の呼び声に応じて飛んでくるように、あらかじめ術式が施されている。

この程度の距離ならば一瞬だ。

地上に置いてあった美琴の杖が、呼び声に応えて高速で飛来する。

手に収まれば、この程度の幻獣は美琴でも抗しきれる。

だが、そのとき、幻獣が口を開いた。

『ケエエエエェェ！！！』

不気味な奇声が耳に響いた瞬間、すさまじい衝撃に襲われて美琴の視界がぐんにゃりとゆがんだ。

まるで高速で回転したあとのような平衡感覚のおぼつかなさに、吐き気をもよおしつつ、これがあの幻獣固有の魔術だと気づいた。

杖は何とか手にとれたものの、飛び乗った枝からはずるりと落ちる。

おそらく、幻惑系の魔術だろう。

声によって生物の三半規管を乱して、釘付けにしたところを襲う狩りの知恵。

人一倍耳のよい獣人であるとはいえ、やすやすとはまってしまったことに、美琴は焦燥に満たされた。

平常ならば問題ないが、視界も体もまともに利かない中この高さから落ちれば、美琴でも無事ではすまない。

なにより凶悪な羽音がもう間近に迫っている。

唇をかんだ痛みで飛びかける意識を保ちつつ、手にある杖を構えたが、いつもより集中ができない。

間に合うか、そう思ったとき。

割り込んできたのは、なじみのありすぎる匂いだった。

視界を覆うのは、灰色の影。

思ったときには体をさらわれていた。

「破ァッ」

『ケエエェェエエエェ！！！』

東和、独特の呼気とともに繰り出された衝撃が美琴の体を揺らす。

同時に、怪鳥の奇声が……いや断末魔が響いた。

そうして軽い着地音とともに、地に降り立ったことを知り、おぼろな視界に、灰色の髪と、自分のとは微妙に形の違う耳が見えた。

たぶん、すごく心配そうな顔をしているのだろう。

いつだってそうだったから。

『大丈夫か、美琴』

案の定、心底心配そうに声をかけてきた仙次郎に、美琴は泣きそうな気分になって、ぎゅっと眉間に力を入れたのだった。


『平気、です』

かろうじてそれだけ言い返した美琴は、仙次郎の腕に抱かれたままなことに気づいて、急に落ち着かない心地になった。

想いを自覚してしまった今、それが非常に恥ずかしい。

いそいそと腕から逃れたが、まともに立つことができずにその場にへたり込んだ。

また吐き気が襲ってくる。

『おい、美琴どうした!?』

『あの鳥の、魔術を受けてしまっただけです』

慌てる仙次郎が肩を抱いてこようとするのを制して、美琴は愛用の杖を握りなおすと、己と、周囲の魔力の流れを感じ、杖に通した。

『祓い給え　清め給え』

略式の祓い言葉を唱えれば、たちまちはかない燐光となった魔力が美琴を押し包み、怪鳥の魔術が打ち消される。

ようやくまともになった五感に息をついて、隣を見れば、少し驚いたような仙次郎の灰色の瞳と目が合った。

『なんですか』

『いや、略式の祓えだけで解呪ができるほどなんだなあと』

感心した風の仙次郎に、少し照れたものの、複雑な気分で眉をひそめてみせた。

『いったい何年たっていると思っているのです。仙にいがいた間から巫女の修行は始まっておりましたし、そのあとも成長せずに巫女になれるほど、修行は甘くはありません』

『そうだったな』

懐かしそうに目を細める仙次郎から視線をそらした美琴が、血臭に振り返れば、そこには首を切り落とされて事切れる、怪鳥の幻獣がいる。

その傷の断面は見事の一言で、それは紛れもなく危機から救ってくれた証であった。

いくら腹立たしくとも、どれだけ胸に渦巻くものがあっても、それは、言わなければならない。自分の浅慮さと、不覚をとった屈辱に狐耳をへたらせながら、美琴はちいさく、本当に小さく口にした。

『ごめん、なさい』

ぎゅうと、杖を握る手に力を込めて俯けば、その頭に大きな手が乗った。

そのまま、なだめるように軽く叩かれる。

耳をかすめず、さりとて痛くない絶妙な力加減のそれは、懐かしい仙次郎の手だった。

『わかっているんなら、十分だ』

とがめるでもなく、甘えさせるでもなく、ただ淡々と認めて成長を促すその優しさに泣きそうになる。

こう言うところが、好きだったのだ。

ああでも、好き〝だった〟と、思ってしまうのだ、もう。

黙り込んでしまった美琴に、仙次郎が少し途方に暮れたような顔をして、思いついたように言った。

『そうだ、ロック鳥は肉食だが、ちゃんと処理すればうまいんだ。持って帰ればネクターが料理してくれるだろう。術を使えば腹が減るんだから食べるだろ？』

明らかに美琴を慰めようとする言葉に、すこし気恥ずかしい気分と、決まり悪さに肩を落とす。

『仙にい』

『なんだ？』

『とりあえず、血と内臓を抜きましょう』

それでも食の質を落とす気はない美琴は、半眼で提案したのだった。

ロック鳥の体長は仙次郎ほどはあったものの、仙次郎は難なく担ぎ上げた。

代わりに美琴が周囲を警戒しながら、来た道を戻っていく。

あらかじめ警戒していれば、美琴でも十分対応できるし、仙次郎が反撃に出るための時間稼ぎはできる。

ざく、ざく、ざく、と茂みをかき分ける音だけが響く。

すでにロック鳥から血臭はほぼしない。

あの場で美琴が祓い、体内から全ての血を抜いたからだった。

「魔を祓う」という性質の魔術であるが、同時に洗浄という面でも非常に有用なのは東和の巫女の間では周知の事実だ。

その効力は、洗濯物のシミ落としや体の汚れを落とすのにこっそり使われたりするほどである。

むろんあまり推奨されないが、野外で狩りをしたときは非常に便利だった。

美琴は少し後ろを歩く仙次郎の気配を感じながら、ぎゅっと杖を握った。

昨日、あれほどの拒否反応を示してしまった手前、さらに恋心を自覚してしまった美琴は、今更どんな言葉をかければいいか、わからなかったのだ。

だが、仙次郎は美琴が話しかけない限り、口を開かないだろう。そういう気がした。

それに、美琴だって、聞きたいことがある。

たぶん、みんなのところに戻ったら、聞けなくなるから、今が一番いい。

『仙、にいは』

口にして、背後の仙次郎が耳をそばだてたことが感じられて、気恥ずかしさを覚えながら、前を見たまま続けた。

これは、美琴が次に進むためにも、必要なことだ。

顔は、見られたくなかったから、この距離も都合がよかった。

『あの荒御魂が大事なのですか』

東和にいるよりも、姉と――自分と過ごした月日を捨ててもかまわないと思うくらい、追い求めるのが大事でしたか。

その答に関しては、もうだいたい想像がつく。それでも、明確に言って貰わなければ踏ん切りがつけられない気がした。

足は止めず、歩きながら、仙次郎の答を待っていると。

『悩んだよ』

そんな、答が返ってきて、美琴は思わず足を止めた。

『何度も悩んだ。だが、それでも彼女に会いたかったんだ』

硬質な、絞り出すような声音。

その苦悩が透けて見えてしまうような。

最後は家族の下に残るのではなく、焦がれる人を探すことを選んだのだとしても。

苦悩の種になれるほどには重い存在だったと、そういうことだ。

『いいわけ、ぐらい。してください』

こぼれた言葉に、返事はない。

知っている。こういうときの仙次郎はごまかしも、言い訳もしないのだ。

『寂しかったのだけは、わかって』

『ああ、ごめんな』

それで、終わりにして。

美琴は振り返ることはせず、また歩みを再開した。

頬を、熱いものが流れ落ちる。

仙次郎が、息をのむ気配がした。

『美琴……』

『仙にい。お肉を、地面に、置いたら、許しませんよ』

嗚咽の混じる声のまま、先んじて言えば、仙次郎の気配がわずかに遠ざかる。

こんな、みっともない顔、見られたくないから。

今の言葉で、心はほぐれたりはしない。この痛みも、すぐにはなくならないだろうけど。

これで、すこしは楽に息ができそうだった。

第6話　ドラゴンさんは、東和を知る

私達がお昼ご飯を食べて精霊樹から戻ってくる間に、美琴が行方不明になっていた、らしい。

と、言うのも、私達が戻る前に、仙次郎が無事に見つけ出してくれたからだ。

そんな美琴の顔にはほんの少し泣いた跡が残っていたが、少し気が晴れたような表情になってもいたので、仙次郎と何かがあったのだろう。

仙次郎がとってきたでっかいロック鳥のお土産は、ネクターが嬉々として捌き、外で豪勢な夕ご飯になった。

美琴がすごい食欲を発揮して、ロック鳥の三分の一を制覇していたのにはもはや感嘆の言葉しか出てこない。

しっかり片付けたあとは、今日がお泊まり最終日だったから、夜風呂だー！　とマルカちゃんや美琴とアールと露天風呂へとしゃれ込んだ。

湯船は一つだけで男女入れ替わり制をとったから、先に占領したのである。

リグリラも引きずり込んだんだけど、露天風呂から直接湖へ飛び込んだかと思うと、本性の羽クラゲに戻って、マルカちゃんや外で見ていたらしいエルヴィーとイエーオリ君を驚かせていた。

いや、驚かせるのが楽しいのはわかるけど、やり過ぎだよリグリラ……。

まあともかく、楽しくほこほこ温まると、今までの疲れが一気に出てきたのか、みんな眠たげな顔をしていた。

特にマルカちゃんは、半分寝ながら歩いていて、大きくなったヴァス先輩の背に運ばれて部屋へ帰っていったものだ。

明日には帰って学校の子供達が、早々に寝静まったところで、私達大人組はお酒でも飲もうか、という話をしていたのだけど。

まだ眠っていなかった美琴と、仙次郎が改まった様子で現れたのだ。

「少し、話がしたいと思ってな」

「いいけど、美琴は大丈夫かい？　明日登校日だろう？」

ここと、私の家がつながっているから、翌日に帰れば大丈夫だよね！　という意見で一致したエルヴィー達は、春休み最後の数日をめいっぱい楽しむために、制服まで持ち込んでいた。

けど、それにしたって今日はいろいろあったのだし、早く寝て明日に備えた方がいいだろう。

だけど美琴は、ちょっぴり眠そうにしつつも首を横に振ったのだ。

「私が、いた方がいいだろう、から」

「では、ちょっとお茶を入れてきましょう」

ネクターが少し席を立って、美琴用のお茶を持ってきて、思い思いの場所に落ちついたところで、部屋においてある椅子の一つに座った仙次郎は口火を切った。

「話したいのはほかでもない。『蝕』について何らかの手がかりになるやもしれぬことを、それがしらが知っておるようであることだ」

いきなりの爆弾に、一気に緊張が走ったのは当然のことだろう。

完全に当てもなく、リュート達を追うか、再びあの蝕が出てくるのを待つか位しか取れる手段はないと思っていた矢先のことだ。

だが、また同じようなことが起きて、同じように収めることができるかといえばわからないと答えるしかないし、蝕が現れれば甚大な被害が出るだろう。

蝕が現れたことに気づいて、現場に急行するまでにどれほどの被害が出るかわからない。

それを待つ、というのは心情的に許せなかった。

それが、知っているかもしれないと言われれば、驚くと同時にいぶかしむのは当然のことだ。

案の定カイルが、少し眉をひそめて身を乗り出した。

「センジロー。何を言っているのかはわかっているのか。手がかりになるかもしれないのなら、どうして今まで黙っていた」

「確信が持てなかったからでござる」

詰問口調にも動じずに、仙次郎はカイルをまっすぐ見据えて応じた。

「東和国では、〝妖魔《ようま》〟と呼ばれる害獣が出現する。それを討伐するのが守人や、美琴のような巫女でござる。それがしは今まで、こちらで言う魔物を、妖魔と同じ物と思うて倒してきた」

「そういえば、糸繰り魔樹《マリオネットツリー》の時も、魔物というのは妖魔のことか、と聞いてきましたわね」

「うむ」

一人がけソファに悠々と座るリグリラが、赤ワインをたしなみながら言うのに、律儀にうなずいた仙次郎は、ゆったりとした着物の袖に手を入れた。

「だが、あの蝕を目の当たりにしたとき、既視感を覚えたのでござる。あのときは魔物を倒すので必死だったのだが、その理由はあとで思い出した」

そこで言葉を切った仙次郎は、灰色のまなざしで私達を見渡して続けた。

「東和の妖魔は白いものもいるのでござる」

しん、と室内が静まりかえった。

その単語がすぐには頭に入ってこなかったからだ。

「ちょっと待って。白い、魔物？　それじゃあまるで……」

私の脳裏によみがえるのは、蝕のただ中で襲いかかってきた、全身が白い霧で構成された魔物達のことだ。

そのときの記憶については、蝕から感じた負の思念を伝えたときに共有したから、美琴以外の全員が、同じ情景を脳裏に描いているだろう。

いや、それでも驚きすぎてそれ以上の言葉が紡げないでいると、仙次郎は腕を組んだまままだめ押しのように言う。

「それがしは間が悪く、白い妖魔には遭遇したことがない。記憶違いという可能性も考えて、美琴に確認したが、間違いはなかったでござる」

私達の視線が一斉に集まるのに、すこし狐耳を動かした美琴は、こくりとうなずいた。

「私も、本物は、見たことないけど」

前置きをした美琴は持っていたお茶を一口飲んでのどを湿らせて続ける。

「東和の巫女は、国内に出る、妖魔については、全部学びます。その中にありました。白い妖魔は

『無垢なる混沌』と呼びます。ただ、面倒なので、『白の妖魔』と呼ばれることが多いです」

「西大陸語で説明するならば、何にも染まらない、いりまじったもの、でござろうか」

あれほどの悲哀と激情を響かせるのに、無垢なんて称されるのには違和感がある。

けど、東和の人の感覚にけちをつけるわけにはいかないだろう。真っ白いのはそれっぽいし。

無理やり納得させていると、美琴が言った。

「白の妖魔は、東和でも滅多に出てきません。だいたい10年に一度くらい。一体出れば、巫女と守人が神々の助力をこうて総動員で倒すもの、です」

「……あれが、10年に一度ですか」

ネクターが若干険しい顔でつぶやいた。

実際に蝕で構成された魔物を相手取ったからだろう、その声は硬い。

でも、ちょっと待って。

「倒せるのかい!?」

美琴は険しい表情だったけど、東和に出る「無垢なる混沌」が蝕で構成されたものと仮定すると、魔法しか効かなかった蝕を、基本的に魔法を使えない人族のみで倒すのは驚異的なことだ。

というか、まず信じられない。

「いったい、どうやって倒すんだい？」

「それは……」

ためらうように言いよどむ美琴の代わりに、仙次郎が言った。

「それは、東和の秘技に当たる故、美琴には答えることができぬ。それがしも、ご容赦願いたい」

その言葉にリグリラがちょっとむっとした顔をしたけれど、口を挟むことはしなかった。

「ただ言える範囲で説明するのなら、混沌を倒すことができるのは、八百万の神々と縁を結ぶことができた巫女と守人だけ、ということだけ」

「……なるほど。それが、魔族との契約の理由でもあるのですね」

納得したように声を上げたネクターに、仙次郎が苦笑した。

「やはり、ネクター殿はこれだけの言葉でもわかってしまわれるか」

「いいえ、原理は全くわかりませんよ。ただ、魔族達があまりうまみのない契約体系を受け入れる理由に見当がついただけですから」

その言葉が気になって、私は仙次郎にちょっと遠慮しながらもネクターに問いかけた。

「どういうことだい」

「昨日、仙次郎さんは東和の魔族が求めるのは『縁と霊力』と言っていました。ですが、こちらで魔族が求めるのは『魂と魔力』です。霊力が魔力のことだとしても、東和の言葉で『縁』とは絆、つまり精神的なつながりのことを意味します。そこに食い違いが生まれているのです」

淡々と説明を始めたネクターは亜空間から、いつも持ち歩くノートを取り出し、ページをめくる。

「だというのに、美琴さんの使った東和の召喚式は、魔族に対してもそれなりに負担を強います。対価に対して報酬が見合わないように思うのですよ。ですので、その『縁』こそが、魂よりも東和の魔族にとって必要不可欠なものなのではと推察した次第です」

「ほぼ、正解」

美琴が黒々とした瞳を丸くしてネクターを見ていたが、申し訳なさそうに目を伏せた。

「でも、これ以上は、大社の許可を、貰わないと、話せ、ません」

「ええ、かまいません。魔術は軍事的な機密にもなり得ますから、当然のことですよ」

柔らかく微笑むネクターがそれ以上追求しないことに美琴はほっと息をつくのを見ながら、私は感心していた。

昨日の会話と今日のヒントだけでそこまでわかっちゃうなんて、さすが万象の賢者と呼ばれていただけあるなあ。

ちょっぴり自慢げな気分になっていると、同じように感心していた仙次郎が改まった。

「うむ、つまりだ。それがしも、美琴も実物は見たことはござらんが、『白の妖魔』は東和では過去に何度も出現しておるのだ。ゆえに、もし『白の妖魔』が、蝕と同じものだとすれば、東和の記録に手がかりがあるやもしれぬ」

そう、締めくくった仙次郎に、私はなんだか、どきどきと胸が高鳴るような高揚を感じていた。

全く手詰まりだった状況に、少し光が見えてきたのだ。

不確かでも、追求してみる価値はある。

「行ってみよう、東和に」

私が提案すれば、ネクターもカイルも当然とばかりにうなずいた。

「東和の国の『白の妖魔』がこちらの蝕と同一か確かめるだけでも価値がありますし、なぜそれが東和にあるのか、も興味深い事案です。何より倒せるすべを知るのは重要なことでしょう」

ネクターが冷静そうに見えてわくわくと薄青の瞳を輝かせる横で、カイルは懸念するようにあごに手を当てた。

「だが、ミコトもセンジローも今ここで話すことができないことを、国外の俺たちにそう易々と教えてくれるものか。ましてや、バロウは東和国とは国交が開けたばかりなんだろう」

「あら、そんなこと。知る人間を一人捕まえて記憶を引きずり出せばいいのですわ」

ふふんとリグリラがすまして言うのに、カイルがちょっとあきれたように顔をしかめて言いかけた。

だけどその前に、美琴が半眼で言い放つ。

「大社の巫女達は、選りすぐりの術者、です。修行を積んでるから、暗示も、洗脳も効きません」

「あら、威勢のいいこと」

「いや、リグリラ殿、真でござるよ」

美琴とリグリラの間でバチバチと火花が散りかけるのに、仙次郎が割って入った。

「大社の巫女は、神々……魔族達との交渉を一手に引き受けておるのだ。魔族との交渉は玄人でござるし、そのための防備は完璧ゆえ、リグリラ殿でも一筋縄ではいかないと思うでござるよ」

「そこまで言われますと、かえって試してみたくなりますわね」

爛々と紫の瞳をきらめかせるリグリラに、仙次郎がしまったという顔をする。

リグリラは、困難であればあるほど火がつくタイプだからなあ。

「とりあえず、リグリラ、穏便にしたいからやめて」

「ではこっそりやりますわ、こっそり」

こっそりって……。

ちょっと顔を引きつらせたけど、リグリラはとりあえず矛を収めてくれてほっとした。

でも確かに、国の重要機密らしきものを、詳しく知っている人は、きっと地位の高い人だろう。

東和に行ったとしても、見ず知らずの、しかも正体不明の人物がすぐに会えるとは思えないし、まして や術式をおいそれと教えてくれるわけがないよなあ。

悩み込みかけたのだけど、その前に仙次郎が言った。

「ラーワ殿。大丈夫でござる、方法も考えてござるゆえ。そのために美琴も同席させたのだ」

「え？」

ちょっと驚いて美琴を見れば、彼女は自信に満ちた表情で狐耳をぴんと立たせていた。

「うん。私の姉の真琴は、大社勤めの巫女です。私が、姉に事情を話して、教えてもらえるようにします」

「東和国内の道案内も美琴がいれば大丈夫でござろう。それがしは行かれぬゆえ、な」

ちょっと寂しそうな顔をする仙次郎に、リグリラは少し眉を上げたけど何も言わずにワインをちびりと飲む。

そこら辺の機微は、私にはどうしようもない。

それに、このとんとん拍子で段取りが進んでいく状況に驚いていたから、触れる余裕もなかった。

なんだか至れりつくせり感が半端ないのだけれど。

「いいのかい？　美琴」

「はい。ラーワ様には、お世話に、なりました、から。私で役に立てることなら、なんでも」

まなざしに宿る真摯さにはちょっと驚いたけれど、話がスムーズに運ぶのならありがたいばかりだ。

さすがになんでもはいらないけどね！

「ありがとう、美琴」

それでもお礼を言えば、美琴はほんのりと頬を染めてはにかんだのだが、すぐに表情は引き締められた。

「出発はいつに、なりますか」

今にも東和に行かんばかりに勢い込む美琴にくぎを刺す。

「落ち着いて、美琴。急ぎってわけじゃないから」

「国の、存亡に関わること、ですから、急ぐのは当然だと、おもいます！」

真顔で言われてしまえばそうなのだけど、東和国は海の向こうにある島国だ。

私は行ったことがないから空間転移も使えず、移動は翼が頼りになる。

船よりも速いとはいえ泊まりがけになってしまうし、東和に着いたらついたで、スムーズに話が一日で終わるとは思えない。

とはいえ、私の心情的にも、なるべく早く行きたいのは本当なのだが。

「美琴、もし今すぐ行ったとして、単位落とさないかい？」

とたん目を泳がせる美琴の素直な反応にやっぱりと思い、苦笑した。

「焦らなくていいよ。確かに、蝕の謎を解き明かすのは急務だけど、今すぐ世界が滅亡する心配はない。それに君が落第するのも気がとがめるから、無理のない範囲で早い時期にしよう」

「でも」

「それに、美琴が一緒でも、いきなり大所帯で行ったらお姉さんを驚かせてしまうだろう？　だから、先に手紙で行くことを知らせてからがいいんじゃないかなと思う」

言われて初めて気がついた様子で、美琴が目を瞬かせた。

納得してくれそうな様子にほっとしつつ、さくさくと勝手に話を決めてしまったが、ほかのみんなはどうなんだろう？

窺うように見渡してみれば、真っ先にネクターがうなずいた。

「私は行きますよ。東和の文化も、魔術体系も是非知りたいものですし！」

「うん。だろうと思った」

そもそもネクターについては、ついてこないとも思っていなかったりする。

対してカイルは、ちょっと決まり悪そうに自分の焦げ茶色の髪をかき回していた。

「……まあ、俺が作った学園に通う生徒を、落第の危機にさらすわけにはいかないからな」

心情的にはそうだろうな、と思いつつ、引っ込められるほどの心の余裕があるのに少しほっとした。

「俺も時期が合えば同行したい。少し、独自に調べようと思っているから、予定が決まったら声をかけてくれ」

「了解」

そして問題は、と並ぶリグリラと仙次郎を見れば、曖昧な表情を浮かべた仙次郎は緩く首を横に振った。

「それがしは同行できぬゆえ、ご遠慮申す」

「わたくしはそもそも行く理由がありませんわ。東和に興味もございませんし、勝手にどうぞ」

そっぽを向きながらワインを傾けるリグリラに、仙次郎はちょっぴり嬉しそうな残念そうな複雑な表情になる。

まあともかくこれで決まった、と私は再び美琴を向いた。

「じゃあ、次の長期休暇、夏休みに東和に行くように、お姉さんにお願いできるかな」

「もっと、早くでも」

私は、まだ申し訳なさそうな顔をする美琴をのぞき込んで言った。

「君は、こっちに来てから一度も東和に帰ってないだろう？　久々に帰るんならのんびりしたくないかい？」

美琴は、ぴん、と耳を立てて驚きをあらわにしたかと思うと、狐耳を伏せてうつむいた。

「ありがとう、ございます」

ほんのりと、頬を赤く染めた美琴から了解もとれて、私は不謹慎ながらもわくわくする気持ちが抑えられない。

「よし！　じゃあ気は早いけど、夏休みは東和に旅行だ！」

拳を突き上げる私に、ネクターがほほえましそうな顔をする。

「楽しそうですね、ラーワ」

「そりゃあもう！　仕事を抜きにしても行ってみたかった場所だからね。未知の料理に、民族衣装。楽しみなことはたくさんだよ！」

言っていることは嘘じゃないのだけれど、多分に占めているのは期待である。

西洋風文化に転生してしまった日本人なら、誰でも思うであろうあれを！

うずうずとしてしまう私に、面食らった様子だった仙次郎はほんのりと心配そうに言った。

「その、ラーワ殿、食についてはこちらと全く違うのは請け合う。だが、主食が全く違うものゆえ、少々戸惑うやもしれぬ」

「なに？」

「米飯でござるよ。丸のままの穀物を炊きあげたものにござる」

それって白飯ごはんってことじゃないか！

「むしろ食べたっ……」

「さらに醤油と味噌を使って味をつけたものが大半で……と、なにか言ったでござるか」

その説明に私の表情は最高に輝いたんだけど、寸前のところで押さえ込んだ。

あぶないあぶない。この世界ではまだ一度も食べたことがないんだから、知っていたらおかしいんだった。ましてや同じものとも限らないし。

……同じだといいなあ。

不思議そうな顔をしたものの、仙次郎は不意にしょんぼりと耳をへたらせた。

「うむ、ひさびさに思い出したら、恋しくなってきてしもうた。こればかりは忘れられぬでござるなあ」

「わかる……おにぎり、たべたい」

つられてしょんぼりとした美琴は、少し迷うように黄金色の尻尾を揺らしたかと思うと、仙次郎を見た。

『夏休みに帰ったときには、味噌と醤油とお米。持って帰ってきてあげなくもないです』

東和国語で紡がれた言葉に、仙次郎の狼耳は一気に立ち上がった。

『本当か美琴！　それはありがてえ！』

わかりやすく灰色の尻尾が揺れているのに、美琴がつんと、すましながらもどことなく嬉しそうであるようなのと、リグリラがちょっと面白くなさそうな顔をしていたけど、それはともかく。

春休み最終日にして、私達の夏休みの予定が早くも確定し、なかなか内容たっぷりな春休みが終わったのだった。

第7話　ドラゴンさんは昔の縁に出会う

シグノス魔導学園が通常授業に戻って、アール達の学校生活が順調に過ぎていくある日。

私はネクターに誘われて王都に行くことになった。

……いわゆるデートというやつである。

百数十年前には何度も繰り返したこととはいえ、久しぶりなのでなんだか微妙に照れてしまうが。

この数週間。リュート達の行方も知れず、だけども平和な日々が続いていた。

私も、リュートやベルガの魔力波を頼りに方々のレイラインに〝目〟を飛ばしてみているが、たった一体の精霊の気配を探すのは、さすがの私でも巨大な川の流れから砂粒を一つ見つけるのに等しい。

しかも、かなりの期間知行地を放っておいてしまった私は、管理術式のかけ直しと調整のために身動きがとれず、探索は片手間にならざるを得なかった。

その代わりのようにカイルはリュートの足跡を追って方々を巡っている。

なにか考えがあるようで、こっちは気にしなくて大丈夫だ、と言われてしまった。

私は人里での情報収集に向いているとは言えないから、心配でも任せるしかないのが歯がゆい。

かわりに私が見て、触れて感じた蝕を思い出すことで精査をしてみているが、成果としては芳しくない。

やっぱり東和が一番の手がかりなことには変わらないようだとあきらめ、夏休みに向けて十分な時間、離れられるようにするため、調整に力を入れる方向に切り替えた。

そんなとき、ネクターが用事がてらと外出に誘ってくれたのだった。

◇　◇

お気に入りの一着を選び、今回は自分で髪を結い上げて、いつもはしない化粧も丁寧に施して、いざやゆかん！

「今日は一段とすてきですね」

にこにこと微笑みながら褒めてくれるネクターに、私もにへらと笑ってしまう。

気づいてくれるって嬉しいことなのである。

さらっと魔法で街門の外の人目につかないところへ転移して、あとはてくてくと門をくぐる。

そうして賑やかな街中をぶらぶら散策だ。

王都のデパートをぐるっと歩いて回ったり、辻に立っている大道芸に見入ったり。

こうやってネクターと二人っきりでのんびり楽しむことって最近なかったなあと、しみじみしてしまった。

魔導書専門店に立ち寄ったときには、私も楽しくてつい立ち読みをしてしまったけど、ネクターが本気で読みふけり始めてしまったのは案の定だ。

どうしようかと思ったけど、予定が詰まっていたので、無理やり引きはがした。

だって、今回のデートはついで、本命はこれからなんだ。

「なあネクター、その本買っていいから、行こう。もうそろそろ、約束の時間だろう？」

「え、は！　今何時でしょう!?」

私に声をかけられてようやく我に返ったネクターとともに、書店を出た。

名残惜しそうだったから、もちろん本は買ったよ？　亜空間はこういうとき便利なのだ。

ちょっと約束の時間に差し迫っているというので、辻馬車を拾った。

「で、これから会いに行くのってどんなひとなんだい？　こっちに住むときにお世話になったって聞いてたけど」

御者に行き先を告げて座席に戻ったネクターにそう問いかければ、ネクターはなぜかちょっと困ったような顔をした。

「ええと、その。魔術師長時代のカイルに付いていた子でしてね。私たちの人としての身分を融通してもらったのですが、その時にラーワとアールにも会わせる約束をしてしまいまして」

「うん、それも聞いた」

「あの子もだいぶ位も上がって多忙ですから、機会を逃すわけにもいかず。だいぶ先延ばしにしていましたし、最近とみにせっつかれましたから、ラーワだけでもと思ったのです」

ものすごく言いにくそうなネクターを不思議に思う。

「でも、身分証を融通してもらった、ってことはずいぶん偉い地位にいるひとなんだね？　私たちのこと、ばれて大丈夫なのかい？」

今更な感じはするけど、声を低めて聞いてみると、ネクターはそれだけはしっかりとうなずいた。

「それは大丈夫です。彼女はあなたとアールの不利益になるようなことは絶対しないと断言できます。それに、魔術師長である彼女を追及できるものはそれこそ国王くらいなものですから、安全ですよ」

……なんか、さらっとものすごく重要なことを言われた気がしたぞ？

「ちょ、ちょっとまってネクター、魔術師長？」

「ええそうなんですよ、あ、つきました！」

やや慌てた風で強引に話を打ち切ったネクターの声と同時に馬車も止まって、馬車の外にでた。

いつの間にか、超高級そうなお屋敷ばかりが建ち並ぶ閑静な一角に入っていて、ネクターが指し示した建物というか、超でっかいお屋敷に、私はあんぐりと口を開けた。

「……ネクター、今回会う人って」

「ええと。当代魔術師長だったり？」

ごまかすようなネクターの笑顔を、私は若干恨めしくにらみつけた。

ネクター、謀ったな!!

「い、言い出せなくてすみません。あなたがそういう身分ある人に会うことを好まないことは知っていたので。でも、その彼女から頼まれていたことでもあるんですよ！　あんまり気構えないようにしてほしいと」

「でももうちょっと早く言い出してほしかったよ」

主に心の準備とか心の準備とか。

根が小市民なもんで、好まない、というか苦手意識があるのだ。

……王城に乗り込んだじゃないかって？　あれはパフォーマンスだもの。

場違いな場所にいると、気後れするというか、居心地が悪いというか。

ネクターと、しかもカイルの古い知り合い、ということでもあるから、会うこと自体に否やはないし楽しみでもあるが、それとこれとは別なわけで。

私はさらに文句を言おうとしたが、そのお屋敷の門から執事っぽいひとが現れたことで中断せざるを得なかった。

ていうか、マジ執事だ。

なんかぱりっとしているのに物腰が優雅というか。

きれいに髪を撫でつけた40代ぐらいの男性は、固まる私とネクターに丁寧に頭を下げた。

「ネクター・フィグーラ様とラーワ・フィグーラ様でございますね。ようこそおいでくださいました。我が主がお待ちかねでございます。どうぞ中に」

扉をあけて中を指し示されれば、観念するしかない。

そうしてその執事さんに丁寧に先導されつつ、廊下を歩けば重厚でハイソな感じの壁紙とか置物とかにビビった。

魔術師長時代のカイルの家や、セラムの家もそれなりに広かったけど、どことなく温かみがあったから、気後れせずにすんだけど、ここはなんかセレブリティな感じでこわい。

私が圧倒されている間にも、たどり着いた観音開きの扉を執事さんはノックした。

「奥様、お客様をご案内して参りました」

「はい、どうぞ」

扉をあけた執事さんに促されて中に入れば、壁の窓ガラスから燦々と午後の光が射し込む中に、一人の女性が立っていた。

クリーム色のブラウスに青を基調としたロングスカート姿のその女性は、私たちを見るなり椅子から立ち上がると温かく微笑んだ。

「ようこそ、いらっしゃいました」

魔術師長時代のカイルに付いていた、ということなら、年齢的にはセラムとほぼ同期のはずだ。なのに目の前の女性はどう見ても40代ほど。ともすれば20代にしか見えない若々しさだ。つややかな髪をゆったりと結い上げ、淡い色の瞳を柔らかく和ませている。

でも、その低く柔らかな声はどっしりとした落ち着きを感じ、何より洗練された魔力の気配に、魔術師長らしい風格がある。

「では奥様、私はこれで」

「ええ、ありがとう」

そうして、深々と一礼した執事さんが退出していき、私たちだけになったのだが。

そのまま彼女は扉まで歩いていくとすぐ脇の壁にふれた。

すると盗聴防止術式が展開され、この部屋が周囲から完全に遮断される。そこまですると、彼女は、左拳をお腹に、右腕を背中に回して、優雅に頭を下げたのだ。

「黒竜様、私はバロウ国にて当代魔術師長を仰せつかっております、イーシャ・ソムニスと申します。二つ名は〝氷華の賢者〟と。再びお目にかかれて光栄でございますわ」

黒竜様と呼びかけられてびっくりしたけど、私の素性を知っているというネクターの言葉を思い出して持ち直す。

だけどかわりにその気品あふれる仕草に圧倒された。

貴婦人って言葉がぴったりの所作はちょっとあこがれるのだが、〝再び〟という言葉に引っかかりを覚える。

この魔力の気配、どっかで——……。

私が妙な顔になったのに気づいたらしく、彼女はいたずらっぽく微笑んだ。

「ええ、黒竜様は覚えていらっしゃらないかも知れませんが、一度、お会いしたことが——……」

「もしかして、誘拐事件の時の子かい!?」

思い至った私は、思わず大きな声を出してしまった。

そうだ、私が数十年前に古代魔道具の影響で子供になったときに遭遇した、誘拐犯に捕まっていた女の子だ。

目の前の彼女はすっかり成長していて、落ち着いた大人の女性になっていたからすぐには結びつかなかったけど、顔には確かにあの子の面影があって、私のテンションが上がった。

「うっわー美人になったねえ！　魔力もこんなに磨かれて、しかも魔術師になったんだ。あんな事件に巻き込まれたから、魔術を嫌いになってしまわないかな、って心配だったけど。よかった、気がかりだったからまた会えて嬉しいよ！」

「覚えていて、くださったのですか？」

「もちろん！　忘れる訳ないじゃないか。……と、あれ？」

喜びと懐かしさに、戸惑うイーシャの手を取ってぶんぶん振り回していた私だったが、そこでふと気づく。

ちっちゃな頃のイーシャに会っていたのは、子供型の私なわけで。

でも当然のように彼女は声をかけてきたわけで。

「もしかして、あの時からばれてた？」

「ええ。ですが、もちろん、私を助けてくださったのが『ドラゴンさん』だということは誰にも話していませんよ。亡き父にはちょっぴり自慢いたしましたけど」

あそこでももろばれだったよ……。

いたずらっぽく言うイーシャに、がっくりと肩を落とした私である。

「うふふ。でも、嬉しいですわ。いつかあなたに会えるかも知れないと、長生きした甲斐があるものです」

ほんのりと頰を桃色に染めるイーシャの笑顔は昔のあの子のまんまで、私もまた嬉しくなったのだけど、今のうちに言っておかねばと、ほほんとしているネクターを肘でつついた。

「んで、ネクター。そういう関係があるんなら、もっと前に教えてくれたってよかったじゃないか」

「ええとそれは、」

目を泳がせるネクターだったが、イーシャが苦笑した。

「その点は老師を責めないであげてくださいな。私が言わないでくれとお願いしたのですから」

「なんでだい？」

「先ほども言いましたが、覚えていただけているとは思っていませんでしたし、あなたにお会いしたときに、魔術の研鑽をして、こういう風に成長できたとお礼を言うのを目標にしていましたの。まあ、なにぶん人の身ですからずいぶん時間がかかっちゃいましたけど。あの時は助けてくれて、ありがとうございました」

　照れたように微笑みながら再び頭を下げたイーシャに、私は思わず顔を赤くする。

　昔会った子供が成長したのを見るのって、照れくさい。でも私のことをはからずとも好意的に覚えてくれているのは、なんともいえず嬉しいや。

「あら、いけない。お客様ですのに席を勧めないでごめんなさいね。お茶とお菓子を用意していますから、まずはどうぞ、召し上がってくださいな」

　と、促されてソファに落ち着いたのだが、そこに用意されたお菓子に目を輝かせてしまった。

「わ、マドレーヌだ、しかもこれ新作じゃないかい！」

「ええ、もちろん本店のものですよ」

「評判がよくて並ばないと買えないっていうから、あきらめてたんだよ！　ありがとうっ」

　その後イーシャ自ら淹れてくれたお茶と新作マドレーヌをお供に、話に花を咲かせた。

　なぜなら彼女は、私が知らない所長時代のネクターを知っているわけだから、話題には事欠かない。

　だけど、一通り楽しんだところで、さてと改まった様子でイーシャが姿勢を正した。

「私個人でお会いしたかったのはもちろんなのですが、今回は、魔術師長としての私も必要だったのです」

　そう、前置きしてから、彼女は私たちに深々と頭を下げたのだ。

「ありがとうございます。国境の魔物の討伐を無事完遂していただいたこと、心からお礼申し上げます」

「ええと、なんの話だい？」

何で今その話が出てくるのかな!?

まじうろたえしつつも白を切ろうとした私に、イーシャは顔を上げると、ひたりと私を見つめて言ったのだ。

「ギルドに所属する第五階級〝炎閃〟ノクト・ナーセがあなた様の仮の姿であることは把握しております」

「……まじ」

「ええ、まじですわ。魔術師長はギルドに所属する、主だったハンターの実力を把握するのもつとめですから。魔物の出現が想定以上の規模だったと報告書より聞き及んでおります。あなた方でなければ生還することはおろか、周辺村落に甚大な被害が及んでいたことでしょう。少しですが、追加報奨を出しておきました」

「いや、お仕事だったんだから、別にかまわないんだけど」

私はたらりと冷や汗をかきつつそう返した。

なるほど、今回の報奨金がはじめに言われていたのよりも多めだったのは、それが理由なのか。

というか、今回こそはばれない自信があったのに、そんなにわかりやすい変装だったかな……。

落ち込む私に気づいたのか、イーシャは慌てて言い募った。

「とは言うものの、私が知ったのはプロミネント老師が訪ねてきてすぐに、黒髪のハンターが活躍し始めたことを結びつけられたからです。陛下の耳にも入れておりませんし、ギルド長も未だにあなたの正体には気づいておりません」

「……それにしても、たったそれだけの情報から自力でたどりつくとは。昔から『ドラゴンさん』関連には執念深いところがありましたが……」

「老師、これはひとえに調査能力と推理力の勝利、ですよ？」

イーシャににっこりと微笑まれ、ネクターは微妙な表情で口を閉ざした。

あ、なんか、それで二人の当時の関係性がわかった気がした。カイルの下についていたのもよくわかるというものだ。

しみじみ眺めていたら、イーシャが再び私を向く。

そのまなざしは、さっきと打って変わって威厳に満ちたもので、自然と背筋が伸びた。

「その後、ヘザットのメーリアスで起きた災害について、何があったかお聞きしてもよろしいでしょうか」

やっぱり、聞かれるか。と深い納得の気分で彼女の言葉を受け止めた。

なぜなら、私は本性の姿でヘザットの王宮へ舞い降りた。

ヘザットがそれを隠していても、隣国であるバロウが察知しないわけがないだろうし、さらに言えば、それをメーリアスでの騒動に結びつけるのは簡単だったに違いない。

「国防を担う立場から、同じことがバロウで起こりうる可能性を検討しなければなりません。ですが、これはあくまで非公式の私的な対談です。私が知ったとしても、それを伝えることはありませんし、あなた様がこちらで生活していらっしゃることは、たとえ陛下にでも漏らしはいたしません」

「そこまで気負わなくていいよ。ここは君が住む国なんだから。守りたいと願うのは当然のことだし、詳しく知っているだろう人に、聞いてみようとするのは自然だろう」

なんだか思い詰めている風のイーシャが心配になって口を挟めば、彼女は淡い瞳を和ませた。

「ドラゴンさんに助けられた者としては、当然の思考なんですよ？　私は魔術師長ですが、ドラゴンさんの味方でもあるんです。だから老師、そんな怖い顔しないでくださいな」

いたずらっぽく微笑むイーシャの言葉に、えっと傍らを見れば、気まずそうな顔をするネクターがいた。

「その話を持ち出すとわかっていたから、今会わせるのは嫌だったんですよ……」

「まあそう言わずに。元師長から頼まれた調べ物も上がっておりますから、つなぎをお願いいたしますね」

元師長というのが一瞬誰かわからなかったけど、カイルのことだと思い至って意外に思った。

「カイル、君に会っていたのかい？」

「ええ、数週間前にふらっといらっしゃいまして。変わらずずけずけと指図して飛んでいってしまいましたわ。文字通り」

イーシャは微笑んでいたけど、あんまり目が笑っていなかった。

でも一度死んだ人が、いきなり会いに来たのに驚きも何もない感じに面食らった。

「……驚かないのかい？　というか、疑わなかったのかい？」

「もちろん驚きましたよ。でもなんだか疲れたような顔で『なんだかんだで魔族になった』と言われてしまえば、ああ、ドラゴンさんがらみだったのね。と納得してしまいましたわ。疑うのもばからしいですね。だって元師長も何にも変わらないんですもの」

今度こそおかしそうにころころ笑うイーシャに、私は喜んでいいのか不本意さにしょげた方がいいのかよくわからなかった。

ただ、すごい謎な納得のされ方だけれども、ほっとしていいのは確かだ。

カイルがイーシャに会いに来たという数週間前は、丁度へザットから帰って来た頃と重なる。

つまり、あのあとすぐにカイルは行動に起こしていたのだ。

「そのとき、元師長からいくらか聞きましたが、古代神竜であるあなた様から、直接見解を聞きたいと考えました」

「人工魔石に関しては、だめだよ」

一応、念を押してみれば、イーシャはほんの少しだけ息を詰めて、こくりと頷いた。

「ええ、わかっております。元師長にも釘を刺されましたわ。私たちの間者もそれについては一切忘却しておりますし、研究の発展にかけますわ」

知っていたことは否定しないイーシャに、ネクターがちょっと苦々しい顔をしていたけれど、私の方を向く。

その薄青のまなざしでどうするのかと問いかけられた私はうなずいて、イーシャに顔を戻した。

「それが、希望の見えない話でも、覚悟はあるかい」

「ええ」

真摯なまなざしのイーシャに、私は片手を差し出した。

まずは見て、感じて貰った方が良いだろう。

なんだか長い話になりそうだった。

◇

◇

少し、青ざめたイーシャが落ち着くまで待った。

あの蝕の負の思念はほぼカットしたけれど、それでも堪えたみたいだ。

お茶を一口、二口呑んで、深く息をついたイーシャは口を開いた。

「ええ、よく。わかりました。あれが、何なのかはただいま調査中。ということでよろしいのですね」

「うん。ちなみに、バロウ国内にある迷宮にはセンドレ迷宮と同じ施設はなかったよ。だから今すぐにあれがバロウのどこかで吹き出すと言うことはないから安心して欲しい」

同じく、ヘザット国内の迷宮も調べたが、同じ施設も封印陣もなかった、と告げれば、イーシャはひどく安心した顔をした。

それは、そうだろう。自分たちの力では対抗できない、未知の現象を目の当たりにしたのだから。

イーシャは魔術師長として国防の重要な位置を占める人で、その肩にかかるのは国民全ての命だ。

取り乱さなかったのは褒められるべきことだと思う。

「それで、手がかりが、魔道具強盗の一派だと言うのですね」

「ええ、実行犯にカイルの妻であるベルガ・スラッガートの魔術銃を持った精霊がいました」

ネクターが言葉を選べば、イーシャは気にすることはないとでも言うように首を横に振った。

「それは元師長から直接明かされています。精霊となった様子の奥様が、操られて犯人達と行動を共にしている、と」

カイルはそこまで説明していったのか、と私が軽く驚いている中、イーシャは室内に持ち込まれていたティーワゴンの引き出しから、いくつか紙の束を取り出した。

「元師長から願われた、調査の報告書です。ベルガ・スラッガートの魔術銃については約半年前には紛失が確認されていたにもかかわらず、その事実を貸与先の研究所が秘匿しておりました。そのほかにもいくつか魔道具が盗まれていたほか、不正な金銭の流れが発覚しましたので、彼らは懲戒免職ののち司法にかけられます」

ほんのりと妖しく微笑んだイーシャだったが、すぐに表情を曇らせた。

「ですが、同時期に王城の宝物庫に侵入しようとした輩がおります。老師が当時考案、自ら設置した防衛術式群のおかげもありまして、我が国は難を逃れましたが……おそらく、他国では破られているところもあるはずです」

苦々しげな面持ちなのは、そこで捕まえられていれば、という悔恨だろうか。

ただ、ネクターの構築していた防犯魔術が、あのリュートの魔法にあらがいきったのはさすがとしか言い様がない。

私が感嘆のまなざしを向ければ、ネクターは照れたようだったけど、すぐに表情を引き締めた。

「それで、カイルが頼んでいった調査とはなんでしょう」

「そのものずばり、迷宮の探索です」

言ったイーシャは、もう一部の分厚い紙束のほうを差し出した。

「今までバロウで発掘、探索された迷宮内の資料内を精査して、古代人が滅びた理由、あるいは封印に関すること、そしてその迷宮がどうして作られたのかを可能な限り調べるようにと。自分は魔道具泥棒の足跡を追ってくると、部下も何人か引っ張られてしまいましたわ」

なぜ、カイルがそう願ったのかはすぐに理解できた。

リュートが方々の魔道具を集めているのなら、盗まれた場所を結んでいけば、行動が追えると、そう考えたのだろう。

それを調べるにはカイル一人では限界があるから、人手を借りたのだ。

イーシャは困ったように言うけれど、魔術師長である彼女が命じなければ、人員は動かせないからそれが非常に有効だと考えたに違いない。

「お恥ずかしながら、迷宮は過去の資料というよりも、その中に眠る魔術資材ばかりに目が行きがちで、考古学的な部分はなおざりであることが多いのです。これを機会に専門部署を作ってまとめてみましたら、出てくるわ出てくるわ新事実が。元師長には感謝ですわね」

苦微笑を浮かべつつ、イーシャは分厚い資料の束をテーブルに置いた。

具体的に言うなら、人差し指一本分くらいの厚みがある。ちなみに付け根から指先ぐらいまでね。

「では、老師、読み込みお願いいたしますね。それから元師長に渡してくださいな。よろしければ、見解をまとめたレポートをこちらに送付していただけると助かります」

その大迫力の紙束に、ネクターは興味を隠せない様子ながらも微妙な顔で受け取った。

「もちろん読みますが、私は考古学については趣味程度にしか触ったことがありませんから、期待しないでくださいね」

「何をおっしゃいますか。当時、あなたは国内の魔術に関連するほぼ全ての資料を網羅していたと聞いております。何より万象の賢者が健在の今、その貴重な英知をお借りすることで作業が早まると確信していますわ」

「……なんだか良いように使おうとしてませんか？」

「とんでもないことです。それに、黒竜様の役に立つことを、夫である老師に願うのは一番だと思ったのですが」

少し伏し目がちに言ったイーシャに、微妙だったネクターの表情が一気に輝いた。

たちまち頬を緩めて、得意げになる。

「え、ええ。私はラーワの夫ですから。……少々お待ちを、ざっと目を通します」

「ご入り用な資料がありましたらおっしゃってくださいね。ほかの論文と一緒に月一で送りますので、よろしくお願いいたします」

そうして、その人差し指の厚みがある紙束をものすごい勢いでめくり始めたネクターへ、イーシャが澄ました顔で付け足す鮮やかな手際に、私はあっけにとられた。

ネクター、助かるけど結局思いっきり良いように扱われているよ？

ちょっと表情を引きつらせてイーシャを見れば、いたずらに成功したような茶目っ気のあるウインクをされた。

「元師長に教わりましたの。こう言えばしっかり働いてくれるぞ、と」

案の定というか何というかカイルの入れ知恵だった。

そうか、興味のある物に片っ端から手を出すせいで、むらっ気のあるネクターの研究がはかどっていたのは、カイルの裏側の努力があったんだなあ。

しみじみ思っていると、ティーカップを傾けたイーシャが言った。

「有史以来未だに解明されない謎を解き明かすように、と言われたときは元師長の無茶ぶりに少し首を絞めたくなりましたけど、今回の黒竜様のお話で納得いたしましたわ。これは、無理を通さなければならないことなのですね」

イーシャって、結構過激だったりするのかなあと、思いつつ私はうなずいた。

「そうだね。蝕があそこだけ、という可能性もなくはないけど、そうじゃなかったときに何もしていなかったら、大事な人達をなくしてしまうことになる。時間のあるうちに、調べておくにこしたことはないと思うんだ」

「ええ、少なくとも、全く未知というわけではございませんものね。古代人は知っていた」

「その通り。それに、東和の「白の妖魔」について話せば、彼女は口元に手を当てていた。

軽く目を見張るイーシャに、私も、手がかりになりそうなものを見つけているから」

でも、ちょっと思っていたのと様子が違う？

驚いているのはそうなんだけど、こう思ってもみなかった物が重なった、みたいな。

「あの、黒竜様は東和の民とお知り合いなのですか」

「うん、まあ一応は」

「その方達は、白い尾と耳をされていましたか」

もちろん、仙次郎も美琴も白ではないので首を横に振ると、イーシャはほっとしたような落胆したような息をついた。

「なにか、あったのかい？」

「いえ、私自身は知りません」

首を横に振ったイーシャは、ですが、と続ける。

「黒竜様なら問題ないと思いますけれど、他言無用にしていただけますか」

「言わないでくれって言うんなら」

　私の返答に力を貰ったかのように、イーシャは語り出す。

「少し前のことです。陛下が、奇妙な夢を見た、とおっしゃったのです。『必死になにかを訴えられたが、なにかは忘れてしまった。ただ、白い獣の耳と尻尾を携えた娘だった』と」

「……ええと。それは、王様の個人的な願望とかでは」

「ご安心ください、今代バロウ国王は、王妃様を愛しておられますし、夢を見るのであれば獣耳の娘より、黒竜様の黒い鱗の夢を見るはずですわ」

　バロウ国王は代々、黒竜様にあこがれて成長なさいますから、と言われて、思わず変な感じに顔がゆがむ。あの王様君のやつ、まだ続いているのか。

　私の反応をおかしそうに見ていたイーシャだったがすぐに表情を引き締めた。

「それに、わずかですけれど、その朝の陛下には魔力の残滓が残っておりました。信じがたいことですが、陛下に張り巡らされている魔術防護をすり抜けて、魔術的な方法で、陛下の夢の中に現れたのだと推測されます」

「ふむ、それは興味深いですね、術式は不定期にパターンを変更しているのでしょう」

　隣を見れば、ネクターは紙束から顔を上げていなかった。

　ページをめくりながら、魔術と聞こえたから耳に入れたのだろう。いつも通り器用な耳だ。

「ええもちろんですよ、老師。なのにすり抜けてきたんです。術式が無効化されたわけではなく、害意がなかったためにたどり着いたようですが。それでもすさまじい技量です」

「それは、是非現場で見てみたかったものですね……紙をくださいませんか」

「ええどうぞ。ただ、私どもとしては、対応に苦慮しているのですよ。今回は害意がありませんでしたが、そう簡単に夢枕に立たれてしまうと困りますし。まあ物理的に侵入してくるよりはずっとましですけれど」

私は曖昧に微笑んだ。

物理的に侵入したのは、ずっと昔のことだし、あんなザルな防衛網じゃ入ってくれっていってるようなもんだったんだよ？

それでも私に向けられた視線にちょっと居心地の悪い思いをしつつ、うなずいてみせる。

「わかった。教えてくれてありがとう。彼女たちにも心当たりがないか聞いてみる。ただ、こっちに来て何年もたってるからね、そんなに期待はしないでくれよ」

蝕関連には無関係だろうけど、それでも外交問題になって東和に行きづらくなったら困る。

「ありがとうございます」

イーシャが軽く頭を下げたところで、紙になにやら書き込んでいたネクターが顔を上げた。

「とりあえず、ざっと見た限りですが、このあたりを詳しく知りたいので、優先的にお願いします。あと、おそらくですが古代語の翻訳が間違っていますね。原文そのままでください」

なにげなく受け取ったイーシャは、内容を読んで目を見張っていた。

「あれだけの資料をこの短時間で網羅されましたか？」

「たしかにこれは、放置していたのが悔やまれる宝の山ですね。魔術ばかりに目が行っていましたが、古代人の生活全般で魔術を利用していたのであれば、そちらから新たにわかることもあることに、もっと早く気がつけばよかったです」

微妙にかみ合っていないことを残念そうに言うネクターに、イーシャの顔が引きつった。

「……老師の底力を甘く見ておりました。というか、老師は古代語が誰よりも堪能でしたね」

すごく頭が痛そうな感じでこめかみに手をやるイーシャには申し訳ないけど、私はにやにやしてしまう。

ネクターはこっち方面ではめちゃくちゃ頼りになるんだよ。

イーシャは、息をついて気持ちを切り替えたのか、ティーワゴンに載せてあったベルを振った。

りぃいんと、不思議に響くベルの音には魔力が乗っていて、遠くまで届く仕組みなのがわかる。

「まとめた物を送付するつもりでしたが、持ち出してもいい資料、全て持って行ってくださいな」

「ああ、助かります。ついでに翻訳もしておきましょうか」

挑むような半眼で言ったにもかかわらず、ネクターにむしろ嬉しそうに返されて、イーシャはため息をついた。

旦那がすごいって言われるのは嬉しいなあと思いつつ、ふと思いついた。

「古代語の翻訳なら私もできるからやろうか。魔術言語に利用している単語だけだと、読みづらいものもあるだろう？」

目を見開いて固まってしまったイーシャに面食らった。

なんだかネクターの時と反応が全く違うぞ？

「だめだったかい？」

「え、いえいえ！　とてもありがたいのですが、黒竜様にそのような雑務をさせてしまうのは少々気がとがめると言いますか」

「これは私が頼んでいるようなものなのだし、手伝えることがあるのなら手伝うのは当然だろう？」

「ですが……」

途方に暮れた顔をするイーシャが言いよどむと、ネクターが微笑んでくれた。

「助かります。分担すれば、早く終わりますしね。なかなか面白いですよ」

「うん、実はちょっと面白そうだなって思ってたんだ……と、言うわけで任せてくれないかい」

ちょっとお願いするように見てみれば、イーシャは脱力した。

「わかりました。お願いいたします。黒竜様」

「あ、それもなんかこそばゆいから、黒竜様じゃなくて良いよ。ラーワでよろしく」

「承りました。では私もファーストネームでお願いしますね」

あきらめたような、吹っ切ったような苦笑だったけど、イーシャが了承してくれたところで、執事さんが扉を開けて現れたのだった。


そうして、イーシャから大量の資料をもらってさて帰るか、と思った矢先、なぜかヴァス先輩から思念話が入った。

《報告、美琴の姉が学園内に来訪中》

第8話　少年は行き倒れに出会う

魔術科の授業を終えたエルヴィーは足早に退出する生徒達を見送りつつ、ゆっくりと教室を出た。

今回、魔術科の授業のあった魔術訓練室は、シグノス魔導学園の中でもかなり端の方にある。

そのため、だいたいの講義がある本館へ行くために、雀の涙のような休憩時間の間で、広大な学園の端から端を横断する羽目になるのだ。

それを知らずに時間割を組んでしまった学生達は恨み言を言いつつ必死に走るのだが、幸いエルヴィーはこの後の授業はとっていないため、学生達が本館へ向かう流れには乗らずに外へと出る。

すると、黄砂色のドラゴンが翼を羽ばたかせて現れた。

いつもの定位置であるエルヴィーの肩に乗ったドラゴン——ヴァスは首をもたげて問いかけてくる。

「問、次の行き先はどこか」

「とりあえず、午前の授業はこれで終わりだから、昼飯を買い込んで部室行くぞ」

「諾」

ブックバンドでまとめた教科書を小脇に抱えて、エルヴィーは歩き始めるが、脳裏をよぎるのは美琴の猛勉強の姿だ。

今年の夏休みは、なんとしてでも東和国に帰るために、今まで補講で何とかしていた分の巻き返しを図っているらしい。

どうやらドラゴンさんがらみのようなのだが、ドラゴンさんの頼みならばと尻尾を勇ましく揺らして燃える姿には感心を通り越して少々引いた。

それでも熱意は本物だから、できる限り彼女の勉強に付き合っていた。

少し不思議なのは、イエーオリも美琴の勉強に付き合っていることなのだが。

イエーオリのほうが成績の良い学科もあるため、それ自体は不思議ではないが、あの旅行以降二人で話していることが目に付く気がしていた。

不快なわけではないし、むしろ助かるのだが、どことなく、疎外感のようなものを覚えていた。

ただ、ラーワ一家で行くのであれば、当然アールも同行するわけで。

美琴とアールの東和行きを知ったイエーオリが盛大にうらやましがり、東和で仕入れてきて欲しい技術系の情報についてこれでもかと頼んでいたから気のせいかもしれない。

実を言うとエルヴィーもかなりうらやましかったが、転科した魔術科の授業に追いつくので精一杯の今、さすがに遠方へ行ける余裕はなかった。

「まあ、魔術銃が仕上がったタイミングでよかったたってところか」

「問、美琴とアールの東和行きについてか」

最近、本人から提案されて、ヴァスはアールとラーワを愛称で呼ぶようになった。

あのわかるのにわからない名前で呼ぶのは、エルヴィーが毎回「エルヴィー・スラッガート」と呼ばれているのと変わりないらしく、こそばゆかったらしい。

相手があの古代神竜だとわかっていても、そのような変化を見ると、エルヴィーは親が子供の成長を喜ぶのはこんな気分なのか、とほほえましく思えてしまった。

「そうだよ。手伝ってやりたいのは山々なんだけど、ついていっても言葉が通じないから迷惑かけるしな。言葉が違うって不便なんだなと改めて思った」

せめて日常会話くらい教えて貰うんだったと考えても、後の祭りだ。

「問、エルも東和へ行くことを望むのか？」

「いいや、アールに休んでいる間の講義ノートを頼まれたからな。またの機会にするさ」

まあ、またの機会にした場合の渡航費について考えれば、気が遠くなるのも確かだが、まだ見ぬ土地を見て回るのはエルヴィーのあこがれでもあった。

「そうか」

そこで話は終わり、エルヴィーとヴァスは連れだって購買部のある別館へ向かう。

食堂と購買部は構内にいくつか運営されているが、料理部が活動の一環として運営している第2食堂と購買部は安くてうまいと評判だ。

時々恐ろしいほどの際物《きわもの》商品も出したりするが、それを面白がる学生教師は多い。

逆にしっかり食べたいときは第1食堂とその購買部で、特別うまい物はないが、各地域の郷土料理を常時取りそろえている。そのため遠方から寮に入って通う学生達のお袋の味となっていた。

東和国そのものではないものの、なじみのある味があると言うことで、美琴もよく通っていたはずだ。

……いや、彼女は学園内の食という食をすべて制覇しているが。

「マルカがミコト達と部室で食べたがったからな。適当に見繕うとして……やっぱ第2食堂だな」

第1食堂も街中に比べれば破格に安いのだが、学生のお財布事情は厳しいのだ。

ついでに第2食堂を運営する料理部と魔術機械研究会は浅からぬ関係があるために、エルヴィー達はかなりの頻度でおまけをつけてもらえるというのもある。

というわけでエルヴィーの足は自然と第2食堂へと向かったのだが、購買部へたどり着くなり店番をしていた料理部の少年に、まるで救いの神を見るようなまなざしを向けられた。

「助かった！　あれ、君の関係者だろう、どうにかしてくれないか？」

「いったい何の話だ」

「いいからこっち来てくれ」

顔見知りの少年が手招きをしてきたので近づいて行けば、指し示されたのは購買部のサンドイッチや弁当が並ぶ一角だった。

持ち運びがしやすいように一食分ずつ主食と付け合わせがまとめられたそれは、美琴の発案で生まれた「弁当」だ。

昼休みになると、学生と教師達による熾烈な争いが繰り広げられるが、今は少し早い時間のため、たった一人を除いて客はいない。

だが、その一人が問題だった。

「あの子、さっきからずっとあの体勢で動かないんだよ。ただ、手を出すわけでもなく万引きする様子もないからどうしたものかと思っていてさ。あの獣耳と尻尾はミコトさんと同郷の人だろう？」

その人物は、エルヴィーも以前見たことがある「着物」と呼ばれる東和国の民族衣装に身を包んだ女性だった。胸元あたりに、大きな鈴が連なった飾りを下げている。

何より特徴的なのは、女性を彩る真っ白な髪と、頭頂部をかざる三角形の獣耳、そして腰あたりで今も揺らめくふっさりとした純白の尻尾だった。

エルヴィーは小柄な体型とも相まって、一瞬年配の女性かと思ったが、その横顔から張りのある肌が見えて、若いのだろうと見当をつける。

傍らに独特の装飾のついた杖をおいていることから魔術師のようだから、見かけ通りかは判断できないが、ともかく着物も白と赤を基調としているため、はかなくも幻想的な印象を与えることだろう。

だが少女は、着物や髪が床に触れるのもかまわず、無造作にしゃがみこみ、じいっと、たくさんの食料品が並ぶ棚を見つめていた。

視線に力があるというのであれば、穴が空いてしまいそうなほど熱心だ。

その横顔は、明らかに空腹を訴えており、どことなく目がぐるぐるしていて、さらに少し離れているにもかかわらず、腹の音がこちらまで聞こえてくる。

それでもなお手を出さない忍耐力は驚きだが、エルヴィーはなんだかげんなりとした気分になった。

非常に既視感があって親しみすら覚えそうだ。

エルヴィーにはそう映るものの、その神秘的な外見と鬼気迫る様子に料理部の少年は気後れして、対応に苦慮したのだろう。

確かにこれは、エルヴィーに頼んでもしかたがない。

なんとかしてくれ、という料理部の少年のまなざしに背中を押され、覚悟を決めたエルヴィーは女性に近づいた。

「あの、すみません。東和国の人、ですよね？」

エルヴィーが声をかければ、その少女は、白い三角の耳をひくりと動かして顔をあげた。

そのしっとりとした美貌に、エルヴィーは我知らず息を呑む。

東和国特有らしい浅い面立ちは、繊細でどこか高貴な印象を感じさせる造作で、だというのにぽってりとした唇が、妙に色香を漂わせている。なにより目を引くのは、紅玉のように赤く鮮やかな瞳で、目尻が下がっているせいかどこかおっとりとした優しげな雰囲気を感じさせた。

小柄だったからてっきり同年代か少し下かと思っていたが、その繊細な面立ちから漂う理知的な気配は年上の可能性が高い。

思った以上に整った容姿に、緊張を思い出したエルヴィーが先を続けられずにいると、ぱちぱちと瞬きをした少女は口を開いた。

『まあ、東和をご存じですの？　それはうれしゅうございますわ。ですが、申し訳ございませんの。わたくしこちらの言葉がわからないのです』

だが、鈴を転がすような柔らかな声が紡いだのが東和国語だったことに、エルヴィーは今更ながら重大な事実を思い知った。

この少女は東和国語しかしゃべれないのだ。

美琴は当たり前のようにこちらの言葉でしゃべっているから、完全に失念していた。

とはいえ、このままにしておく訳にはいかない。

「えーとその。ここで何をしてるんですかって、明らかに腹が減ってるんだよな。うわあ、まじでミコトに挨拶くらい習っておけばよかった……」

いや、こんなことは滅多にないだろうと思うが、少々後悔したエルヴィーだった。

だが、悩むエルヴィーの前で、少女は赤の瞳を見開いて表情を輝かせたのだ。

『まあ！　あなた様は美琴をご存じですの？　わたくし、美琴の姉の真琴と申しますの。あの子の様子を見にこちらに来たのですが、おなかが空いてしまって少々休んでいたところなのです』

言葉は相変わらずわからなかったが、彼女が「美琴」の名に反応したことと、照れたような表情でおなかを押さえたことで、なんとなくニュアンスが通じてしまった。

東和国の住人は、腹を空かせていないといけない戒律でもあるのかと気が遠くなったが。

まあともかく、こんなところにどうして東和国人がという疑問は置いておいて、とりあえず彼女が美琴の関係者らしいと理解できただけで十分だ。

ヴァスに美琴を捜し出してきて貰おうと肩を見れば、小さなドラゴンは不思議そうに彼女を眺めていた。

「どうしたんだ？　ヴァス」

「……いや」

じっと少女を見ていたらしいヴァスは、首をかしげつつもこちらを見上げてきた。

「この娘と意思の疎通を望むか」

「出来たら良いけど……いや待てヴァスあれはやめとけ！」

とっさに本音が出たエルヴィーだったが、ヴァスが彼女に頭を向けたことで嫌な予感がした。

思い描いたのは以前やられた思念話だ。

アールとヴァスが言葉もなしに意思の疎通をしているのを問いかけたときに知ったのだが、その際に、ものは試しとつなげられた思念話でエルヴィーはあまりの情報量に気絶した。

何の気構えもない少女に仕掛けて良いものではない。

緊張を走らせたエルヴィーだったが、刹那、バチッと衝撃音とともに光が散った。

それは魔術の拒絶反応に似ていて、ヴァスは驚いたように首を引く。

何が起こったかわからないエルヴィーの前で、ぱちりぱちり瞬いた少女は、申し訳なさそうに眉尻を下げた。

『もしや思念話をつなげようとされましたか。ごめんなさいませ。わたくしの心守りが阻んでしまったようでございます。ですが、思念話をつなげられる高位の幻獣とお友達とは……と、あら？』

少女が不思議そうな表情になったが、彼女に何も異常がないことにほっとしたエルヴィーは硬直しているヴァスに言った。

「悪いけどヴァス、美琴を捜してきてくれないか。今日この時間は、薬剤調合室で実習のはずだ」

「……諾」

ヴァスの返事の仕方が、少しいつもと違うような気がしたが、ともかくヴァスは皮膜の翼を広げて飛んでいった。

『困りました、お尋ねしたいことがあったのですが……』

どこか残念そうにヴァスの後ろ姿を追っている少女と取り残されたエルヴィーは、少し気合いを入れて、話しかけた。

「ええと、とりあえず、今、美琴を呼んできます。んで、その間なんですが……」

エルヴィーは覚悟を決めて購買部の向こう側を指し示した。

そこにあるのは、天下の第2食堂の入り口である。

すでに食堂からはこれからの昼時に向けての仕込みをしているらしく、良い匂いがここまで漂ってきていた。

「飯、食いますか？」

少女はそのジェスチャーだけで何が言いたいかわかったらしい。

『ありがとうございます。見知らぬお方。ご相伴にあずからせていただきます』

耳をぴんと立てて、嬉しそうに尻尾を揺らめかせながら頭を下げた少女と連れだって、エルヴィーはなんだか微妙な気分で第2食堂の入り口をくぐる。

……少々心配なのは、財布の中身が空にならないかだけだった。


思っていた以上に早くヴァスを伴って第2食堂に現れた美琴は、息を切らしていた。

だが、エルヴィーの目の前にいる少女を見るなり、耳と尻尾を逆立たせると、ちらほらと生徒たちが増え始めた食堂内をぬうように駆け寄ってくる。

『お姉ちゃん!?　どうしてこんなところにいるのです!?』

本日のメニューだった「鹿肉のロース焼き」を上品に口に運ぼうとしていた少女は現れた美琴を見ると、ふんわりと微笑んだ。

『まあ、美琴。久しぶり。すてきな制服ねえ』

『久しぶりじゃないですよ……！』

短いつきあいだが、この白い少女がどことなくずれていることは察していたエルヴィーは、美琴が真っ赤になりつつもどっとくずおれるのを同情のまなざしで見つめた。

すぐ立ち直った美琴は、再び東和国語でまくし立てたが、少女はおっとりとした雰囲気は崩れず、のらりくらりとするばかりだ。

やがてあきらめたらしい美琴は深くため息をつくと、エルヴィーに頭を下げた。

「ごめん、エル。ありがとう」

「で、この人は一体誰なんだ」

とりあえず区切りがつくまで待っていたエルヴィーが問いかければ、美琴は複雑に顔をゆがめつつも口を開いた。

「私の、姉の、天城真琴」

ヴァスを撫でつつ聞いていたエルヴィーは、目が点になった。

「ちょっと待て。おまえのお姉さん？」

「うん。本人が、言うには、私がどうしているか、気になって来たらしい」

美琴がひどく疲れた様子で言ったのに、エルヴィーは絶句して、目の前でのほほんと微笑む真琴を凝視した。

そりゃあ、海向こうにいるはずの姉がひょっこり現れて、のほほんと飯を食べていれば驚きもするし、疲れた顔にもなるだろう。

そして当の本人は、エルヴィーと美琴を交互に見ながら、虚脱した空気を気にした風もなく美琴に問いかけていた。

『こちらの親切な方はどなたなのですか』

『私が所属している魔術機械研究会の部長で、友人のエルヴィー・スラッガートです。で、その肩に乗っていらっしゃるのが、竜神様の分身でいらっしゃるヴァス様です。ただ、私は許可をいただいて呼び捨てにさせていただいています』

『ああ、やはりそうでしたか』

『やっぱり、わかりますか』

『ええ。特異な気配をされていますし。何より……いえ』

得心したようにうなずく真琴は、改めてエルヴィーとヴァスを見て、頭を下げた。

『ご挨拶が遅れました。わたくしは天城真琴と申します。いつも妹がお世話になっております』

名前を名乗られたとわかったエルヴィーは、妙な気分だが軽く頭を下げた。

「初めまして、俺はエルヴィー。こっちがヴァス。ちょっと厳つい顔はしてるけど害はないから安心してくれ」

「エル、大丈夫。姉は、高位の巫女だから。ヴァスの正体わかってる」

美琴の補足にエルヴィーは目を見開いた。

ヴァスに関してはいつも通りのよそ行きの紹介をしたが、怪しまれたことなどなく、誰もがそれこそ魔術科の教師ですらただの羽のあるトカゲとしか思わなかった。

それを一目で看破されたことに言葉をなくして真琴を見れば、微笑むような曖昧な表情でこちらを見返すばかりだ。

そういえば美琴も、ラーワが古代神竜であると一目で見抜いていたのだという。

もしかすると、東和国の巫女というのはバロウの魔術師よりもずっと熟練した術者集団なのかも知れないと考えていると、真琴が両手を合わせた。

『ごちそうさまでございました』

見れば、あれだけ話をしていたというのに、すでに鹿肉のロース焼き定食はきれいさっぱり完食されていた。

『ありがとうございます、えるびーさん。このご恩は必ず返させていただきますね』

「姉が、いつかお礼するねって。何、したの？」

「ちょっと、飯をおごっただけだよ。あんまり腹を空かせているようだったから」

美琴の通訳に、照れくさくなりながら言えば、美琴はさっと青ざめた。

「おさいふ、だいじょうぶだった？」

そういうことを大まじめに聞いてくるあたり、姉の食い扶持を理解しているらしい。

ちなみに真琴は、鹿肉のロース焼き定食の前にはトマトソースのパスタを完食し、さらに購買部のサンドイッチを複数腹に収めている。

覚悟していたとはいえ手痛い出費だったが、それでも真琴の満たされた表情を前にすれば和らいでしまうのが、悲しい男のさがだ。

「東和から帰ってきたら、ギルドでのバイト付き合ってくれ」

「そんなことしなくても、姉の食べた分、払うよ」

「……すまん、後で割り勘でたのむ」

かっこつけきれず、ちょっとしょっぱい気分になったエルヴィーだったが、気を取り直して、不思議そうに首をかしげる真琴に言った。

「俺の名前が言いづらいんでしたら、エル、でいいですよ。ミコトのときもそうでしたから」

美琴がちょっと決まり悪そうにしつつも通訳すれば、真琴は軽く頭を下げた。

『恐れ入ります、では甘えさせていただきますね』

その微笑みに、少々胸が騒いだエルヴィーは、またヴァスに指摘されるのではと少々どきどきしながら傍らを見たが、当のドラゴンは沈黙していた。

エルヴィーの変化には、非常に敏感なヴァスでも不思議なこともあるものだと思っていると。

心なしか顔色がよくなった真琴は意気揚々と立ち上がって、美琴の手を取っていた。

『さあ、美琴。あなたの過ごしている場所を見せてくださいな。わたくし、そのために参りましたの！』

『お姉ちゃんっ!?』

『あなたの暮らしぶりを知りたいのです。まずは学び舎を案内してくださいな！　そちらのエルさんも。ぜひ、美琴の話を聞かせてくださいませ』

「え、俺がなんですか？」

声をかけられたエルヴィーが立ち上がれば、真琴は美琴の腕をとったまままどんどん歩いて行く。

『お姉ちゃんっまって、わかりましたから！　食器はちゃんと片付けましょうっ』

内容はわからずともその言葉の雰囲気で、エルヴィーは美琴が完全に真琴に屈したことを知ったのだった。

美琴の姉だという真琴は、非常に精力的で、マイペースだった。

美琴の生活を知りたいと願う彼女は、美琴を通訳に、エルヴィーを案内役に仕立てると、シグノス魔導学園を端から見て回りはじめた。

シグノス魔導学園は、一般人に開放されているスペースも多いが、立ち入り制限区画――つまり、学生の講義室がある場所にも入れるよう、手続きをとって許可証を入手する。

留学生が珍しくなくとも、東和の民族衣装を着た白髪赤瞳の真琴は非常に目立った。

講義室やら、憩いの場である自習室に顔を出せば、その場にいる学生達を驚きの渦に巻き込むのは当然のことだ。

だが彼女は気にした風もなく、見るものすべてにはしゃぎまわり、魔術の訓練室にゆけば魔術科の学生達の実習に子供のように目を輝かせた。

『これが、こちらの術なのですね。わたくしにもできるかしら？』

『発音さえうまくできれば、お姉ちゃんなら簡単ですよ』

すると、真琴は手に持っていた杖をさりげなく構えると、空いた片手をさしのべた。

『**洗華**《うおっしゅふらわー》』

つたない古代語で紡がれたのは、生活魔術の一種である不純物のない水の花を生み出す魔術だ。

だが、そのさしのべられた手に生まれた水の花は、一つどころではなく、真琴の周囲にあふれんばかりに咲き乱れたのだ。

その水花の数は、多くて二つほどしか生み出せない学生達の比ではなく、学生達はもちろん教師まで目が釘付けになっていた。

『まあ、このように形ある物をこんなに早く呼び寄せることができるなんて！　素敵ですね、美琴！』

『とりあえず、しまいましょうお姉ちゃん』

水の花に囲まれてはしゃぐ真琴の、膨大な魔力量と精密な魔力操作に目を見張っていたエルヴィーは、冷静にたしなめる美琴に問いかけた。

「マコトさんって、もしかしてかなりすごい人か？」

「うん。東和国で、一、二を争う術者、だと思う」

渋面の美琴の予想以上の答えに、エルヴィーは絶句する。

「っそれって、まずくないか!?　よく知らないけど、外交問題とか、あれとか」

バロウの魔術師は国家機密扱いだった時期もあったらしいが、今ではそれほどでもない。

だが、国独自の魔術の研究を保護するために、一定の地位を持った魔術師は依然と国外への移動が制限されていることがあるのだという。

東和での常識は知らないが、真琴が美琴の言葉通り有力な魔術師だというのであれば、エルヴィーの浅い知識でも彼女がこの場にいるおかしさがようやく実感できたのだ。

「だから、姉がどうやってこっちに来たのか、気になる、の！」

ようやくわかってくれたか、といわんばかりの美琴に、エルヴィーもうなずいた。

「とりあえず、なんとか聞き出す方向で行くか。やっぱ言葉が出来ないのは困るな……」

「でも、姉がこっちに来てるのなら、ラーワ様にとっても悪くない。東和に行くのは姉に会わせるためだったから」

「なるほど、あの人達なら東和国語も出来るしな。じゃあ、なるべく早くラーワさん家にいけるように誘導しよう」

「うん。ヴァス、ラーワ様達に連絡、お願いして良い？」

「了解」

三人がひそひそと今後の方針を確かめ合ったとき、一通り遊び終わって満足したらしい真琴がこちらを振り返った。

『さあ、美琴、エルさん、次へ参りましょう！　今度は美琴のこちらでの家がみたいです。お世話になっているのですから、ご挨拶に向かわなければなりません』

『……え、お姉ちゃん、何言うんですか？　余計なこと言わないでくださいよ！』

エルヴィーは美琴がさっと青ざめるのに、ラーワ達の下へたどり着くのはもうしばらくかかりそうだと思ったのだった。


案の定美琴が世話になっている寮に行けば、寮母のミセスアマンドと話し込み、通訳する美琴は消え入りそうな顔で尻尾を丸めていた。

放っておく訳にもいかずにエルヴィーは付き合うことになったのだが、彼女達が東和国語で語り合うのを眺めるにつれて、徐々に関係性がわかってきた。

もちろん、言葉の意味はわからない。

だが、美琴が移動の最中も真琴に詰問するにもかかわらず、真琴はおっとりした物腰でのらりくらりとはぐらかし、別の物に興味を覚えて聞き返すようなやりとりを（あくまで言葉の雰囲気だけでの判断だが）繰り返していた。

今までそれなりにおっとりしていると思っていた美琴が、しっかり者に見えるほどのマイペースさで、以前に美琴に教えて貰ったことわざ「のれんに腕押し、糠に釘」というのがぴったりと当てはまる雰囲気だった。

それをしょうがないと許してしまっているあたり、美琴が姉を慕っているのがよくわかる。

幼少の頃からずっとこのようなやりとりをしていたのだろう。

同じ狐耳以外共通点がないと思っていたエルヴィーだったが、ならんで歩く二人を見ていると、姉妹ということを自然と納得できたのだった。

『なるほど。このようなところで美琴は学んでいるのですね。履き物を脱がずに室内に入れるのは驚きましたが、とても新鮮でございます。さあ、エルさん、今度はその部室？　という場所へ参りましょう！』

『わかりましたから。そしたら、ちゃんと話を聞かせてよ……』

ふわふわと楽しげにする真琴と、もはや精根尽き果てたといった具合で肩を落とす美琴とともに「魔術機械研究会」の部室へたどり着いたのは、ちょうど昼休みに入ったころだった。


扉を開けた瞬間、イエーオリと、年少組二人が立ち上がってこちらを見た。

彼らが囲むテーブルにはテイクアウトの食べ物が並んでいて、エルヴィーは自分たちが昼食の約束をしていたのを今更ながら思い出した。

「遅れてすまん」

「お兄ちゃん、後ろの人がミコトさんのお姉ちゃん？」

どきどきそわそわと美琴と真琴を見るマルカの言葉に、エルヴィーは少し驚いた。

「知ってたのか？」

「荒野のおじさんが教えてくれたんです」

ヴァスとアールがよく思念話でやりとりしているのを知っていたエルヴィーは、アールが補足するのに納得し、改めて紹介するために真琴を振り返った。

すると真琴は驚きに赤い瞳をまん丸にして、アールをまじまじと見つめていた。

ヴァスを見破れたのならアールがドラゴンだとわかるだろう、と半ば予想していたエルヴィーは美琴が東和国語で話すのを聞いていた。

『彼らが、いつも一緒に活動している部員達です。左にいるのがイエーオリで、機械全般を扱っています。稲穂色の髪の女の子がマルカ。エルの妹でもあるんですよ。そして、お姉ちゃんが一番驚いているのが』

『あの子は、竜で、ございますか。いえ、まさか……』

ヴァスのときには比較的平然としていた真琴だったが、アールには言葉がないらしい。

それにしてもひどく動揺している雰囲気の真琴を少々意外に思ったエルヴィーだったが、美琴は頷いて補足していた。

『ええ、アールはかの竜神様より生まれし、竜と精霊の性質を併せ持つお子様なのです』

美琴の言葉に真琴はぴくりと白い狐耳を動かした。

『竜神のお子様……ということは、親に当たる方も、お近くに？』

今までの彼女とは打って変わって、恐ろしく真剣なまなざしを向ける真琴に、美琴は少々驚いたようだったが、再びうなずく。

『ええ。ラーワ様とネクター様とおっしゃいまして、同じ街に居を構えておりますよ』

美琴の声が聞こえているのかいないのか、真琴はアールを見つめたままだ。

『そう、そうなのですか。お子様が』

動揺ぶりが気になったのか、居心地悪そうなアールがこちらへやってきた。

「あの、どうかしましたか」

『いえ、何でもないのですよ、竜神様。とても、驚いただけなのです』

ようやく微笑んだ真琴は、ついで困惑しているアールへ問いかけた。

『お名前を伺ってもよろしいでしょうか』

「名前、教えて欲しいって」

「ええと、確か、『はじめまして。ぼくはアール・フィグーラです』」

つたないながらも東和国語で自己紹介をしたアールに、真琴は軽く目を見張った後、嬉しそうに微笑んだ。

『ありがとうございます、アールさん』

そうして真琴はぐるりと室内にいる人物を見渡すと、丁寧に頭を下げた。

『お初にお目にかかります。研究会の皆様。わたくしは美琴の姉、天城真琴と申します。いつも妹が大変お世話になっております』

『お、お姉ちゃん!』

唯一言葉がわかる美琴が顔を赤らめるが、そのやりとりで一気に室内の緊張がほどけた。

息をついたイエーオリが、真っ先にエルヴィーに話しかけた。

「とりあえず、座ったらどうだ。おまえ達は飯食ったのか？」

「俺はマコトさんにおごったときに、すこし腹に入れた」

「ええー！　お兄ちゃんせっかく待っていたのに！」

思わず非難の声を上げたマルカだったが、真琴の存在を思い出して縮こまる。

少々人見知りをあらわにするマルカに対し、真琴は楚々とした仕草でテーブルの上の食べ物をのぞきこんだ。

『まあ、これから昼食でしたの。わたくしもご相伴にあずかってよろしいかしら』

また食うのか、とエルヴィーが顔を引きつらせてしまったのは仕方がないと思うのだ。

わくわくと表情を輝かせた真琴に隣に座られ、イエーオリが反射的といった風で顔を赤らめる。

その様子に美琴が戸惑ったように尻尾を揺らしたが、すぐに真琴へ少し心配そうな表情を向けた。

『お姉ちゃん、もしかして、高度な術を使っていたのですか』

『ええ、少々。ですのでつい食が進んでしまいます』

美琴が納得の表情を浮かべるのが気になったエルヴィーが尋ねた。

「マコトさんに何を聞いたんだ？」

「姉は、術で魔力を消費したから、おなかが空いてるんだって。獣人は、食事が一番効率が良いから」

魔術師が魔力を補給する方法は基本自然回復に頼るが、食事や睡眠でより回復が早まるのは一般認識として広く知れ渡っている。

おそらく獣人は食事量を増やすことによってより魔力が回復しやすくなるのだろう。

と、思ったところで、美琴は常時食事量が多いことを思い出し、エルヴィーはじと目になった。

美琴はその視線の意味がわかったらしく、少々決まり悪そうに尻尾を揺らした。

「こ、こっちのご飯がおいしいんだもん」

一方テーブルの方では、マルカが真琴に対して人見知りを発動させていた。

最近ではましになったとはいえ、初対面の上級生に対してはまだ気後れするらしい。

何より、言葉が通じないというのと、白い獣耳に白い尻尾、東和の民族衣装であるゆったりとした衣服に身を包んだ真琴は、少々近寄りがたい雰囲気を醸し出しているからだろう。

だが、真琴自身はそのようなことを気にした風もなく、マルカとアールに話しかけていた。

『皆さんの昼食ですが、一つずつで良いので味見させていただけると嬉しいのですが』

「あっええと……」

早くもパニックになりかけているマルカの横に座ったアールは、少し悩みつつも言った。

「一つってことは、味見させて欲しいということでしょうか。このあたりとか、いかがですか？」

『まあ、いただいてよろしいの？　ありがとうございます』

にっこり嬉しそうに微笑みながら、真琴はアールの差し出したサンドイッチを口に運んだ。

その姿に驚いたマルカは、ほっとした表情をしているアールを見る。

「アールは、東和国語がわかるの？」

「自己紹介と、簡単な言い方だけみこさんに教えて貰ったんだよ。あとは東和国に行く間に教えて貰おうと思ったのだけれど……」

アールが言いよどむのも無理はない。なぜなら、東和行きを目指していたのは、目の前の白い少女に会いに行くためだったようなものなのだから。

エルヴィーは事情を理解しているわけではないが、こちらにいる以上、予定が大幅に変更されることは間違いない。

だが、おかずを味わっていた真琴は、アールの言葉に反応した。

『今、東和国と、おっしゃいましたか？　アールさんは東和国へ行かれたいのでしょうか？』

『実はラーワ様たちとお姉ちゃんに会いに行く計画を立てていたのですよ。その様子だと、私の手紙は読んでいないようですね』

少々疲れた様子の美琴が東和国語で話し始めたのは、おそらく今までの経緯の説明だろう。

話を聞き終えた真琴は、ぱちぱちと赤の瞳を瞬くと、驚いたように口元に手を当てた。

『あらまあ、そうでしたの。入れ違いになってしまったようですね』

『……出奔する前に、書置きくらいは残していますよね？』

『もちろんです。大社のみなさんにはいってきますと伝えてまいりましたよ』

にっこりと笑って胸を張る真琴に、美琴の肩ががっくりと落ちた。

その黄金色の狐耳のへたり具合でエルヴィーはなんとなく察してしまい、美琴に同情する。

だが当の真琴は、胸を飾る鈴に触れながら、物思いにふけるようにぼんやりとしていた。

その様子に何を感じたのか、アールは不思議そうに小首をかしげている。

ただ、すぐに元に戻った真琴は、美琴を振り仰いだ。

『美琴、アールさんのお父様とお母様にお会いしに行ってもよいか、聞いてみてくださいませんか』

真琴の言葉に驚いた美琴は狐耳をぴんと立てた。

『行ってくださるのですか！』

『ええ、美琴もお世話になったのでしょう？　なら、ご挨拶に伺わなくてはいけませんわ』

『それはありがたいのですけど』

あくまで自然体で言った真琴に美琴はそわそわとアールへ通訳をする。

すると今度はアールが虚空へ視線を投げた。

「……うん。……うん。わかった。今から行くね」

思念話をしているのだとわかったエルヴィーは、ふと、先ほどの真琴の様子と重なった。

「そろそろ家に戻れるから、いつでもどうぞ、だそうです」

『では、お姉ちゃん、行きましょう。今すぐ！』

アールの返答に半眼になった美琴が、いまにも連れ出そうとするのに、真琴が戸惑いを浮かべる。

『美琴、それほど急がなくても。皆さんのお食事が終わっておりませんし、まだ研究会のお話も聞いておりませんのよ？』

『お姉ちゃん……うん、そうでしたね』

あくまでマイペースな真琴に、美琴はまたがっくりと肩を落としていたのだった。

結局、昼食を食べ終えたら、ということになり、美琴の通訳で真琴の質問攻めが始まる中、エルヴィーはなにか飲み物でもと給湯スペースへ向かう。

するとヴァスがエルヴィーのそばにやってきた。

「エル、午後の別行動の許可を求む」

「かまわないけど。どこ行くんだ？」

「美琴達一行へ同行する」

エルヴィーはこの昼休み休憩の後、まだ講義が待っているから、いくら気になっても美琴達についていくことは出来ない。

だから気を回してくれたのか、と思ったエルヴィーはドラゴンの頭を撫でた。

「あいつらのこと、よろしくな、ヴァス」

「諾」

ただ、ほんの少し、ヴァスの様子は気になったのだった。

第9話　ドラゴンさんと白い巫女さん

ヴァス先輩から連絡をもらってすぐ家に帰って待っていれば、アールと美琴、ヴァス先輩とともにやってきたのは東和の衣装に身を包んだ、白い髪に白い獣耳をした女の子だった。

年はこちらの人には若く見えるかもしれないけど、たぶん20歳を少し超えたくらい。

間違いなく、美琴のお姉さんである真琴だろう。

白と赤を基調とする服装はまさに巫女！　って感じがして、こっちでも巫女服ってこうなのかと軽く驚いたけれども、なにより、彼女から感じる魔力量にも驚いた。

人間時代のネクターと同じくらい、もしかしたらそれ以上かも知れない。

ネクターの髪の先が薄紅色に染まっているみたいに、あまりに魔力が多いと外見の色彩に現れる。

彼女の白い髪と、鮮やかな赤い瞳は、身のうちに抱える膨大な魔力の影響だろう。

感心したが、ただ彼女から漂う不思議な気配に面食らった。

近しいような、どうにも覚えがあるような感じなんだけど……もちろん彼女と会ったのは初めてだ。

首をかしげていれば、白い髪と狐耳の女の子はすいと頭を下げた。

『お初にお目にかかります。竜神様。わたくしは、東和にて大社の巫女をしております、天城真琴と申します。美琴が大変お世話になっております』

きれいに背筋を伸ばした彼女が、白い髪を揺らして頭を下げるのに、不思議な気分を味わった。

ただ、その不思議がどこから来ているのかはとっさにわからず、ともかく丁寧に挨拶をされたので、私も東和国語に切り替えて応じた。

『初めまして、美琴のお姉さん。私はラーワ。もう知っているみたいだけど要《かなめ》の竜で、アールの母親だよ。君はなんて呼んだ方が良いかな』

顔を上げた真琴は、私が東和国語を話したのに驚いたらしく目を見張っていたけれど、ほんわりと微笑んだ。

『真琴と呼び捨てでかまいません。美琴のお姉さん、というのは非常にときめきますが、どうぞお好きにお呼びください』

物腰の丁寧な子だなあと思った矢先にそんな風に言われて、ちょっと面食らう。

だけど不思議な感覚の正体に気づいた。

そうか、彼女には美琴のように過度にへりくだった態度がないんだ。

『わたくしも、ラーワ様とお呼びしてもよろしいでしょうか』

『かまわないよ』

しかも、「白い獣耳と尻尾の少女」という特徴は、イーシャの言っていた夢の中の獣人と同じものだった。

偶然にしてはできすぎていると思いつつ、居間に移動して向かい合わせに座れば、絶妙なタイミングで、ネクターがお茶を持ってきた。

『初めまして、美琴のお姉さん。私はネクター。彼女の夫で、アールの父親です。お昼は食べていらっしゃったとのことですので、お茶をどうぞ』

『お気を遣っていただきありがとうございます』

ぺこりと頭を下げる真琴のそばで、私はネクターに視線を送れば、ネクターも目顔で応じてくれた。

ネクターも気づいている。これは、聞くべきことが増えたなと思っていると、真琴が少し赤らんだ頬に手を当てていた。

『まあ、本当に、ご夫婦でいらっしゃるのですね。このような竜神様がいらっしゃるとは思いませんでした。しかもお二方も。さらにお子様までいらっしゃるなんて』

真琴が感心する視線の先には、ミニドラなヴァス先輩とアールが居る。

そういえば、送ってきてくれるとは聞いていたけど、エルヴィーのそばに居たがる先輩がまだいるのは珍しいなあ。

《先輩、送ってきてくれてありがとう。もし戻りたかったらここは気にしなくて良いよ》

思念話をつなげてみれば、先輩は間髪容《い》れずに応じてくれた。

《否、エルと約定をかわしたため最後まで見届ける。我も懸念があるため傍観を願う》

《気になるんなら、全然かまわないけど》

先輩の何だか形容しがたい不安のようなものが伝わってきて、少々戸惑いつつも思念話を終える。

すると、ネクターが不思議そうに真琴に尋ねていた。

『真琴さんは、ほかに要の竜をご存じなのでしょうか』

『ええ、我が国にいる神々からも、文献などでも少々』

曖昧に言葉を濁したみたいだけど、気のせいかな。

問いかえすかどうか迷っているうちに、我慢しきれなくなったように美琴が身を乗り出した。

『お姉ちゃん。どうして急にバロウに来たのです？　しかも着の身着のまま、お金も持たずにどうやって！』

『あら、金子はきちんと持っていたのですよ』

『東和のお金じゃ意味ないですよ？』

『まあ、わたくしだってそれくらいわかります。お金に換えられるものもちゃんと持ってきたのですよ』

心外そうに頬を膨らませた真琴が袖から出したのは、いくつもの魔石だった。

色彩や透明度、内部で揺らめく光の感じからして、とてつもなく高品質なのは明らかだ。

これだけあれば半年以上遊んで暮らせることだろう。

自慢げな表情をした真琴だったけれど、美琴は半眼になった。

『お姉ちゃん、それきちんと売りましたか？』

『そういえば、どちらで交換すればよろしいのでしょう？』

はて、白い髪を揺らして首をかしげた真琴の反応で、私は彼女の性質がなんとなく理解できてきてしまった。

うん、ちょっぴり天然が入っている子なんだな。

『やっぱり……よくこちらまで来れましたね』

『むう、わたくしだってやればできる子なのですよ！　言葉がわからずともご厚意で食物をいただけましたし、こうして美琴にも会えましたし！　目的も達成できそうなのです』

……たぶん自分でそう言っちゃう子はとっても残念なのだと思うよ？

よくここまでたどり着けたなあと、私はしみじみと考えていたのだが、美琴がいぶかしそうにした。

『目的とは、何なのです？』

『ええ、まさにそれなのよ。美琴、仙次郎には会えましたか？』

改まったその問いに、美琴は黄金色の耳をぴんと立てた。

とたんにそわりそわりと落ち着かなくなる美琴の様子で、真琴はある程度わかったらしい。

『会えたのですね？』

ふんわりと微笑んだ真琴にじっと見つめられた美琴は、あきらめたようにこくりと頷いた後、上目遣いに見上げた。

『お姉ちゃんは、なぜ、仙にいをあんなにあっさり送り出したのですか』

『だって、勧めたのはわたくしですもの』

さらりととんでもないことを言った真琴に、言葉のわからないアールとヴァス先輩以外の私達は絶句した。

美琴なんて黒目がちな瞳がこぼれんばかりだ。

『ほんとうなのですか!?』

『ええ、だってあんまりにも悩んでいたものですから、それならとっとと探してきなさいとおしりを叩いてやりましたの』

『お姉ちゃんはそれで、良かったのですか？』

『婚約のことを言っているの？　それなら正式な合意もなかったのだから、関係ありません。仙次郎は私にとっては兄弟……そうね、わたくしのほうが年下だけど、弟みたいなものですもの。だから、大陸へ送り出したのです。ただ、あなたの想いに気づかずに先走ってしまったと、あとで少し後悔したけれど』

申し訳なさそうに眉を寄せた真琴に、気づかれていたことを知った美琴は顔を赤らめていた。

『私に留学を勧めたのは、それが理由ですか』

『それは、またちょっと違うのだけれど』

真琴が困ったような顔をしたがそれも一瞬で、彼女は美琴の手を取った。

『美琴、わたくしはね。目の届く全ての人と、手の届くだけの大事な人に幸せになって貰いたかったの。その筆頭が、あなたと仙次郎だったのですよ』

赤の瞳を細めて穏やかに微笑む彼女に、美琴は息を呑んだ。

『だからできれば、仙次郎にも会えたらと思ったのだけど……あら？』

真琴が不思議そうに小首をかしげたと同時に、膨大な魔力の気配がした。

美琴も気づいて不思議そうにしている。

場所は転移室からで、この華やかな魔力はリグリラのものだ。

と、言うことは。

『ちょっと待ってて』

私がみんなにそう言い残して転移室へゆけば、案の定、そこに居たのは仙次郎だった。

見ている間にもう一度、魔法陣が彼の頭上に現れて、黒い槍を落としていく。

「いらっしゃい。というか、その様子だと、リグリラにたたき出されてきたみたいだね」

「お邪魔するにござる。……うむ、自分以外の女のことを考えるくらいなら、とっとと断ち切ってこい！　と怒られてしもうた」

何とか槍は受け止めたものの、魔力の反応光にまみれて痛そうにしていた仙次郎は、かなり決まり悪そうに頬を掻く。

だけど、すぐに真顔に戻ると立ち上がって歩み寄ってきた。

「ラーワ殿、今、真琴はどちらに？」

私は話を聞いてすぐ、真琴がこちらにいることを、リグリラ経由で仙次郎へ知らせていた。

いや、せっかく知り合いが来ているのなら会えたら嬉しいんじゃないかなあと思ったんだが、彼は示しがつかないからと固辞したのだ。

そしたらリグリラは舌打ちせんばかりの思念を返してきた。

『ラーワ、後で送りますから、めんどくさくなくなるまで帰らせないでくださいまし』

いやあ、大変ご立腹な感じでぶつっと切れたのだけど。

たぶん、合わせる顔がないと言いつつ、少々未練が残っている仙次郎への、リグリラの気づかいの仕方なのだろうなあと思ったものだ。……ええと、たぶん。

で、こうして説得されて、仙次郎は来たということだろう。

仙次郎は仙次郎で頑固だから、リグリラはどうやったのかと思ったのだけど、その説得の仕方は仙次郎が腹を痛そうにさすっていたので、大方察してしまった。

「真琴なら、居間にいるよ」

「かたじけない」

扉を開けて促せば、仙次郎は断りを入れると、珍しく私に先んじて居間へ向かった。

やっぱり、それだけ気になっていたのだろう。

遅れず私もついていけば、ちょうど三人が顔を合わせたところだった。

美琴がそれほど驚いていないのは、うすうす気づいていたからだろう。

一方の真琴は、現れた仙次郎に目を丸くした後、ふんわりと微笑んでいた。

『久しぶりです仙次郎。あなたにまで会えるなんて、わたくしの運もなかなかのものね』

『真琴は相変わらずだなあ』

どっと安堵の息をついた仙次郎は、灰色の尻尾を嬉しそうに揺らしていた。

その素直な反応には、私も知らせたかいがある。

『仙次郎、運命の人は見つかったようですね。ずいぶん気が安定しています』

真琴にそう言われた仙次郎は虚を衝かれたように顔を上げたが、すぐに気恥ずかしそうな表情に変わった。

『ああ、見つかった。ありがとうな』

『なら、よかったです』

真琴は嬉しそうに笑ったのだが、これが素なんだろうなとわかるような肩の力の抜けた気安い表情だった。

私もネクターも、言葉がわからなくても雰囲気で察したアールも一様にほっとした。

それで考える余裕が出てくると、頭をもたげてくるのは、東和行きのことについてで。

もともと、彼女に「無垢なる混沌」について聞いて、あわよくば資料を閲覧させて貰おうという計画だったわけだから、本人が居るのなら、直接頼めるチャンスでもある。

だけど、美琴達は三人でそろうのは何年ぶり、というやつだ。

積もる話もあるだろうし、お願いをする前に思い出話に花を咲かせて貰ったほうがいいだろう。

ネクターとアールに思念話で私の考えを送れば、同意を返してくれた。

こういうとき、意思の疎通が一瞬で終わるから、思念話って便利だよなあ。

『にしても、真琴の思いつきは突拍子もなかったが、今回はいつにもまして唐突だったなあ』

というわけで、退室する機会をうかがっていたら、仙次郎が袖に手を入れつつ、しみじみと言った。

言葉は茶化すような軽いものだったけど、仙次郎が結構まじめに心配しているのはすぐにわかる。

『そうですよ、お姉ちゃん。大社のお役目がつらかった、というわけではないですよね？』

美琴にまでおずおずと聞かれた真琴は、ちょっと意外そうに眉を上げた。

『いえ、大社のお役目が嫌になったことなど一度もありませんよ。まあ少々特殊ですし、微妙なときもありますけど』

『微妙、です？』

言葉を濁した真琴は、仙次郎と美琴の表情が不安そうに変わるのに苦笑していた。

『大丈夫です。今回は、二人が元気にやっているのを確認したかったのですよ。十分達せられました。だってみるからに楽しそうですもの！』

晴れ晴れと笑う真琴に、二人は気恥ずかしそうに耳をぴこぴこ動かした。

その様子を満足げに眺めていた真琴だったけど、不意に立ち上がった。

『さあ、わたくしの憂いはなくなりました。本来の目的を果たしましょう』

そうして彼女は白い髪を揺らして歩いて行き、壁に立てかけていた杖を手に取る。

すると、流れるような動作でこつりと、杖で床をこづいたのだ。

唐突な行動を見守っていた私は、刹那、膨大な魔力が真琴のうちからあふれ出すのにあっけにとられた。

手に持つ杖に魔力が走り、柔らかく微笑むようだった真琴の顔から表情がそぎ落ち、赤い瞳が鈍く揺らめいた。

『かけまくもかしこき　東和の守護者たる　螺旋を描く嵐の刻《エアヘリキステンポリスウトテンペスターレ》よ
汝に身を捧げし柱巫女　天城真琴の名において　請祈願い申し給う
今一度　我が身柄を用いて　その神威を表したまえ』

以前美琴が使った召喚術とよく似た、だけど所々少しちがうその詠唱が終わると、しゃんっ、と真琴の胸元に下がる鈴が音を立てる。

刹那、強烈な魔力の反応光があふれた。

何が起きようとしているのかわからないまま、まぶしさに目をかばう。

反応光は一瞬だけですぐにやんだが、気がつけば未知の魔力が室内に現れたのを感じた。

視界がちかちかするけれどなんとか確認すれば、そこに居たのは、真琴とは似ても似つかない女性だった。

まず背格好が違う、まとう魔力の色が違う。

無造作に頭を振ればこの世界でも異質な、鮮やかな深緑色の髪がざあっと流れる。

意志の強そうな眉に、どこか異国調の面立ちは快活さにあふれていて、顔立ちは恐ろしく整っていても、雰囲気だけで人を惹きつけて離さないような人なつっこさがあった。

すんなりとした肢体は東和の民族衣装に包まれていたが、真琴の着ていた白い衣よりもずっと華やかでしゃれていて、まるでおとぎ話の天女のようだ。

野生を謳歌する優美な獣のような、強さとおおらかさ、気品と朗らかさが同居していて、美女、というより美人といった方が近いような感じだった。

そして、なにより。

愉快そうにきらめく瞳は、金色だった。

『わはははっ。ありがとまこっち！　じゃあちょっくら悪事を働こうか！』

ぐっと伸びをしたその女性は、呆然と立ち尽くす私達に、楽しくてたまらないといった雰囲気でにっかりと笑いかけてきたのだった。

◇　◇

『だ、誰です……？』

いきなり真琴が見知らぬ女性に変わるという事態に、美琴が呆然とつぶやいた言葉は、この場にいる全員の心情を表していたと思う。

驚くことが多すぎて頭の整理がつかないでいる間にも、現れた緑髪《りょくはつ》の女性は独り言のように続けた。

『いやあ、知ってはいたけど、魔語ベースで変化した言語なんだねえ。ちょっと意外だったよ。っと、これじゃわからない子もいるんだったね。なら「これでわかるかい？」』

突然、なめらかな西大陸語を話し始めた女性にアールが目を丸くする。

「西大陸語をしゃべれるの!?」

「ふっふっふ、その通りだよ、子竜ちゃん。そんじょそこらの竜とは違って、あたしは日々の学習を忘れないからねえ。読みも書きもばっちりさ！」

アールのことを子竜と呼び、やったらハイテンションで胸を張った女性は、くるりと私達を見渡した。

「まずは自己紹介が必要だね。あたしは**螺旋を描く嵐の刻**《エアヘリキステンボリスウトテンペスターレ》。気軽にテンさんって呼んでくれ。以後よろしく今の竜たち！」

「今の竜？」

まくし立てられた私は混乱の極みにあった。

こうして目の当たりにすれば明白だった。彼女は間違いなく私の同胞であるドラゴンだ。

金色の瞳も、魔力の気配もそうだと結論づけている。

だけど、私は彼女に出会うのは初めてだったのだ。

ドラゴンたちはドラゴンネットワークで緩くつながっているから、ほぼ全員が顔見知りだ。

名前を知らなくとも、魔力の気配を知らないなんてことはあり得ない。

だというのに、この【螺旋を描く嵐の刻】と名乗った竜のことは記憶になかった。

「嬉しいもんだ。まだ新たな竜が生まれてくれるとは。しかも記憶を制限していない上にかわいい女の子の姿！　なぜかあいつら、おっさんばっかり選んでたからねえ。いいねいいね最高だよ！」

テンさん、と呼んで欲しいらしい竜がはしゃぎながら近づいて来るのに、私はなんだか不穏な気配を感じて一歩引きかけた。

だけどその前にネクターが割り込んできてくれた。

「恐れ入りますが、ぶしつけすぎるので距離は保っていただければと」

「おや、残念。というか、旦那持ちなんだよねえ。ますますすごい」

ネクターに剣呑なまなざしを向けられたにもかかわらず、テンさんは全く動じず、むしろ嬉しそうに表情を緩ませるばかりだ。

ネクターの背にかばわれた私は、ちょっぴりきゅんとしつつ様子をうかがっていれば、後ろで魔力の揺らぎを感じて振り返った。

そこにはなぜか人型をとったヴァス先輩がいて、滅多に見ないほど驚きをあらわにしていた。

普段全く表情を変えない先輩だ。すごく珍しい。

テンさんも先輩の存在に気づいてきょとんとしていたけど、一気に表情を輝かせた。

「と、思えばおやおや？　ヴァス坊じゃないか！　頑固一徹だった坊やが人里にいるなんて珍しい！　時はずいぶんたつものだねえ……」

「ヴァス坊」という呼称が、先輩に対してのものだというのに目が点になった。

いや、私が親しい中で一番年上のはずの先輩を坊や呼ばわりなんて、いったいこの人は何なんだ？

テンさんは嬉しそうに頬を緩ませていたのだが、先輩の方は全く友好的じゃない。

どころか、厳しく金の瞳をすがめてその手に魔力を凝らせ始めたのだ。

「告、汝の正体を明かされたし。汝が【螺旋を描く嵐の刻】であることはあり得ない。直ちに回答がない場合、敵性として拘束する」

「え、待って先輩、そんないきなり！」

今にも攻撃を加えようとする先輩にびっくりして止めようとした私だったけど、その前にテンさんが進み出てきた。

「ああそうか、君は忘れなきゃいけないんだったね」

ちょっと寂しそうな声音で言ったテンさんは、ヴァス先輩に近づいていく。

「だけど今はだめなんだ。ちょっと退場していてくれよ？」

「……決裂と判断、拘束する」

とたん、先輩から膨大な魔力があふれ出し、木製の家具や床が緑を取り戻してテンさんに向けて一斉に襲いかかった。

この家は全力で防護術式と隠ぺい術式を張り巡らせているから、外には漏れないとはいえ、命の絶えた木を擬似的にでも生き返らせるなんてめちゃくちゃだ！

なのだが、テンさんは焦ることもなく、ぴんと、指をはじいただけだった。

「たかが端末で、あたしに勝てると思ってんの？」

刹那、彼女の四肢を拘束しようとしていた木々は、しおれて力をなくしたのだ。

それでも、さらに動こうとしていた先輩だったけど、肉薄したテンさんがその額にデコピンをかましたとたん、ミニドラゴンに戻ってしまう。

「先輩!?」

「大丈夫大丈夫、ちょっと眠って貰っただけだからさ」

空中から落ちていこうとする先輩を受け止めたテンさんを、私達はただ見守るしかなかった。

美琴は急激に上がった魔力濃度に真っ青になっているし、仙次郎はさらにテンさんの体術にうなっている。

私も彼女がいつ動いたのか、全く見えなかった。

しかも危害を加えたにもかかわらず、テンさんは優しくすらある手つきで先輩をソファに横たえているのだ。

先輩がどうしてあんな行動に出たのかはわからないし、そんなこともあって警戒しきることも出来ず、結果的に立ち尽くさざるを得なかった。

「さてと。ところで君達、東和に来たいんだって？」

室内にただよう微妙な空気を気にした風もなく、テンさんは無造作に問いかけてきた。

私達はどう返答しようか迷って、無意識に顔を見合わせたけど、代表して私がうなずいた。

「そう、だけれども」

「それは『蝕』について知りたくてだね？」

あんまりにもあっさりとその単語を投げかけられて、一瞬理解が遅れた。

「何で蝕のことを!?　そもそも何で私達がそれを知りたいって」

「ふっふっふ。それはまあ、女の秘密ってやつさあ」

意味深に微笑むテンさんのつかみどころのなさに面食らうけど、これほどいい機会はない。

先輩にやった暴挙は忘れていないから、少々警戒しつつもテンさんを見据えて問いかけた。

「蝕について知っているのなら、教えてくれないかい？」

「そうだねえ……」

テンさんは含むような雰囲気で考え込んだかと思うと、不穏な気配が立ち上った気がした。

「教えるのはやぶさかではないのだが、ただで、というのもつまらないなあ。それに忘れてないかい？　あたしは悪事を働きに来たんだよ」

「……なんだって？」

金色の瞳が表情豊かにきらめいたとたん、テンさんの姿が消えた。

「ふえっ!?」

どこへ、と視線を巡らせれば、アールの驚いた声が聞こえてふりかえる。

そこには驚きに目を丸くするアールと、その腰に腕を回して、いっそわざとらしいまでにあくどく笑うテンさんがいたのだ。

「いきなり何するんだい!?」

「なにって拉致だよ。さあこの子は預かったあ！　蝕について教えて欲しくば、この子を取り返してみるがよい！」

すがすがしく宣言したテンさんに、私達はあっけにとられた。

こんなことをする意味が分からなくて、でも現にアールはテンさんの腕に囚われている。

悪ふざけでも、たちが悪すぎる。

驚きは一瞬で、こみ上げてくる怒りのままに姿勢を低くした。

「アールを離しなさい！」

そう叫んだネクターが魔術を走らせるのと同時に、私はテーブルを踏み台に飛びかかった。

ネクターが魔術でテンを拘束し、そのすきに私がアールを取り戻す。

それくらい、思念話を使わなくったって通じ合えた。

無詠唱の捕縛術式がテンを捉え、それが破られる前に彼女へ肉薄する。

そこまでほんの数秒足らず。

だけど、

「甘いよう？」

あともう少しでアールに手が届くというところで、にやりと意地悪く唇の端をつり上げたテンが、消えた。

「なっ……かふっ!?」

「くっ!?」

首筋に衝撃が走り、受け身もとれずに床に転がった。

首にテンが触れた時、ほんの少し魔力を流されたと思ったら、体内の魔力がかき乱されたのだ。

気は失わなかったものの、体を動かすための魔力の流れまで乱されていてまったく動けない。

「かあさまっ!?　とうさま!?」

アールの悲鳴のような呼びかけで、ネクターも似たような状況に追い込まれたことを知った。

「ふははは あたしに勝とうなんて５０００年早いわー！　にしても、悪役って楽しいもんだあ！」

私はあふれかける焦燥を抑えて、レイラインを整える要領で自分の乱された魔力を超特急で整え始めたが、それでもすぐ動けない。

ぐらぐら揺れる視界の中で、灰色の影がテンに迫るのが見えた。

おそらく仙次郎は、容赦なくテンに短槍を振り下ろしたのだろう。

テンは無手の上、片手はアールでふさがれている。

だというのに、鋼と鋼を打ち合わせたようなすさまじい衝撃音が響いた。

「我が国の神よ！　なぜかような狼藉を働く！」

「おっと！　危ない危ない。いいねえ、あたしの民はここまできたか。でも……」

『祓い給え、浄め給え！』

テンが嬉しそうに笑うのを遮るように、美琴の魔術が室内を満たす。

温かい魔力が体に触れて少しは楽になったけど、私もネクターも起き上がるまでは回復しなかった。

「っ！」

予想外だったのだろう美琴が息を呑むのと同時に、重い打撃音がして仙次郎が部屋の端まで吹き飛ばされていった。

「仙にいさま！」

家具や雑貨が壊れるのに、アールの悲鳴のような呼び声がする。

「心配しなくても、君のおかあさんとおとうさんはちょっと魔力酔いしているだけだし、うちの民も頑丈だからこれくらい平気だよ。だからおとなしくしててね、〝アール〟」

魔力を込められて名を呼ばれたとたん、アールが動けなくなっていた。

驚いた顔のまま硬直するアールに、焦燥で体の中が焼け焦げてしまいそうだった。

三半規管を全力でシャッフルされているような吐き気と頭痛のなかでも、何とか整えようと躍起になるが、ひどくもどかしい。

あとちょっとなのに！

「けどまあ、一人じゃ寂しいか。よっと」

「っ!?」

だけど、テンはアールを腕に拘束したまま消えると、今度は美琴の傍らに現れてその肩に手を置いた。

「うんよし、久々の里帰りついでにちょっと付き合ってくれよ。はー！　にしてもこのもふもふはいつさわっても至高だなあ」

「ひゃんっ!?」

驚く美琴が、尻尾をなで上げられてくたりと力をなくし、テンの腕に体を預けてしまっていた。

なんというテクニシャン……じゃないっ！

「んふふ。じゃあ、東和で待っているよ！」

腕にアールと美琴を抱えたテンは、心底楽しそうに高笑いを上げながら、魔法陣を展開した。

空間転移の予兆だ。おそらく東和国につながっているだろうあれで飛ばれたら、アールの居場所は容易にはつかめなくなる。

けれど、今にも泣きそうなアールの表情が見えて全部の思考が吹っ飛んだ。

私は収まらない頭痛にまとまらない思考を、唇をかみ切る痛みで無理やり引き戻して叫んだ。

「大丈夫、アール、ちゃんと助けるっ」

「かあさまっ！」

全身をあきらめて、魔法が使える程度の魔力領域だけを整えた私は、テンの構築した魔法陣に干渉した。

余裕しゃくしゃくだったテンの顔が、初めて動揺に染まる。

「えっあ、わちょっと!?」

慌てながらも主導権を取り戻そうと手を伸ばされるが、私もありったけの思考領域を割いて、術式を読み取って邪魔していった。

空間転移は繊細な術式だ。魔力供給が足りないだけで不発になるくらいだから。

とはいえ、テンがあきらめて次の術式をくみ上げたらおしまいだから、不発にできてもいやがらせぐらいにしかならないだろう。

でもこのまま黙って見送ったら、一生後悔する！

その一心で転移陣を阻んでいれば、ふと視界の端に薄紅色に染まった亜麻色の髪が揺らめくのが映った。

「かあさま、待ってるからっ！」

その時、アールの瞳からこぼれた涙が魔法陣に落ちた。

瞬間、魔法陣に膨大な魔力が流れ込み、いびつにゆがんだ魔法陣が膨張した。

予期せぬ魔力の供給で、魔法陣が暴走し始めたのだ。

魔法陣は私たちまで飲み込んで、起動しようとしている。

不測の事態に、私は妨害の手を引っ込めて魔法陣を整えようとしたが間に合わない。

大慌てのテンが、アールと美琴をかばうように抱えなおしたのを見た気がする。

けれど確認する前に私の視界は反応光で塗りつぶされ、強制的に転移させられるのを感じていたのだった。

◇　◇

誤作動を起こした空間転移でも、移動時間は一瞬だ。

空間転移の感覚が途切れたと思ったら、私は地面に投げ出されていた。

柔らかい落ち葉の感触と、濃密な緑の匂いでそこが森の中だと悟る。

空間転移の誤作動で一番怖いのは、転移後に現実世界へ戻れるかだけど、それは回避できたらしい。

あたりに木漏れ日が差し込んでいることから、日中のようだったが、時間がたっていないとほっとするのはまだ早い。

なぜなら、時間を無視して空間をつなげるということは、移動にかかわる時間もゆがめているということなのだから。

まあ、それを今考えても仕方がない。

まず始めたのは、周辺のレイラインの把握だった。

あたりの魔力の流れに少しでも覚えがあれば、大体の位置はわかるのだが、残念ながら私の知る魔力の流れは一切なかった。空気の匂いも知らないものだ。

その代わり、ネクターと仙次郎の魔力波が近づいてくるのを感じた。

迎えに行くために私は立ち上がろうとしたが、貧血のようにくらくらしてまた座り込まざるを得なかった。

さっき無理した付けがちょっときているようだ。

仕方なく私が体内魔力の乱れを整えることに注力していれば、風を引き連れて現れたのは仙次郎だった。

その背に負われているのは、え、ネクター!?

「ラーワ！　大丈夫だけど、なんで背負われているんだい」

そう返しつつ目を丸くしていれば、ネクターを下ろして槍を持ち直していた仙次郎が言った。

「ネクター殿はラーワ殿の居場所がわかったのでござるが、少々魔力酔いにやられていたようでな。早く移動できるそれがしが運ぶという折衷案だったのでござる。ネクター殿程度であれば問題ないゆえ」

「なるほど……その様子だと、仙さんは大丈夫そうかい」

普通に走っているから問題ないのだろうけど、念のために聞けば、仙次郎はとたんに渋面になる。

「それがしは鍛えておるゆえあれしきのことは問題ない。ただ、魔術で動きを封じられてしもうたのは痛恨であった」

仙次郎が今にも腹をかっさばかんばかりに後悔しているのは痛いほどよくわかった。

まさに私がそうだったたから。

ネクターが、心配しすぎて胸がつぶれそうな表情で私の傍らに膝をついた。

「本当に大丈夫ですか、真っ青ですよ」

そういうネクターこそ、顔は紙のように白い。

とっさに手を取れば、未だに体内の魔力循環がめちゃくちゃに乱れているのがわかった。

触れた肌を通して魔力を整えれば、ネクターはほうと、息をついた。

「ありがとうございます、ラーワ」

「いや、こちらこそありがとう、だよネクター。アールと美琴にパスをつなげてくれただろう？」

ネクターは私が魔法陣に干渉している刹那の間に、アールと美琴に対して、位置と様子がわかる監視術式を飛ばしていたのだ。

魔力を乱されていたにもかかわらず、あれだけ精密な術式を編み上げるのはしんどかっただろうに、そこをやり遂げてくれたのは感謝しかない。

感嘆のまなざしを向ければ、ネクターは力なく首を横に振った。

「いいえ、おそらく、あのテンという竜には気づかれていました。その上で二人に対する術式を見逃されたのです」

その言葉に私と仙次郎は息を呑んだ。

私にしたってそうだ。ドラゴン同士の力関係は拮抗していて、身体的、魔力的な個体差というのはほぼないけど、長い年月をへた経験値の差というのはどうしても出てくる。

つまりテンは、間違いなくドラゴンで……悔しいけど私よりも技術的には上の存在だった。

そんな彼女の意図は全く読めないけど、術を見逃した理由はたぶん。

「少なくとも、美琴とアール殿に危害を加えるつもりがない、という意思表示でござろうか」

険しい顔をした仙次郎の言葉に私もうなずいた。

「それと、東和に来い、というのもだ」

彼女がとった行動は全部悪事そのものにもかかわらず、まったく敵意も悪意も殺意も感じなくて油断してしまった結果、――アールと美琴はさらわれた。

守れなかったのだ。

「ラーワ、落ちついてください」

苦しそうなネクターの声にはっと我に返れば、視界に入る私の髪が、赤々とした炎をまとっていた。

私の感情に合わせて熱を発していたらしい。

一気に頭に上っていた熱が下がり、逆に真っ青になる。

「ごめんッネクター！　大丈夫だったかい!?」

ネクターは樹木の性質を持っているから、熱にはものすごく弱い。

うっかり燃やしてしまっていないかうろたえつつ確認しようとすれば、ぎゅっと抱き寄せられた。

まだ私が発していた熱は冷め切っていないから、ネクターには熱いだろうとうろたえて離れようとしたら、逆に強く、腕に力を込められた。

「大丈夫です。アールと美琴さんは無事ですから。今は焦らずに、方法を考えましょう」

低く、ささやくようなその声音に押し込められた悔恨に、はっとする。

悔しいのは、苦しいのは、私だけじゃなかった。

ほんの少し安堵して、頭の中が冷静になる。

私は抵抗するのをやめる代わりにネクターの背に腕を回した。

「うん。そうだね、ネクター」

今は突っ走っても、良いことなんてない。

深く息をつけば、ネクターは微笑んで額に口づけてくれた。

それがくすぐったくてやり返そうとした矢先、

「……その、お二方。それがしは、いったん席を外した方が良かろうか」

遠慮がちな仙次郎の声が聞こえて、私はぴきっと固まった。

恐る恐る見れば仙次郎が気まずそうに狼耳を伏せていて、私はずさっとネクターから離れた。

ああもう嬉しいけどちょっと残念って顔しないでくれるかなネクター!?

「いやいや大丈夫だから、こっちこそごめんな!?」

「いや、それがしも冷静になれたゆえ、問題ないでござる」

息をついた仙次郎はきりりと顔を引き締めた。

「真琴がなぜあのテンと名乗った者を寄りつかせたのかはわからぬ。だがそれがしの家族が迷惑をかけたのだ。償いも含め、力の限りアール殿の奪還に助力させてくだされ」

「助かります、仙次郎さん」

ネクターがほっとしたように言うのに、私も同じ気持ちだった。

「アール達がどこにいるかわかるかい？」

余波で巻き込まれた私たちが無事だから、大丈夫だろうとは思いつつ、少し心配になって聞いてみれば、ネクターは集中するように目を閉じる。

毛先が薄紅に染まった亜麻色の髪が宙に揺らめき、魔力の気配がしてすぐ、ネクターは少し驚いたように目を開いた。

「術式が不完全なせいか、大まかな距離と方向しかわかりませんが、同じ大陸にいるようです」

「と、いうことはここって、東和国内かい？」

こうして私たちが無事に転移した以上、テンたちも問題なく転移を終えているはずだ。

そして、彼女たちが転移しようとしていたのは東和国だったわけで、それで同じ大陸にいるのなら、ここが東和国である可能性は非常に高いだろう。

仙次郎が狼耳と尻尾の毛を逆立たせて驚きをあらわにする。

敵地兼目的地に来てしまったのは衝撃だが、かえって好都合かもしれない。

当てにしていた真琴と美琴が居ない上、敵地に乗り込んでいる今、東和国を知る仙次郎が居てくれるのはありがたいんだけど。

ちらっと、仙次郎をうかがってみれば、深く息をついたところだった。

「うむ、それがしとて、覚悟は決めておる」

「ええ、それにやることは変わりませんしね」

ネクターの薄青の瞳に揺らめくのはかすかな怒気だ。

自らを悪役、と評したテンの目的は謎だ。

けれど、はからずとも目的地に乗り込んだ今でも、やることは一つだ。

「絶対、二人を無事に取り戻そう」

ネクターと仙次郎がそれぞれうなずくのを見ながら、私は固く拳を握ったのだった。

第10話　ドラゴンさんと未知との遭遇

テンが逃亡する空間転移《テレポート》に巻き込まれて、はからずとも東和国の何処かに飛ばされてきてしまっていた私たちは、急がば回れ、と言うことで魔力の回復のために休憩していた。

こうして落ち着いてみると森の雰囲気や、日差しのあたり方がバロウと違う。

さらに違うのは、空気や地中に含まれる魔力の濃さだ。

百数十年前にヒベルニアで起きた魔物災害の時ぐらい、と言えばその雰囲気をわかってもらえるだろうか。

しかも一本一本のレイラインに桁違いの魔力が流れているのに、あふれ出さず、整然と流れていた。

おかげで居心地が良いのなんのって。

ついつい、魔力に浸っていると、仙次郎が腕組みをして無念きわまりないという表情になっていた。

「それにしても、相手は竜神とはいえ、一矢報いれなんだのは不覚にござった」

「それは仕方ありません。アールを人質にとられていたのですし」

ネクターが慰めの言葉をかけるのに、仙次郎は首を振る。

「いついかなる時も、守人は守り通すことを第一に考えなくてはならぬ。それがし、どこか気が抜けていたようにござる」

しょんぼりと耳をへたらせる仙次郎は本気で落ち込んでいるようで、困った私とネクターは顔を見合わせる。

「このような醜態が知れたら、師匠に修行のし直しを命じられるであろうなあ」

すると、思わず、といった風に仙次郎がつぶやいたから、気をそらすためにも聞いてみた。

「師匠って、リグリラじゃなく？」

「うむ、師というよりも、上司というたほうが正しいかも知れぬがな。それがしが守人になった頃より世話になりもうした」

決まり悪そうに狼耳を動かしながらも、しみじみと思い出すように続けた。

「師はこうも申しておった。失態は挽回するよりも、今の最善を考えよ、と。幸い、得物は手元にある。いま、それがしにできることで役に立とう」

切り替えの早さも、仙次郎の強さの一つなのだろうなあと思いつつ、立ち直ったところで今後の方針決めだ。

とりあえず、思念話でリグリラたちに連絡が取れないか試そうとしたけど、残念ながらレイラインがつかみきれない今は無理に近い。

周辺にヴァス先輩の気配がないことから、彼は巻き込まれなかったのだろうと推定して、連絡を取ってみようとしたが、なぜかドラゴンネットワークが使えなかった。

ヴァス先輩の方に問題が起きていると言うわけではなく、ひたすらつながりにくい。周波数が合わないような、ズラされているような。十中八九テンの妨害だろう。

仕方ないので、疑似精霊を生み出して、カイルとリグリラに言づてを頼んだ。

いつ届くかわからないけど、ないよりはましだろう。

いったん戻るにも、ここから向こうまでつながるレイラインを探さなきゃいけないからとても時間がかかる。それならこのまま進んだ方が良いという結論に達するのはすぐだった。

「まずは人里に出ることが必要でしょうね。アールと美琴さんの居場所については具体的にどこ、とはわかりませんし」

「賛成にござる。東和はバロウと違い、大概の村は近接しているでな。一度村にたどり着けば現在位置がわかるゆえ推測もつくにござる」

「じゃあ私がドラゴンに戻るよ」

空から探せば人里もすぐに見つかるだろう、と考えてのことだったのだが、仙次郎が少々思案顔になった。

「それは良き案、といいたいのでござるが、見つけた村落にはなるべく近づかないようにお願いしたい」

「まあ、元からそのつもりだけど、なんでだい？」

「巫女にラーワ殿の正体が看破される可能性が高いのでござる」

えっと、私とネクターは虚をつかれて仙次郎を見返した。

「どのような小さな村にも、必ず巫女と守人はおるのでな。空から見知らぬものを見つければ巫女ならば確実に魔族か、魔物かを見極めるにござる。そして魔族に関しては最寄りの分社へ報告し、必ず大社へ情報が上がる仕組みになっているのだ」

「つまり、ラーワが本性で巫女に見つかれば最後、大社へラーワの存在が筒抜けになるということですね」

ネクターが付け足せば、仙次郎が重々しくうなずいて、さらに続ける。

「ネクター殿も、こちらでは見ない異国の顔立ちをしておられるで、かなり目立ち申す。東和には人間もおるが、みな、黒髪をしているゆえ」

「かといって、精霊として行っても目立つのではないですか」

「その通りにござる」

うーんと、困ったぞ。私はとりあえず、黒髪から赤を抜けばなんとかなるとはいえ、ネクターは薄紅色を抜くことはできても、髪の色を全て変える、ってのは出来ないからなあ。

「まず、街に行ったらネクターの変装の仕方を考えなきゃね。それでも、私、人型の時に美琴にばれたんだよなあ……」

もはや巫女さんに会わないくらいしか対処法がないんじゃ？　と絶望的な気分になったが、仙次郎は私を安心させるように笑った。

「それは大丈夫にござる。ラーワ殿やネクター殿の擬態を見破れる巫女は、それこそ大社勤めの者に限られるでござろう。村の守りをしている巫女であれば少し違和感を覚える程度で済むはずにござる」

ドラゴンのように巨大であると判断がつかぬがな、と付け足す仙次郎にちょっぴり戦慄したけど、巫女さんも実力は千差万別、ってことがわかれば十分だ。

「じゃあまあ、気をつけるとして。とりあえず、移動を始めますか」

とりあえずほっとして、私は胸に埋まる竜珠を意識して元の姿に戻って、二人が乗りやすいようにその場に伏せたのだった。

◇　◇

んで、空を飛んでいたのだが。

数十分後、私達は地上を歩いていたりした。

道なき道をてくてく歩きながら、さっきまでの一騒動に精神を削られていた私はついつい愚痴ってしまう。

「なんで、ああも幻獣が元気なんだい……」

「東和だからとしか言い様がないのでござる」

仙次郎に苦笑いを返されて私はげっそりとした。


ネクターと仙次郎を乗せて、空に上がって数分。現れたのは豚の顔に皮膜の翼を広げたコウモリをでっかくしたような獣の幻獣だった。

仙次郎に聞けば「火蝙蝠《ひこうもり》」というらしい。

出会い頭に襲いかかってきたコウモリは、私がブレスを吐けば這々の体で退散したのだけれども。

それを皮切りに、五分に一回は血気盛んな幻獣に襲いかかられまくったのだ。

え、私ちゃんとドラゴンの気配抑えてないよ？

だがむしろ抑えないからこそとでも言うように、猿の頭に虎の体に変な羽までついた獣――鵺《ぬえ》というらしい、とかこうなんとも形容しがたい生き物が入れ替わり立ち替わり向かってくる。

500羽くらいの鳥系の幻獣が、大群で来たときには乾いた笑いしか漏れなかった。

も、もちろん負けはしない。しないけれども、追い払い続けるのに精神を削られまくった私達は、人里の大体の方向が見えたのを機に満場一致で地上へ行くことを決めたのだった。

それでも襲いかかってくる幻獣は後を絶たないけれども、地上は遮蔽物がある分、いくらかましだ。

……ましなのだが。

不意に、仙次郎の耳が動いたかと思うと、槍を一閃する。

硬質な音とともに、なぎ払われたのは私の拳くらいはある石だった。

頭上を見れば、いつの間にか木の上に大きな猿達がいて、目が合った瞬間全力で逃げ去っていった。

「猩々《しょうじょう》でござるな。あれは子分格にござる。様子を見に来たのでござろうが、気づかれた故、もう襲ってこないでござろう」

何でもないように言って、また歩き出した仙次郎に、私とネクターは思わず顔を見合わせた。

「……なあネクター。今の投石、気づいた？」

「正直言えば、全く。石が投げられるまでわかりませんでした」

「私もだ。魔力が乗ってなかったし、この森の独特の魔力に猩々の気配も紛れて読み切れなかった」

改めて、仙次郎のすごさを体感して、前を歩く灰色の後ろ姿を注視した。

実は、この土地の魔力が独特に濃くて、生き物の気配がひどく感じづらかったのだ。

私やネクターの気配探知の大半は魔力に頼っている。

さすがに魔術を使われればわかるけど、あんなふうに物理で攻められると寸前まで気づけないのである。

空にいたときも、私は雲に隠れて背後からやってきた蛟《みずち》がわからなかったのだが、真っ先に仙次郎が見つけたことで事なきを得たのだ。

仙次郎が言うには、魔力の気配に頼らずに、五感で感じられる気配の変化を読み取って、異変を察知しているというので、私も頑張ってやってみているのだが。

はっきり言おう、私の方が五感は優れているはずなのに、仙次郎よりも早く気づけたためしがない！

もう少しこの土地の魔力に慣れれば違うのだろうが、気づいた瞬間、仙次郎があっさりと対処してしまうものだから、私とネクターの出番は皆無なのであった。

「探査魔術を使えば周辺の木々や精霊に反応して使い物になりませんし。私、役立たずですね……」

「うん。私だって、役に立ってないから」

さっき試して目を回しかけたネクターが落ち込んでいるのを慰めていれば、仙次郎が苦笑しているのが気配でわかった。

「それがしは、東和での戦い方に慣れておるでな、ラーワ殿とネクター殿よりよく動けるのは当然のことでござるよ。むしろ、足手まといにならずにすんでほっとしておる」

それにしたって、仙次郎の気配探知は超能力の域に達しているんじゃないかと思うけど。

まあそれはおいといて。

仙次郎が心なしか生き生きしているのは気のせいじゃないだろう。

「ちなみに、先のラーワ殿の疑問にござるが、東和に生きる獣は竜脈、と呼ばれる気の流れより恩恵を受け、通常よりも頑健に育つらしいのでござる。そのせいか血気盛んな者が多くてな、己よりも強き者にでも挑んでゆく風潮があるのでござるよ」

動物や幻獣に風潮なんてものがあるんだ……あ、いや、幻獣には言語を解せる知性をもった種類も居るけれども。

「竜脈というのが、西大陸で言うレイラインのことでしょうから、動植物が魔力によって強化されているのは納得できますが」

ネクターはそう言いつつも、顔が形容しがたい感じにゆがんでいた。

その気持ちはよくわかる。レイラインは異様に整っているけど、魔力濃度は魔窟化一歩手前という、私からしてみればひどくアンバランスな状態なのだ。

魔力濃度を高くすれば、人族を含む動植物は活性化する。だけど、それだけ調整に細かい作業が必要になるうえ、ちょっとしたことでバランスが崩れたとたん、土地が死滅するのだ。

さらにここまで濃いとレイラインが整っていたとしても、ちょっとしたきっかけで魔物は生まれてしまう。

つまり、手間の割には割に全く合わないよ、ってことで。

だから、ドラゴンたちは安全マージンをしっかり取った上で調整するのだが、この土地は、手間を度外視していかに魔力濃度を上げるかに挑戦しているような印象を受けるのだ。

レイラインがすさまじく整っているだけに、すごくおしい。

まあでも、竜脈、という名称があからさまに理由を示しているんだろう。

この環境は、十中八九、テンが作り出したものなのだ。

「それにしたって幻獣がめちゃくちゃ多いけど、これ、村とか襲われたりしないのかい」

「問題ない……とは言い切れぬのだが。人里や街道は濃い気の流れは避けて作られておるし、必ず守人が巡回しておる。かような人里外れた奥地に入るものは少ないのでござるよ」

「ふうん」

居ないわけではない、というニュアンスが非常に気になるが、仙次郎が平然としているどころか一番元気なことにほっとした。

と、仙次郎の灰色の狼耳がぴくりと動いた。

「少々お待ちくだされ」

どうしたんだろうと声をかけようとしたのだが、仙次郎はその前に姿勢を低くして森の茂みへ飛込んでいってしまった。

いったい何なのか、と戸惑いつつネクターとその場で立ち尽くしていると、獣の断末魔が聞こえたかと思うと仙次郎が戻ってくる。

「ちょうど良いことに角兎が手に入ったでな。街での路銀も確保できたでござる」

兎を片手に上機嫌に笑った仙次郎の順応っぷりには、もはや言葉もない。

同じことを何度もやったことがあるんだな、というのがありありとわかる手際の良さっていうか。

そういえば私達って着の身着のまま文無しで遭難しているんだよなあ。

だけど、ネクターはフィールドワークを得意としていたくらい健脚だし、私だって体力だけは無尽蔵だ。さらにこの方向に歩いて行けば、人里があるのがわかっているから、疲労感も少なめである。

割とイージーモードなサバイバルがおかしくなってきて、くすくす笑っていると仙次郎がきょとんとしていた。

「どうかなさったか」

「何だか、仙さんがいてくれてよかったなあと、思ってね」

「そうですね」

ネクターも同意するのに、仙次郎が面食らったように灰色の尻尾を揺らめかせた。

「いや、それがしはできることをしているまでにござる」

「それが助かっているのですよ」

「あとは、そういえばネクターもサバイバルしていた時はやたら生き生きしていたなあって思い出してさ」

「そ、そういえばそうでしたね」

「全く苦にしていなくてねえ。人って案外何でもできるんだ、ってしみじみ思ったものだよ」

ネクターが少々照れたように頬を染めるのに、仙次郎が興味を惹かれたようだ。

だけどネクターは仙次郎の期待の視線にきまり悪そうにした。

「あの時は一応野宿に必要なものは全て揃っていましたから、快適なものでしたよ。何よりラーワを知ることが楽しかったものですから」

ネクターにこれ以上ないほど幸せそうな顔をされて逆にこっちが照れてしまう。

「それは、二人が出会われた頃のことでござろうか」

「仙さんにはまだ話したことなかったね」

「ええそうなのですよ！　もう百数十年以上前になりますが、今でも鮮やかに思い出せます。あれは未だに寒さの残る初春のことでありました……」

興味を持ってくれたらしい仙次郎に説明しかけたら、食い気味にネクターが語り始めた。

その勢いにちょっぴり引きつつも、道中の暇つぶしにはいいか、と思いかけたのだが、ネクターが五分ごとに私を褒めるのにはまいった。

このまま放っておくと私が羞恥心で死ぬんじゃないか？

ほら、仙次郎がこれ聞いてもいいのだろうかって顔をしはじめてるし！

早く話題転換をしなければ、と焦りかけた、その時。

ざっと肌に触る魔力の気配を感じた。

これだけは仙次郎よりも早く感知できるだろう。

一拍遅れて立ち止まったネクターと仙次郎の表情も、少し引き締まっている。

「戦の気配でござるな」

「魔術が使われていますね。美琴さんが以前使っていたのと似ているので攻撃魔術なのは間違いありません」

二人の視線を受けて、考えたのはほんの少しの間だった。

何と何が戦っているのかわからない以上、どちらかに介入する判断は難しい。

それにこの東和で私達が割と人里で目立つことを考えれば、避けるのが無難……とは思うものの。

「とりあえず様子を見て、教えてくれそうな人だったら話しかけてみよう」

初遭遇の人の可能性が高いんだから、大事にしないとね。

というわけで、満場一致で戦闘の気配がする方向へ走り始めたのだった。

……ネクターの話が止まって良かったな、とか思ってないよ？

◇　◇

走っている最中でも、何度か魔術が使われる気配がしたから、かなり激しい戦闘のようだった。

だが、それも無理はないだろう。

走り始めてまもなく遭遇したのは、黒いよどんだ魔力をまとった魔物だったのだから。

私が無詠唱で魔術を放てばたちまち霧散したが、ほかにも複数のよどんだ気配がある。

東和の魔力が濃いとはいえ、こんなに居るのに気がつかなかったとは不覚だ。

だが、抗戦している人が何人居るかわからない以上、急いだ方が良いだろう。

「先行ってるよ」

「はい」

「うむ」

同じことを考えたのだろう、ネクターと仙次郎の短い了承の声に、私は皮膜の翼を出して、空へ飛び立った。

地上なら仙次郎が速いけど、障害物のない空を飛べる私の方がもっと速い。

魔術の使われた方向へ全速力で向かえば、すぐに木々が途切れて開けた土地があった。

そこに居たのは、両手に余る数の大小様々な魔物と、それに取り囲まれながらも抗戦を続ける複数の人々だった。

死角を作らないように外向きの円陣を組んでいるけど、彼らよりも魔物の方が多い。

バロウでは、直ちに国で討伐隊が編成される規模だし第四階級以上ハンターが複数人かり出される事態だ。四、五人しかいないのに、どうにかなるレベルじゃない。

だというのに。

「うわあ……」

私は思わず眼下で繰り広げられる光景を眺めてしまった。

なぜなら、その中にいた一人が異様に強かったのだ。

黒髪の、東和の民族衣装に身を包んだ40代くらいの男性だったのだが、そりの強い細身の剣……有り体に言ってしまえば刀っぽい武器で、ばっさばっさと魔物をなぎ倒して消滅させていく。

刀身が淡く発光しているから、何らかの術が付与されているのだろう。

それにしたって、たった一人でまったただ中に切り込んでの奮闘ぶりはすさまじいし、その表情には余裕があるように思えた。

にしても、ほかの人たちと変わらない普通の服を着ているはずなのに、やたらめったら存在感のあるおっさんだなあ。

ともかくなんだか仙次郎を彷彿とさせて、つい、介入して良いものかと迷ったけど、けが人や荷物のある場所の後ろに迫るものをみつけた。

皮膜をたたんで急降下しつつ、即座に編み上げた術式を放つ。

『**鏡盾**《プリズムシールド》**！**』

古代語で定義された魔力は、強固な盾となって、彼らを包み込んだ。

一拍して騎獣達に襲いかかろうと突進していた魔物を阻む。

だが、魔物がそのまま霧散していって驚いた。

確かに『鏡盾』には、受けた攻撃をそのまま相手に跳ね返す効力があるけど、魔物を倒せるようなダメージにはならないはず。

もちろん、魔力からして、今の魔物はバロウに出てくるものと変わらないように思えたし、どちらかというと体当たりのダメージが増幅されたような印象だった。

もしかして、魔力濃度が濃いせいで魔術が勝手に強化されているのか？

これはちょっと気を引き締めて微調整しないと事故が起きそうだ。

そんなことを胸に刻みつつ、完全に翼を消して地上に降り立てば、武器を構えたまま彼らは呆然と私を見つめていた。

黒髪に人間の耳の人と獣の耳の人が半々ぐらいか。

彼らの目に入る前に翼は消したから、私がいきなり空から現れたように見えるだろう。

「助けはいるかい？」

まだ脅威は去っていないから、質問される前に問いかければ、彼らは困惑したように顔を見合わせていてしまったと思った。

忘れてた、ここは東和なんだから、西大陸語で聞いちゃだめじゃないか！

冷や汗をかきつつ、言い直しかけたのだが、その前に、仙次郎とネクターが駆け込んできた。

仙次郎は黒い槍に魔力を走らせ、見事に魔物を霧散させていく。

ネクターも風の刃を量産して魔物をどんどん削っていた。

すぐにあっちも片付くだろう。

それを見た私はほっとしつつ、周囲を警戒しながら見守る体勢をとろうとしたのだが、不意に、仙次郎が愕然とした表情になって足を止めたのだ。

仙次郎の戦闘スタイルは、機動力で攻撃を避けて槍で一撃必殺を繰り出す、ヒットアンドアウェイだ。足を止めるのは致命的のはずなのに、魔物に囲まれた中で立ち尽くしている。

まさか、魔物の特殊攻撃を食らったのかと焦りかけた時、傍らにいた東和の一人が呆然とつぶやいた。

『四槍《しそう》殿……？』

「しそう」という単語の意味がとっさに浮かんでこなかったが、彼らが仙次郎を認識して言ったのは明白だ。

仙次郎は襲いかかってきた魔物は無意識のうちに倒していてほっとしたけど、その視線の先にいるのは、無双していた黒髪のおっさんだった。

おっさんはだめ押しとばかりに、最後の魔物を切り飛ばして霧散させると、その優美な刀を肩に担いで、仙次郎ににっかりと笑いかけたのだ。

『その姿、仙次郎だな！　帰ってきておったか！』

おっさんが迷わず仙次郎の名前を呼んだことにも驚いたけど、仙次郎が周囲にかまわずその場に片膝をつくのは予想外だった。

『長くご無沙汰しておりました、主上《しゅじょう》』

しゅじょう、とは。

と、聞いちゃいけない雰囲気だけれども、黒髪のおっさんと仙次郎が知り合いだと言うことは理解できたのだった。

『そう堅苦しくなるでない。余は再びそなたと会えて喜んでおるのだ』

親しみをこめて笑った黒髪のおっさん――しゅじょうさん(仮)は、刀を腰に差している鞘にしまうと、私を振りかえってすたすた歩いてきた。

『そこな娘よ、家臣が世話になったな』

『いや、助太刀はいらなそうだったけど、無事で良かったよ』

急に声をかけられた私はちょっと面食らったが、そう応じた。

しゅじょうさん(仮)は、黒髪を無造作に切り、顔立ちは自信に満ちあふれていて、めちゃくちゃ覇気のある声音で話す人だった。

こう、気っぷの良い兄貴分みたいな。

バロウとは違う彫りが浅い顔立ちは、なんだか地球時代の日本を思い出して、さらに言えば仙次郎と似た雰囲気を持つ人だったからすごく親近感が湧いて、思わず無造作な言葉遣いになったのだが。

なぜか、私の背後の人達がざわっとした。

『なんと無礼な！　娘！　仮にも東和の民であるならば分をわきまえよ!!』

ここに飛び込む前に赤い房の部分は消しておいたから、そう考えたのだろう。

目を合わせない限り瞳の色なんてあんがいわからないからね。

『無礼はそなたのほうだ、十郎太。黒髪をしておるがこの娘、東和の民どころか、人ですらないぞ』

十郎太、と呼ばれた若い青年が私に怒るのを止めたしゅじょうさん(仮)の言葉に、家臣さんががたがざわっとなる。

というか、家臣ってなんか嫌な予感しかしないぞ……?

早々に看破されてしまった私はしらばっくれようかどうか迷ったけど、しゅじょうさん(仮)に、のぞき込まれてのけぞった。

『ずいぶん意外性のない人選だが、まあそう言うものであろう。歓迎するぞ、外つ国の神にして仙次郎の盟約者よ。余は東和国今代帝である』

『みかど……?』

微妙に嫌な汗が流れ出してきた私は、立ち上がって駆け寄ってくる仙次郎に思念話を飛ばした。

《仙さん確認!　みかどってバロウで言う何!?》

《その、帝はバロウで国王と同等の存在でござる》

《……つまり、この国で一番偉い人?》

《そうとも言い切れぬのだが、東和で最も貴いお方の一人でござろう》

すんごく申し訳なさそうな思念を返してくる仙次郎に、やっぱりかー!　と声に出して叫ばなかったのは褒めてほしいかも知れない。

東和に来て早々なんで大物に出会うかな、というかちょっとフレンドリー過ぎやしないかい!?

なんかもう、早々にテンのところへ私の存在がバレる予感しかしないんだけど、記憶消して逃げようか。というか、この人私のことを仙次郎の盟約者って……?

ただわからないことだらけとはいえ、自己紹介されたんだから、し返さなきゃだめだよな。

ぐるぐる考えつつも、私は帝様とやらを見上げた。

『はじめまして、東和の帝様、私はラーワ。予想の通り人族ではないのですが、仙さんの友人です』

せっかくやった隠蔽だけれども意味がなさそうなので、赤い房を戻して自己紹介すれば、帝様は驚いたように目を見開いた。

ついでに背後にいる家臣さんの気配が変わってちょっぴり怖い。

『驚いた。外つ国の神にもかかわらず、余に敬意を払うのか』

……そこに驚くのかい？

え、つまり家臣さんがたが黙り込んだのは、下手なことをいって不興を買わないようにしてたと？

というかいつ爆発するかわからないから怖がっていたみたいな？

なんか非常に不本意だけども。

『ええと、たくさん居る人々を一つにまとめる役職は、とても責任重大で、大変なお仕事ですよね。それに敬意をはらうというか。丁寧にするって普通のことじゃないですか』

あ、でも魔術師長のイーシャははじめのインパクトのせいで、完全に崩れていたなあ。

少々反省しかけていたら、なんか帝様に信じられないようなものを見たような眼差しで見下ろされていた。

『仙次郎、外つ国の神とはこれほどまでに話の通じる神ばかりなのか』

『ラーワ殿が、特別なんですよ。俺の見つけた人は、魔族らしいひとでしたから』

『うむ？　盟約者ではないのか』

私達の下に来ていた仙次郎の説明に、帝様はおやっと眉を上げた。のだけど、それは私も聞きたい。

『ええと、仙さん、そもそも盟約者ってなんだい』

『神々と心を通じ対等と認められたときのみ結ぶ、縁のことだ。有り体に言えば、伴侶のことだな』

仙次郎は東和国語になると、言葉がざっかけない感じになる。

その変化もちょっとおもしろいなあと思いつつ伴侶……あ、夫婦のことか。ってええ!?

私はようやくこの帝様の勘違いと、さらに彼が仙次郎の事情を知っていることに気づいた。

『なかなかかわいらしい美人だと思うのだが。そうか違うか、ならば……おうっ!?』

王様とはいえかなり親しげな二人に、驚きつつもちゃんと説明せねばと思ったのだが、その前に後ろから、ぐっと引き寄せられた。

『お初にお目にかかります、今上帝よ。私は彼女の伴侶でございます、ネクター・フィグーラと申します』

穏やかな声音で自己紹介をしたネクターだったけど、見上げた表情に若干の警戒が混ざっているのに気がついた。

いや、そんなに目くじら立てずとも、きっと冗談だっただろうし。

それにしてもネクターの腕に囲われる形になった私は少々気恥ずかしいのだが、帝様はネクターを見るやいなや、ぱあっと表情を輝かせたのだ。

『おお！　そうであった。仙次郎は外つ国の民をつれていたよの。ほうほう、獣耳がないというのにこの色鮮やかな髪に、面立ちの違うことよ！　さらに瞳に色がついておる！　全て文献通りだな！』

そうして、ためつすがめつ見ながら子供みたいにはしゃぐ帝様に、ネクターは私を囲ったまま困惑していた。

とりあえず、ネクターの「普通の人のふり」はバレていないみたいだからよかったけど、完全に珍獣扱いだ。

『先の術もこちらでは全く見ぬものであったなあ。これは留学から帰ってくる者達が楽しみだ』

『主上……』

帝様がしみじみと自分の世界に入っていってしまいそうでどうしようかと思ったけど、仙次郎が遠慮がちに声をかけたことで引き戻されたようだ。

と、いってもなぜか仙次郎を恨めしそうに見ていたけど。

『他人行儀に呼ぶでないわ。守人は解任したが、師弟の契りを断ち切った覚えはないのだぞ』

『もったいない言葉です』

あくまでかしこまる仙次郎に、帝様はすごい勢いですねていた。

愛嬌があるけど、さっきの無双っぷりを見た後だけにギャップがすさまじい。

『まったく、頑固者めが。では詫びついでにそこな友人と共に、余に付き合え』

『へ？』

だが、続けて当然のごとくそう言われた私達は、面食らった顔をしていたと思う。

家臣さん達も血相を変えた。

『主上、素性も知れぬ輩を同行させるのですか!?』

『素性なら知れておる、仙次郎の友だ』

『で、ですが、四槍殿は一度東和を離れた身でありましょう。よりによって今、この禁域にいるのは怪しすぎます！』

きんいき？　という、知らない言葉に内心首をかしげたが、家臣さんの一人が食い下がった言葉には、本人だけど全力で同意するよ！

と思っていると、仙次郎が驚きに目を見開いたのだ。

『ここは禁域なのですか!?』

『おう、禁域だ。そして、当代柱巫女が戻ってきた同時期に、そなたがここに居るのは無関係ではあるまい』

帝様が確信めいた表情で問い返してきて、こわばった表情になった仙次郎に、私とネクターはそくざに思念話を向けた。

《仙さん、きんいきって？》

《禁域は、魔力が濃く魔物の出没する危険な地域として、大社が立ち入りを禁止した地域のことにござる。たいていそこには大社から管理を任されて建立された分社もある。そして分社がある場所は大社とも気脈がつながっていると言われているのだ》

《つまり、空間転移の暴発に巻き込まれて飛ばされてくる場所としては、とても理にかなっているというわけですね》

ネクターが補足すれば、仙次郎は肯定したのだけど思念はなんだかすぐれない。

《祝詞でまさかと思うておったが、真琴が柱巫女となっておったとは》

柱巫女、と言うのが特別な地位であることは仙次郎の思念で伝わってきたが、帝様がもっと気になることを言っていたので、おいておく。

柱巫女が真琴のことなら、真琴はすでに大社に戻ってきているのだ。

帝様は一体どこまで知っている？

私が若干警戒度を上げていれば、帝様は眉を上げた。

『ふむ、その表情、やはり無関係ではなさそうだの』

『主上、いま一度お考え直しを！』

家臣さんの一人が言いつのるのに、だが帝様は毛ほども揺らがず鼻を鳴らしたのだ。

『ここに、こやつがいるからこそだ。我らの目的を達するためには、情報はいくらでも欲しいもの。それにの、この仙次郎がおめおめと何もせずに帰ってくるわけがなかろう。こやつの一本気さを忘れるでない。明かす気がなければ、余が問いただそうと頑として口を割らぬであろう』

傲然と言い放つ帝様には、家臣さん達も早くもあきらめムードだ。

仙次郎が、ちょっと言葉を詰まらせているのに向け、帝様はにやりと笑う。

『で、あろう？　我が弟子よ』

そのどうだと言わんばかりの笑みは、人なつっこくて、人を惹きつけてしまうような魅力にあふれていた。

カリスマって、こんな感じのことを言うのかも知れないなあ。

『故郷を捨てた身であるにもかかわらず、そこまで慮ってくださるのはありがたい。です、が……』

たぶん、仙次郎は私達の目的がわりとこの国のデリケートな部分に触れるから、言い出せないのだろう。

『何を言うておるか、余はそなたを放逐した覚えはないぞ。武者修行ついでにおなごを探しに行くというから渡航許可を出しただけである』

あ、うん。本当に知ってたんだね。

さらに言いつのろうとしたのを遮り帝様にそう言われて、仙次郎は尻尾を震わせた。

もしかしたら、知り合いに会ったら、ののしられるくらいは覚悟していたのかも知れない。

正直、故郷を持たない私ではそのあたりを実感することはできないんだけど、仙次郎が心の底から安堵しているのはよくわかった。

『ふん。余の度量も見くびられたものよの』

涙こそ流さないけれど、仙次郎が激情をこらえて黙り込んでしまったので、代わりに私が帝様に問いかけた。

『ええとあの。いいですか』

『なんだ、異国の神よ』

それはもう確定なんだね。まあいいけど。

『とりあえず、なんて呼んでも大丈夫ですか』

遠慮がちに主張してみれば、帝様は、私を面白そうに見下ろした。

だって、私より確実に頭一つ分大きいんだ。だいたいネクターと同じくらいじゃなかろうか。

『やはり愉快であるな。好きに呼べ。余に名はないゆえ、縛られることはない』

んん？　名前がないってどういう意味だろう。

後で仙次郎に聞いてみようと考えつつ、頭をひねった。

『では、帝様で』

『ついぞ呼ばれたことがない呼び名だが。よいぞ、許す』

泰然と応じた帝様にほっと息を吐いて、本題に入った。

『私達は、東和に目的があってきましたから、あまり時間がかかることは困ります。帝様の「お付き合い」はどれくらいですみますか』

なにやら思惑があるようだけれど、大社がめちゃくちゃ大事な場所で、帝様も偉い人なのだ。つながりがないわけないから、疑ってかかるくらいで丁度いいと思うんだ。

うっかり仙次郎に、大社と帝様がどれだけ近しいものなのか、聞くのを忘れてしまったから、うかつなことは話さないほうが良い。

アール達を無事に救い出すためだからね。頑張るよ、私。

『ほう、言いおるわ。なに大して時間はかからん。我らは妖魔退治に行くところでな、ついでに仙次郎の修行の成果を見せて貰おうと考えたまでだ』

不穏なことを織り交ぜながら、愉快げに言い放った帝様に、ちょっと首をかしげた。

『妖魔退治は、今ので終わったんじゃ？』

『先のものなどただの雑魚よ。大物は別に――』

ぞっと背筋が震えた。

魔物が現れたときから、レイラインは乱れ気味だったけどそうではなく、唐突な消失と魔力異常が辺り一帯に広がっていた。

それにこの、不安と恐怖と嘆きと怒りをごちゃ混ぜにして煮詰めたような感じは、忘れようがない。

ネクターも周辺魔力の変化には気づいたことだろう。真っ青な顔で周囲を見渡しだした私に聞いてきた。

「ラーワ、どうしました」

「蝕が近くにある」

顔をこわばらせながら言えば、わかるネクターと仙次郎は即座に表情を引き締めた。

だけどどうして今ここで!?

……ともかく一刻の猶予もない。

今すぐ場所を特定して、帝様達を安全な場所へ誘導しなくちゃいけなかった。

『帝さ』

声をかけたのだが、その前に帝様が頭に手をやった。

かすかに別の気配がするけど、もしかして思念話を受け取っている?

すぐに会話を終えた帝様は、私を見ながら確信を込めて言ったのだ。

『そなた、今気づいていておったな』

『っ!?』

どちらなのかわからなくて、とっさに問い返せないでいる間に、帝様は家臣さん達を振り返って怒鳴る。

『向こうに白の妖魔が現れた！　なるべく光石は拾っておけ！　これから腐るほど必要になるぞ！』

一斉に動き出す家臣さん達を眺める帝様に、私は慌てて声をかけた。

『君達だけで、しょく……白の妖魔を倒しに行くのかい!?　前言撤回だ、私達も同行する』

『そなたらの目的は白の妖魔であったか』

実際はそれも、という具合なのだけど、こくりと頷く。

理解の色を浮かべた帝様だったが、先ほどの泰然とした雰囲気から打って変わり、光るような鋭さを帯びた。

『余もそなたに興味が湧いた、が。過度な心配なぞいらん。人数は……まあ少々心許ないが、すべはある。多少は仙次郎から聞いておろう』

その気迫に少し圧倒されていれば帝様は、悠然と口元をつり上げて見せたのだ。

『ついてくるが良い異国の神よ。我らの妖魔退治、とくと見せてくれよう』

第11話　ドラゴンさんと白の妖魔

帝様と家臣さん達と共に、私達が森の中を走れば、すぐにたどりついた。

だって、この嫌な感じの濃い場所へ進めば良いだけなのだから。

そこは山と山の間にある盆地の草原だったが、そこに広がっていた光景はすさまじいの一言だった。

真琴が来ているものに似た、真っ白い上着に、緋色のゆったりとした袴みたいな服装の女性達はたぶん巫女だろう。

維持する女性達は苦しそうに、盆地を囲むように結界を張り巡らせていた。

だけど、半透明で、かすかに光をおびるその結界は見ている間にも揺らいでいる。

内側から体当たりをして大暴れしているのは「白の妖魔」だろう。

形的には、先ほど遭遇した鵺《ぬえ》だと思う。

小山ほどの大きさをした奇怪な獣だったが、全身が白い霧状のなにかで構成されている。

センドレ迷宮に蔓延した霧状の蝕は見えなかったけど、その鵺は間違いなく蝕だった。

結界越しなのに恐怖と怒りと悲しみが伝わってきて、肌が粟だつ。

「本当に、出るのですね……」

呆然とつぶやくネクターの気持ちはよくわかる。

私もちょっと、半信半疑だった部分はあったのだ。

あんな災厄がそうぽんぽん出てくる訳がないと思っていたのに、規模は何分の一かでも、確かにそこに蝕は存在していた。

ともかくどうにかしなきゃいけない、と一歩踏み出しかけたのだが、その前に手で制された。

その手の主は帝様で、私が思わず立ち止まってしまった間に自分が進み出ると、矢継ぎ早に周辺にいた部下の人達に指示を出していく。

『巫女達、よくぞしのいだ！　余の合図の後に結界をほどけ。光石で霊力の補給を！　皆の者、露払いを頼むぞ！』

『はっ』

『仙次郎！　たかが5年で忘れたとは言わせぬ！』

『承知！』

仙次郎が反射的にといった具合で応えると、槍を一降りして魔力をまとわせる。

身体強化の短縮術式だといっていた、肩の入れ墨が淡く光を帯びていた。

『我が国の秘技を外つ国の者へ見せるのは、余が知る限り初めてだ。よく見ておれ』

こんな場合なのに、私達に向けてにやりと自慢げに笑った帝様は叫ぶ。

『来い！　〝カルラ〟！』

瞬間、帝様の傍らに転移陣が現れて、そこから現れたのは魔力からして魔族だった。

顎で切りそろえた白銀の髪に、褐色の肌をした流麗な面立ちの女性の姿をとっている。眼鏡が印象

的なその女性は、紫の着物を揺らして舞い降りると、琥珀の瞳に非難を込めて帝様をねめつけた。

『カルラではなくカレイラヴィレルですよ。我が盟約者……って、なんてヒトと一緒に居るんですか!?』

怜悧でひんやりとしたクールビューティーだと思っていたのだが、彼女は私を見るなり顔を引きつらせてのけぞった。

あ、うん。全く隠していないし、魔族ならわかるよね。

かろうじて震えていないけど、かなりひるんでいるカルラさんに、帝様はさすがにちょっと驚いたように眉を上げた。

『その神を知っておるのか』

『……神、ええ神でしょうね。まあ良いです。あなたが死ぬ可能性が限りなく低くなったということは喜ぶべきことです』

すごい頭が痛そうに手をやっていたカルラさんは、極力私を見ないように、帝様に手を添えた。

『ともかく、我が盟約者よ、今回の望みはあれを片付けることですね』

『ああ、対価に余の半分をそなたに貸そう』

『では私の半分はあなたに』

厳かにつぶやいたカルラさんは、帝様の左手の甲に唇を寄せる。

すると口づけられた手の甲に魔族の契約紋が現れ、刹那、カルラさんから魔力があふれ出した。

魔力は手の甲を通じて帝様に流れ込むと、彼の黒髪をひと房、銀色に染め上げる。

その顕著な変化に目を奪われかけたが、帝様からカルラさんへ流れていくなにかに釘づけになった。

収まった魔力の中で銀に変わった髪をかき上げた帝様は、私たちを見るなり言った。

『では、そこなふたりも露払いを頼むぞ』

『え』

と、思ったところで、私は背後や周囲から近づいてくる不穏な気配を悟って振り返る。

森の中から現れたのは無数の黒い魔物だった。

『あの白の妖魔に惹かれて、黒の妖魔も集まってくるのだ。余が白を相手にしている間に、黒を近づけさせるな』

『盟約者、なにを』

『主上！　結界が壊れまする！』

風精で飛んできた巫女さんの悲鳴のような報告に、私の声は遮られた。

『よし、参るぞ、カルラ！』

ともかく言うだけ言った帝様は、とんっと軽く地を蹴った。

それだけで大地がえぐれ、体は壊れかける結界のそばまで飛んでいってしまった。

さっきもすごいと思ったけど、段違いの身体能力にあっけにとられる。

『ああもう全然聞かないんですからっ。魔物をお願いいたしますよ、要《かなめ》の竜！　ですが魔力濃度を下げたりはしないでくださいね！　私が死にます！』

嘆くカルラさんは私にそう言うと、黒の羽織を翻しながら、帝様を追ってかけだしていった。

なぜ本性に戻らないのだろうと疑問が浮かんだが、カルラさんもさっきとはなにかが違う気がする、一体何だ？

『どうしますラーワ』

『とりあえず、目の前の魔物をなるべく早く倒した後、帝様達の助勢に行く！』

カルラさんのお願いはよくわからなかったけど、とりあえず魔力を遮断しちゃいけないのは了解した。

ネクターに聞かれた私はそう答えて、森からやってくる魔物達を相手取るために、炎ノ剣を生じさせたのだった。


帝様が飛んでいってすぐ、結界が壊れた。

どれだけ防いでいたのかは知らないけど、蝕を押しとどめられるだけの結界を張り巡らせていた彼女達の技量もすさまじい。

結界を壊した鵺は、一番近くに居た巫女に襲いかかろうとした。

仙次郎がかばい、その爪を槍で受け止めたが、蝕の霧に触れたとたん、槍の文様が明滅する。

波のように押し寄せてくる魔物を捌いていた私は、それに気づいて走ろうとしたのだが、均衡が崩れ去る前に、その脇に肉薄した帝様が刀を一閃した。

鵺は寸前に飛びすさったが、その脇腹に刀傷が走っていた。

そう、走っていたのだ。

帝様は、魔法しか効かないはずの蝕に物理攻撃を通していた。

身体能力は先ほどよりも数段上がっていたのは気づいていたが、それにしたって理屈がとっさにわからなかった。

帝様がつけた傷は見ているる合間にふさがっていたが、ダメージは感じているようで、鵺はターゲットを完全に帝様へ移している。

ちょっと驚くことが多すぎて追いつかないけど、あれ、物理で殴れるの？　何で仙さんの槍みたいに、刀が蝕に飲み込まれないの？

考えたところで、刀に魔力が乗っていることに気がついた。術式のようなそうでないようなあいまいなやつだ。

『さあ来るが良い。我が国を脅かすのであればそれ相応の覚悟があろう？』

予備動作なしに襲いかかってくる蝕は声なき咆哮を上げると、霧状の蝕をまき散らした。

仙次郎は巫女を抱えて後退したから難を逃れたが、帝様はもろに浴びていて私は真っ青になる。

『帝様!?』

思わず叫んだ私だったけど、魔力の渦巻く気配と共に銀の炎が蝕を焼き尽くした。

それはカルラさんがはなった魔法で、薄れた蝕の中から、鵺と帝様が飛び出してくる。

ほぼ無傷の帝様がなで切りにすれば、鵺が苦しげに身をよじった。

反撃の隙を逃さないためにあえて避けなかったのか？　でもどうして蝕の中で生きていられるんだ!?

『全く脳筋ですか馬鹿ですか、いくら大丈夫だからってダメージがないわけではないんですからね！』

『それよりもカルラ、余ごと焼くとはどういう了見であるか！』

『それくらいあなたなら平気でしょう!?』

ぎゃーすぎゃーすと夫婦喧嘩みたいに言い合いながらも、絶妙な連携で蝕と化した鴟を圧倒していく彼らには、呆然とするしかなかった。

カルラさんの編み上げる銀の炎の魔法が蝕の霧を焼き尽くすのはわかるけど、帝様の刀は確実に蝕にダメージを与えているし、なにより、二人とも蝕に触れても消滅していない。

「帝様の全身をカルラさんの魔力が覆っていますね。ただ覆うだけではなく内側からなにかを引き出しているようにも思えます。魔術、ではありませんね」

魔物をなぎ払いつつ、ネクターが驚くのに、私も一体燃やし飛ばしながらうなずいた。

「うん、帝様がまとっているのは魔法だ」

というか、そう考えるしかない。

帝様は、魔法をその身にまとうことで、蝕に対抗しているのだ。

でもどんな種類のものであれ、ただの人が魔法を使うなんてことができるはずがないのだが、さっきのカルラさんが口づけた契約紋を通じてなにかしたのだろう。

ただ、カルラさんの方にもなにかが流れていっていた気がしたのだが……。

それはすぐに知れた。

カルラさんが蝕の霧に触れたとたん、反発するようにはじかれたのだ。

『カルラ！　そなたは不用意に近づくな！』

『問題ありません』

強がってはいるけど、カルラさんは腕を押さえている。

衣が破けてむき出しになった腕は、まるでやけどしたようにただれてしまっていた。

ドラゴンさんは
友達が
欲しい！
東和国編
IV
Dragon
a Friend
著・道草家守
イラスト・白味噌
初回版限定
封入
購入者特典
特別書き下ろし。
ドラゴンさん東和国滞在記
～顔合わせ編～
※『ドラゴンさんは友達が欲しい！IV』を
お読みになったあとにご覧ください。
EARTH STAR
NOVEL

私は唖然としながら、帝さんがどう見てもその筋の強面の兄《あに》ぃさん達と親しく話をするのを眺めていた。

帝さんは私に仕事がある、と言い出したその日にお忍びスタイルで私を連れ出したかと思うと、微妙に怪しげな界隈にある建物に足を踏み入れた。

そこにいたのは向こうで言うハンター達と似た荒くれ者の雰囲気を身に纏ったお兄ぃさんやおっさん達だったのだが、彼らは帝さんを見るなり子犬のように目を輝かせて駆け寄ってきたのだ。

『と、いうわけだ。そう多くはないだろうが、こやつがきたら便宜を図ってやってくれ』

『宰《つかさ》の兄ぃがおっしゃるんでしたらやりましょう』

『ただこやつ、この形であるが、カルラと変わらん。心してかかるが良い』

一癖も二癖もありそうなお兄さん達が、帝さんをきらっきらとした眼差しで見つめているのに面食らったが、私を見たときの表情は若干緊張が走っていた。

つまり、このおっさん達、カルラさんが魔族っていうのは知っているんだ。

『任侠鳶山《とびやま》一家、全力で姐さんに助力をいたしやす！』

『ええと、うん、よろしく』

強面のお兄さん達に、一斉に頭を下げられて、私は引きつった笑顔を浮かべるしかなかったのだった。

『帝さん、もしかして結構一人で頻繁に抜け出してる？』

やばいところは任侠鳶山一家だけだったけれど、警察みたいな番所やでっかい商家とかいろんな場所に私をつれて顔みせをしていく帝さんに、そう聞いてみた。

行く先々で丁重な扱いを受ける帝さんだが、「宰の兄ぃ」や「つかっさん」、「宰様」と呼ばれていて、その丁重さには親しみがあり、彼らにはこの国の長を相手にしているというより、少し偉い気さくな人って感じがする。

それは、長年の積み重ねででしかできない関係のように思えた。

隣を歩く帝さんが口を開きかけたが、その前に虚空からにじみ出るように人が現れた。

『抜け出させるわけないでしょう……。仮にもこの国の長なんですから』

『やっと出てきたか、カルラよ』

『鳶山の人間は好きません。やたらと距離が近いですし、短髪褐色萌えなんて意味が分かりません』

紫の袖を揺らしてごく自然に私たちの隣に並んだカルラさんは、ため息をつきつつ眼鏡の位置を直す。

私はあの強面お兄さんたちが妙にかわいく思えたが、そうでもないらしいカルラさんは続けた。

『ともかく、本来ならあるまじきことなんですよ。この人が抜け出した時には必ず私がついて行くことでぎりぎり黙認されてますけど、私の知る限り、ここまで非常識な帝はこの人が初めてです』

『民の状況は書類で毎日上がってくるが、実感は薄い。たまには降りて言葉を交わさぬと分からぬこともあるのでな』

『……それが、ほかの護衛を巻いて場末の酒場で飲み明かすのと何か関係があるのですか』

『城では臓物煮なぞ酒のあてに出してくれぬからな』

『それで酒場で起きた喧嘩に入って大立ち回りをやらかして肝が冷えたんですからね！　私がいたから良いものを！』

『カルラは居ると知っておった』

しゃあしゃあと言う帝さんに、カルラさんが一瞬言葉に詰まる。

『っ、ごまかされませんからねっ。今回なんて私に一切声かけなかったじゃないですか！　なに考えてるんです!?』

『今回はラーワ殿がいたからな、そなたの骨休めになると思ったのだが』

いきなり私が出てきて少々驚いたが、この二人がすごくお互いを信頼し合っているのはよく分かった。

カルラさんが反射的にといった具合に琥珀の瞳を向けてくるのに、決まり悪くなった私は頬を掻いた。

『ええと、その。ごめんね。言えば良かったな』

『い、いえいえいえ!? あなたに謝られることではありませんから! このあたりはその、えっと』

とたんしどろもどろになるカルラさんの横で、してやったりとばかりに微笑む帝さんについては教えない方が良いのかな。

どっと疲れてあきらめた様子のカルラさんを前に、うーんと悩んでいると、不意に帝さんが立ち止まった。

『まあ、安心せい。ラーワ殿のためにちょうどよろうと思うておったのだ』

『!!』

そこは甘い匂いの漂うお店だった。店先で丸い円盤が並ぶ金板に生地を流し込み、あんこを挟んで焼き上げている。

ちょうど、前世では今川焼きとか円盤焼きとか呼ばれているお菓子に似ていた。

並んではいないものの、次々にお客さんが立ち寄ってほかほかのお菓子を買っていく。

『最近城下で評判の菓子でな、試しに食べてみ……』

『さあ行きましょうすぐ買いましょう! 芋あんと小豆あんと白あんがあります!? では全部で!! あ、お金はそこの人持ちですからっ』

帝さんが言い終える前に突撃したカルラさんの変わり身の早さにあっけにとられた私だったが、帝さんが動じずにお金を払っているのを見ると、いつものことらしい。

カルラさんは甘いものにめっぽう目がないらしく。さっきの煮え切らない態度は、ついて行けなかったら街の甘味が食べられないかも知れないと思ったからみたいだ。

全種類を紙袋に詰めてもらい、心底幸せそうな顔をするカルラさんを見た私は、彼女の懐柔策に甘いもの攻撃をすることを誓いつつ。

この二人の、主従とも友人とも違う不思議な信頼関係を改めて感じたのだった。

呑まれていないのも驚くべきことだが、平然としていた帝様とは雲泥の差だ。

もしかして魔族の方が、蝕に対して弱い？

それはおいといて、とりあえずこの魔物をどうにかしなければ。

後から後から押し寄せてくる魔物だけど、森の中だからうかつに大規模魔術を使えば、森ごと消滅させてしまうし家臣さん達を巻き込んでしまう。

鵺を中心に空間を遮断して、魔力を制限すれば楽だろうけど、カルラさんの「魔力を遮断するな」という言葉が気になって、二の足を踏んでいる。

あ、でも、これならいけるか？

「ネクター！　一気に畳みかけるよ、他の人をよろしく！」

「了解ですっ」

すぐさまくみ取ってくれたネクターが風精を飛ばすのを感じながら、私は地面に――正確にはその影に剣を突き刺した。

『影踏《シャドウバインド》！』

古代語によって定義された魔力は、剣を中心に複数に枝分かれした影となって走って行き、次々と魔物をとらえていく。

ただ、『影踏』には相手を拘束するだけの効力しかない。

窒息させられる術はあるけど、魔物には効かないからなあ。

だから、大方の魔物をとらえた私は剣の柄をにぎり、今度は魔法を編み上げた。

『我求メルハ　破邪ノ熱』

魔力は影を走って魔物にたどり着き、炎の華を咲かせた。

灼熱の炎は一瞬で魔物を焼き尽くして消えていったから、森にも飛び火はしていない。

まあ、もともと魔物だけを焼き尽くす炎だったから大丈夫だろうけど、熱が伴うからなるべく対象を制限したかったのだ。

魔物はあらかた消滅したのを確認して、私は再び帝様とカルラさんの方を振り返る。

盆地の中央には今まさに、蝕となった鵺に、最後の一太刀を振り下ろす帝様がいた。

太い首を落とされた蝕は、白い霧状の体を霧散させていく。

だが、断末魔の代わりとでも言うように、ありとあらゆる負の感情が濁ったような思念が発散され、意味がないと知りつつも耳をふさいだ。

でも、本当に、倒したのか。ただの人族が、あの蝕を。

その事実に呆然としながらも、私はカルラさんと帝様にむかって駆けだした。

刀を腰の鞘に納めた帝様が、髪が元の黒に戻ったとたん、その場に膝をついたのだ。

『大丈夫かい!?』

一足飛びに近づいていけば、カルラさんに手を添えられた帝様は表情に色濃く疲れを残しながらも、不敵に笑ってみせた。

『どうだ、外つ国の神よ。これが我が国の技だ』

『わかったよ、すごかったよ、色々聞かせて貰いたいけど今すぐ離れて!!』

たしかに鵺の形をした蝕は消えた。

でも、私の感じる負の気配はまだ収まっていないのだ。

意味がわからないという顔をする二人だったけど、カルラさんは一足先に気づいたらしい。

だが、間に合わない。

私はとっさに影で鎖を作り出すと、彼らに投げはなってぐるぐる巻きにする。

『ぬ？』

『ひゃっ!?』

「そぉーりゃっ！」

私は一本釣りの要領で鎖を思いっきり引っ張った。

ドラゴンの力をなめんなよー！

彼らが地面を離れた瞬間、そこからぞわぞわと見るだけで悪寒が伴う白い霧状の蝕があふれ出した。

放物線を描いて飛んでいく彼らは、悲鳴を上げつつも森の方へ飛んでいったから大丈夫！

ちょっとすり鉢状になっている地形だから蝕が森に行くまでちょっと間があるし、規模自体もセンドレ迷宮とは雲泥の差だ。

まあでも、蝕は、結構な勢いで地面を侵蝕しているけれどね。

私は気合いを一つ入れると、周辺魔力を一気に掌握して、レイラインを遮断した。

魔力の供給を一時的に絶つと同時にレイラインを保護しがてら、純粋な、この世の事象を新たに定義する。

この程度なら、もしかしたらいけるかも知れない。

だから私は、把握した魔力を、炎に変えた。

『我求メルハ　衰滅ノ焔』

私を基点に、生まれた紅蓮の業火は放射状に広がり、今にも広がろうとしていた白い蝕へとぶつかった。

だけどこの炎は、私が事象から定義した特別製だ。

少しずつ削られているけれど、それよりもたちまち蝕を押し包んで、炎で染め変えていく。

私の熱に勝てるものなどいないわ！　と脳内で笑い声をあげつつ……あ、いちおう大事なんだよ。

魔法の力って意志の強さに左右されるから。とまあ、そんな感じで最後の一片まで押し包んだ後、さらに火力を引き上げて燃やし尽くす。

私の気合いのおかげか、より一層鮮やかに燃えさかる業火は蝕を蹂躙し、ぞわりとした悪寒がちいさくなっていった。

炎の残滓がぱっと散れば、白の蝕は消滅していた。名残のように焔の粒子が風に乗る。

火の粉ではなく、元の魔力に戻ったものだから、森に飛んでいっても大丈夫だ。

盆地の平原は残念ながら地面がむき出しになってしまっているが、どこにも蝕の気配はない。

ほっとしつつ、ネクター達が居るはずの森の方へ戻れば、その場に居た皆さんが勢揃いしていた。

ネクターはもちろん仙次郎もけがはない。

家臣さん達や巫女さん達も多少けがをしている人は居るけど、みんな元気そうだ。

けが人にはネクターが、治癒魔術を使っていた。

治癒能力を活性化させたり、傷口を滅菌したりするのがこの世界での治癒魔術なのだが、結構難しい術なので、どこへ行っても重宝される。

そのせいか、警戒している様子だった家臣さん達もずいぶん表情が和らいでいた。

ただ、私が現れたとたんちょっとさっきまでと漂う空気が変わった気がして面食らった。

どこか、畏怖というか、目が覚めたみたいな？

でもその前に、ぶん投げてしまった帝様達の方が気になるんだ。

『帝様、いきなりぶん投げてごめんね。大丈夫だったかい』

『あの程度は問題ない。多少疲れていようが、降り立てる範囲だ』

と、言うわけで、倒木の一つに座っている帝様に話しかけたのだが、見る限り大きなけがはないし、そう返してくれたから大丈夫なんだろう。

『それはよかった。魔族さんも、平気か、い？』

『粋がってた私が馬鹿みたいです。あんなのに比べたら私の邪炎なんて全然へっぽこですもん……』

ただ、カルラさんの方はすごい勢いで落ち込んでいる様子でどうしたもんか迷う。

と言うか地面にキノコ生えてない？

『ええと、魔族さん』

『あ、はい！　すみません反省しすぎて聞き逃していました何でしょうか！』

もう一度呼びかければ、カルラさんに飛び上がる勢いで反応されて逆に申し訳なくなった。

なんか、いままで出会ってきた魔族とは全然反応が違って調子が狂うんだ。

だって向こうの魔族はリグリラを代表するような、私を見るなり襲いかかってくるような奴らばっかだったからさ。

『とりあえず、傷は大丈夫かって聞きたかったんだけど』

『ま、魔族の私を心配するなんて何ですか裏がありますか要求されますか怖いですよ！』

くーるびゅーてぃーな第一印象がどんどん崩れていく、残念な美女さんだった。

恐れおののいた挙句、全力で身構えるカルラさんに、わははと乾いた笑いを漏らしていると、帝様は気を引くように咳払いをした。

『余はそなたを異国の神と思うておったが、少々様子が違うようだな』

『それはその』

『あれほどの神力を操れる者は余の知るこの国の神々ではできぬ。ましてや現界する以前の混沌を屠ることは、我らでも不可能であったというのに』

感心の色と、疑念を浮かべる帝様の気迫はそりゃあすごいものだった。

魔力の感じからして、ものすごく疲れているのはよくわかるのに、それすら意識の外に消えてしまうほどの眼力だ。

その無言の圧力は、是非理由を教えてくれ、ということなのは明白だ。

だが、言うわけにはいかない。だって巫女さんが居るから、今ここで言えば大社に筒抜けになってしまう可能性もあるのだから。

というわけで、まだ全力で隠し通そうと気合いを入れ直したのだが。

『当たり前じゃないですか、我が盟約者。このヒトは私達なんかと比べものにならないモノですよ。なにせ要の竜。あなたたちの言う竜神の一柱なのですから』

もはや疲れ切った風であっさりと言ってしまったカルラさんに、ちょっぴりしょっぱい気分になった。

うん、そうだったね。君はわかるよね。私の入れた気合いはどこに向かえば良いのだろう……。

しょんぼりとちょっぴり恨めしい気分でカルラさんを見れば、彼女は眼鏡越しに琥珀の瞳を揺らしてぴくついた。

『な、なんですか。そんな隠されてもいないのわかるに決まっているじゃありませんか』

『そうだけどさあ……』

こっちにも都合ってものがあるんだよ！

ちらっと、帝様をうかがってみれば、さっきとは打って変わって驚愕に目を見開いて硬直していた。

いままでの帝様の態度からすれば、かなり珍しいのではないだろうか。

『真なのか』

『うう……それは……』

もう完全に確信しているようなものだったけど、未だに認めて良いものか踏ん切りがつかないでいると、仙次郎が音もなく近づいてきていた。

『ラーワ殿、大丈夫だ。帝と大社は友好関係を築いているが、完全に別の組織だからな。特に師は大社とは少し距離を置いている。師であれば、話しても悪いようにはしないだろう』

たぶん帝様やカルラさんにも聞こえるように、東和国語で言ったんだろう。

いままで私は大社と帝がすごく仲良くしているんじゃないか、あるいは、この人自身が拉致の主犯格の一人かとまで考えていたけど、ちょっと事情が違うのか？

頭をひねって、仙次郎にさらに聞こうとしたのだが、その前に帝様が身を乗り出してきた。

『そなたらは大社に動向を知られたくなかったのか。ならば問題ない。そこにおる巫女達は余の傘下であるし、この場にいるものも特に信頼した者だけだ。今回は余のお忍びであったからな』

『かような危険を伴うお忍びなど、やめていただきたいものですがね！』

静観していたけど我慢できなくなったらしい家臣さんの苦言にも、からからと笑うばかりだ。

「お忍び」って、確か高貴な身分の人が、周囲に言わずに勝手に出てきちゃう的なことじゃなかったっけ。……だめじゃん！

『さあ、話すが良い。そなたらの目的次第では余が力を貸してやらんこともない。なにせ余はそなたに命を救われた身であるからな！』

『あ、いや、あれはとっさのことで』

さっきの一本釣りのことを言っているのだと気づいて、恩に着せるつもりなんて一切なかった私がうろたえていると、帝様があきれ顔になった。

『そなた、まことに何も考えずに余とカルラを助けたのか？　こういうものは意図がなくとも恩に着せて譲歩を引き出すのが常道ぞ』

『そんなひどいことしないよ!?』

『ひどくはない、ただの駆け引きである。どうせ、宿のあてもないのであろう？　余がそなたの立場であったらそれくらいは要求するわ』

『あ、え、えーと』

図星だったので言葉に詰まっていると、帝様は腕を組んで傲然と胸を張った。

『安心せい。余にも打算はある。そなたの混沌を感じ取る能力と、そなたの旦那のまじゅつ？　といったか、それには大いに興味があるゆえ、利用し合うと思えば良い。言うなれば同盟である』

ええと、打算ってこんなに偉そうに言うものだったっけ？

『うちの盟約者が偉そうですみません。というか連れて行くんですか!?』

カルラさんは胃が痛そうにしながら驚いていたけど、その反応が若干失礼の部類に入っていることには気づいていないみたいだ。いや、気にしないからいいんだけど。

『こういう性格の人だからな、師匠は。だが懐に入れたものは全力で守る気質の方だ。……少々面白がる、きらいはあるが』

仙次郎はフォロー入れてくれたけど、目を泳がせたことで台無しだった。

「良いのではありませんか、ラーワ。私は是非にお願いしますという気分ですよ」

治療を終えたらしいネクターが、私のそばにやってきて言った。

「大社が頼れない以上、白の妖魔を知るためには、別のアプローチを考えなくてはいけませんから。帝の庇護というのはとても有益だと思いますし、実際に術の行使をした人間ならばこれ以上ないでしょう」

アールを救出するにも、やっぱり情報が集まりやすい場所に居られた方がずっと良いだろう。さらに言えば宿ないいし、お金もないいし。

『ふむ、言葉はわからぬが、話はまとまったか』

『ええと、じゃあ、帝様。お世話になります』

『くるしゅうない、良きに計らおう』

ぺこりと頭を下げてみれば、帝様は泰然と応じてくれたのだった。

第12話　小竜は静かに日々を待つ

アールはぱちりと目を覚ました。

知らない板張りの天井は、この十日で慣れ親しんでしまった光景だ。

ほんの少しだけ落胆して、布団から起き上がる。

直接床に敷く様式の布団には、びっくりしたけど、寝相が悪かった時に転げ落ちて起きてしまわないのは良いのかも知れない。

アールが起き上がれば、すでに美琴は布団をたたみ、着替えていた。

白い、袖のたっぷりとした上着に、袴と呼ばれるひだが寄せられた赤い穿きものをはいた美琴は、アールが起きたことに気づいたのだろう、ふさりと尻尾を揺らして振り返った。

「アール、おきた?」

「おはようございます、みこさん。ちょっと寝坊しちゃいましたか」

「大丈夫、まだお勤めには時間がある、から」

アールは美琴と言葉を交わしつつも、素早く布団をたたむと、枕元においていた美琴と同じ着替えを身につけていく。

ひもだけで着付ける東和の衣装に最初は戸惑ったものの、今では慣れたものだった。

しっかり身につけたアールが、髪をひもでまとめれば準備は完了だ。

最後に手首にはまった腕輪をきゅっと握りしめる。

両親が丹念に編み込んでくれた術式が、まだ生きていることを感じて力を貰い、外にいる美琴と合流した。

『では、行きましょうか』

『はい！』

気合いを入れるために、東和国語に切り替える。

そうして、アールと美琴は連れだって板張りの廊下を早足で歩いて行ったのだった。

◇　◇

今日も奥向きの一角でアールが四つん這いでぞうきんがけをしていたら、聞き慣れたハイテンションな声が聞こえた。

『おっはよー！　今日も元気にお仕事してるね！』

『……おはよう、ございます』

複雑な心境のアールが手を止めて挨拶を返せば、今日も派手な小袖を身にまとったテンが困ったように眉尻を下げていた。

『そんな顔しないでくれよう。かわいい顔が台無しだよ？』

『無理やりつれてこられれば、だれだってこういう顔になると思います』

テンの軽口にはもうだまされないと、アールがつーんとした態度をとっていれば、そよりと空気を揺らして、服から髪から肌から全身白ずくめの少女、真琴もあらわれた。

『そうでございますよ、テン。わたくしたちはかどわかしの下手人なのですから、仲良くしようなんてどだい無理な話なのです』

『えぇーでもさあ、かわいい子とはやっぱり友好的でいたいじゃないか！　ほかの巫女とは仲がよさげだからなおさらに！』

堂々と正論を言い切る真琴に、テンがひどく情けなさそうな顔になるのに、アールはさらに言った。

『だって、巫女さん達はみんな良くしてくれるもの』

『あたしたちの共犯者なのに？　不公平だよ不公平！』

ぶつくさと抗議するテンの言葉が、ほんのちょっぴりアールの胸に刺さった。


あの日、アール達が連れてこられたのは「大社」と呼ばれるところで、そこでは年齢も種族も様々な女性が共同生活をしていた。

朝は日が昇るのと同時に起きて、掃除や、食事作りなど作務と呼ばれる当番制の仕事をこなしていく。

その後に全員そろって朝ご飯を食べて、それぞれ割り当てられた仕事へ行き、夕方には社内にいる全員が集まっての食事の後、交代で風呂に入って就寝、といった規則正しい生活を送っていて、アールと美琴も数日前から巫女達に交じっていた。

そんな彼女達は、突然来たアールと美琴を快く迎え入れてくれたのだが、初日に、テンは彼女達にあっけらかんとこう紹介したのだ。

『なんやかんやあって拉致ってきた。しばらく一緒に暮らすからよろしく！』

丁度朝食の場だったのだけど、その時の巫女達の剣幕はすさまじかったと、アールはしみじみ思い出す。

なにせテンを床の上に正座をさせると、この大社にいる数十人の巫女達全員で囲んでこんこんとお説教をし始めたのだから。

床は植物で編み込まれた「畳」と呼ばれる、比較的柔らかいものとはいえ痛そうだった。

実際、お説教が終わった頃にテンはうまく立てなくなっていて、アールと美琴はちょっぴり胸がすく思いがしたものだったが。

彼女達がとがめたのは、アールと美琴を巻き込んだことに対してで、それが必要だったというテンの言葉には誰一人として文句を言わなかったのだ。

彼女達はよくしてくれても、アールと美琴に外へ出る方法は教えてくれない。

抜け出せないかと頑張ってみているが、アールのドラゴンとしての能力をフルに活用しても、出ることはかなわなかった。

なによりここを抜け出したとして、巫女達やテンの追撃を逃れてラーワ達と合流できると思えない、と話し合った結果、二人はこの大社で期を待つことにしている。

ただ、逃げ道を教えてくれないという以外、巫女達はアール達を家族のように迎えてかわいがり、いろんなことを教えてくれた。

大社、というのは東和中にある巫女の家系から一番優秀な巫女がお勤めに出てくる……と、言われている。けど実際はテンが見えて、彼女自身が気に入った巫女だけが残り、ほかは分社へ行くこと。

テンが割とセクハラをすること。でも愛はあること。

大社の巫女の役目は、周辺に出現する、とても強い魔物を倒すこと。

そして、とても大事なものを守っていること。

彼女達の話の端々には、テンを慕う感情が透けて見えた。

『ごめんなさいね。テンに教えても良いって言われているのは、ここまでなのよ。あとは自力でたどり着いてって』

そう言って、一番年長の巫女は申し訳なさそうな顔をする。

それでも彼女達は、こぞって文字や、風習や文化、さらには巫女達の使う魔術まで教えてくれた。

なぜ、そこまでしてくれるのかよくわからない。

けれど、向けてくれる好意が本物だというのはわかったから、アールは彼女たちと普通に話せるのだ。

だから、テンに返す言葉は決まっている。

『皆さんは怒ってくれましたから別格です』

『ええーん。まこっち、子竜ちゃんがいじめるよう』

アールが真顔で言えば、テンは涙目で真琴に抱きつこうとしたが、彼女は尻尾を流れるように動かしてその手を避けた。

『当然ですから、触るのは禁止です』

『これがあたしの癒やしなのにぃ』

盛大に嘆くテンに、近くで清掃作業をしていた巫女達がくすくす笑っていた。

テンが尻尾や耳を持った獣人だけでなく、巫女達全員に同じことを持ちかけるのをアールは知っている。

アールはテンと彼女達の間に流れる、気安い関係が不思議だった。

いちおう、敬うという姿勢はあるのだが、何処か家族のような親しみがこもっている。

あれ以降、テンはアールを名前で呼ばない。

拉致をしたのに、そういう気づかいをするのも不思議でよくわからない。

ただ、少なくともアールと美琴を手厚くもてなすのは確からしい。

それよりも、真琴が起き上がっている、ということが気になっていると、とっとっとっと軽い足音が響いた。

『お姉ちゃん、ここにいたんですか！』

廊下の角から現れたのは、ぴん、と黄金色の狐耳を立たせた美琴だった。

『あら美琴、おはようございます』

『おはようございます……ってそうじゃなく！　また診察をほっぽり出しましたね。呪医が困り果ててました。ちゃんと受けてくださいよ！』

つい、素に返って返事をした美琴だったが、当初の予定を思い出して目尻をつり上げた。

ああまたかとアールは、にこにこと微笑む真琴に視線をやった。

『自分の霊力の調子くらい、自分でわかりますもの。もう大丈夫ですのに、みなさん心配しすぎです』

『丸三日寝込んでいた人が言いますか!?』

『それは霊力の大量消費が原因でしたと言っているじゃないですかもう』

唇をとがらせる真琴に、美琴がもどかしそうにさらに言葉を紡ごうとした矢先、テンが割って入った。

『真琴、診察は受けるって約束だろう？　君を心配してるんだから、その気持ちはくみ取ってやらなきゃ』

『むう、テンまで言いますか。しょうがないですね』

打って変わって真摯な眼差しのテンに見下ろされた真琴は、ゆるりと頭を下げた。

『お騒がせしました。では、後ほど朝餉で』

『お大事に』

アールがそう言葉をかければ、真琴は穏やかな笑みを一つ残してテンと共に去って行った。

その歩き姿は健康体に思えたが、美琴の言葉の通り、彼女は数日前にようやく床《とこ》をはらったばかりのはずなのだ。

「アール、姉の調子はどう見える？」

恒例行事のような一連の出来事が終わり、流れるように巫女たちが清掃作業に戻る中。

清掃に加わった美琴にそう聞かれて、ぞうきんがけをしながら、アールは答えた。

「まこさんの言うとおり、正常に見えます。無理に魔力を使っている様子も見えません」

「そっか……」

アールと美琴を拉致し、転移陣で連れ去ったテンは、この大社の中にある儀式場の一室にたどり着くと真琴からぬけだし、自身は霊体として形をとった。

直後、真琴はその場で倒れたのだ。

きっとその瞬間が、逃げ出す絶好の機会だったに違いない。

だが、蒼白な顔で力なく目を閉じる真琴をそのままにはしておけずに、アールと美琴はとどまった。

なにせ、真琴が倒れた時のテンの顔は、心から彼女を案じているものだったから。

真琴はそのまま三日間眠り込み、目を覚ましたときには心から安堵したものだったが、詳しい理由については一切話してはくれなかったのだった。

「たぶんまこさんが倒れたのは、テンさんを乗り移らせたからでしょう。その上で、本来、人の身では使えない魔法を行使したのだから当然です。あの魔力の消費は本当に一時的なものだと思います」

「だと思う。姉は、そういうところは、嘘は言わないから」

わかっていても心配、と顔に書いてある美琴の、気をそらすために、アールはもう一つの疑問を口にした。

「ただテンさんを霊体でしか見かけない理由は、なんでしょうね」

「それも、気になるよね」

美琴はその胸中を示すように、黄金色の尻尾をふさりと揺らした。

アールと美琴は、未だにテンが肉体を伴って現れたところを見たことがない。

ヴァスのように本体が別の場所にあって、分身を飛ばす代わりに、精神だけをこちらに飛ばしているのか、あるいはもっとほかの理由か。

ただ、彼女の霊体は徹底していて、彼女に触れられれば質感も感じるし、声も聞こえる。

だが、魔術の素養が高いものでないと見ることができないのだ。

幸か不幸か美琴もアールもそれくらいの素養はあったが、この間来客があった際に応対に出た巫女に、見えないからって同じ室内で遊ばないでくれ！　とテンが叱られていた。

ついでにその巫女は人間だったのだが、宥めようとしたのか、テンは唐突に抱きついてさらにお説教されていたのは余談である。

非常に残念な竜だとはここ数日で実感していたアール達だったが、それ以上のことは謎のままだ。

それとなく探るように聞いても、真琴もテンもはぐらかすばかりだ。

「ごめんね、アール。こんなことをするとは、思わなかった。ラーワ様にも……」

「みこさん、それは言わない約束ですよ」

アールがぞうきんがけの手を止め、語気を強めて制すれば、肩を落としかけていた美琴がはっと顔を上げる。

これっぽっちも美琴のせいではないのに繰り返されたら、アールだって困ってしまうのだ。

だから、もう言わないと一日目に約束した。

悪いのはテンで、真琴なのだから。

……ただそれもわからなくなる時があるのだけれど。

「そう、だったね。今できること、やろうって言った」

泣きそうに眉尻を下げた美琴は、ふるふると首を振って思考を切り替えた。

「姉がすでに柱巫女になっているとは、知らなかった。私達は、いろんなことを知らなすぎる、と、思う」

「はい、だから、この大社でできる限り知ることにしましょう」

アールは以前、ネクターに言われたことを思い出す。

わからないことがあったときは、とにかく、それに関連する情報を集めること。

それ自体についてはわからなくても、周りの情報を集めて光を当てていけば、いずれその知りたいこともわかるようになるのだから。

心細いのは確かだけれど、泣きながら、ただ待っているだけは嫌なのだ。

「私は、昨日と同じ。書庫で、無垢なる混沌と、テンさんについてわかることがないか、調べてみる」

「ぼくは、大社の構造を把握して、抜け道がないか探してみます」

アール達は放任と言っても良いほど行動の制限はない。

どうせ、逃げることができないと思われているからだろうが、好都合だった。

「それに、今日は手の空いている巫女さん達に文字を教えて貰う約束をしているのです。それとなくお話が聞けないか頑張ってみますよ」

ふんす、とアールが気合いを入れていると、美琴は黒々とした瞳に意思を宿す。

「頑張ろうね、アール」

「はい、みこさん。がんばりましょう」

一つ気合いを入れた二人は、長い廊下を一気に駆け抜けたのだった。

朝食を終えて美琴と別れたアールは、大社内を歩いていく。

つやつやとした白い「お米」と呼ばれる主食を、「お箸」と呼ばれる二本の木の棒で食べるのももう慣れたものだ。

最近は、ちょっとパンが食べたいなあと、思わなくはないけれど。

大社の外へは出られないと知っているから、巫女達もアールが一人で歩いていても気にしない。

なにせ、ここからは、テンの許可がないと門の外へ出ることもままならないのだから。

「むー。やっぱり無理かあ」

とりあえず、この大社の入り口へやってきたアールは、〝門〟を目の前に悩み込んだ。

入り口自体は巫女達にあっさりと教えて貰ったのだが、その門が問題だった。

それは丁寧に整えられた庭の中央にある、石造りの円柱だった。

アールの胸くらいまであるその円柱は、上部はすり鉢状にへこんで水がためられている。

そこから流れ落ちた水は、地面に複雑に作られた溝を通って周囲の庭へ消えていっていた。

円柱の表面に彫られた文字や、水が帯びている清冽な魔力で、それが一種の力場をつなげる転移陣の役割を果たしているのだとわかる。

けれど、アールにはどうしたらこれを起動できるのか、そもそもこれがどこにつながっているのかが、全くわからないのだ。

普通の転移陣だったら、一瞬で移動しているように思えてもレイラインを経由するから、必ず細い線がつながっている。

だが、この大社を流れるレイラインを感知しづらいのはテンが妨害しているせいだろうが、それにしてもアールの知識にない魔法で途方に暮れてしまっていた。

庭の端まで歩いてみても、外にはつながらず、反対側の庭に出てきてしまうから、この空間自体が外の世界と隔絶されているらしい。

だから、この門だけが出入り口なのだが、そもそもこの門に使われている術式が転移用なのかも自信がもてないのだった。

「みこさんに期待するしかないのかな。まだ、ぼくじゃあの文字は読めないし」

美琴はいま、大社の膨大な資料を切り崩して、テンや柱巫女につながる情報を探しているはずだ。

大社が成立した時代からの資料が眠っているという、建物一つ分ある書庫にひるんでいた美琴だったが、それでもやり抜くともっていてくれている。

その中にもしかしたらこの門の開け方もあるのかも知れない。

巫女達に聞いたところによると、この門を開けられるのは、テンと真琴だけらしい。

真琴は一度、この門を開けるところを見せてくれて、そこからほかの巫女達が外の世界へ用を足しにいって返ってくるのは確認していた。

そのときはレイラインを感知できたのだが、起動している間だけだ。

この大社は、朝と夜があって、庭はとてもきれいで、空気には魔力が満たされていて、とても落ち着くことができる。

なのに、レイラインだけはない。

その一点だけが変で、ここはどこなのだろうとアールは途方に暮れていた。

「でも、ここにつながっているのはわかっているのだから、読み解けるように頑張ろう」

ふんす、とアールが着物の袖を揺らして気合いを入れたとき、ふわり、と円柱を流れる水が光と魔力を帯びた。

円柱の転移陣が起動したのだ。

噴水のように流れ出した水が溝を通って円柱を中心に放射状に広がったとたん、一斉に水が立ち上がる。

水の壁はさらに光を増していき、唐突に水面が凪いだ。

それで、何処かにつながったことを知ったアールは、一瞬飛び込もうかと考えた。

とにかくこの領域から出れば、助けを呼べるかも知れない。

けれど、そうすればここに美琴が一人になってしまう。

一緒に出ようって約束したのにおいてはいけない。

そうやって考えているうちに、水面の向こうから大きな人影が近づいてきた。

さあっと、水面に波紋を広げて、その姿が現れた。

「まったく、分社までは出られるんだから、こっちにくればいいのにテンのやつ……って、え」

ぶつぶつとつぶやきながら水面から出てきた人は、男の人の姿をしていた。

肌も衣服も濡れていないのは以前見ていたから、それほど驚かない。

けれど、その男の人が身にまとう服が西大陸のものであること、彼の独り言が西大陸語だったこと。

さらに言えば、彼が精霊であることに驚いて、アールはぱちぱちと瞬きながら、その淡い髪と淡い瞳をした青年を見上げた。

その青年は背に負ったリュートの位置を直しつつ、ひどく驚いた表情でアールを見下ろしていたのだった。

第13話　ドラゴンさん、岡っ引きをする

ぽかぽかと夏の日差しが明るい昼間。

お茶屋さんの軒先で、私は、はむっと串にささったお団子をほおばっていた。

そのまま串を引っ張れば、もっちりとした団子が一つ、口におさまる。

もきゅもきゅとかみしめると、パンや麺類とは違う独特の弾力と、甘いあんこの味が口いっぱいに広がった。

すかさず傍らの緑茶をすすれば、まろやかな苦みと混ざり合い、ほどよい甘みの余韻が残る。

……控えめに言って幸せだ。

はふう、と私が息をつけば、くすくすと背後で笑う声が聞こえて振り返った。

『あんたは、本当に幸せそうに食べてくれるねぇ。茶屋冥利につきるってぇもんよ』

そこにいたのは東和の標準的な日常着、着物っぽいやつに前掛けをしたこのお茶屋さんの看板娘さんだった。あだっぽい雰囲気に猫耳と猫尻尾を揺らめかせる姿が実に優美である。

だって近くの机と椅子を兼ねた床机《しょうぎ》に座っている兄さん達が、でれっとした顔してるもの。

私が男でいたらすごい嫉妬の目で見られていただろうが、今の私は女性型。服も東和の紺の袴に赤い羽織をひっかけていて性別が一目でわかるから、遠慮なく彼女の会話に応じた。

まあ顔が緩みきっているのはしょうがない。

『めちゃくちゃうまいお団子をありがとう』

『いいよいいよ！　あんたほどおいしそうに食べてくれるお客は大歓迎さ。茶だけで何時間も居座る野郎どもとは雲泥の差ってもんよ』

にんやりと猫のように笑いつつ看板娘さんに流し見られたお兄さん達は、そそくさとお金をおいて席を立ったり、お団子を追加で頼んだりし始める。

ふん、と鼻を鳴らす看板娘さんにちょっぴり引きつった笑みを返していると、爆音が響いてきた。

『ひゃっはー!!　ぱーてぃーないとだー!!』

ぱらりらぱらりらとどこか古くさいラッパを鳴り響かせながら現れたのは、やったら派手な集団だった。

派手さを極限まで追求したきんきら改造荷車に、馬っぽい騎獣を二頭立てにしたもの複数台に乗った人間が街道を爆走してきていた。

乗っている人達も猫耳犬耳鹿角人間様々で、思い思いに悪趣味を追求しましたか？　というかんじで目に痛いし、そこだけ世紀末である。

どことなく和風なのがひどくシュールだ。

『さあてめえら！　お大尽様のお通りだあああ！』

『どけどけえぇ!!』

その改造車の中でもひときわど派手というか悪趣味というか立派な車に、仁王立ちしているのは、顔を真っ白に塗りたく……あ、あれそのまんまなんだ、に赤い線を入れた歌舞伎顔に、きんきら目に痛い着物と袴に身を包んだやつだった。

あれがお大尽なのかな。んでその周りが子分だろう、ものすごくわかりやすいごろつきだった。

彼らはわざわざ速度を落として、街道の人達を蹴散らしていく。

その勢いで、この向こうにある花街に繰り出していって、そこでも迷惑をかけている集団なのだ。

花街はすごかった。婀《あだ》っぽいお姉さん達が弁柄格子の向こうに並ぶ姿は別世界で、本当にきれいだったんだあ。軽率にはしゃいじゃいけないものなんだろうけど、それはほんとで。

ともかくだいたいのルートは決まっているとのことだったので、そのひとつで張っていたわけだけど、別にここで当たりを引かなくったって良いじゃないか。

未練がましくお団子をむぐむぐ食べていると、視界に草履を履いた足と派手な着物の裾が入った。

『そこのお嬢さんや、俺達がいるってのにのんきに団子食っているとは良い度胸だねえ！　おお、よく見りゃ良い器量してんじゃねえか！　ちょっとおにーさん達に付き合ってくれや』

顔を上げれば、案の定ごろつきのお兄さん達が、わかりやすいまでにゲスい感じでにやにや取り囲んでいた。

どうやら、通行人や店の人は早々に避難したらしい。

まあ、好都合と言えば好都合だし、と思っていたら、声を出さない私をどうとったのか、お兄さんの一人が私の腕を握りしめて立ち上がらせようとした。

あ、これ、普通の娘さんならむちゃくちゃ痛い力加減だ。

まあでも良い機会なので、逆らわずに立ち上がる。

だが、ごろつきが乱暴に引くもんで、その拍子にぽーんと持っていた団子の串が飛んでいってしまった。

『私のお団子っ！』

あと一個串に残ってたのに！

『俺たちについてくればそんな団子より、いっとう良いもん食わせてやるぜ』

『まあ別のもんもほおばって貰うがな』

絶望的な声を出せば、それがおかしかったのか、ごろつき達がゲラゲラ笑い始める。

あ、なんか任侠とは別らしい。よく知らんけど、一緒にしないでくれってお兄《あに》ぃさん達に言われた。

まあ、しょうがない。お仕事の時間だ。

私はごろつきに摑まれた腕を、無造作に振り回した。

着ている東和の袴の裾と袖が、動きに合わせて風をはらむ。

『はっ？』

間抜けな声を出してごろつきが空中を飛び、そばにいたお仲間を巻き込んで盛大に吹っ飛んだ。

食べ物の恨み、思い知るが良い。

あーあ、後でみたらし食べたいなあ。

『えっ!?』

背後で看板娘な猫娘さんがあっけにとられた顔で覗いているのが見えた私は、彼女にお願いした。

『あ、ねえ、追加でみたらし二つお願い。あとお茶ね。できたら冷めたのが良いなあ』

きっと運動したあとだと、熱いお茶飲みたくないだろうし。

『あ、あいよ？』

猫娘さんが返事をしてくれたのに満足した私は、顔を真っ赤にして怒るごろつき達に取り囲まれた。

『おうおうなにしくさってんじゃこのクソアマぁ!!　ぶち犯すだけじゃすまさねえぞワレェ!!』

『俺たちについているのが誰だか知ってんのかあぁ!?　八百万の神が一柱のジヘイ様だぞ!』

あ、名前言っちゃうんだ、まあ知っているのだけど。

吠えまくる手下たちに応えるように一番派手な衣装に身を包んだジヘイというらしいそいつが車から降りてこちらへ来た。

『近頃は我の威光も薄れているようだな。そちはどうやら面妖な気配をしておるが、新手の巫女か?見せしめには丁度良かろう』

『君が、近頃、人里に下りてごろつきの頭領気取ってるジヘイヴヘイヴだね』

『……ぶしつけに我の名を呼ぶとは貴様、命が惜しくないらしい』

ひんやりと、周辺の空気を凍らせる勢いで、抑えていた魔力を放出したジヘイヴヘイヴに周りのごろつき達も真っ青になる。

けど、うん。リグリラに比べればへでもないし。というかむしろ仙次郎でもいけるんじゃないかな?

『カルラさんから灸を据えてくれって頼まれてるんだ。とりあえずおとなしくついてきて貰うよ』

『なに?』

魔族の気配にたじろがない私が不思議だったんだろう。

隈取りをした顔をきょとんとさせるジヘイヴヘイヴがわかるように、私は隠していたドラゴン本来の気配を解放した。

黒髪に赤の筋が戻れば、たちまち白い顔が青く染まるジヘイヴヘイヴだったが、手下のごろつきたちはわからないのか、あおるように声をかける。

『どうしたんですかい、ジヘイ様！　そのお力をこのアマに見せつけてやってください！』

『要の、竜……』

ただそれだけつぶやいたジヘイヴヘイヴの声が聞こえて、私が誰か気づいたことを、そして何のために来たのかも悟ったのを知った。

まあ、盗みに殺しにかっぱらいに悪いことはだいたい網羅していたみたいだから、手加減なんかしないけど。

『うんじゃまあ、覚悟してね？』

もはや、白いのに土気色になっている魔族と、まだなんだかわかっていないごろつきたちに向けて、私は手の指を鳴らしながらにっこり笑ってみせたのだった。


その後、破れかぶれになったジヘイヴヘイヴを殴り飛ばし、ごろつきたちも死なない程度にお灸を据えた。そこで丁度、騒ぎを聞きつけてやってきた同心たち――あ、東和での警察ね、にごろつきの身柄を引き渡す。

いやあ、近くのお店の人や通りすがりの大工の兄ちゃんとかが、縄を持ってきてくれたり縛るのを手伝ってくれたりして大助かりだった。

『もしかして、あんた、八百万の神様だったりするのかい!?　まあともかく助かったからさ、お代なんか良いからじゃんじゃん食べておくれよ！』

機嫌良く尻尾を揺らめかせる猫娘さんにぬるいお茶とみたらし団子だけでなく、海苔巻きにきなこ餅に草餅まで食べさせてもらってお腹も心もほっくほくである。

それに、影で菱形縛りにして拘束しているジヘイヴヘイヴに、一切動じない胆力も素敵だ。

今度ネクターと一緒に来よう。

といった具合で、ジヘイヴヘイヴを引きずって空間転移で戻ってきたのは、東和国の都、華陽《かよう》にあるお城である。

その通用口の前に降り立った私は、魔力波をたどって、目的の人の下へ歩いて行く。

あれ、この位置だと、今日はちゃんと執務室にいるんだ。

時折すれ違う人にぎょっとされて、ジヘイヴヘイヴを影の中に入れとけば良かったと思ったが、ここまで来ちゃったらもういいや。

『カルさん帝さん、ただいまあ。例のやつ捕まえてきたよ、……おっと』

引き戸を叩いて許可を貰ったので開ければ、机に向かって決裁を進めながら、きちんとした身なりをした偉い人と、彼の話を聞く帝さんがいた。

……いや、白熱しているのは偉い人の方だけで、帝さんはたぶん聞き流してるけど。

んで、その傍らには帝さんが終わらせた書類を、新たな書類に取り替えるという神業のようなことをしている秘書……じゃなくてカルラさんがいた。

私が騒々しく入ってきたから、その場にいる全員の視線が集まって少々面食らう。

『ええと、お邪魔しました？』

『かまわん。カルラに用があったのだろう』

『あ、うんそうだけど……あ、これ、たのまれていたやつ』

ひょいと、影を操って、ジヘイヴヘイヴを転がしたら、その偉い人は飛び上がらんばかりにびくついて、挨拶もそこそこ、そそくさと退出していってしまった。

三人だけになったとたん、帝さんはくつくつと笑い出した。

『ふん、魔族を見て逃げ出すのであれば、文句なぞ言いに来なければ良かろうに。ラーワ殿、大儀であった』

『それは私が預かりますね。手が回らないもので、助かりました』

カルラさんが、亜空間から取り出した腕輪を気絶しているジヘイヴヘイヴにはめると、一気に彼の魔力が薄れていく。

いつぞや、私が幼女になったときと似たような封印具だろう。

たちまちほとんど人と変わらなくなってしまったジヘイヴヘイヴを、カルラさんは何処かへ転移させた。

『ちょうど手が足りない場所があったんですよ。あとはあちらの者達がなんとかしてくれるでしょう』

『あ、でも、あいつ、たぶん仙さんなら勝てたんじゃないかなあと思うくらいだから、そんなに役に立たないかも？』

『それならそれで、ほかの魔族の糧になれば良いんですよ』

ほくそ笑むカルラさんのあっさりとした返答は、さすがに魔族だけある。

とりあえず、ぼこぼこにしたけど隈取り魔族の冥福を祈っていると、ぐぐっと伸びをした帝さんは、期待に満ちた表情で机に頬づえをついてこちらを見た。

『余も休憩だ。ほれ、ラーワ殿。こたびの報告をするがよい』

『物好きだねえ。帝さんも』

予想していた私は、おとなしくカルラさんの出してくれた座布団に座れば、帝さんはなにを言うか、という顔になった。

『居候がきちんと仕事をしておるかを確認するのは、家主の義務であるからな。ついでに異国のものから見たこの国を聞けるなど新鮮で面白い』

どう考えても後者が主な理由だよね、わかります。

まあいいんだ。お世話になっているのは本当だし。

だから、今日も帝さんが満足するように、この国について話しながらいままでの経緯に思いをはせたのだった。

◇　◇

あの後、アール達が拉致されたことや、蝕についてのもろもろの事情を包み隠さず話せば、帝さんはどう猛に笑った。

なんというか、獲物をおいつめられたとでも言うような感じで。

『余の民が多大な迷惑をかけた。だが、おそらくさらわれた子供たちは大社で暮らしておるだろう。大社に見知らぬ巫女がいたような気がする、と報告が上がっておったからな』

その言葉で、私達が安堵したのは言うまでもないだろう。

真琴が大社に戻ってきたのが一週間ほど前なのだという。

海を隔てているのに暦の数え方が変わらないのが不思議だけれども、ともかく、そこで自分達の認識に一週間ほどずれがあることを知った。

『大社に直接行って引き渡してもらうのは、だめそうだね』

『おそらくは無理でしょうね。見知らぬ巫女として居たというのでしたら、ほかの巫女が受け入れていると言うこと。ならば大社全体が関わっている可能性が高いでしょうから』

ネクターの補足に私はわかってはいても肩を落とす。

アール達を傷つけないだろうとは思うが、私達が乗り込んでいってどうなるかはわからない。

それでも、当面の目標は大社へ乗り込むことになったのだが、そこで帝さんから思わぬことを告げられた。

『そなたからの情報も、真に有意義であった。余も前々から大社については思うところがあってな、大社を見つけ出せないかと画策しておったのだ』

大社に〝行く〟ならわかるけど、〝見つけ出す〟って？

その意味がよくわからなくて見返せば、帝さんは少し意外そうな顔をする。

『ふむ、仙次郎は話していないのか？　大社は行くことはできるが、場所は誰も知らぬ領域なのだ』

さらっと、言われたその言葉に、ますます面食らった。

詳しく説明してくれたところによると、大社の正確な位置は大社の巫女以外誰も知らないのだという。

分社に設置されている転移陣でしか行けず、それも大社に奉られている神様が許可をしないと使えないというのだから相当だ。

『余は、そなたから大社の神が要の竜と知って納得したものだ。神々が総出で探しても見つからぬ場所をなぜ創り上げられたのかも、神々達が誰も話したがらないわけもわかったからな』

『あなたが教えてくださって助かりました。私は契約の下、絶対に自分からは口を割れないことになっていましたから』

帝さんが納得する傍らで、カルラさんがほっと息をついた。

なんでも何百年か前に魔族が徒党を組んで大社に攻め入ろうと考えて、ありとあらゆるレイラインを探り通したのだそうだ。

だが、何十人という魔族が総出でやっても見つけられなかった上、大社の神であるテンによって当時それに関わった魔族は魔核に戻されるという大敗ぶり。

さらにほかの上位魔族も、東和の神は正体を一切明かしてはいけないと名前を縛られたのだという。

当時からいた上位魔族であるカルラさんも、契約で話せずにもどかしい思いをしていたのだそうだ。

まあともかく、目指すべき大社の場所は不明な上、出入り口を使うにも敵の許可が必要という、難攻不落っぷりなのだった。

『なるほど、それで、アール達の正確な位置もわからないのですね』

『大社にいる者にパスをつなげているのですか、しかも感知もできると!?』

ネクターが納得した風に言うのに、カルラさんが目を見開いて食いついた。

『今まで送り込んだ者に付けた術式は一切反応しなかったのですよっ。ぜひ利用させてください！

せめて、あの竜に一泡吹かせてやりたいのですよ！』

あーうん。カルラさん、怖がってはいてもそういうところは魔族だなあ。

『決まりであるな』

ネクターがそのお願いに返事をする前に、帝さんが声を上げた。

『余は、大社のあり方に、そして東和という国について少々疑念を持っておるのだ。此度のお忍びもそれを調べるためのものでな』

『疑念、ですか』

仙次郎が不思議そうな顔をするのに、帝さんは少し複雑そうな顔をする。

『時が来れば話そう。ネクターというたか、そなたは余の術者達と共に、大社へとゆく方法を調べよ。情報と人員はそろっておる。必要なものがあればカルラに頼め』

『は？』

『仙次郎は槍の打ち直しが必要であろう。鍛冶を紹介してやるから、直した後は妖魔の討伐に加われ。手が足りなかったゆえ丁度良い。それで打ち直し分の金子は帳消しにしてやる』

『師匠？』

『そして、要の竜、いや、ラーワ殿とお呼びしよう。そなたにしかできぬ仕事を今思いついた。きりきり働いて貰うぞ』

「へ？」

『余は宿と飯と情報と後ろ盾を提供するのだ。そなたらもただで居候するのは心苦しかろう？　持ちつ持たれつとゆこうではないか』

三者三様に目を丸くする私達に、帝さんはめちゃくちゃあくどい顔で笑う。

その後ろで家臣さんとカルラさんが「ああ、またはじまっちまったよ悪い癖……」的な顔になっているのが印象的だった。

そんな経緯で私達は、東和国の首都、華陽で帝さんにお世話になりながら、帝さん命名「大社攻略作戦」に協力することになった。

ネクターは帝さんお抱えの術者集団と共に、大社がどこにあるかと門の開け方を調べている。

実はちょっと渋っていたのだけれど、帝さんに東和の魔族と人の契約と能力譲渡術式について盗めるものなら盗んでみろ、と資料室の出入りを許可されてたきつけられたら嬉々として乗り込んでいったね！

というわけで、朝から晩まで超生き生きしている。

仙次郎は、対蝕戦で傷ついた槍の補修を紹介された鍛冶師に頼んだ後、仮の槍で妖魔……魔物退治に方々へかり出されていた。

今の東和は妖魔の活性期というやつに入っているらしくて、魔族と巫女と守人が総出で狩りに出ているのだそうだ。おかげでどこもかしこも手が足りずに、仙次郎は方々駆け巡らされていた。

昔の仕事仲間と色々あるんじゃないかとちょっと心配なのだが、仙次郎はとりあえず問題ないとしか言わない。まあこっそり帝さんに聞いても大丈夫と返されるから信用するしかないけど。

ただ、私は手が足りないのならそっちに加わった方が良いんじゃないかと思ったのだけど、帝さんはよしとしなかった。

『そなたには、術者達の研究にも加わって貰いたいのでな。あまり外へほっつき歩かれても困るし、そなたにしかできぬことがある』

と私に任されたのが、人里に出てくるちょっとおいたが過ぎる魔族や精霊達を成敗するお掃除係だった。

確か、帝直属の取締役？　だっけな。そんな身分を証明する印籠まで貰った。

んだけど一回難癖付けてきたこっちの貴族である武家の人達に見せたら、その場で土下座されて大騒ぎになったので、なるべく出さないようにしている。

どこの水戸のご老公と思ったけど、権力怖い……ぶるぶる。

あくまで人外だけならっていうことで承諾したのだけど、魔族はたいてい悪い人とつながって悪巧みに協力しているから、結果的に悪人も同心さんに引き渡すことになるんだよなあ。

そんでもって毎度報告に行くたびに、なにが面白いのか笑い転げられるので、もう帝様じゃなくて、帝さんで良いかなと思っている。

あっちも気軽にラーワ殿になってるしね。

……そんなに面白いことしてるつもりはないんだけどなあ。

まあというわけで、私は帝さんの専属岡っ引きをする傍ら、ネクターの研究を手伝ったり私の蝕を感知する能力の検証に付き合ったりして、すでに一週間が経過していたのだった。

◇　◇

『そんで、通りすがりのお兄さんに、人の形をした者の効果的な縛り方を教えて貰ったんだよ』

『それでかような格好になっておったか……っ!!』

話し終えれば、案の定今回も机を叩いて笑う帝さんに、カルラさんがもはや言うこともないという具合にため息をつく。

なんかもうほんとうに残念な感じなんだよなあ……。

そういえばと思い出して、亜空間からもう一個のお土産を取り出した。

『んで、そこのお茶屋さんのお団子がおいしかったから、お土産に包んで貰ったんだ。おやつに食べるかい』

竹の皮っぽいものを広げれば、山のように盛られている磯辺にあんこにみたらしの数々に、カルラさんが歓声を上げた。

『わあー！　ありがとうございますっ。お茶、用意しますね！』

うきうきと席を立ち上がったカルラさんをよろしくーと見送る。

私が帝さんにお仕事を頼まれるたびに、甘いものをお土産に持ち帰るようになった結果、カルラさんはだいぶ打ち解けてくれていた。甘いものは偉大なのである。

私はすでにたくさん食べたので、お茶だけもらっていると、引き戸が叩かれた。

この城は全体的に、日本人なら誰しもが想像する和風の内装に多少中華風味が加わっているが、玄関では履き物を脱いだり、基本は座布団に座るスタイルだったりと、生活様式も似ている。

この執務室も例に漏れないのだが、ほぼ完全防音になっている上、外側からは許可がないと魔族でも開けられないらしい。ついでに帝さんには誰が来たかわかるというハイテク仕様だ。

しかもエレベーターまであるんだよ。この城、ギャップありすぎだろう。

『許す』

東和の技術に毎度感心しつつ振り返れば、入ってきたのは、東和の民族衣装を着たネクターだった。

亜麻色の髪をゆるくくくり、紙束を抱えたネクターは、私を見るなりぱっと薄青の瞳を輝かせた。

「お仕事お疲れ様です、ラーワ！」

「ただいま、ネクター。そっちの首尾は？」

「ええ、上々ですよ。西大陸とは全く違った魔術体系で、掘り下げて行けば行くほど興味が尽きません」

つやつやとした笑顔の雰囲気からして、すごく充実していることは明白だ。

まあ、城近くの家に暮らしていて、朝晩は一緒だからネクターがどんなことをしているかは全部知っているのだけれど。

「良かった良かった。あ、お土産にお団子買ってきたんだ、時間があるんなら食べて行きなよ」

「ぜひに！」

『そなたら……』

ちょっと低い声がしてはっとすれば、心底あきれた風の帝さんが頬づえをついていた。

あ、完全に忘れてた。

『仮にも帝の執務室で余を忘れるなぞ、この城ではありえん光景だな』

『あはは、ごめん』

『よい。かえって新鮮だ』

姿勢を正した帝さんはネクターに視線を向けた。

『して、何ようだ？　そろそろ報告が来るとは思うておったが、桐島はどうした』

『その報告ですよ。桐島様は寝込んでしまわれたので』

『……なに？』

未だに慣れない風で、帝さんの前に膝を折って正座して資料を渡すネクターに、帝さんは鋭い視線を向ける。

たしか、桐島さんは帝さんお抱えの術者集団のまとめ役をしていた人のはずだ。

何度か顔を合わせたことがあるけど、実直そうな、いかにも技術畑という感じの鼠の人だったはず。

そんな人が寝込んだってことは……。

『その、「もうやだ。なんで一週間しかいないのに、数十年分の研究を完全に把握されちまうんだ……」とやさぐれて専用の押し入れ？　に籠もられてしまったのです。ほかの方にも私しか説明できる人がいないといわれまして。ついでにラーワがそろそろ帰ってくる時刻かと思ったので報告に上がりました』

『……なるほど。西大陸の術者というものを、甘く見ていたようだ』

最後の方に混ざっていた私欲は完全に無視をして、こめかみに手を当てた帝さんに、ネクターが困ったようにしょんぼりとした。

『部外者であるにもかかわらず、皆さんが親切に研究内容を明かしてくれたのが嬉しくて、張り切ったのですが。最近では皆さん涙目なのですよね。寂しいです』

いや、たぶんそれ、親切じゃないと思うよ？

おおかた、新参者にはわからないと高をくくって、自分達のペースで進めていったのだろう。

西大陸の魔術には興味はあっただろうから、その話だけ聞かせてくれって感じで。

だがあいにくと、魔術に対してのネクターの勘の良さは超能力レベルだ。

わからないと思った部分は、的確に聞いて一を聞けば十どころか百を知って乾いたスポンジみたいに吸収したあげく、自力でも膨らませていくからね。

そりゃあ、おいついて追いこすのに、そう時間はかからないさ。

ネクターも蹴落とせのし上がれなどろどろした研究室から、しのぎを削って高め合うような研究室も経験しているから、嫌がらせについてはそれなりに覚えがあるだろうに、そこには思い至らないのがかわいいんだ。

『まあ、研究ははかどってはいるんだろう？　話を聞きたいな』

『だからこそ、楽しくやりたいと思うのですが……ええ、それはもちろん。あなたに意見を聞いてみたいこともあるのですよ』

気をそらすために話しかければ、少々落ち込んでいたネクターはまた薄青の瞳を輝かせた。

なんだって。それ楽しそうだから今すぐ！

『何度でも思うが、ほんに夫婦《めおと》なのだな』

と、思ったけれど、帝さんが、あきれたように言ったのに私はすかさず言い返す。

『私こそ何度でも言うけど、子供だっているんだからね』

『こうして、そなたらが乳繰り合うのを見ていると納得できような』

ちょっとわからない単語が出てきて首をかしげたが、帝さんがにやにやしていることからしてあんまり良い言葉じゃないのだろう。

説明する気はない様子の帝さんが片手を差し出すのに、ネクターがいそいそと持ってきていた紙束を渡した。

そうしてお茶を淹れて現れたカルラさんと共に、お団子を食べながらの報告会になったのだった。


『まず、今の時点で、大社そのものを見つけることは不可能という結論が出ました』

『やはりか』

驚くことでもない、とでもいう風に泰然と受け止める帝さんだったが、あんこたっぷりの団子串を持ってかっこつけても意味ないよ。

『分社は全国各地に計七つありますが、そのどこからも大社へのレイライン――竜脈がつながっていないのは、研究室の皆さんの資料で明白でした。念のため、私の有する知識に照らし合わせてあらゆる角度から精査してみましたが、わかったのは、異空間にあるということだけです』

『うわあ……そりゃあわからないのも無理ないや』

『それ、わかったたって言いません!?』

私がやれやれと首を横に振るのに対し、カルラさんは目を丸くして身を乗り出した。

いつも冷静沈着なのに、竜のこととなると超熱くなるカルラさんは、熱くなりすぎて見落としているようだ。

『君、忘れてないかい？　異空間の性質を』

『……あ』

ようやく思い至った様子のカルラさんの意気がしぼんでいく。

これに、口元にみたらしのたれがついているよって言ったら、追い打ちだよなあ……。

しょんぼりするカルラさんの横で、帝さんが少し抑え気味にだけど容赦なく言った。

『カルラ、勢い込む前に口元をふけ。そして、二人とも、余はまったくわからぬ。わかるように話してくれぬか』

『あ、ごめん』

カルラさんが顔を赤らめて手ぬぐいで口元をぬぐう傍らで、冷静にうながす帝さんに、私は順を追って説明した。

『異空間、っていうのは便宜上の呼び名なんだけど、この世界であってこの世界ではない。そうだな、この世界を水面とすると、その水面の下に広がっているなんだかわからない空間、というのがあるんだ』

『……とんでもないことを言われている気がするのだが、余だけであるか』

『そうでもないよ。帝さんも空間転移《テレポート》を体験したことはないかい？　あれはレイライン……こちらでいう竜脈っていう異空間の流れに乗って移動しているんだよ』

異空間は独立したものではなく、ひどく曖昧だ。

だからこそ、この現実世界の物理法則も、時の流れにも当てはまらない。

空間転移は、その曖昧な空間を通ることでほぼ一瞬で移動しているのだ。

ひどく曖昧で儚い空間とはいえ、この世界のものというのは間違いないから、魔族やドラゴンは魔法を通じて異空間に干渉することができる。

だけど、

『魔法が使える私達が作り出す亜空間は、専用の異空間のようなものだけど、作った私達でさえ、そこに繋げられるだけで、どこにあるかはわからないものなんだ。他人が作った亜空間に干渉できないのと同じように、テンが維持しているだろう大社のある異空間を見つけるのは至難の業だよ』

レイラインは最も身近にある異空間で、現実世界から入り口が見えたりもするから、感知も干渉も比較的容易だ。だけどほかの異空間はそもそもどこに入り口があるのかさえわからないというか、そもそもあることすらわからない状態なのである。

ネクターがアール達に施した追跡術式が機能しないのもうなずける。基本、対象者と地続きの場所にいることが前提だから、違う空間にいるものは補足できない。

たとえるのなら、レイラインが公共のネットワークだとしたら、私達が物をしまうときに作る空間は独立した個人のネットワークだろうか。相手の許可がない限り、外からじゃどうしたってアクセスできない。

……という説明は、インターネットを知らない帝さんにするには不適切だよなあ。

しょんぼりとしているカルラさんを横目に見つつ、どう教えたものかと考えていると、あごに手を当てていた帝さんが言った。

『錠と鍵のような物か。竜脈は誰でも自由に開け閉めができる扉があるが、異空間とやらはどこに扉があるかわからぬ上、実際に扉があるかどうかもわからぬ』

『そんな認識で合ってるよ』

的確に理解してくれた帝さんに驚きつつも感心していると、帝さんは食べ終えた串を置きつつ言った。

『意外そうな顔をしておるな。ラーワ殿』

『うん、割と』

これ、魔術を修めている人ならなんとかわかってくれるのだけど、世界はこの立っている場所だけ、と思っている人達にとっては「こことは全く違う空間がある」といっても理解してもらえないのだ。

一応帝さんはカルラさんと契約しているから、魔術に関して全く無知、というわけではないだろうけど、それにしたってあっさり納得してくれたのは意外だ。

『帝、というものは国のありとあらゆる事柄について判断を下さねばならぬからな。必然広く知識を持つことになるのだ』

『まあ、面白そうなところに偏るきらいはありますけど、一応この人、脳筋じゃないのですよ』

『いいよるわ』

カルラさんの毒舌に、帝さんが眉を上げて笑みを浮かべた。

確かに、暇を見つければ仙次郎を鍛錬に付き合わせているから、武芸寄りの人だと思っていた部分はある。

けど、書類には自分できっちりと目を通すし、わからないところがあれば、提出した人や専門家を呼び出して徹底的に聞き取るところも何度か遭遇していた。

人の上に立つって言うのも、すごく苦労があるんだなと思ったものだ。

『ともかく、非正規の手段での侵入は不可能と理解してください』

『よかろう。外から乗り込むのはあきらめる。だが、余らが目指す場所には、きちんと鍵付きの扉がついておるぞ』

帝様が、にやりとしながらもう一本ごま餡の串を持った。

それで三本目だったと思うけど、まだ食べるのか。

『ええ、私達でもそちらを主軸に考えておりました。どこに存在しているか曖昧な大社ですが、全国に七つある分社には、大社へ続く門があります。そこを開くことができれば乗り込むことは可能です。ただ』

『分社はたくさんの守人や巫女が守っていて、たどりつけたとしても、門を開けられるのはあの竜と選ばれた巫女だけだから、外から入る方法を考えていたんじゃないですか……』

テンションがめちゃくちゃ下がっているカルラさんは、今度は緑色の団子を手に取っていた。

私からするとヨモギっぽく見えるそれは、どうやらそんな感じの香りの良い草が使われているらしい。甘い物に癒やしを求めているのかも知れない。

『ですので私達が考えたのは分社の〝門〟の構成術式だけを再現して、簡易の門を作れないかと考えました』

『それはとうに試しましたよ。ですが門の術式には固有の魔力波が登録されていて、魔力波が合わなければ、魔力量が足りていても起動しないのです』

『ええ、資料にもありました。起動できるのは大社の神と呼ばれる竜と、柱巫女のみだと。ですが、ちょっとラーワに確認したかったのですよ。これが門に使われている術式図の模写なのですが、見ていただけませんか』

やさぐれるカルラさんを気にした風もなく、ネクターは私に術式図を差し出した。

巻物状のそれを見るのに苦労したけど、術式は円柱状の立体物に刻まれた物らしく、起動したときに現れる世界の理《ことわり》についても、わかる範囲で描写されていた。

すごいな、これ、ちゃんとその図式がなにを意味しているか理解して書いてある。

人が実感を持つのは難しいものだから、もしかしたら魔族が協力しているのかもしれない。

ふむふむ、術式の構成は空間転移に近いのかな、あ、でも使用者が限定されていて、これを抜いて術式を構築し直すことができないように組まれてるっぽいな、わあえげつない。

だけど、この限定の仕方って、むしろ事故を防ぐための安全対策のように見えなくも……？

と、そこまで考えたところで、あれ、と首をかしげた。

『なあ、たぶん私、これ起動できると思うよ』

『…………は？』

『というか、これ再構築した覚えがあるんだけど？』

『偽りはないか』

眼鏡の奥の琥珀の瞳をこぼれんばかりに見開くカルラさんと、怖いくらい表情を真剣にした帝さんににらまれてちょっとひるんだけど、こくこく頷く。

ネクターはほっとしたとでも言うように緩く微笑んだ。

『私一人では確証が足りませんでしたが、やはりこれは、センドレ迷宮の封印室にあった術式ですね』

『こっちは解きやすいようになっているけれど、あっちの異空間に蝕を封じていたものと手順としてはそう変わらないんじゃないかな。この魔力波指定も竜には甘く仕立ててあるからごまかせると思う』

　というより、権限保持者に竜が入っているように思えるんだけど。

　いや、ここにいる竜がテンだけだったから、竜だけの指定にしたのかも？

　魔法は厳密に指定すれば余分な魔力消費が抑えられるけど、融通がきかせづらくなるから、さじ加減が難しいのだ。

『本当にできるのですか⁉　魔法を得手とする魔族と人族の術者が総出で構築しても起動できなかった術ですよ⁉』

『いや、さすがに一回起動すれば確実にテン達に気づかれるから、ぶっつけ本番だろう？　安全を考慮して術式は練り上げないといけないし、これだけの規模だと魔法陣を物体に刻まなきゃならないから、すぐには無理だよ』

『だが、できるのだな』

　図面があるとはいえ、術式も複雑に構成されていて、即席で構築起動ができるような物じゃないのは確かだけど、じっくり練り上げれば、やってやれなくはない。

　だから、帝さんの念押しに、ちょっぴり胸を張ってみせた。

『一応私、若いけど、ドラゴンだからね』

　ただ、すこし引っかかるのは、なんでセンドレ迷宮では封印に使われていた術式を出入り用に使っているか、なんだけど。

　まあ、これを創り上げたときにはそういう術式の構築が流行っていたのかも知れないし、考えすぎかな。それよりも、大社へ乗り込める手がかりができたことを喜ぼう。

『場所と必要な資材があれば提供しよう。ラーワ殿、ネクター殿、門を創り上げてはくれまいか』

そう願ってきた帝さんには、さんざん利用させて貰ったとはいえ、その迷いのなさに面食らった。

『なあ、帝さん、いまさらだけど、良いのかい？　これって不法侵入になると思うんだけど、見過ごした上に協力して、大社と喧嘩することにならないかい？』

こっそり別の入り口を作って勝手に乗り込むのだから、明らかにモラルに反する行為なのだ。

私達は別にかまわない。だって東和に住んでいる人間じゃないのだから、アールと美琴を無事に救い出せるのならどんな風に思われたってかまわないし、最悪そのまま西大陸に逃げれば良い。

だけど帝さんは文字通りこの国のトップだ。

この一週間、彼を観察していたけれど、王様としてはすごく優秀な人に思えたし、少しいたずらっけがあるとはいえ、大社との仲をあえて悪化させるようなことに協力する理由がわからない。

それなのに、罠でもあるんじゃない？　と思うくらいには好待遇で、その座りの悪さを、仙次郎の帝さんへの信頼と、「大社に思うところがある」と言うのが気になって今日ここまできたのだった。

『そういえば、時が来れば話すと言うたきりであったか』

はたりと思い出した様子の帝さんにちょっぴりがっくりきつつ、うなずいた。

『そろそろ話してくれたって良いんじゃないかい？　私達は被害者家族と言えなくもないけど、あなたが何をしたいのかわからなくて気味が悪いんだ』

そばに座るネクターと共に見つめている中で、帝さんは串に刺さっていた最後の団子を、口に入れて咀嚼する。

それを飲み込んだ後に、帝さんはゆっくりと言った。

『余は、大社とは友好な関係を築きたいと常に思うておるぞ。だが、向こうがちいとばかし薄情なものでな。話し合いに行きたいのだ』

ようやくそれらしい目的を聞いたが、違和感がありまくりだった。

これだけ大々的に侵入計画を推進しておいて、理由が話し合いに行きたい？

『僭越ながら、仮にも国の最高権力者であるあなたが、会いたいと言って拒否できる者がいらっしゃるのですか』

『やはり、そちらではそういう物なのか』

ネクターが硬質な声で問いかけるのに、帝さんは苦笑しつつ、続けた。

『大社の巫女、柱巫女と大社の神はこの余ですら会えぬのだ。いにしえよりのしきたりとしてな』

すこしの悔しさと、悲しみのようなものがにじんだ帝さんの表情に、とまどって私とネクターは視線を交わしたのだった。

『ラーワ殿この国をどう思う』

『……正直言うと、びっくりした』

帝さんが串をもてあそびつつ、問いかけてきたのに、私は素直な感想を漏らした。

この東和では、比較的魔物や幻獣の出現が多いバロウよりも、ずっと魔物の出現率が高い上、蝕まで現れる。だと言うのに、驚くほど豊かで、町の人の顔にも活気が満ちていた。

初めて見たときは、みんな、魔物や蝕への危険意識が薄いのかなって思ったくらいだ。

けれど、彼らは街の近くに魔物や蝕が現れた合図である鐘が鳴ったとたん、避難を始める。

朗らかに話しつつも緊張は帯びたまま、そして、討伐に行く守人や巫女、そして魔族にすら声援をかけて送り出すのだ。

魔族達も、人間達をそれほど邪険に扱っているようには見えず、見知らぬ人に声をかけられても気安く軽口を返す光景はなんだかすごく不思議だった。

彼らはどれだけ危険なものかわかっていて、その上で悲観もせずに笑って毎日を送っている。

それはきっと、この国が長い時間をかけて培ってきた気質と信頼の形なのだろう。

そんなふうに私がこの一週間で感じたことを口にすれば、帝さんは自慢げな顔でうなずいていたが、不意に雰囲気が変わる。

『だが、その繁栄が、柱巫女を贄としてなりたっておるとしたら？』

凍てつくような怒気がにじむそれに、私とネクターは面食らった。

『大社の巫女達は、魔族達との折衝のほかに、この東和を守る結界を維持しておる。それは、これ以上妖魔をのさばらせぬために、その昔大社の神が張り巡らせたと言われておるものだ。だがときおり、それがほころびるのだ』

『ほころびる？』

淡々と語る帝さんに問い返せば、帝さんはうなずいた。

『ああ、百数十年に一度のことであるが、八百万の神々の語りによって、正確な伝承が伝えられておる』

そうしてちらと、帝さんが見れば、傍らにいたカルラさんは食べ終えた串を置いて、姿勢を正した。

『私は二度、ほころびた時期を経験しました。見渡す限りすべてが白の妖魔で覆い尽くされ、この世に存在しうる者が全て食い尽くされてゆくのです。よくもまあ、あの地獄を生き残れたと思います』

ぶるりと本気で震えるカルラさんに私は息をのんだ。

『我ら魔族は、この身を魔力で補っておりますから、無垢なる混沌に触れれば容易に身が削れ、侵蝕されます。あれほど無力を思い知ったことはありません。一度目のほころびの期、私は倒れた同胞の魔核を拾い集めることしかできませんでした。それでも、魔核が残った者は幸運で、魔核ごと消滅してしまった同胞の方が多かったのです』

カルラさんの褐色の表情が、硬質さを帯びる。魔族である彼女が恐怖をあらわにするのが異質で、それだけのことが起きたのだと言うのがよくわかった。

『二度目の夜は、魔核に戻りこそすれ、消滅する同胞は少なかった。ですが、私は盟約者を失いました。当時はまだ盟約の術が不完全で、当時の私の盟約者は全ての力を私に与えて死にました』

深く悼む声音はカルラさんの本心で。

……ただ、シリアスなのはわかっているんだけど、口元にあんこがついていたりするのは教えた方が良いのかな。

『カルラ、まじめに話すだけ、口元にあんこをつけている滑稽さが際立つぞ』

『は、早めに教えてくださいよ!!』

『つけないように食べることを覚えれば良い』

案の定帝さんに指摘されてかああと、頬を赤く染めて再び手拭いでぬぐうカルラさんに、私は聞いてみた。

『それだけ恐ろしいものなら、どうして逃げなかったんだい？　魔族である君なら、一人で避難することはできるだろう？』

『け、結構えぐいことを聞くのですね』

引きつった顔になったカルラさんはだけど、ためらうそぶりも見せずに答えてくれた。

『あの竜と結ばされた契約があった、と言うのもありますけど、この東和はそれを差し引いても飽きないんですよ。楽しくて面白くて、ここを居場所にしたいって思ったんです。けれど、あれは違う』

明るかったカルラさんは、不意に表情をそぎ落とす。

『あの理不尽がこれからも襲ってくるなんて冗談じゃありません。断じて、あんなものが何度も来ることを受け入れるわけにはいきません』

『だから余は、そなたを選んだのだ』

怒りに燃え立つカルラさんに、帝さんは満足そうに笑う。

その強い意志のこもった黒の瞳が、私に向けられた。

『ほころびの期は、大社の巫女達の尽力と、柱巫女の尊い命によって収められる。犠牲によって守られることを民は知らん。それがいにしえよりの定めであった。それでつつがなく平和が保たれていた。だが、柱巫女も東和の民なのだ』

憎悪にも似た激情を燻らせて、帝さんは言葉を続けた。

『ああ、確かに、帝は八百万神と無数の民の命を守らねばならぬ。最小の犠牲で最大の守りを。それも上に立つ者に必要な決断だ。だが、何度も繰り返すのは下策中の下策である！』

机にたたきつけられた拳をぐっと握りしめ、帝さんは心をむき出しに言う。

『本当に命を犠牲にせねば収められぬのか。そもそもほころびを起こさぬ方法はないのか。以前のほころびの記録よりすでに100年以上たっている今、間違いなく余の治世のうちに柱の儀が執り行われるであろう。その場合、当代柱巫女である天城の娘が贄となる。歴代の帝が、何度も何度も挑み破れ、それでも積み重ねてきたこの因習を、余の代で打ち破ると決めているのだ』

言葉が途絶え空間に、しんと沈黙が降りた。

東和を守る結界と言うものがどういうものかはわからないけれど、それを守るために、真琴が死ぬ。

もちろん、この話を鵜呑みにするのは良くないと思う。

真琴自身がそれを知っているのか。テンがなぜ、蝕を完全に封印せず、そんな儀式を繰り返しているのか、わからないことだらけだ。

だけどそれを止めるために、帝さんとカルラさんが本気で戦っているのは事実だろう。

『余の以前にも、打ち破るために策を練り、手法を考えた者達の積み重ねで、その方策はできあがりつつある。だが、どうしてもこれ以上は、大社の神と柱巫女の協力が必要なのだ。だと言うのに、再三働きかけても大社は耳を貸そうとはせず、今期の柱巫女が選ばれてしもうた』

帝さんは、不敵に、大胆に、笑ってみせる。

『ならば、しかたがない。こちらから出向いてでも話を聞かせるまでよ』

そう締めくくった帝さんを、私は感嘆の想いで眺めた。

この人は、ただの人だ。

確かにほかの人族よりは武芸に覚えがあって強いけど、魔族と比べればそうでもないし、魔法も魔族より使えるわけでもない。

蝕の恐ろしさも理不尽さも理解しているのに、その上でこの国の全てを守ろうとしている。

その姿は傲慢で、無謀でしかないはずなのに、なんだか無性にまぶしかった。

仙次郎が慕うのも、この国の人が彼を敬うのもわかる気がする。

この人なら、本当になんとかしてしまいそうだ。

しみじみと思いながら、私がそっとネクターを見れば、ネクターも似たような表情をしていた。

《すごいね。こんな人族が居るんだ》

《ええ、希有な方だと思います》

《……どうする？》

《あなたの、望むままに》

思念話で、考えを確かめ合えば、見計らったように帝さんが問いかけてきた。

『これが、余の腹だ。そなた達の腹はきまったか？』

『うんわかった。それなら……』

『はあっ!?』

言いかけたとき、不意にカルラさんが大声を上げてびくっとした。

一斉にカルラさんを見れば、彼女のその目の焦点が合わない感じは、遠くの誰かから思念話を受け取っているようだったけど、思わず声を上げてしまったと言うことだろう。

視線が集中していることに気づいたカルラさんは申し訳なさそうにしながらも、緊迫した面持ちで言った。

『申し訳ありません。沿岸にいる同胞からですが、外部から来たらしい魔族が二体現れて暴れ回っているのだそうで、手がつけられないと連絡が入ってきました』

その報告を聞いた帝さんは瞬時に表情を引き締めた。

『外からの来訪は久方ぶりだな。できれば大社の神に見つかる前にどうにか宥めたいものだが、特徴は』

『一体は翅を持った巨大な海月で、巧みな幻術を使うと。もう一体は人型ですが、速度が段違いで雷撃を振るわれるとのこと。二体とも上位魔族と推定され、応援を求められました』

映像を送られているのかこわばった表情のカルラさんの報告に、だが私とネクターは珍妙な顔をせざるを得なかった。

なんか、ものすごーく覚えがあるって言うか、ええと、ね？

『この時期に損害を出したくはないか。しかたな……』

『あの、帝さん』

おずおずと、手を上げて主張すれば、帝さんとカルラさんの視線が集まり、納得した顔になる。

『そうであった。そなたがいたな。頼めるか』

『あ、もちろん行くけれど、意味はちがってね。たぶんそれ、身内です』

二人がすごい顔をして黙り込むのに、私は何というか非常に申し訳なさを覚えて縮こまったのだった。

第14話　ドラゴンさん友人たちと合流す

カルラさんと共に現場に急行すれば、その海岸では怪獣大戦争が勃発していた。

海の中から飛び出しているのは無数の触腕《しょくわん》だ。

半透明をしたそれは、本来のクラゲだったら海流を揺蕩《たゆた》うぐらいしか移動させられないけど、眼前の触腕は自由自在に動いて、通常以上の攻撃手段となっていた。

その触腕を切り落とそうと空から海上から襲いかかるのは魔族達だ。

鳥の翼だったり、虫の翅だったりそもそも翼を持っていなかったりする彼らがそれぞれの魔術や攻撃手段で突っ込んで行く。

海面も激しく波打っているから、おそらく、海中からも攻撃しようとしているのだろう。

一斉に攻撃が叩き込まれたことで、触腕はちぎれ、半分見えていた赤い筋の入った傘が裂けてゆく。

だが、不意にクラゲの姿がぶれた。

刹那、その場に、周囲にいる魔族の巨体からすればひどく小さな人影が現れ、どう見てもハンマーにしか見えない杖を海面にたたきつける。

甲高い衝撃音が響き渡ったとたん、水に触れていた魔族達が意識を刈り取られて海中へ沈んでいった。

もちろん、空に残っていた魔族も居て、その人影に向けて攻撃を加えようとした。

しかし、いつの間にやら誰よりも高い位置に、金色の羽クラゲがにじみ出るよう現れる。

瞬間、大盤振る舞いされる魔術によって打ち落とされていった。

「ふんっ。なりたての魔族にすら一矢報いることもできないなんて、東和の魔族もたかが知れてますのね」

「おい、あんた。今俺に幻術かけてたよな？　と言うか全力で囮にしたよな!?」

「あなたの魔術が使いやすいように、誘導して差し上げただけじゃありませんの。感謝こそすれ、文句を言われる筋合いはありませんわ」

「魔族基準で話すんじゃねえよ！　ただでさえ言葉が通じないのに、あんたが出会い頭に喧嘩ふっかけたせいで交渉決裂してんだから！　せめて！　常識を!!」

「言葉くらいわからなくったって問題ありませんの」

杖に乗って空中に浮かぶヒト型が声を荒らげたが、羽クラゲのほうは一切取り合わなかった。

沿岸に残る人族や魔族に向き直った羽クラゲは、つややかな思念で言い放った。

《さあ、話しなさい。わたくしの大切なものを奪ったのはあなたたちでして？　答えられぬと言うのであれば、この触腕《うで》があなた方の魔核をかけらも残さず砕きますわ》

きっと、言葉が通じないのがわかりきっているから、思念話を選んだのだろう。

だけれども、そこに含まれる、煮えたぎるような憤怒といらだちの感情に魔族達が圧倒されていた。

『ま、まさかこれほどとは……』

一緒についてきてくれたカルラさんが、今にも飛び出しかねない様子なのを手で制した私は、大きく息を吸い込んだ。

申し訳なさを感じつつもちょっぴり感動していたけれども、止めないことには始まらない。

「おーい！　リグリラっカイル！　私はここだよーっ!!」

思念話の方が正確に伝わったかも知れないけれど、無性に声で叫びたい気分だったんだ。

代わりに呼びかけた声を、風精に拡声してもらえるよう頼んだ結果、思った以上に伸びやかに声が響いてゆく。

すると、攻勢に出るつもりだったリグリラの触腕がぴたっと止まって、傘の部分に入った赤い筋が明滅した。

とたん、ものすごい勢いで岸にいる私達の方へ向かってきた。

魔族達が慌てて防衛に走ろうとするけれども、一歩早く巨体が光に包まれてヒト型になってすり抜けられる。

そうして、いつもの服になったリグリラは私にまっすぐ飛びついてきた。

むぎゅ、と量感のある柔らかいものが押しつけられたと思ったらすぐに離れる。

「ラーワ！　敵はっどれですの!?」

紫の瞳をぎらつかせて金砂色の髪を揺らめかせるリグリラは、完全に臨戦態勢だったけれども、それはきっと不安と安堵の表現なのだろう。

「とりあえず落ち着いて、今は大丈夫だから」

「あなた、自分が送ってきた伝言忘れましたの!?　竜に吹き飛ばされた上に、アールが攫われたなんて大事じゃありませんの！　ですから風雷のを拾ってまいりましたのに！」

どうやら、伝言を受け取ってすぐ行動に起こしてくれたらしい。

しかもさっきのだってさ、「わたくしの大切なもの」って自意識過剰じゃなければ私達のことを指しているわけだし。

こう、まっすぐに駆けつけてくれたと言うのがわかってすんごく嬉しい。

勝手に頬が緩んでしまいそうになるけれども、その前にぽんぽんと腕を叩いて宥めた。

「リグリラ、カイル。来てくれてありがとう」

「状況を、説明してくれるか」

遅れてやってきていたカイルが、安堵に緩めていた顔を引き締めた。

すると、そばに控えていたカルラさんが思念話で話しかけてくる。

《はじめまして、海向こうの同胞達。ひとまず私どもについてきてください》

《あら、ちょっと面白そうなのが居ますわね？　でも、わたくしに指図するなんていただけませんわ》

私から離れたリグリラは、東和の衣装を着た褐色に銀髪なカルラさんを見るなり、舌なめずりせんばかりになる。

挑発的に魔力を発散するリグリラに、だけどカルラさんは眼鏡をくいっと上げながらデキる秘書的な物腰で応じた。

《基本的に市中での戦闘は御法度です。そしてこの地にはこの地の決まりがありますから、守っていただきます。不満があるのなら、説得させていただきますが？》

あ、ちがった。思いっきり好戦的だった。

いつの間にやら、銀色の火の玉を周囲に展開するカルラさんを見て、リグリラの唇の端がにんやりと弧を描く。

『わーちょっと待ってちょっと待って！　帝さんも待ってるんだからー！』

一気に殺伐とした雰囲気でそれぞれの武器が抜かれる前に、私は全力で割って入ったのだった。

◇　◇

なんとか矛を収めてくれたリグリラとカルラさんに、カイルをつれて、帝さんとネクターの待つ場所へ向かった。

だけど、そこは城ではなくて、お城の近くにある一軒家だ。

帝さんが人に邪魔されずにいろいろするために確保している屋敷の一つらしく、今は私たちの拠点として使わせてもらっている。

それを提案されたときはなぜに？　と首をかしげたものだが、『秘密の会談をするにはうってつけだろう？』と押し切られたのだ。

まあ、確かにリグリラやカイルはこの国ではめちゃくちゃ目立つ。

この東和では、純粋な人間は暗い色合いの髪と瞳が多くて、若干向こうの人より小柄だ。

リグリラやネクターのように髪の色が淡かったり、カイル並みに体格がいい人も割といるけれど、そういう人達はたいてい何らかの獣人で、特徴的な獣耳や尻尾がついている。

華陽でだいたい人間が四で獣人が六ってところだろうか。

ともかく、人の振りをしているネクターでさえ、人通りの多い道を歩くだけで大いに目立つのだ。

この二人を出歩かせたらすさまじく人目を引くことは簡単に想像できた。

ちなみに意外と私は目立たない。目の色なんてしっかり顔をつきあわせないとわからないものだし、小柄な体型はすごく埋没するんだ。

とはいえお城には直接空間転移できないように防備がほどこされているから、人目につかず、さりとて直接移動してこられる場所と言うわけでえらばれたのだろう。

『きたか』

というわけで、さくさく転移して、玄関から上がれば、そこにはさっきよりもラフな格好で優雅にくつろぐ帝さんがいた。

そのかたわらにはネクターも、さらには仕事を終えて帰ってきたらしい仙次郎も居たのだが、なんだかめちゃくちゃ神妙な顔になっている？

一体なに話していたのだろうと気になったが、ひとまずはこの二人を紹介するのが先かな。

すると、カイルが板の間で片膝をつくと、左拳を腹に当てて、右拳を背中に回して頭を下げた。

「お初にお目にかかります。異国の王よ。自分は魔族、カイル・スラッガートと申します。ぶしつけながら名乗ることをお許しください」

いや、確かにこれから会う人については事前に説明していたけれど、そういうことをするとは思っていなかった。

堂に入った挨拶の仕方に、私は面食らうと同時に感心したのだが、その挨拶を受けた帝さんはすんごく目を丸くしている。

けど、ニュアンスで自己紹介をされているのは分かったのだろう、鷹揚にうなずいた。

『いかにも。余は東和国今代帝である。……だが異国の魔族よ。その敬意はありがたく受け取るが、それは西大陸の典礼であろう？　なぜこうも珍妙な魔族が多いのだ？　西大陸はかように寛容なのか』

とはいえめちゃくちゃ困惑した雰囲気を醸し出す帝さんに、どこまで説明したものかと悩んだが、それよりも前に解決しなきゃいけないことがあるのを忘れていた。

そう、言葉の壁ってやつである。

カイルもリグリラも東和の言葉はわからないわけで、だけど帝さんは東和国語しかしゃべれない。

思念話と言うのもありだが、慣れていても人には負担になる手段だから、なるべく避けたい。

ただ、方法はなくはない。とちらっとネクターをうかがおうとした矢先、今まで黙り込んでいたリグリラが口を開いた。

「仙次郎」

呼ばれた仙次郎はぴんっと狼耳を立てた。

いや、そわそわしているのは灰色の尻尾が揺らめきかけるので察していたけれど、帝さんの手前我慢していたのだろう。

端的に呼んだリグリラは、それ以降は無言で、ただ、指でこちらに来るように示してきた。

腰を浮かせかけた仙次郎だったが一瞬帝さんをうかがう。

だが、それでしびれを切らしたらしいリグリラは、ずかずか歩いて仙次郎の前までやってきた。

「リグリラど……!?」

そうして、目を丸くする仙次郎の襟首を持ち上げると、無造作に唇を合わせたのだ。

挨拶めいた軽いもんじゃない。

思いっきり舌入ってるんじゃね？　というディープなやつである。

あ、カルラさんの肌が赤くなった。褐色でもよくわかるものなんだなあ。

……いや、思考を逃がすくらいにはいたたまれないけど、リグリラの突拍子のなさはまあ割と慣れているし、バロウでキスは路上でも日常的にするものなので、あんまり驚きはないのです。

ただ、時折する濡れた音とか、どちらのとは言わないけれどわずかに唇が離れたときに漏れる声とか、目のやり場とかには困る。

ほら、カイルも唖然としてるし、ネクターは……やりません？　的なまなざしを私に向けるんじゃありません。

さらに帝さんが超目を点にしているのでそろそろやめてくれないかなーと、思っていたらようやく離れた。

「っふ、こんなものかしら」

大いにうろたえた仙次郎は、赤らんだ顔を隠すように手を口元にやりつつ、独りごちるリグリラに抗議した。

「リグリラ殿ッ！　さすがに場をわきまえてくださらぬか！」

言葉は尤もなんだけど……仙次郎、きっちりリグリラの腰に手を回してたよね？

リグリラもそれがわかるのか、紫の瞳を甘く細めて、余韻を味わうようにちろりと自分の唇をなめた。

「あら、あなたが悪いんですのよ？　わたくしの名前を一度も呼ばないんですもの」

「そ、それは」

「名を口にしさえすれば、居場所もすぐわかりましたのに……ねえ？　わたくしがどれだけ口惜しく思っているか、わかりまして？」

そういや、二人は古い契約で結ばれているから、仙次郎がリグリラの真名を呼べば、ほぼ一発で場所がわかるのを失念していた。

前世でのこととはいえ十分機能するはずだから、私があっちゃーと思っていれば、リグリラは微笑みながら、衿を握っていない方の手で、仙次郎の頬から首筋をかすかに撫でる。

ぶわっと仙次郎の尻尾の毛が逆立った。

「この借りは、後で存分に返していただきますわよ？」

リグリラが、仙次郎の狼耳にささやいた瞬間。

どごんっ!!　と盛大な破壊音がした。

びっくりして振り返れば、ゆでだこのように真っ赤な顔になったカルラさんが拳を壁に打ち付けていた。その壁は見るも無惨に吹き飛ばされている。

『人前で一体何をしてるのですか！　こちらの常識を知らないとか言う問題じゃありませんよ破廉恥です！　色魔ですかあなたは!?　そこへ直りなさい全力で性根をたたき直します！』

拳を握るカルラさんに、リグリラは仙次郎の衿を離すとにやりと唇の端を上げた。

『魔族の癖してこの程度の挨拶に動揺するなんて、ずいぶん枯れていますのね。それともあなたはそれほど伴侶に恵まれなかったのかしら？』

リグリラの口からこぼれた流ちょうな東和国語に、その場にいた全員驚いた。

『さっきまで全然わからなかった癖にっ！　今更ですか！』

『わからないと高をくくられて、好き勝手言われるのはしゃくに障りますの』

だけど、私はすぐに腑に落ちた。

「リグリラ、仙さんから記憶もらったね？」

「言葉がわからないまま、ふっかけられてもむかつきますもの」

魔族は、契約者からある程度記憶を共有することができるのだ。

だからリグリラは、仙次郎と接触することによって東和国語の記憶だけ共有したのだろう。

ただ、魔族は契約者と言う特殊な縁があるから負担は少ないものの、直接記憶に触れられるのはかなり不愉快……というかプライバシー侵害も甚だしい。

だから、私は仙さんの記憶には触れなかったし、普通の手順を踏んで東和国語を学んだ方が面白いからやらなかった。

でも、ある程度情報を絞った記憶の共有は私でもできるから、あとでカイルにもやろうと思っていたのだけれど。

『それにしたってあんな口づけはいらなかったでしょうが!!』

うん、カルラさんの叫び通りなんだよなあ。

手をつなぐとか、頭に手をやるとか、それくらいの接触で十分なのだ。

『そんなの、わたくしがやりたかったからに決まっているでしょう？』

艶然と微笑むリグリラに、仙次郎とカルラさんが絶句していると、大きな笑い声が室内に響いた。

その声の主は帝さんで、おかしくてたまらないと言った具合で、あ、畳を叩きだした。

『仙次郎っ。確かにっ、神らしい神を選んだなあ！　かような美女が魂に残っておれば、そなたに女っ気がないのもうなずけたぞ！』

ゲラゲラ笑う帝さんは気分を害した風もない。いや、振りかも知れないけれどもほっとした。

ただ、仙次郎がめちゃくちゃいたたまれなさそうにするのが、ちょっとかわいそうだけど。

と、思っていると、傍らで座ったままのカイルが情けなさそうな顔をしていた。

「……ラーワ殿。すまんが通訳してくれ」

ああ、あんなやり方じゃ言葉がすぐわかったとしても無理だ、と思ったわけね。

「あれはリグリラの趣味だから大丈夫。表面的な接触だけでも記憶の譲渡はやれるからさ」

あきらめたようにため息をつくカイルに、私がそういえば、ネクターが近づいてくる。

「カイル、私の記憶を譲渡しますね」

「助かる……」

心底ほっとしてネクターの手を握ったカイルが、東和国語を高速学習しはじめる。

そのそばでは、物珍しげにリグリラを眺める帝さんと、彼にからかわれて居心地の悪そうな仙次郎と、忌々しそうに見ているカルラさんが居たのだった。

◇　　◇

その後、東和国語をマスターしたカイルとリグリラに、今までの経緯と大社へと乗り込む算段について大まかに説明した。

聞き終えたカイルは、すっごく頭の痛そうな様子で帝さんに頭を下げた。

『うちの馬鹿《ネクター》が迷惑をかけた……』

『かまわん。ともかく余らは大社へ乗り込もうとしておる。急務は門の構築だ。そなたらを頭数に入れても良いのだな』

ネクターが東和の術者連中を使い物にならなくした、のくだりには少々帝さんは顔を暗くしたが、ともかく二人に問いかける。

すると、リグリラとカイルがそろって私に視線をやってから言った。

『わたくしたちはラーワのために来ましたの。あなたのためではありませんわ』

『ああ。だが、それがあの子達を取り戻すためであるんなら、聞こう』

『その意気やよし。これでだくだくと従うものであれば、信用できぬ。友のためと言うのであれば納得もできる』

うむ、と満足そうにうなずいた帝さんは、詳しい話は明日にしようと、提案してきた。

『そなたらで積もる話もあろう。余もそろそろ時間切れであるからな』

そうして帝さんは去り際に、仙次郎のほうを向いた。

『仙次郎よ、まだ盟約をなしておらぬとは予想外だ。とっととやることをやるが良い』

『余計なお世話です！』

『余計な世話にもなろう。今回はそなたを思いっきり頭数に入れておったのだからな！　ここでは試合うてはおらんのだ。もしかすればもしかするぞ』

仙次郎の例の約束を揶揄した後に、帝さんはカルラさんの転移陣で消えていった。

嵐のような帝さん達に残された私が息をついて、のびーっと畳に寝そべれば、カイルがいぶかしそうにした。

「未だに化かし合いの最中ってやつか」

「いや、そうでもないよ。もう彼に協力するって言うのは決めているし、実際に彼のおかげでめどが立ったんだ」

「……いいのか？」

カイルが念押しをしてくるのに、首をかしげる。

「なにがかい？」

「あいつは、真性の王で、政治家だ。国民ではない俺達を利用する気は満々だし、隠していることがまだあるだろう。その上で話に乗るのか」

おそらく、帝さんより長く、魔術師長として政治に携わってきたカイルが言うのだから、間違いは無いだろう。

私はもう一度考えてみる。

「うん。乗るよ」

目線だけでカイルが理由を促してくるのに、私は今まで帝さんから感じたことを話す。

「帝さんが、全力で東和国の人を守ろうとしているのは本当だと思うんだ。でなければこれほど手間暇をかけて大社の巫女を救おうとはしないと思う」

さっき、大社を暴きたいと語ったときの帝さんの熱は嘘ではなかった。

だから、そこは信じて良いし、それに。

「それにあの人、バロウの魔術師を救おうとしていた君と同じ顔つきしてるんだよ。だから大丈夫かなあって」

「そ、うか?」

面食らった様子のカイルが、横に視線をやれば、ネクターもうなずいた。

語ってくれた帝さんは百十数年前、魔術師達のためにバロウを変えようとしたカイルの姿にそっくりで。

「確かに私達にまだなにか隠している気がするけど、それは私達も一緒だし。彼が国を守るためにやっているのなら、私はアールと美琴を守るためにやるだけだ」

「……わかった。なら付き合おう。ミコトは仮にも俺の契約者だからな」

居心地悪そうな表情をしていたカイルだったが、最後は同意してくれた。

カイルは、あの温泉旅行中にミコトと再契約していた。

一方的にカイルが搾取する関係ではなく、相互で助け合うような対等な関係だ。

あ、ということはもしかしてカイル達にも使えるのかなあ。

「その様子だと、おまえ達の隠していることって言うのは、さぞや面白いことのようだな」

「大したことじゃないよ」

まあ、ばれていないのをいいことに、ネクターは人間で通しているけれど、あれを明かすんならネクターのことも同時に話さなきゃいけないだろうしなあ。

カイルのじと目に、私とネクターが曖昧に笑っていれば、リグリラが動いた。

「ねえ、仙次郎。去り際に言っていたのはどういう意味ですの」

「どれのことでござろう」

「東和の術式は東和で真の効力を発揮する、とか言ってたじゃありませんの」

むすっとしながらも紫の瞳は真剣で、見つめられた仙次郎は動揺しつつもうなずいた。

「その。それがしの使う強化術は、己の身のうちに宿る魔力を練り上げて行使するものにござる。だが、もう一歩先に、周囲の魔力を動かし、力とする技があるのだ。それが東和の守人の奥義として扱われておる」

取り込んで変換する労力をすっ飛ばして、周辺魔力を動かして行使することで、魔族にも劣らない力を行使することができる。

それが、初めて会ったときの帝さんが使っていた技の正体であり、カルラさんの「私が死にます！」の言葉に関連することでもあったのだった。

「だが、それを使うには、身のうちの魔力と自然《じねん》の魔力を順応させなければならず、さらにある一定の魔力濃度が必要なのだ」

「つまり、バロウでは本来の力を発揮できなかったと？」

リグリラが柳眉を顰めるのに、仙次郎は至極まじめに首を横に振った。

「手を抜いていたことなど一度たりともござらんし、それがあったとしても、リグリラ殿に勝つにはまだまだでござる」

「でも、使っていませんのね？」

ぐい、と燃え盛るかのような熱を持った紫の瞳に気圧された仙次郎は、ただ無言でうなずく。

「……ふうん」

するとリグリラは、そのまま彼の腕をとって玄関へ歩き出した。

「リグリラ殿、どちらへ!?」

「先から、ラーワの服が気になって仕方がありませんの。せっかく東和に来たのですから、街へ服飾文化の取材へまいりますわっ。先にいたのですから、案内なさいな」

「それはつまりでぇとというやつでは」

「つけをきっちり払っていただくだけですの！　金銭は全部あなた持ちですわよ！」

帝さんは、私達にきっちりお給料を渡してくれているけど、使う場所が少ないから、仙次郎は一週間かそこらでもそれなりに貯まっているはずだ。

「ああ、ラーワ。わたくしの力が必要なときはおっしゃってくださいましね」

私へそう言い残すと、思いっきり仙次郎の腕に抱きついたリグリラは、スキップしかねない浮かれた調子で去って行ったのだった。

おいていかれた私達は、なんだか微妙な気分になりつつ顔を見合わせた。

空はすでに暗い。

「あーじゃあ。せっかくだし。ご飯でも食べに行く？」

提案すれば、ネクターもカイルもうなずいてくれたのだった。

華陽の夏は暑いけど、夕方はずいぶん涼しい。だから日のある日中よりも、日が陰った夕方から夜にかけてのほうが人通りが多い。

そのおかげで、まだ開いている店も多く、外食産業が盛んなので、夜になっても移動式の屋台は沢山立ち並ぶし、店先の提灯に明かりがともり、いたるところからおいしそうな匂いがしてきていた。

とりあえず、カイルの服装をどうにかしようと古着屋に行って一式見繕ったら、ヤーさんっぽくなったけどマシになった。……ましだとおもいたい。

んで、よく行く近くの飯処に飛び込んで、ご飯とお酒を楽しんだ。

「この、箸ってやつは厄介だな……」

「どうぞ、カイル。早々にあきらめてよいと思いますよ」

箸でご飯を掬うのに悪戦苦闘するカイルへ、ネクターが同志を見つけたような表情で亜空間から出したフォークを差し出した。

ネクターもはじめこそ頑張ろうとしていたけど、いまはもうあきらめている。

フォークでなんとか食べられるようになったカイルが、バロウとは全然違う一汁三菜の味付けに目を白黒させながらも食欲が衰えていないようなのにはほっとしつつ、私もせっせと堪能する。

だってさ、おかずはほぼ和食だったんだ!!

ところどころ、これ中華じゃない？　という餃子っぽいものやチャーハンっぽいものもあるが、大体は和食である。醤油味である。米食である。

約500年間食べられなかった米食に、私の心は躍りに躍って、三食きっちり食べていた。

ほんと、ドラゴンでよかった。きっと人間だったら確実に太っていた。

ただおかずは全体的に茶色い色合いなので、ネクターははじめおののいていたけど、出汁の味には感嘆していた。

今日のナスっぽいものとみょうがと菜っ葉ぽいものの炊き合わせに、澄まし汁。お漬物と焼き魚に幸せを感じていると、隣のネクターが不思議そうな顔で見ていた。

「やはり、ラーワは箸の扱いが上手ですね」

あ、それは私もびっくりした。箸を使っていたのは前世の話なのに、案外思い出すものだなあと。

「それに、あまり食事に抵抗がないようでしたし」

「うーん。そうかなあ」

それは、昔を思い出すからなんだけど、かなり面食らっているカイルを見ていると、ネクターが不思議に思うのも無理ないか。

実は、ネクターに私に前世がある、とは話したことはない。

特に話す必要がなかったことでもあるからなんだけど、一から話すと、ネクターが薄青の瞳をギラギラ輝かせて、全部話すまで解放してくれなさそうだから思いっきり避けてたのもある。

だってネクターの興味が満たされるまで、絶対一日じゃ終わらないだろう？

「とりあえず、おいしいものは正義だし！　なあ、お酒頼んでもいいかい？」

いつかは話してもいいのかなあと思いつつ、今はあいまいにごまかすことにした。

んで、ほどほどにと許してくれた日本酒をお供に、情報交換になった。

カイルは一度、ヒベルニアに戻り、セラムに話を通してくれて、アールと美琴は休学扱いにしてもらったという。

ミニドラヴァス先輩は、カイルが訪れた時には再起動していたが、本調子ではないらしく、詳しい話は聞けなかったらしい。

ともかく、大丈夫そうで良かった。

「で、蝕について、わかったのか」

「わりと、重要なところまでは」

カイルが先を促すように片眉を上げるのに、今度はネクターが口を開く。

「まず、『無垢なる混沌』――蝕が東和で存在が確認されたのは、５０００年前。大社の成立と同時期です。蝕は、物理攻撃は無効。魔術も微々たる程度にしか効きません。唯一の対抗手段が魔法。一筋でも触れれば、人族はもちろん、精霊も、ましてや魔族も消滅します」

まずは、前提事項の確認、といった具合のネクターの言葉に、カイルはうながすようにうなずいた。

「残念ながら、東和の書物は膨大すぎて一部しかさらえず、その正体は未だ不明です。ただ、専門の研究者でも未だに仮説段階にしかすぎないようでした」

研究者さんとは、私の蝕に対する感知能力について助言をもらうために、帝さんが引き会わせてくれたのだ。

彼女の立て板に水のような滔々とした語りはすさまじかった。

その研究者さんは、はじめ蝕を魔物と同じようなモノで、自然災害に近いものではと考えていた。

けれど私が蝕の現れる前兆として負の思念を感じると言ったら、即座にその説を振り捨てて仮説を立て直すために自分の世界に入っていってしまったのだ。

結局、有力そうな説は聞けなかったけど。

「ただ、討伐の仕方については、完璧と言って良いほど確立されているんだ」

目を丸くするカイルに、ネクターが言った。

「東和の民は魔法をその身に纏うことで守り、攻撃手段とすることで、無垢なる混沌に耐性を作っております。そのために必要なのが、魔族との盟約なのです」

私が彼らの討伐を観察して、ネクターが資料を精査して、二人で考察して導き出した結論だ。

昨日、大まかにまとめて仙次郎に答え合わせをしたら、正解と白旗を掲げられたから間違いは無い。

ネクターは楽しそうに、早速亜空間から取り出した資料を畳の上に広げた。

「良いですか、この国の巫女や守人が使う、魔族を通した術式は二つあります。魔族の魔力の一部を借りる『神降ろし』。そして、魔族と相互に魔力を循環させ、疑似魔族と言うべき存在へと成り代わる『神憑り』です」

前者は美琴がやっていた魔術で、後者が帝さんとカルラさんがやっていた術式だ。

神憑りは、魂に直接刻む契約という強固なつながりを通して、契約者とつながることによって魔族の持つ魔法の能力を一時的に使えるようになるのだ。

もちろん、そんなことをしたって人族が複雑な魔法を使えるわけがない。

だけれども、〝蝕から身を守る〟〝蝕を消滅させる〟くらいの限定した魔法くらいは使えるのだ。

さらに負担を減らすために、帝さんはその身に魔法をまとい、さらに武器に付与することで戦っていたのだった。

「とりあえず、神降ろし、については経験がある。だが、その神憑りってやつには、魔族にどんなメリットがあるんだ。魔族は普通に魔法を使えばあれを消滅させることはできるんだろう」

カイルのもっともな疑問に、ネクターはよくぞ聞いてくれたとばかりにぎらっと瞳を輝かせた。

「それは、魔族が蝕によって負傷した際、通常の方法では回復できないからなのです」

「どういう意味だ？」

「魔族は魔核を中心に全体の90パーセントが魔力で構成されています。霧状の蝕の場合、それほど深刻なダメージにはなりません。ですが実体化した蝕に攻撃を加えられた場合、触れた箇所から蝕が感染するのです」

カルラさんの腕がただれたのなんて、かわいいモノだったのだ。

ちょっと前に粋がった魔族が、蛟《みずち》型の無垢なる混沌に挑んで、蝕に取り込まれて行くさまを見たときは正直ぞっとした。

本性に戻って大暴れする魔族は、魔族と盟約した守人が倒していたけど、魔核も砂になって消滅してしまっていた。

「だいたい面積で言って、20パーセント触れれば、急速に侵蝕していきます。基礎の部分を切り離さなければ一分ほどで白化……蝕の一部となって暴走するようです。ですが、人と盟約を結び、盟約者の情報を一時的に反映することで、耐性がつけられます」

実際に試したくはないが、どうやら魂を持つ生物は、触れたところが消滅するだけで済むらしい。

もちろん全身が呑まれてしまえば変わらないが、囓られただけで呑まれて魔核が崩壊するのと、傷つくだけでは雲泥の差だ。

魔族は譲渡した分だけ能力が制限され、副作用で体が人型になるが、それでも自分の固有の魔法はばんばん撃てる。

要するに人族は魔族の力を得て、魔族は人族の耐性を得ている。相互で助けあう関係になるのだった。

というか、この国にできあがっている蝕に対抗するためのシステムがすごいのだ。

成立させるための価値観が浸透しているし、この国の人々の表情は驚くほど明るい。

「東和では、魔族が居なければ魔物や蝕の討伐はままならないが、魔族は蝕に呑まれないために人族が必要か。それで、これほど魔族と人の距離が近いのに、トラブルが少ないんだな。この契約法はどうやって創り上げられたモノなんだ」

感心するカイルに尋ねられて、私は少し複雑な気分でためらった。

「大社の神が伝えたことになっている。つまり、テンだ」

カイルが驚いたように目を丸くするのに、ネクターがさらに付け加える。

「ここまで発展、浸透させたのは間違いなく東和の術者達ですが、ひな形は大社の成立と共に伝えられたと古文書に記されておりました」

「なあ、そのテンってやつは、聞けば聞くほどこの国の守護をしているように思えるんだが」

おもわず、と言った風のカイルだったが、大社の巫女が生け贄に捧げられているらしいと言う話は事前にしていたから急いで言葉を次いだ。

「ああわかっている。が、どうにも腑に落ちなくてな」

あごに手を当てて悩み込むカイルに、私は否定も同意も返せなかった。

私も腑に落ちなさは覚えている。だけどこれは、カイルが感じているもやもやとは違うのだ。

けれど、うまく形にできず、結果的に黙り込んでいると、その気配を感じたのかわからないが、カイルが話題を変えた。

「それにしても、今のは機密に近いところなんじゃないか。よく調べられたな」

「隠されたらさすがにきつかっただろうけど、いくらでも実際に使うところを見られたし、帝さんは惜しみなく資料を読ませてくれたからね」

確かに大社の秘儀にあたるものだったが、帝さんは独自に研究改良を進めさせていて、その研究について閲覧を許可してくれた。

まあ、一番は、ネクターが仙次郎と美琴の術式で、ある程度東和の術式について理解を深めていたおかげなんだけど。

「正直言うと、そこまで貴重な術だとは考えていなかったんだと思うよ」

「……なるほど。この国は少し前まで鎖国状態だったんだもんな」

こういう国家の事情的なものには慣れ親しんでいたカイルは、私の一言で理解できたようだ。

「この国の連中にとっては『魔族との共存』も『蝕の出現』も普通のことだ。だからそれを前提として考える。西大陸では魔族が悪であることも、蝕という概念がないことすら理解の外のことだったんだろう」

まさにその通りだ。ただ、帝さんがすでにそのことに気づいていてめちゃくちゃあくどい顔をしているのに、カルラさんが天を仰いでいたから、どうなるかわかんないけど。

そのあたりから、帝さん、蝕とか、東和の魔術式の開示に積極的になったんだよなあ。

帝さんはその場の勢いでバカなことをするような人じゃないから、大丈夫だとは思うけど……だいじょうぶだよね？

私は地味に心配になっていたが、ネクターは別のことを考えていたようだ。

「ただ、白の妖魔の出現が、また報告されているのが気になりますね」

「そういえば帝さん、言っていたね。出やすい時期ではあるけれど、この頻度では珍しいって」

おかげでかなりの頻度で神憑りの術式を見られたんだけど、絶対的に盟約をしている巫女と守人が少ない中で疲労が蓄積しているのも、懸念要素だったりする。

「今盟約を交わしているのは何組なんだ」

「そんなに多くはない」

華陽には、土地柄のせいか、帝さんたちを含む両手に余る数の盟約を交わした巫女と守人がいるが、一つの都市に一組いればいいほうだって言っていた。

具体的に言えばセンドレ迷宮規模の蝕の氾濫が起きたとき、総出でかかって何とかおさめられるか、と言うくらいだろう。結界とやらがほころびれば、センドレ迷宮以上と予想されるから、帝さんも術者のみなさんも足りないってわかってて、なんとか解決策を作れないかと頭をひねっていた。

西大陸の魔術を学ぶのに熱心なのも、きっとそれが一つの理由なんだと思う。

この東和にいる魔族は確認されているだけで三桁ほどだというから、大半の魔族は盟約者を持っていない。

「そこを解決できれば、それなりの恩を着せられそうだな」

何気なく言ったカイルは、私とネクターがちょっと顔を見合わせたのを見逃さなかった。

「お前らの隠していることはそれだったか」

まあね。もしもの時の交渉材料として考えていなくもなかった。

それはもう杞憂になったから、いつ提案してもいいんだけど。ちょっと迷ってる部分もある。

なにせ、これは文化の違いでもあるんだから。

「で、なんなんだ、その解決策ってやつは」

「それは――……」

私達が語れば、カイルは厳しそうに眉間にしわを寄せた。

「たしかに、それは西大陸の人間からすれば、普通のことだし、画期的だろう。だが、ミコトのあの反応からして、この国では契約と言うものは神聖なものとして扱われているだろう。受け入れられるのか」

「それが懸念ではあります。ただ……」

ネクターが言いよどむのはわかる。あの帝さんなら、何とかしてしまいそうな感じはあるんだ。

あいまいな表情で微笑みあう私達に、カイルは肩をすくめた。

「そっちの判断はお前達に任せる。今俺がやるべきは、ネクターがつぶしかけてる術者たちのケアだろうな。これから〝門〟ってやつを作るんだ、やる気出してもらわないと困るだろ」

味が気に入ったらしく、清酒っぽいお米からできたお酒をちびりと傾けながら言うのに、ネクターが心外そうな顔をした。

「いえ、私は特に何も……」

「お前に中途採用者教育を任せた時の地獄絵図よりは、ましだといいんだがな」

「東和の一流の術者さん達だから、気骨はあると思うんだけど」

「むしろ実力差がわかっちまうからなあ。折れてねえといいなそれ……ネクター、その現場、明日っから俺もついてくからな」

「まったく信用ありませんね？」

「あると思ってんのか、魔術馬鹿」

ネクターの言い分を完全にスルーするカイルはだてに長い付き合いじゃない。

そんな気やすい応酬に、私はからから笑いつつ、来る時を見据えながらも、ゆっくりとお猪口をかたむけたのだった。

第15話　小竜は想いを垣間見る

お茶を持って行ってくれる？　という巫女のお願いを、アールは二つ返事で引き受けた。その持って行く先が、テンとそのお客様であると知ったからだ。

こちらに来てから覚えた静かに歩く方法で廊下を歩けば、声が聞こえてくる。

激しく言い争うような声は、テンと例のお客様のものだった。

「だぁーかぁーらぁー！　ちゃんとやることはやってるじゃないかぁ」

「確かに僕は君にあの竜が本物か確かめてくれって頼んだよ!?　だけどどうしてそれが誘拐につながるのさ!?」

「うん、だからまこっちに無理を言って西大陸に出向いて会ってきた。いやあまさかまこっちの妹ちゃんがお世話になっているとは思ってなかったんだけどねえ。それでちょっと有望そうだったから、しっかり調べるためにこっちに来てもらうことにした。けれども君と通じているからには彼女たちにとっては敵だから、悪者になった方が良いかなって思った。かわいい子が居たからさらってきた。ほらつながってる」

「うあああ全然わからない。話通じない……」

「えぇー。方法は任せる、結果だけ聞かせてって言ったの君じゃないかあ。んでまだ審議中なの。おわかり?」

「というかなんで竜に子供が居るんだよ!?　そんな奇特なやつもう二度と居ないと思っていたのに
「……しかも精霊との子供だって、僕はどうしたら良いんだ」

「ヒトを奇特呼ばわりしたなあ！　まったくひどいやつだ」

ひどいやつ、と言いつつ、テンの声音はとても楽しげだった。

自分のことを話していると気づいたアールは、ちょっぴりどきどきする。

「良いんじゃないの。半分はドラゴンでも、もう半分は君が大事にしている精霊じゃないか。あの子も君のこと慕ってるようだし、普通にかまってあげればよろこぶよ」

「僕も共犯なの、わかってて言ってるかい？　というか、子供をさらったくらいであの竜が来るとでも?」

「来るよ。絶対。というか、たぶんもう来てる」

「っ……なんで、言い切れるのさ」

「あたしの転移に巻き込まれただろうから、っていうのもあるけどね。生き物の生殖本能ってやつとは全く無縁なドラゴンが子供を産むのは、よっぽどのことなんだよ。そんな気苦労背負って生み出したんだ。どんな困難があっても守り抜こうとするし、取り返しに来る」

アールが引き戸の前でいつ入るか迷っている間に、引き戸が開けられた。

上を見れば、テンがにっこり笑っていた。

「だから、後もうちょっと我慢して、あのお兄ちゃんに遊んで貰いな?」

「あ、え、あのお茶は」

「あげるあげるっあたしはおやつ食べられないしねー！　みんなが気を遣ってくれたんだよ！」

言われて初めて、アールは思い出した。

テンは巫女達の食事の場に同席しても、なにかを口にすることはなかった。

霊体だから当たり前なのだが、あまりにも自然体でいるものだから忘れがちになってしまう。

「あ、そだ、今日はちょっと門の調子が良くないから、整うまでは使わないでね。それまで暇つぶしてよ。んじゃねー！」

「はあ？　なんだよそれちょっと待て、あほ竜っ！」

ごく軽い調子で言い残したテンが早業で去って行くのをアールがあっけにとられて見送れば、ばたばたと部屋から出てきた、淡い髪の青年と鉢合わせた。

彼がたちまち気まずそうな顔になるのに、アールはひるんだけど、どきどきしながら声を出した。

「リュートさん、こんにちわ。あの、今日のおやつは水ようかんなんです。できたてがおいしいんだそうですよっ」

「……はああ、もう君も……なんでそう……」

頭を抱えて深くため息をつくリュートから、次の言葉が発せられるまで、アールはじっと待っていたのだった。

「いいかい。僕は精霊なんだよむぐ……。だからこうやってものを食べる必要なんて一切ないんだから、はむ……まったく、豆を砂糖で煮ただけなのに何でこんなうまいんだ」

「おいしいお水を使うと、おいしくなるんだそうですよ」

「人は妙なところにこだわるなあ！」

結局、リュートは文句を言いつつも、水ようかんをアールと一緒に食べてくれた。

みるみるうちに小豆色のようかんがなくなっていくのは、見ていて気持ちが良いほどだ。

どうやら甘い物は好きらしいと、アールは心のメモ帳にしっかりと書き込んだ。

数日前、この大社にやってきたこの青年は、アールを見ると驚愕の表情を浮かべて、すぐさま出てきたテンと口論をし始めた。

青年が一方的に詰問している状態だったけれど、予定が違う、とかテンを責める言葉だった。

よくわからないことばかりだったけど、青年――リュートが精霊で、テンの仲間だと言うことだけは理解できたのだ。

リュートはあの門を一人で起動させることができるらしい。

時折、女性型の精霊を伴っていることはあるが、三日と空けずこの大社に現れてテンと騒々しい口論を繰り広げる光景は、見慣れたものとなっていた。

最後のひとすくいまで食べきったリュートは決まり悪そうな表情をしていたが、さっと立ち上がった。

「どこに行くのですか」

「どこだって良いだろ。僕は君の面倒なんて見る気ないから」

そう言い置くと、リュートは止めるまもなく、傍らに置いていた楽器を背負ってさっさと部屋から出て行ってしまった。

アールも急いで食べ終えて、お盆を台所へ返し終えたあと、外へ出る。

花々が咲き乱れる庭に出れば、それとなく外で働いている巫女達が目についた。

彼女たちとすれ違えば、期待を込めた眼差しを向けられたアールは、垣根の合間に作られた小道を行く。

そうすれば、いくらも歩かないうちに、屋根のある小さな東屋にたどり着いて、その下にリュートが腰掛けていた。

ふてくされた様子で楽器を降ろそうとしていたリュートは、息を弾ませるアールを見るなり、いらだたしげに声を荒らげた。

「だから、なんで僕のところに来るかなあ!?」

「その。西大陸語でお話しできるから」

もちろん美琴とは毎日西大陸語で話すのだが、やっぱり彼女はこの国のヒトだから、少し疎外感を覚える。

だから精霊である彼からなじみ深い言葉が聞けると、なんとなくほっとしてしまうのだ。

「あとは、今日もリュートさんが弾くんじゃないかなって思って」

わくわくと向かい側に座れば、彼、リュートは無意識にしていた調弦の手を止めて、目をすがめた。

とたん、ひんやりとする空気にアールは少しひるんだ。

「僕は加害者、君は被害者、わかってる？　僕は君を利用しているだけ。なれ合う気はないし、意味のない行為なんだよ」

「とうさまとかあさまを知っていても、ですか？」

ずっと聞いてみたかったことを聞けば、リュートは酷薄に吐き捨てた。

「知っているからって仲良しこよしな訳がないじゃないか。僕がこの世で一番嫌いなのは、要の竜なんだから」

リュートからしたたり落ちるのは、紛れもない負の感情で、本物だ、と言うのがわかって心にちくりと痛みが走る。

負の感情を向けられるのは、初めてではない。学園で年長の集団に交じっていれば、陰でいろんなことを言われているのは、うすうすわかるものだ。

けれど、嫌い、と面と向かって言われたのは初めてで、アールはとっさになにを言ったら良いのかわからなかった。

「なんで、きらいなんですか」

「だれだって、大事なものが踏みにじられれば、嫌いになるだろう？」

「なにをされたんですか」

「聞いて、どうするんだい？　君になにかできるとでも？　なんでも聞けば答えてくれると思ってるのは傲慢だよ」

リュートが冷えた声音で言い放つのに、アールはきゅっと着物を握りしめる。

それでも、その場にいれば、深く息をつく音がした。

「……だから子供は嫌なんだ。無知すぎて怒ることすらばからしくなる」

視線を上げれば、リュートは無造作に調弦用のねじを回し、時折つま弾いて、調整をし始める。

一つのねじに二本の弦が張られているから、つま弾かれるたびに二重に重なったような音が響いた。

「君の親、いくつなの」

そんな繊細な作業に見惚れていたアールは、問いかけられたことに驚いた。

「え、えっと、どっちですか？」

「両方」

「とうさまは200年に足りないくらいで、かあさまは500年より多いくらいだったと思います」

「……そんなに若かったんだ」

リュートは調弦の手を止めて、呆然と声を漏らした。

アールにはリュートが驚く理由がよくわからなくて、首をかしげた。そもそもどちらのことを言っているのだろう。

その疑問が顔に出ていたのだろう、あきれたように言われた。

「千年単位で存在するドラゴンの中では若いだろう？」

「ぼくが一番若いですよ？」

「まあ、その竜から生まれたんなら、そうだよね」

はあと、また深いため息をついたリュートは無意識にだろう、構えた楽器の弦に指を滑らせた。

「若ければ、知らないのも道理、か」

つぶやかれた言葉は、アールに疑問をおいていくけれど、つま弾かれた音に耳を澄ませた。

ただの調弦用の曲だとアールは知っているが、柔らかく、忍び寄るような切ない旋律は、美しい。

「ぼく、リュートさんの、演奏。好きです」

ほろりとこぼれた言葉に、ねじを巻こうとしていたリュートが一拍、動きを止めた。

形容しがたい表情でアールを見て、なにか言おうとして開いた口を、閉じる。

不意に、ざらっと指がすべらされ、和音が響いた。

「一曲、だけだからね」

「はいっ」

あきらめたようにつぶやくリュートに、アールは期待に胸を膨らませて姿勢を正した。

暇があれば、彼がリュートを奏でるのは知っていた。

初めて聴いたのは、初日。

テンポの速い曲で、がつんと殴られるようなそれはアールの心を激しく揺さぶった。

その次にはゆっくりとしたなめらかな曲。

庭にふく風すらも静まるような柔らかさにうっとりと聴き惚れた。

手が痛くなるほど拍手して、聴いていたことに気づいたリュートは嫌そうな顔をしても奏でることをやめなかったから、アールは遠慮なく目の前で聴いていた。

ただ、それらはどれも歌詞のない曲だったのだ。

けれど、今回は違った。つま弾くような旋律は普段に比べて主張は少ない。

どこか哀愁の漂う和音に載せられたのは、柔らかく染み渡るような声だった。

どこまでも澄みきっているのに、圧倒するような存在感を放つそれで紡がれるのは、古代語だった。

『水面に落ちるは　哀哭の雫　しかして気づく者はおらず
悠久の夜が過ぎ去りしこの世にて　我は密やかに語る
白き銀の艶めきと　深き蒼を抱くその者を　名を忘れ去られしかの者を

天を愛おしみ　地を慈しみ　世を愛し育んだ
しかして　その声は　天には届かず　地には響かず　世には知られず
眠りを脅かすものは無く　言の葉にのみ名残をとどめ
晦冥《かいめい》の底へ　密やかに沈む』

それは悲しい歌だった。

痛くて胸が張り裂けそうな、寂しくてたまらない、そんな切なさがあふれるような歌だった。

哀愁を帯びた一音が鳴り終えたとたん、アールの瞳から涙がこぼれる。

頬をつたった雫は、透明な結晶となって膝へ落ちた。

「ふっ、く……」

こらえきれずに嗚咽を漏らせば、リュートが複雑そうな表情で見つめていた。

「ただの歌だよ。何で泣く必要がある」

「だって、悲しいっ……忘れちゃってるなんてっ」

「……意味がわかってたのか」

しくじったと言わんばかりに舌打ちをしたリュートに、アールは涙をぬぐいながら問いかけた。

「その後はどうなるの？　その人は目覚められないの？」

「もう一度言うけど、これはただの歌だよ。感謝もされずに、誰からも忘れられて、それでおしまい」

「誰か、そばに居てあげられないの？」

アールがすがるように問いかければ、リュートの顔がゆがんだ。

「……そのために、どうにかしようとしてる」

「え？」

あふれそうになる感情に気をとられていたアールがぽかんと見返したが、リュートは荒々しく立ち上がった。

「帰る」

「リュートさん？」

アールも立ち上がれば、小道を歩いてくる美琴が見えた。

明らかに泣きはらしているアールに驚いた顔をした美琴は、尻尾を逆立ててリュートを睨みつけた。

「なにを、したの」

「その子が勝手に泣いただけ。門が使えるって、知らせに来たんだろ？　勝手に行くからその子がひっついてこないように見張っててよ」

とっさに追いかけようとしたアールは、かばうように肩に乗せられた美琴の手に阻まれた。

「あ、あのっまた！」

別れの挨拶に応えはなく、リュートを負った背中は小道の向こうへ消えていった。

「アール、大丈夫？　なにか嫌なことされたりした？」

「リュートさんの演奏が、すごく心に痛かったんです」

うまく言葉にできずに尻つぼみになったが、美琴は安堵のため息をついていた。

それでも、すぐに表情を引き締める。

「ねえ、アール。あの精霊は、テンの仲間だよ？　どうしてそんなに近づこうとするの？」

理解できないと困惑の色を浮かべる美琴に、アールはぼんやりと思い出す。

彼の奏でる演奏はとても素晴らしいのだけど。

「なんだか、とても悲しそうで、つらそうだから」

そこからいつも感じるのは、痛みと慟哭で。

アールは気になってしまうのだった。

さらに困惑を色濃くする美琴の隣で、アールは彼の歌を思い返す。

一体、なにが苦しいのだろうか。

第16話　ドラゴンさん達は動き出す

翌朝、帝さんに協力する旨を告げて、さっそく門の準備にとりかかった。

カイルはだいぶ魔族の体に慣れたのか二日酔いもなく、宣言通りネクターがトラウマになっている術者さん達のもとに赴いて、ネクターの緩衝材兼通訳として動いてくれた。

割と強面な部類に入るカイルだと余計委縮するんじゃと、一抹の不安はあったのだが、術者さん達はかえって魔族であるといわれて納得していてさ。術者筆頭の桐島さんは引きこもり部屋から出てきてくれて、がっつりカイルになついていた。

いや、60代のおじいさんなんだけどね。よっぽど打ちのめされたらしい。

カイルのでっかい背中に隠れつつ、ネズミの丸耳をぴるぴる震わせながら、苦笑するネクターと応酬を繰り広げる桐島のおじいちゃんは名物になっていた。

門を作る場所は、華陽の外れにある屋敷をまるまる一つ使っている。

何かあったときに、お城の中でやっていたら被害が広がる可能性があるからだ。

ちなみにリグリラは仙次郎とのデートで、東和の衣装を一式そろえてご満悦だった。

さらにこちらの魔物討伐を見たがったものだから、嬉々として仙次郎へ同伴ついでに妖魔を殴り飛ばしている。

東和の魔族との力比べをしているのはあれだけど、けっこう東和を満喫していて、帝さんは助かっているって苦笑していた。

ただ、例年よりも魔物と、白の妖魔の出現率が高いようなのが気になるらしい。

対応できているのが幸いだが、帝さんは各方面への対応でかなり忙しそうだ。

門の準備はネクターと術式に触ったことのある私を中心にやっていて順調だが、帝さんとカルラさんが険しい顔で話し合っているのを見ると、決め手になるようなものが欲しいのだと感じていた。

だから、私とネクターは帝さんに、例の話を提案してみた。

十分に前置きして、あくまで可能性の一つとして。

帝さんは数十秒黙考した後、ゆっくりと目を開けるとちょっと険しい顔になっていたのだが。

『かような切り札を用意しておったか。なかなかやりおるな』

『怒らないのかい？』

『何をだ？　そなたは解決策を提示した。受け入れる受け入れないは別として、ならばねぎらいこそすれ、無為に怒鳴るのは下衆の極みであろう』

そういうものだろうか。

私が首をひねっている間にも、帝さんは早いもので隣のカルラさんへ話しかけていた。

『受け入れられる形を模索する必要があるが。カルラ、神々に連絡はとれるか』

『活発な時期ですから三分の一くらいならすぐに……ってやるんですか!?』

帝さんに声をかけられて、ようやく意識を取り戻したカルラさんはついで驚愕に目を見開いた。

全身で驚きをあらわにする彼女に、帝さんはいかめしく言った。

『「触れれば死ぬ」を解決できるのであれば画期的だ。受け入れるのかは当人達次第。変化におびえているばかりでは何もできぬのだからな』

ただ、そこで帝さんはちょっと悩みこむ風になる。

『だが、その前に、契約に適した触媒が必要か。そちらの選定をするとなると少々早計か。だが、なるべく早く試験的に実行したいものだ』

『試験的に、でしたら』

唐突にネクターが自分にかけていた隠匿術式を解除すれば、亜麻色の毛先に薄紅が戻った。

同時に、精霊の気配も元通りになったネクターは、亜空間から自分の杖を取り出してみせる。

『私が協力できるかと思います。より適した資材を見つけるつなぎの分くらいは提供いたしますよ』

だけど、カルラさんはもとより、帝さんまで目を真ん丸に見開いて固まっていた。

その様子からするに、ネクターの術式は全くばれていなかったらしい。

さすがネクター！

『そう、か。そうであるな。ただの人が竜神の伴侶となれるわけもなし、か』

『ネクターは元人間だから、その認識は間違いじゃないよ』

『人の身であの真理をのぞき込んだというのですか!?』

カルラさんの琥珀の瞳が驚愕に見開かれれば、ネクターはなぜか照れた顔をした。

『すべて、ラーワと共に過ごすためですから』

今度こそ絶句するカルラさんの横で衝撃を受け流すように大きく息をついた帝さんは、私の隣にいるネクターに感嘆のまなざしを向けた。

『いやはやすっかり騙された！　だが、その心意気、思い切りの良さは誠によい！』

額に手を当てて、心底愉快そうに言った帝さんだったが、ふいに真顔になる。

『で、余への切り札として隠していたそれを今、明るみにして何を望む？』

衝撃を受けたのも本当だろうに、それを受け流して真理を突くのはさすがとしか言いようがない。

私も、最後まで隠し通すつもりだったから、こうしてネクターが明かしたのには内心驚いていたりする。

どういう意図があるんだろうと窺ってみれば、ネクターは薄青の瞳を帝さんに負けず劣らず真剣にして言った。

『門の維持に関して、協力者の魔族に任せる方針で進めていますが、それを私にしていただきたいのです。妻の帰る道を守るのは、夫の役割でありますので』

きりっとした表情で宣言したネクターに、私は顔が赤らむのを抑えきれなかった。

嬉しいけども、なんでそう堂々と言っちゃうかなあ!?

案の定、帝さんが一拍置いて爆笑する中、私はすさまじいいたたまれなさに縮こまったのだった。


さっそく準備のために、カルラさんとネクターが退室していくのを見送った私は、いまだに笑いの発作が収まらないらしい帝さんをにらんだ。

だが、帝さんは、応えた風もなく目じりににじんだ涙をぬぐうとしみじみと言った。

『いやあこれほど愉快なことも久しぶりだ！　にしても困ったぞ。これで、余の懸念がほぼ解消されてしもうた』

『ならよかったんじゃない？』

もともと、私達には使いようのない方法だったわけだし。大半はネクターの功績だしね。

と思ったら、なんだか呆れた顔をされた。

『そなたは技術と情報の価値に疎すぎるな。余の民であれば褒美を取らせるのだが、不敬になると悩んでおるというのに』

悩んでいるという割には態度がでかいけどね。

『んーと。一番簡単なのがあるんじゃない？』

ちょっと期待を込めてみれば、帝さんはちょっと目を見開いたあと破顔した。

『そうであったな。礼を言う。ラーワ殿。あとでネクター殿にも言おう』

『どういたしまして』

くしゃりと目じりにしわを寄せて笑う帝さんに微笑み返したのだが。

今回の蝕の出現の仕方が常とは違うらしい、というのに、一抹の不安がよぎる。

とはいえ、門は急ピッチでくみ上げられて、一週間ですべての準備を終えて当日を迎えたのだった。

◇　◇

門を設置した室内で、ネクターの確認の声が響いた。

『急造のため、安全に門を通れるのは二度のみ。行って帰ってくるだけです。さらに門は一度つながりが切れてしまえばラーワ以外につなぎ直すことが不可能のため、接続したままで行きます。よろしいですね』

『かまわん。皆の衆この短期間でよくぞやってくれた』

術者達にねぎらいの言葉をかける帝さんは、東和の正装に身を包んでいた。

黒と黄を基調としたゆったりとした服に、四角い冠を頭に乗せている姿は貫禄十分だ。

それらは十分に重量のあるものだが、武器のたぐいは一つも持っていない。

持ち物は同じく正装をしているカルラさんが持つ、一抱えある風呂敷包みだけで、ぶっちゃけ刀すら帯びていない。

ちなみに私も似たようなものだけど、魔法も魔術も使えるから、丸腰の帝さんとは雲泥の違いだ。

『その、帝さん。本当にそれで行くのかい?』

さすがに心配になって聞いてみれば、帝さんは毛ほども気にした風もなく言った。

『今から交渉事へゆくのだ。敵対するわけではない』

『……いや、私は思いっきり殴り込みに行くんだけど』

片や帝さんは平和的交渉に、片や私は武力行使も辞さない感じで喧嘩を売りにいく。ぶっちゃけ矛盾した組み合わせなのだ。

今更だけど一緒に行っても良いのかな? と考えていると、帝さんはなにを今更と言わんばかりのあきれた顔をしていた。

『そなたが大社の神を押さえているうちに、巫女達を懐柔するのだ。なんら問題なかろう? ついでに完全に押さえ込んでもかまわんぞ』

思いっきり利用されていたとわかったところで、がっくり肩を落とした。

『それでも、私は、この国の神さまにはならないよ？』

この際だ、先に言っておけば帝さんはちょっと目を見開いた後、いたずらがバレた子供みたいな顔をした。40代のおっさんなのに、これがまた魅力的に見えるから困る。

あ、でも、結構魔術的な研鑽を積んでいるみたいだから実年齢はもうちょっといっている可能性があるんだ。

『だいぶこの国に傾倒してくれているように思えたのだがなあ』

『この国は好きだよ。好きだけれども、故郷にはできない。この国の人々を一番に考えることはできないんだ』

私はドラゴンだ。ドラゴンだけれども、帰るところはネクターとアールの下で、大事なのは私の手の届く友人達だ。だから、帝さんやカルラさんのような気持ちで、この東和を守ろうとは思えない。

もし、アールと東和のどちらかを選ばなきゃいけなければ、私は確実にアールを選ぶだろう。

けれど、最終調整をしていたネクターが心配そうな顔でちらちらとこちらを見ていた。

帝さんの思惑に気づいた時に、事前にきっちり意思表示していたのに。心配性なんだからなあ。

だから、私はネクターの憂いを払拭するために明るく言った。

『なにせ、私はかわいい子供と、素敵な旦那の方が大事なんだ。あきらめてくれよ』

あ、ネクターってば耳を真っ赤にして調整の速度上げた。

はっはっは！　……時々ちょろくて大丈夫かって心配になるよ？

『のろけおって。せっかく、神々に新たな竜神の出現を周知させたところなのだがな』

釘を刺してみれば、やっぱりか。

仙次郎やリグリラから、やたらと魔族の間で「こちら側にいる要の竜」が話題になっていると聞いて、おかしいなあと思っていたんだ。

街中でも、なんだか妙に新しい神についての話題が飛び交ってたし、カイルも作為を感じると言っていたから、今回鎌をかけてみたのだ。

たぶん、大社の神様、テンが悪神だった場合を考えて私を代わりにしようとしたのだろう。

大社が帝さんに黙って誘拐なんてしているところからして、限りなく黒に近いグレーなわけだし。

『そなたは弱い者に頼られれば否とは言えぬ気質だと思うておったが。まあ、あわよくばであったゆえ、適当に流してくれ』

詫び入れもせずにしゃあしゃあという帝さんには、怒る気にもなれなかった。

この強かさと抜け目なさで、魔族達と渡り合ってきたのだと思うと、やっぱりすごいものがあるし。

『まあ、とりあえず、今この場ではきっちり共闘するよ』

『おうとも』

だからため息をついて言えば、にっかりとわらった帝さんが隣に居るカイルを見上げる。

『そなたも、よろしく頼むぞ』

『まあ、あなたの思惑はどうあれ、任された役目はきっちりこなそう』

『きっちりではなく全力でお願いしますよ！』

身を乗り出してきたのは、ちょっぴりぴりぴりしたカルラさんだ。

今回、門をくぐるのは、私と、帝さんとカルラさん、そしてカイルだ。

本来は三人の予定だったのだが、別行動をする私のほかにもう一人護衛をつけたいと家臣の人々が主張したのだ。

唯一無二の帝だから当然だけど、最大戦力である東和にいる魔族は、ほぼ全員テンや大社の巫女達との不可侵の契約によって手が出せない。

カルラさんは帝さんの護衛としてついていくけれど、不安が残る。

なら、不可侵の契約をしていない魔族であるカイルに、白羽の矢が立ったのだ。

カイルならテンにも真琴にも顔を知られていないから大丈夫だし、美琴とアールがそこに居たらすぐにわかるから、一石二鳥の人選だった。

私達の目的は三つだ。

一つ目は帝さんの交渉をつつがなく進めること。

二つ目はアールと美琴を取り戻すこと。

三つ目はテンに会うことだ。

本来はアールと美琴を取り戻すまででよかったのだが、少し、予定変更していた。

疑問に思うことが多すぎるからね。

「カイル、後は頼みましたよ！　私が行けない分アールをお願いしますね！」

「それがしからもたのむにござる」

「ちゃんと取り返してくるさ、安心しな」

真剣な表情をしたネクターと仙次郎に、口々に言われたカイルはそう応じていた。

ちなみにリグリラは直接乗り込む組に加われなくてすねて、今この場にはいない。

いや、だって、出会い頭に遠慮なく喧嘩ふっかけそうで怖いんだもの……。

ただ、残ってもらいたい理由もちゃんとあって、ネクターは門の維持で手いっぱいだから、仙次郎や帝さん直属の術者がいる中でも、こちら側の守りが薄くなるのだ。

信頼して頼めるのはリグリラだけだと、昨晩拝み倒したんだけど、屋敷の何処かに気配がすることからして、待機してくれているようだ。

安心しつつ、そうして準備が整った中、私達は門を設置した部屋へ入った。

少しひんやりとした室内には、板張りの床から壁から天井まで、びっしりと東和の呪文字を刻み込まれていて、その中央にあるのは水盆だった。

四角形で、一抱えほどはあるそれには透明な水のようなものがたたえられている。

だけどそれは本物の水ではなく、魔力が可視化されるほど凝縮されたものだった。

急造にしてはなかなか良い感じの出来である。

『三人とも、心の準備は良い？』

『いつでもかまわん』

ドラゴンに魔族二人に人間というパーティで挑むのに、一番堂々としているのが人間の帝さんって、ほんと笑えるなあ。

おかしく思いつつ、私は水盆の枠に手を添える。

ちらりと部屋の外側にいるネクターへ目で合図を送ると、水盆を通して術式を起動した。

水盆の魔力の水に独りでに波紋が刻まれ、一気に床、壁、天井に刻まれた術式が活性化して光を帯びる。

よし。私の魔力波でも問題なく起動できた。

後はこの門を在るはずの大社の異空間へ超えるだけ。

私の意識には膨大な世界が広がっているが、門に刻まれた地図と発信器のおかげで迷わない。

見つけた。

黒髪に混じった赤が魔力で光を帯びていたが、かまわず私は、起動の言葉をつぶやく。


『開け』


とたん。水盆にたたえられた水が勢いよく立ち上がった。

暴れていた水壁の表面はだんだんに静まり、向こう側に庭のような風景と青空が広がる。

ここは室内だ。青空なんて在るはずがない。

『つながった！』

カルラさんが歓声の混じった声を上げるのを聞きながら、私はネクターに視線をおくる。

杖を構えたネクターは、すかさず私からコントロールを受け取った。

一瞬水壁はゆらいだが、今も青空が見えたままだ。

固唾を呑んで見守っていた術者達から、小さく歓声が上がるが、すぐに収まる。

だって本番はこれからだもん。

一番に入るのは私だ。何があってもとりあえずは生きていられるからね。

ふうと、息をついて立ち上がった私はネクターをふりむいた。

「じゃあ行ってくる」

「ご武運を」

その声を胸に、私は水壁をくぐった。


ひんやりとした感触はあったけど、全く濡れはしなかった。

一歩踏み出せばすぐに硬い石畳を踏む感触がする。

野外であることを想定して、靴を履いていて良かった。

そうして降り立ったのは、空の下、だった。

振り向けば水壁があり、変わりなく水面を揺蕩らせている。

周囲は色とりどりの花が咲き乱れる庭となっていて、丁寧に手入れをされた雰囲気があった。

だが、魔力で満たされているのは感じ取ることができるのに、レイラインがつながっている気配はみじんもない。

つまり、この空間は現実から隔絶された場所にあると言うことだ。

開放的に思えるのに、妙な閉塞感を覚える場所だった。

この空間の特異さを感じられるカルラさんとカイルは身体に緊張をみなぎらせていた。

『ここが、大社の中か。構造としては分社に似ているが……空気が違うな』

そうつぶやいた帝さんも、顔は愉快そうだけど警戒は忘れていない。

徹底的に作り込まれた箱庭、と言うのが私の感想だった。

ともかく、前方に見える壮麗で瀟洒な建物が本殿と言うやつだろう。

『カイル殿には予定通りこの門の守りを頼もう。あとは、穏便に殴り込みをかけたいところだが』

言葉を切った帝さんは、石畳の小道の向こうを見やる。

見覚えのある人影が歩いてきたからだ。

そう、彼女の領域に入り込んだからには、気づかれないとは思っていなかった。

『まあ、「来い」って言ったのはあたしだけれどもね。まさかここまでぶっ飛んだ手を使ってくるとは甘く見ていたよ』

華やかな衣を身にまとい、深緑の髪を背に流したテンが、苦笑しながら現れたのだった。

その傍らには当然のように白い髪の頭頂部には白い狐耳が主張する真琴がいる。

白い着物に赤の袴という巫女服姿の彼女は、私を見ると申し訳なさそうに会釈をしたが、会話はテンに任せるようだ。

「ラーワ、こいつが……」

「そう、アール達の拉致犯で、要の竜の一柱」

カイルにひっそりと尋ねられた私はそう返したのだけれど、目の前に居るテンには違和感があった。

だけど、その前に、カルラさんが動き出したことでその場を譲る。

『嵐刻竜《らんこくりゅう》よ、これは盟約には反さない事柄であると先に申しておきます』

軽く頭を下げて、青ざめた顔ながらもきちんと言い切れば、テンは苦笑を崩さないままうなずいた。

『わかっているよ。君の魔核が壊れていないと言うことは、一切盟約には反していないと判断してるし。そこの帝くんが一枚上手だったたってことだ』

さらりと、流し見られた帝さんもさるもので、すっと、頭を下げた。

『大社の神とお見受けいたします。余は今代帝。このたびはぶしつけな来訪で申し訳ない』

『ほんと、全くだよ。まさかほかの要の竜を引き入れて大社の門を創り上げるなんて、今までなかったことだ』

『余は、人脈と運には恵まれておると常々考えておったが、今回はとびきりであった』

あきれた風に肩をすくめるテンに、ぬけぬけと言った帝さんは、不意に眼差しを鋭くした。

『だが、これにて古の約定を果たしてくださるものと確信している』

朗らかだったテンが黄金の瞳を丸くするのに、さらに畳みかける。

『帝が大社の門を開くことができた暁には、大社の神に一つ願うことができる。古き先祖よりそう伝わってきた』

私はその言葉で、ようやく、なぜ帝さんが強制的に追い返される心配をしていなかったのかを理解した。

恐らくずいぶん昔には、テンと帝との間に、何らかのつながりがあったのだろう。

『確かにそう約束したね。けれど、君。その約定の真の意味を理解して願おうとしているのか？』

ひんやりと冷気を帯びたその声音にも、帝さんは動じなかった。

『わかっておる。余が願うのは、柱巫女制度の撤廃だ』

テンは驚きに目を見張り、ついで泣き笑いのような表情になった。

『そっか、わかって来ちゃったのか。でもあたしの答えは……』

『みなまで言うな。説得の準備はきっちり整えてきたのでな。付き合ってもらうぞ』

挑戦的に笑う帝さんに対し、テンはしょうがないと言わんばかりに微笑んだ。

『今回はずいぶんイレギュラーだけど、君は自力でたどり着いた。ならば聞かなければいけないね』

それは母親のような優しさと労りに満ちていて、私の中の違和感はふくれあがるばかりだ。

『ただ、そろそろ身体に穴が空きそうで怖いから、まこっちが相手をする。ただ代役、だなんて思わないでくれよ。彼女はあたしと一心同体なんだ』

にらんでいたことを揶揄された私はちょっとむっとしたものの、肝心のことを問いかけた。

『アール達は、無事なんだろうね』

彼女の能力の分析は、ネクターとやった。

いくつも仮説を立てた今なら、きっと勝てる。

『もちろん、すぐに引き会わせるとも。だけどそれだけで良いのかい？』

だから実力行使も辞さない姿勢で問いかけたのに、あっさりと返されたあげく胸中を見透かされたように言われて、意気をそがれた。

言葉に詰まっていると、代わりに帝さんがテンの傍らにいる真琴を見つめながら声を上げた。

『余は、当代柱巫女であるなら、不足はない』

『じゃあきまりだ。とりあえずようこそ、あたしの家へ。歓迎するよ』

あくまで朗らかに言ったテンは、私達を奥へ促すように手を広げる。

けど、その時懐かしい気配が近づいてくるのを感じて、はっとした。無意識のうちに耳を澄ませば、石畳を駆ける軽い足音が響いてくる。

それほどたたず、テンの向こうにある生け垣の陰から現れたのは、亜麻色に赤の房が混じった髪を揺らして、全速力で走ってくるアールだ。

そうしたら、たまらなかった。

「かあさまっ！」

「アールッ!!」

私は、テンの横をすり抜けると、表情にいっぱいの喜色を浮かべるアールを抱きしめたのだった。

『おおふ。わかっちゃったかあ。さっすがドラゴンの子』

「どこも怪我はないかい？　怖いことはなかったかい？　遅くなってごめんね……」

「うん。大丈夫だよ、かあさま。巫女さん達みんな、すごくよくしてくれたから」

テンの困ったような声も意識の外で、私はアールの頭を撫でてその身体を確かめた。

着ている白い着物に赤い袴は隅々まで手入れが行き届いたものだし、アールの血色もかなり良い。

なによりアールの表情が明るいことに、心底ほっとした。

けれど、不意に、アールの金の瞳が涙に潤む。

「寂しかったっ！　かあさまたちが無事で良かった、よう……！」

そのまま、私の首にかじりついて泣き始めるアールを、ぎゅっと抱きしめた。

「そうだねえ。寂しかったねえ。怖かったよねえ……」

アールが最後に見たのは、私達がテンになすすべもなく倒される姿だったのだ。

私達が心配したように、アールが怖くなかったわけがない。

思い至ったとたん、もっと早くこられたら良かったのに、と後悔の気持ちでいっぱいになった。

謝りたい気持ちもたくさんあったけれど、今それをすれば、きっとアールは涙をこらえて大丈夫だよって言ってしまうだろう。頭の良い子だから。

なら、今は何も言わず、思いっきり泣いてしまうのが良い。

『テン、少しは反省されましたか』

『……ものすっごく反省いたしました』

ちゃんとここにいることがわかるように、アールの亜麻色の髪や、背中を優しく撫でていると後ろから、そんな言葉が聞こえてきた。

ちらりと視線をやれば、真琴にじと目でにらみ上げられたテンが、全力で肩を落としている。

その姿に息をついた真琴は、私の困惑の眼差しに気づくと、申し訳なさそうに眉尻を下げた。

『ラーワ様。テンやわたくしを許せとは申しません。ですが、お話だけは聞いてくださると嬉しく思います』

そうして真琴は、くるりと帝さんの方へ向くと、丁寧に頭を下げた。

『では帝様、こちらへ。わたくしたちは、わたくしたちの話をいたしましょう』

その姿はすでに、厳かな巫女のもので。風格すら漂うその姿は、20を超えたばかりの若い子だということを忘れてしまいそうになるほどだ。

『うむ。わかった。ゆくぞ、カルラ』

その眼差しを向けられた帝さんは、聞きたいことはあっただろうに飲み込んで、真琴に案内されるまま、別の小道へと去って行った。

四人だけになって、ひっくひっくとしゃくり上げるアールを抱いたままの私が見上げれば、テンはひどく決まり悪そうにしながら言った。

『あーうん、えーっと。……とりあえず、門は繫げっぱなしでも良いよう。と言うか、繫げっぱなしにできる技術にびっくらこいていたりするけれども』

『聞きたいことが、山ほどあるよ』

煮え切らない態度のテンに先んじて私が声を出せば、彼女がほっとしたようだった。

『だろうね。落ち着いて話せる場所に行こうか』

それには全く同意だから、立ち上がろうとしたら、アールがぎゅっと私の服を握りしめてきた。

まだしゃくり上げながら、不安に揺れる瞳を向けるアールに心は揺らいだが、私はアールの頭をゆっくりと撫でて、額をくっつけた。

「門のむこうに、ネクターが居るから、安心させてあげてくれないかい」

「かあさまは……？」

「アールの顔見たら元気が出たから、もうちょっと頑張ってくるね」

安心させるためににっこり笑ってみせて、そっと立ち上がれば、アールはおとなしく手を緩めてくれた。でも詭弁だってわかっているのだろう、その表情は明らかにしぶしぶで、ずきりと心が痛む。

だけど、ゆっくりと促してアールを預ければ、カイルは黙って引き受けてくれた。

『じきに、みこっちゃんも来るから、気をつけて帰ると良い』

そうテンに声をかけられたカイルは、片眉を上げて、困惑を顕わにする。

きっと、こう思っているのことだろう。なんでこの竜《ひと》はこれほどあっさりとしているのだろうか、と。

その疑問もふくめて、私はなにがなんでも話が聞きたいのだ。

『さあ、くるかい？』

『もちろん、そのためにここに来たんだ』

だから私は、テンに誘われるままに、その手を取ったのだった。

第17話　ドラゴンさんは先輩に問う

テンの手を取った瞬間、意識が間延びするような、不思議な感覚を覚えた。

空間転移に似ているけれど、微妙に違う。

「場と場を繋げて移動してきたんだよ。ここはレイラインも通っていない、あたしの領域だから。こういうこともできるってわけ」

視界が蜃気楼のように揺らいだとたん、西大陸語に切り替えたテンの言葉通り、そこは、すでにあの庭ではなかった。むき出しの地面と、青々とした空だけがあるその場所は、恐らく別の異空間だ。

その場にただ一つあるのは、石組みの祭壇だった。

表面のなめらかな石を隙間無く組まれて創られた平舞台の上には、地球時代の朱塗り鳥居に似たものが七つ、円を描くように立てられている。

さらに、石畳の上にはびっしりと東和の呪文字が刻まれていた。

シンプルで、だからこそ、厳かさと静謐さを感じさせるその場所に、私は知らずに息を呑んだ。

「さあ、君はあたしの願いに応えてきてくれた。なんでも聞いて良いよ」

軽やかな足取りで祭壇に上ったテンを見上げて、私は小さく息を吸った。

「ここに来て、見て、出会って。東和のいろんな一面を見た」

日常的に魔物が出る土地柄なのに、明るく日々を過ごす人々。

さらに西大陸では忌み嫌われていると言って良い魔族達と、協力し合い国を守っていた。

それは、私達があれほど手こずった蝕を倒すほど。

「この国はまるで楽園のように楽しそうだ。すごく居心地が良い場所、だと思った」

「だろう？　あたしの一番の自慢だよ」

ふふんと、たちまち得意げな顔をするテンに、私はじれる心のままにぶつけた。

「ならなんで、完全に守ろうとしないんだい？　あれほど完璧なレイラインの調整ができるのであれば、今以上に魔物が出てこない環境にすることも可能だろうに」

そう、この国に対する違和感はそれにつきるのだった。

この国は、私達ドラゴンが理想とすべき細密さでレイラインが整えられている。

にもかかわらず、あえて魔物が生まれやすい環境を維持しているようにしか思えないのだった。

「大社の神としての君は、東和の歴史上に現れるたびに、良い方へと導いていった。この国にとても愛着を持っているように思える。なのに住みやすい環境にできるにもかかわらず、それを放置しているのは」

「決まっている。これが最善だと考えたからだよ」

にっこり笑って言ったテンは、両手を広げて軽やかに続ける。

「あたしはこの国が好きだ。この国に住む動物も植物も獣人も人も、全部愛おしくて、全部守りたかった。だからあたしは、５０００年前のあの日。同胞と縁を切った」

５０００年前。またその単語に出会った。

ドラゴンのとりあえずの寿命で、古代人が消えた時期。

蝕について知ろうとするほど、その年数に縁がある。

「５００年前に何があったんだい？　ドラゴンの誰に聞いても知らなかった蝕を知っているのはどうして。無垢なる混沌って、蝕ってなんなんだい？　そもそもどうして実体じゃないんだい」

聞きたいことは山ほどあって、でも未だに警戒が解けないのはそれだった。

彼女は、この場所に来ても、精神体つまり実態のない幽霊みたいな状態なのだ。

ドラゴンみたいに魔力の固まりだからできることだけど、そうそうやるような技ではないし、やる意味も無いことだ。

なにせ、魔力が強い人じゃないと見えないんだから。

帝さんが見えていたのは、きっとカルラさんとの盟約のおかげだろう。

「いいや、この霊体が今のあたしそのものだよ。君を信用していないから実体で出てこないわけじゃない」

穏やかに言うテンに、私はさらに重ねようとしていた言葉をのみこんだ。

「うん。集約すると、その四つだね。順を追って答えていこう。それに、あたしは誰かに、いいや同胞にずっと自慢したかったんだ。ざまあみろ、あたしは守り切っているぞ！　ってね」

きらりと黄金の瞳をきらめかせて。テンは軽い足取りで祭壇を歩く。

その言葉で、確信した。彼女は本当に、ただ私達を……正確には私をここへ招くためだけにアール達をさらったんだと。

その姿を追って私も祭壇に上がれば、テンは朱塗りの鳥居の前で胸に手を当てて言った。

「まず、一つ目。なんで実体じゃないか。理由はあたしの実体はすでに機能していないからだ。この東和を襲った蝕を封印した時に、消滅したからね」

テンの表情には、後悔も怒りも、嘆きもなく、ひたすらに晴れ晴れとしていた。

きっと、東和という国を守った誇りから来るのだろうけど、私はにわかに信じられなかった。

「うそ、だろう？　だって、蝕はドラゴンに影響がないもののはずだ。そうじゃなきゃ、私は……」

ここには居ないはずなのだから。

世界の分体《ぶんたい》であるドラゴンが呑まれるのであれば、世界が消滅していなければおかしいのだ。

事実、私が呑まれなかったことで、ネクターと私は、この「蝕」という現象が世界の新たなバグという見方を有力視していた。

けれど、テンの実体が消滅しているのであれば前提が崩壊してしまう。

「やっぱり、君は触れても大丈夫だったんだね」

私が動揺を顕わにしていれば、テンはひどく納得した表情をしていた。

やっぱり触れても大丈夫？　まるで、私とテンが違うもののような言い方じゃないか。

けれど、テンはそのことには深く触れずに話柄を変えた。

「あたしは当時からずっと、ドラゴン達の姿勢には疑問を持っていた。って言うか直接介入せずに、遠巻きに見守るべき、とか馬鹿じゃない？　こんな楽しい生き物達と一緒に楽しまないでなにを楽しむんだい！　辛気くさいレイライン調整が全部世界とそこに住まう生き物のためならっ。その子達を眺めて愛おしんだ方がやりがいが生まれるだろうに!!」

と、思いつつ、テンが全力で力説するのには、思わずうなずいてしまった。

というか、全面的に賛成だ。

人という生き物は、目まぐるしくて、鮮やかで、全く飽きる暇が無い。

関わっているだけで、自分も生きてみよう頑張ろうって思えるんだ。

「だから、あたしはこの国を徹底的に守ることにした！　そのときそのときで好きな子ができたら子供も作った！　その子達が幸せでいられるように一生懸命考えた結果が今の東和だ。おかげですんごく良い子ばかりだよ、うちの子達超かわいい!!」

「え、ええと？」

超きらきらとのたまうテンに、私はちょっぴり引いた。

だけど、テンはその反応が不満だったようだ。

「えー君だって子供もうけてるじゃないか。それと一緒。あたしが愛した人族達は、男でも女でもすぐに死んでしまうからね。頼み込んで土下座して、大切にするって約束して、子供を残してもらったんだ。そうしたら、いつまでも血族を愛していってやれるだろう？　おかげで、みんな良い巫女として戻ってきてくれるし、大社はいつだって賑やかだ！」

からっからと笑うテンの表情には曇りひとつ無い。

つまり、もしかして……。

「巫女達って、みんな君の子孫なのかい!?」

「主だった巫女の家系はみんなそうだよう。５０００年もたっちゃうとだいぶ薄まってるけどね。まこっちもみこっちゃんも良い巫女になったよなあ。えかったえかった」

心底嬉しそうなテンには私は言葉を失った。

その昔、私がネクターにやろうとした「子孫を見守っていこう」を国規模でやっていたという、スケールの大きさには、あんぐりと口を開けるしかない。

……一体何人と子供を作ったの？　と下世話なことがよぎったのは気にしない方向で行こう。

巫女の家系が確か両手にあまるくらいあったはずだから……うん。

というか、ちょっとまって、男でも女でもって言った!?

「あ、そこ、あたしは愛があふれてる系のドラゴンなだけだからな？　みんなそれぞれの良いところを全力で愛した結果なのだよ？」

にっこり笑うテンの迫力に気圧されて、私が黙り込むしかなかった。

カルチャーショックにぐるぐるしつつも、でも、と思わざるを得ない。

「なら、どうして、柱巫女制度なんてものを作ったんだい」

百数十年に一度、封印を強化するために捧げられるという柱巫女。

愛した人の子孫であるなら、なぜむざむざ犠牲にするようなことをしているのか。

そこまでしても、蝕は定期的に現れているのはなぜなのか。

そう聞けば、初めて、テンの表情がゆがむ。

「……五つに増えたね」

絞り出すような声音には、深い悔しさがにじんでいた。

はっとしているうちに、テンはぱっと指を二本立てた。

「二つ目。なぜ、完全に守らないか。これはもう、あたしの過失でしかない。この国を脅かした蝕は、一度は収められたけど、封印は完全じゃなかったからだ。５０００年たっても未だに蝕は時空の向こうに揺蕩っているんだよ」

「え……」

目をまん丸にして見返せば、テンはさっきとは打って変わって、至極真剣な眼差しになると、片手を一閃した。

すると、一つの鳥居の内側に東和の細い陸と海の光景が映り込んだ。

上空から見た東和は、三日月みたいな形をしていて、形が日本と似ていて面白いなあと思っていたのだが、なんでこんなものを見せるんだろう？

「蝕が現れる前の東和はね、今の陸の倍ぐらいあったんだよ」

「っ!?」

テンの淡々とした声に、私はぞっとして再び東和の大陸を見た。えぐれているような場所は、事実、蝕によって消滅させられた場所だと気づいたからだ。

「５０００年前、あたしは東和を襲った蝕を退けようとした。けど大陸を半分持ってかれて、それでも、全部倒しきるまでには至らなかったんだ。だから実体を犠牲にして封じるしかなかった」

「ネクターと私は、君の属性は時ではないかと推察していた。時の流れを自在に操れるのであれば、君が精神体でいられる理由も、独力で封じられたのにも説明がつくけど……」

ドラゴンには私みたいに物質的な属性を持つものから、思念など概念的なもので顕現するものもいる。

彼女の高速移動が、時の認識をいじっていた結果であれば、私達が反応できなかったこともうなずける、と考えていたのだ。

霊体であるテンはたぶん、自分を現世とは違う時の流れに置くことによって、消滅を免れているのだろう。

そうすると、全く違う流れの中にいるわけだから、現世へのアクセスもものすごく面倒なはずなのに、全くタイムラグなしに会話ができるのは、すさまじいとしか言いようがないけれど。

「うわあ、もうそこに気づいているのか」

苦笑しつつも悲しみをにじませたテンは、深く深く、息をつく。

次の瞬間、黄金の瞳を炯々と光らせて続けた。

「封印と言っても、あたしができたのは現在に現れないよう先送りにするだけ。必ずほどけて蝕があふれ出すのは決定的だった。だからあたしは、いつか必ず来る災厄に、自分達で立ち向かえるように。あたしの子らを鍛え上げることにした。子らが理不尽を討ち果たす力を得るまで」

その強靱さと迫力に、私は圧倒された。

「まずは妖魔に慣れさせた。蝕は魔物を呑めばある程度は消滅する。けれど常時あふれさせるには危険が高すぎるし、子らが討ち果たせなくてはならないから。それから蝕の脅威を忘れさせないために、定期的に封印を緩めた。少しずつでも蝕を減らすことで、負債を無くしていく目的もあった。全ては子らが生き延びられるように」

いっそ冷徹さすらはらむテンの話だったが、そこから彼女の苦悩が伝わってくるような気がした。

愛でて甘やかすだけが、優しさじゃない。

たぶん、大社の神がドラゴンであると明かさないのは、頼らせないためだ。

決定的な部分で助けることができないから、自分達でなんとかしなきゃいけないと言う意識を持ってもらうために。

本当はひっくるめて守りたいけれど、それができないから、できる限りのことをする。

その形があの不自然なレイラインの整備の仕方だったのだ。

「なのに、あたしの〝時繰り〟で稼げた時間は、たった百年ちょっとだった。封印を更新しなければ、とたん東和は蝕に呑まれる。なのに実体を失ったあたしは、もうこの現実世界に干渉する力を持たない。絶望、したよ。あたしはこの世で一番万能に近いはずのドラゴンなのに。たった百年しか守ってやれないのかって」

ぎりぎりと、拳を握りしめるテンはふいに力を抜いた。

「けどね。あたしの子達は言ったんだ。実体が必要なら、私達の身体を使えば良いって。三つ目、柱巫女とは何なのか。それはあたしが蝕を封じ直さなきゃいけないときに、あたしの依り代となる子達のことなんだ」

そのときのテンは、自責と嘆きを全てのみこんで、鋼のような強い意志に変えたような鋭さをはなっていた。

「あたしの子孫である彼女達は、あたしの魔力に拒絶反応も起こさないし、親和性も高い。完全とはいかないまでも、蝕を再封印するくらいはできる。彼女達の身体を借りることで、今まであたしはこの国を守って来れたんだ。そもそも、あの魔族と人の神降ろしの術式は、あたしを降ろすための術式だしね」

「でも、ドラゴンを霊体でもその身に宿すなんて、無事で済むわけがない」

同じ神降ろしの術式ならば、美琴が使っているのを見たことがあるからわかる。

精霊のカイルを降ろした彼女は、短時間で魔術も使っていないにもかかわらず、その後倒れた。

自分の許容量以上の魔力と魔力領域を使うのだ。負担にならないわけがない。

しかも蝕を封印するための魔法は、ドラゴンが全力で行使するような大規模なものになるはずだ。

いくら親和性があったとしても、そんなものを扱えばどうなるか。

「うん。そうだよ」

静かに同意を示したテンさんは、するりと、傍らの朱塗りの鳥居を撫でた。

「ほんとね。良い子達なんだ。大社に来る子達には、まず役割について告げる。その上で、大社に残るかどうか問いかける。なのに、残ってくれる子が少なくないんだ。それであたしを気遣ってくれる。ひとりで抱え込まないでって言ってくれるんだよ」

嬉しげに微笑んですらいるのに、彼女は泣いていた。

痛みと悔しさを全部のみこんで、悲しむことすら自分に許さないように。

だからわかった。テンはこれしかないと受け入れてはいるけれど、まったく納得していないことを。

「まこっちなんてね。あたしがなんでも叶えてあげるよ、って言ったら、妹と従兄が幸せでいるところを見てみたいって。それだけだったんだ。それでもう、十分お役目に専念できるって」

深く息をついたテンは私を射貫くように見つめた。

「だから、あたしは消滅できない。この東和が、完全に蝕の脅威から解放されるまで。そうしないと、彼女達の想いが無駄になるから」

その、切りつけられるような強固な意思に、無意識のうちにこくりとのどが鳴った。

ものすごく悩んで、苦しんで、無力に泣いて、それでも何とかしようとした結果だったんだ。

この東和はそんなテンによって守られている。

とても、強くて、とても悲しい。

でも、そこまでしても、押さえ込みきれない蝕って一体何なのか。

私が考えていることがわかったかのように、テンはぴんと、四本目の指を立てた。

「そして四つ目。蝕とは何なのか。まず言えるのは、蝕は、この世界のものではないってことだ」

とてもシンプルで、明確な答え。

それに、私は目をしばたたかせることしかできなかった。

私の反応をどうとったのか、テンは探るような眼差しになった。

「信じられない？　この世界以外のものがあるってことが。でもあたし達ドラゴンは概念として知っているはずだ」

「そう、だけど」

ドラゴンは、この世界に住まう生物たちの外枠にあるものとして創造された。

だから、この世界を作った創造主というモノがいることも知識として知っているし、この世界の外側があることもわかっているのだ。

そしてそれは、地球という異世界からこの世界に転生してきた私が、一番よく知っていることだ。

けれど、実際に他人からそれを肯定されるとすごく変な気分になったのが一つ。

もう一つはドラゴンとして世界の仕組みを知っているからこそ、疑問がわき上がったからだった。

「蝕がこの世界のものではなかったとしても、世界の修正力に従って、この世界の魔力としてなじんで……消滅するはずだ。それなのに蝕は逆に世界を侵蝕している。おかしいよ」

この世界は未だにできたてほやほやで、だからこそほかの世界よりも強力な修正力を持っている、らしい。

世界の外側から異物が紛れ込んだとしても、飲み込んで自分の身体《せかい》になじませてしまうくらいには。

かくいう私の魂も、そのままではこの世界に居られないから、ドラゴンとして転生したのだと考えているほどだし。

それに、世界の外側のものであるのなら、わからないことがもう一つ。

「なら蝕からあふれ出す負の感情は、どこから来ているんだい」

あの恐ろしく純粋で痛々しい思念は、とてもじゃないけど違う世界のものとは思えなかった。

もっとこの世界に根ざした生々しさみたいなものがあるような気がしたのだ。

そう聞き返せば、テンは恐ろしく驚いた顔をしていた。

「なんだって？　あれに感情？　想い？　どんなものなんだ？」

「何というか。ひたすら、悲嘆に暮れる。ような」

寂しい。ような。

矢継ぎ早の問い返しに、戸惑いつつも答えれば、こくり、とのどを鳴らしたテンは、みるみるうちに黄金の瞳を輝かせた。

「……そう言えば、君の正式な名前を知らなかったね。教えてくれないか？」

そういえば、名乗っていなかったか。

「**溶岩より生まれし夜の化身**《ラーワエナーセラムノクトゥルヌスフイグーラ》」

警戒しながらも隠すものでもないので名乗れば、テンは驚くほど高揚した表情で唇をつり上げた。

「夜と溶岩……ああそっか。あんにゃろう。とうとうやったんだな！」

それは痛快さに似た、してやられたような、こちらが面食らってしまうような感情の発露だった。

希望が見えてきた、と言わんばかりのそれには困惑するばかりだ。

「そうかあ！　うん。それは喜ばしいことだ！　あたしにとっても。あいつらにとっても！」

ひたすら一人で納得する彼女は、全く私に説明する気が無いらしい。

「なあ、それはどういう意味なんだい？」

じれた私が声を上げれば、テンは黄金の瞳で私を射貫く。

今までで一番真剣で、まっすぐな眼差しだった。

「ねえ、ラーワ。世界を救ってみないかい？」

唐突で、壮大すぎる、冗談のような問いかけだったけど、テンの表情にも態度にも、一切茶化す雰囲気はなかった。

とっさになんと言い返すか迷っているうちに、テンはにっこり笑う。

「うん、答えなくて良い。このまま返すわけにはいかなくなっただけだから。とっくりじっくり話をして、うんといってもらうからさっ！」

とたん、急速に彼女の周囲の魔力濃度が上がっていくことに身構えた。

「手始めに君の魔力強度を確かめさせてもらおう！　ついでに蝕についての耐性もどれ位あるのか気になる！　救うにしても、少なくともあたしよりは強くなきゃ駄目だからねっ！」

「っ強引すぎるだろう!?」

いっそ楽しげなまでに弾んだ声音で理不尽なことをのたまったテンは、その姿を光に変える。

膨大な魔力を引き連れて空へ顕現したのは、深緑の鱗が美しい一体の竜だった。

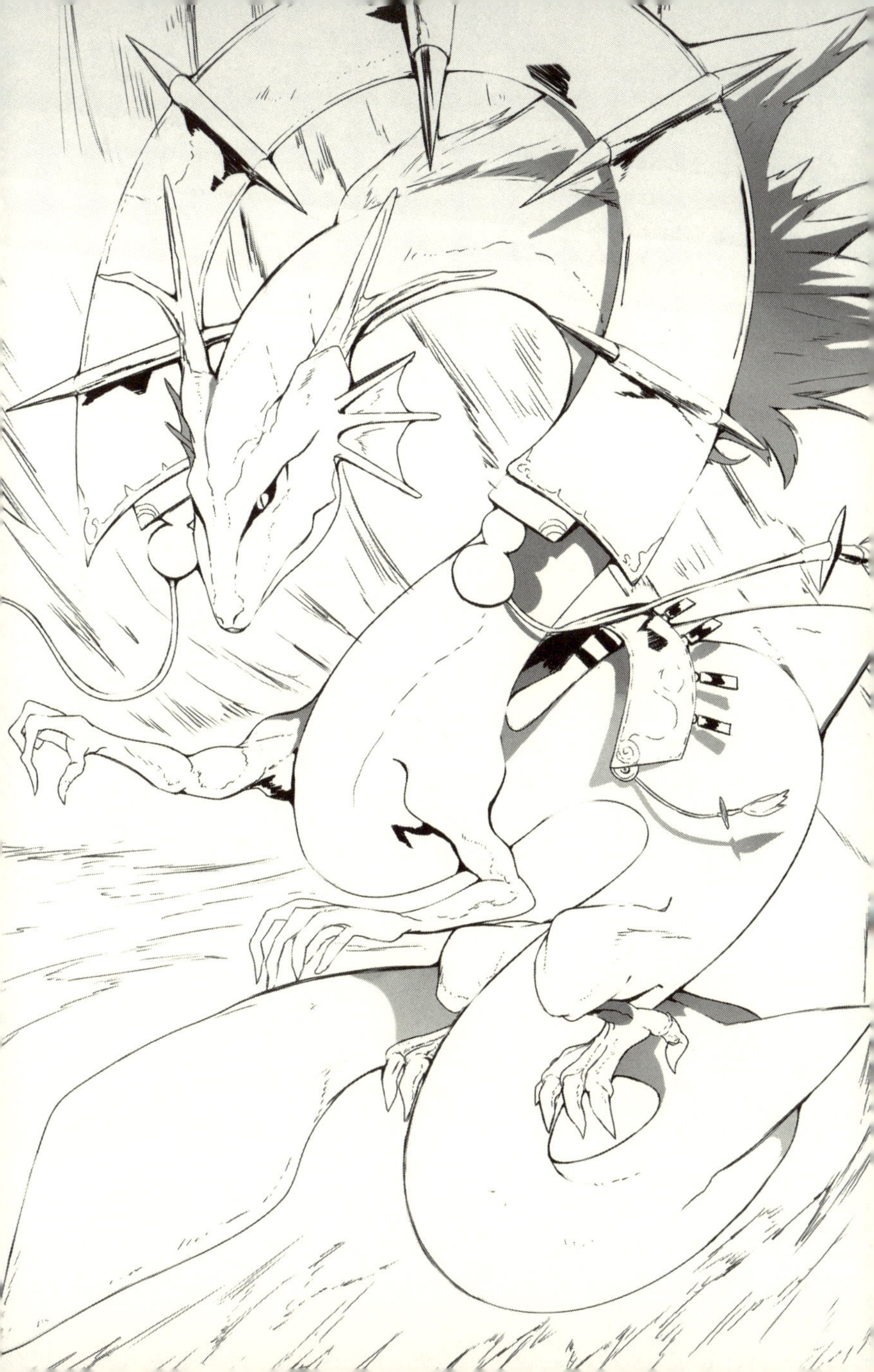

と言っても私やヴァス先輩みたいなドラゴン形じゃない。

大きさはたぶんドラゴンの私と同じくらいだけど、蛇によく似た細長い身体に、頭部から背にかけてには鱗と同色のたてがみが生えそろう。

ワニのようでいながら、気品すら感じさせる優美な頭頂には一対の角が伸びていて、周囲を羽衣のような幾何学の物体が空中に遊んでいた。

そのドラゴンというよりも龍と呼びたくなるような美しい龍は、黄金の瞳で私を捉えると、にんまりと笑った。

『ふっふっふっ。ここはあたしの領域だ。この中でならこうして往年の姿もとれちゃったりするんだよ！　さあっラーワ！　先輩と遊ぼうか!!』

そんなめちゃくちゃな先輩全力でお断りだ！

そうして空中を泳いで嬉々として襲いかかってくるその龍に内心絶叫しつつ、私はとっさに出口を探すために身を翻した。

聞くことはとりあえず聞いた！　これ以上は付き合う筋合いはない！

と言うわけで人型のまま翼を引き出し、全力で逃げようとした矢先。

全身に怖気が走った。

この胸をかきむしられるような悲しみにも似た気配は、蝕のものだ。

走りかけた足を止めて振り返れば、祭壇の中央にある七つの鳥居の真ん中の空間が揺らぎ、物々しい感じに激しく魔力光を明滅させてきしみを上げる。

臨界点に達した鳥居が砕けると、祭壇にまで一気に亀裂が走った。

瞬間、その大きく走った亀裂から、白く禍々しい霧が吹き出す。

とっさに空中へ逃れた私は、吹き出してきた霧が嵐のように渦巻き、白い巨体へと凝っていくのをあっけにとられて眺めた。

それは、無垢なる混沌が生物の姿をとるのと全く同じ現象だ。

だけど、今まで見たものとは規模が違うし、そうして凝ったのは、今、空を踊る深緑色の龍と寸分違わぬ姿だったのだ。

優美に蛇体をくねらせる白い竜は、意思のない真っ白い瞳で私達を捉える。

『……――！――……!!』

声なき声で咆哮を上げたかと思うと、凝らなかった白い霧をひきつれて襲いかかってきたのだった。

「わあああああ！！！？？？」

私は翼を羽ばたいて逃げに転じたが、隣に深緑色の龍が並んできたのに全力で抗議した。

「なに!?　あんな蝕まで作り出して！　そんなに私を追い詰めたいわけかい!?」

「誤解！　めっちゃ誤解!!　あれは違うっ。あたしができるのはあくまで封印を緩めることだけで、蝕が生物の形になるのを操れるわけじゃないし！　あんなの作ってないし!?」

確かに、さっき叫んだときにテンの声と重なっていたような気がするし、何より彼女の焦りは真に迫っていたけれど、さっきまで思いっきり襲いかかろうとしていたヒトの言葉を信じられるか！

猛烈に嫌な予感がして、私とテンは同時に横へ身体を滑らせる。

刹那、私達がさっきまでいたところを、強烈な魔力の固まりが通り過ぎた。

着弾したのは祭壇のなれの果ての一つで、とたんにそれは砂塵になる。

まるで、長い時を経て風化するまでを早回しにしたみたいで、私はそれがなにかわかってざっと、青ざめた。

「じゃあ何でテンさんと同じ姿をしているんだい!?　あの龍もどき今魔法使ったよ!?」

「え、えと、それは……」

言いよどんだテンは黄金の瞳を泳がせつつ言った。

「実は蝕を封印したときに、あたしの実体が取り込まれちゃっててさ。実体は消滅したんじゃないかな、と今まで思っていたんだけど、ほぼ時間が止まっている空間だったからそのまま残っていて。長い年月をかけて蝕と同化して、白化したのかなあとか」

緑色の龍の顔でも、冷や汗をだらだらかいているのがわかる様子でテンは続ける。

「まあ、てっきり消滅していたと思っていたものだから、放置してて記憶もそのまんまで。実体に記録されていた魔法が残っているから、そのせいで魔法もどきが使えるのかなあとか？　さらにさらに、あたしがそばに来たことで一気に活性化して目覚めたのかもーとか」

確かに筋は通る。なまじっかドラゴンはこの世界の最強種族。

私がよく使う自動迎撃モードしかり、意識がなくともある程度魔法を使うことはできる。

だけれどもつまり、それは、うっかり本体との接続切り忘れていた。

「テンさんのせいじゃないですかああああ!!???」

「ごめえええええん!!!!」

私が手当たり次第に魔法をぶちかましだす蝕の竜を背景に絶叫すれば、テンは涙目で謝ってきたのだった。

第18話　ドラゴンさんと守りたい人々

このへっぽこ龍なテンには文句を山ほど言いたいが、とにもかくにもこの状況を切り抜けることが先だ。

私は胸の竜珠を意識して、本性の黒い鱗に赤い皮膜を携えたドラゴンの姿になって反転する。

幸い、この空間には大量の魔力が揺蕩っているし、蝕の竜もあれだけ凝っていれば当たりやすいし、対蝕用の魔法は十分効くはずだ！

『我呼ビ起コスハ　衰滅ノ焔！』

定義された魔力は新たな事象として赤々とした炎に変わり、眼前の白い竜へと襲いかかる。

対蝕用に全力で改良した魔法だ、押しとどめられるはず。

と、思ったのだが、白い竜がひと吠えした瞬間、魔法が使われる気配がして、空間がゆがんだ。

すると巻き込まれた炎が一気に消滅してしまったのだ。

うっそ!?

驚く間もなく、蛇体をくねらせて突進してくる白い竜を、紙一重でさけてすれ違う。

冷や汗をかきつつ、身を翻しては襲ってこないことにわずかにほっとしたが、あの消滅現象には動揺するばかりだ。

一瞬、蝕によって魔術のように消滅させられたのかと思ったけど、それにしては様子が妙だ。

蝕に接触する前に、急速に炎が消えていったようで。

「うわあっ!?」

暴れる竜は、今度はテンを追いかけ回していたが、目の前に居たテンの姿が消えたとたん、全くあさっての方へ身体をくねらせていった。

捜すそぶりも見せないところから、どうやら自我はないようである。

いや、あったらあったで怖いんだけど。

「ひええ、危ない危ない」

そんな風につぶやきながら、私の傍らに現れたテンに勢い込んで聞く。

「なあ!?　今魔法が消えたんだけど!」

「そりゃあ、あれだね。あいつの周辺の時間がゆがんでいるせいで、魔法が届く前に消滅してるんだよ!　さーすがあたし!」

「喜ばないでくれよ!?」

「わ、わかってるから!!」

割と本気で怒鳴れば、テンがしゅんとするけど、思念話がつながれる気配がした。

それはネクターからで、ここは東和とは完全に断絶していないのかとどうでもいいことを考えたのだが、焦燥にあふれた思念に一気に緊張した。

《大変ですっ!　東和国内の各地で無垢なる混沌があふれ出したとの報告が続々と入ってきています!》

「なんだって!?」

「なにがあったの？」

思わず声に出して叫べば、テンが真剣な眼差しで問いかけてくる。

出し惜しみしてもしょうがないと思念を繋げば、テンは顔色を変えた。

《その混沌があふれたのは分社!?》

《え、ええ分社の禁域を中心にだそうで、今巫女と守人が魔族と共に対応しているそうです》

《っ！　君んとこに全部の巫女を受け入れられるスペースはあるね！　あるって言いなさい！　二十八人と複数人送り込むから！　は、門の強度が足りない？　んなもんうちの子が強化する!!》

テンはものすごい剣幕でネクターに矢継ぎ早に言った後、思念話の範囲を一気に広げて、叫んだ。

《あたしの子供達、聞こえているね。封印がゆるんだ。くりかえす、封印がゆるんだ！　大社は放棄するっ。開いている門から直ちに退去しなさい！》

私も巻き込まれてつながっているから、巫女達がさざ波のように返事をするのが聞こえた。

それを感じ取っていると、蝕の竜がこちらに気づいた。

再び蝕の竜が吠えれば、今度は白い霧が固まりとなって襲いかかってくる。

『**我求メルハ　破邪ノ盾！**』

私が紡いだ不可視の盾は、今度はしっかり蝕を防いだ。

「テンさん蝕に耐性は!?」

「魔族よりも皆無だよ!!」

つまりちょっとでも触れたら確実に消滅するってことだね！

眼下はすでに白い霧の海となっていて、ゆらゆらと上空へ立ち上ってこようとしていた。

異空間がきしむ音すら聞こえてくるようだ。

この空間もそう持たない、と思っていると、傍らに浮かんでいたテンの深緑の龍体が消えて人の姿になる。

「跳ぶよ！」

服をはためかせながら私の背に乗ったテンがそう叫ぶと、視界が揺らぎ、そこは大社の上空だった。

背後を見ればあの白化した竜はいない。けど、まだ背筋を這うような怖気は続いている。

「あの竜は!?」

「一時的に壁を作っただけ。あそことここは空間的に地続きだから、あれだけ蝕があふれて魔法をばかすか撃ってれば直に来る！　その前に全員避難させるよ！」

言外に込められた手伝えの言葉に否やはない。

私ははやる気持ちと不安を抱えながらも、広場へ続々と出てくる巫女さん達の下へ降り立ったのだった。

◇　　　◇

巫女さん達の行動は迅速だった。

手荷物は最小限で、門の開いた庭へ慌てず騒がず、でも速やかに集まっていた。

見慣れないはずのドラゴンの私が近づいてきても、少し驚いただけで騒がない。

その中に頭一つ分背が高いカイルの姿を見つけたのだが、なぜかその傍らでは美琴と真琴が言い争っていた。

いや、正確には黄金の髪に耳を膨らませた美琴が一方的に語気を荒らげるのに、真琴が静かに首を横に振る、と言う感じだ。

一体どうした、と私が人の姿でそばに降り立てば、美琴が悲鳴のように叫んだ。

『なぜ、お姉ちゃんは残るのです!?　早く行きましょう？』

『それはできないのです』

諭すように言った真琴は、私とテンの姿をみとめると、丁寧に頭を下げた。

その表情はいっそ場違いなほど静謐で、この世のものではないようで、少し息を呑む。

傍らにいたカイルを見れば、そっと教えてくれた。

「アールは先に向こうに行かせた。ネクターが面倒を見ているはずだ。だが、ミコトの方はそこのマコトともめて立ち往生しているんだ」

「ありがとう、君は」

「ちょっと、な」

言いよどんだカイルが見るのは美琴だ。無理ないだろう、保護する予定だった子をおいてはいけないだろうから。

その気づかいに感謝をしつつ、アールがすでにむこうにいることにほっとしたけど、私はうすうす真琴がここに残ると言っている理由に心当たりがあった。

案の定、真琴はテンに歩み寄ると問いかけた。

『テン。状況を教えてくださいな』

『まず、要の結界が崩れた上、あたしの実体を取り込んだ竜が異空間で暴れている。それに伴って、各地の封印も緩んで黒と白の妖魔が生じているだろう。かつて無い封印のほころび方だ』

『つまり、再封印が必要なのですね』

『……ああ。そうだ』

苦渋に満ちたテンに、真琴は淡く微笑むと、両手を自分の胸に押し当てた。

『では、わたくしの身体を使ってくださいませ。柱の儀を今ここに』

その言葉に、周囲を囲んでいた巫女達の反応はそれぞれだったけど、みな穏やかな受け入れるような雰囲気だった。

きっと、すでに別れは済ませていたのだろう。

だけど、そこに飛び込んできたのは黄金色の髪と、狐の尻尾を揺らめかせる美琴だった。

真琴へと駆け寄った美琴は、泣きそうに顔をゆがめた。

『なんでですかっ。お姉ちゃん。どうして受け入れられるのですか！　それを、受け入れたら、お姉ちゃんは……っ』

そうして美琴は言葉を詰まらせてしまったけど、私は、それで彼女がすでに柱巫女の本当のお役目についてすでに知っているのだとわかった。

真琴は、すこし目を見開いて驚きの表情を浮かべたけど、愛おしげに目を細めた。

『わたくしは柱巫女。テンを受け入れられる巫女は、わたくししかいませんもの。それに、今やらねば東和は絶えます』

『っ！』

彼女をそれ程知らない私でも驚くような怜悧な表情で告げた真琴に、美琴が息を詰めれば、テンが無造作に片手をふるう。

すると、虚空に複数の画面のようなものが浮かび上がり、映像を映し出した。

そこには、おびただしい量の白い霧と、蝕で構成された獣たちが大地を埋め尽くさんばかりに溢れている。各地のリアルタイムの状況なのだろう。センドレ迷宮以上の状況に私は息をのんだ。

呆然と画面を見上げる美琴にテンは言った。

『これだけの規模になってしまうと、とてもじゃないけど君たちだけじゃ白の妖魔の処理は追いつかない。もう一度、封印を再構築しないといけないんだ。巫女なら、わかるね』

声をなくす美琴に、真琴はふんわりと微笑んだ。

『あなたと、東和の平和を守れるのでしたら、これ以上ないほど名誉でやりがいのある、大事なお役目ですよ』

柔らかく言い聞かせる真琴に、美琴はしゅんと狐耳をしおらせた。

わかってくれたと思ったのだろう、真琴は少し寂しそうにしながらもほっとしたように息をつく。

そして見計らったように、まだ残っていた巫女さん達が美琴の肩を抱いて、連れ出そうとした。

けれど。その手が届く前に、美琴は一歩真琴へ踏み出した。

彼女は幼い子供のように、真琴の巫女服を握りしめる。

『……いやです、いや』

真琴は、赤い瞳を見張る。

黒い双眸から涙をあふれさせながら、幼い子供のように首を横に振った美琴は、激しい感情を顕わに叫んだ。

『お姉ちゃんがいなくなって成り立つ平和なんて、全然幸せじゃありません!!』

逃がさないとばかりに抱きつかれた真琴は、途方に暮れたように呆然としていた。

そうだ、そうなんだ。これは、そんな理屈で納得できるようなものじゃない。

きっと、物わかり良く納得して離れるほうが、東和の民としては正しくて、褒められることなのだろう。

でも、どんなきれいなご託を並べたって、たとえ本人がそれを受け入れていたって、大事な人が居なくなるというのは、たとえようもなくつらいことなのだ。

真琴の表情が初めてゆがむ。彼女は、その意思を固めるためにどれだけ泣いたのだろう。どれだけ苦しんで、どれだけ悩んだのだろう。

『美琴……』

『なにか、ないのってですか！　ほかになにか……っ』

嗚咽を交えながら言いつのる美琴の背後に、大きな人影が立った。

『よくぞ言った、天城の次女よ』

それは、冠を脱いで、正装を少々着崩した帝さんだった。

って、あれ!?

『君、戻ってなかったのかい!?』

『戻ったぞ。だが今を逃せば、大社の神と話す機会は二度と巡ってこぬと思ったからな。最低限の指示だけ飛ばし、戻ってきたのだ』

平然と言う帝さんは直ぐさま、黒い瞳を怖いくらい真摯に引き締めてテンを射貫いた。

『大社の神よ、確かに、柱巫女の意義はわかった。だが、先の発言はいただけぬな』

『なんだよ?』

『我らだけでは処理が追いつかない、というくだりだ』

そこで一呼吸を入れた帝さんは、未だに虚空へ浮かぶ画面をにらむように眺めて続けた。

『神よ、噴出地点はこれですべてか』

『そうだよ。そもそも禁域はどうしても封印が薄くなる場所だから、分社があるんだ。一番に混沌が氾濫する』

『つまりは、通常と変わらぬと言うことだな。なら行ける』

『……なんだって?』

いぶかしげな声を上げるテンに、高速で算段したらしい帝さんは怖いくらい真剣な眼差しで言った。

『大社の神よ、この場は各地の分社の門へつながっておるのだろう。ならば大社を経由して各地へ向かうことも可能だな。城にいる契約を成した守人と巫女をここから送り込む。道を開いてはくれまいか！』

『はあっ!?』

『すでに神々と盟約を成した守人と巫女は、城へ集まるよう通達は出している。さらに、試験的にであるが、神々との仮契約を結ぶ術式を取り入れた。大社の巫女たちも戦力として数えれば一日は持つっ！』

その力強い返答にテンはあっけにとられていた。

にらむように射貫いた帝さんの背からは、ゆらりと燃え立つような気迫がみなぎっていた。

そう、あきらめるものか、という強い意志が。

けれどテンはぐっと険しい表情でにらみ返した。

『一日？　それだけ持たせてどうするんだい。あたしが封じた無垢なる混沌は膨大だ。５０００年前に滅し切れなかったものを、まさか、つきるまで戦い続けられるとは思っていないだろう？』

平然と、いっそ冷徹なまでに言い切るテンだったけど、その瞳には苦渋が見える。

それがわかっているように、帝さんはひるまず言った。

『だが、それだけあれば、また別の策を講じることができよう？　時を稼ぐ間に、新たな解決の糸口が見つけられるやもしれぬ。ならば無駄ではない』

帝さんは本気だ。人の身でありながら、東和を守るために全霊を以て蝕に立ち向かおうとしている。

私は覚悟を決めて声を上げた。

『そうだよ。それだけあれば、私が君に体を貸して封印しなおすことも。――あの蝕を倒すことだってできる』

『えっ……』

目をまん丸に見開くテンと真琴を見据えて、私は続けた。

『私はドラゴンだ。同じ種族なんだから元から魔法が使えるし、魔力の相性だって問題ない。なら真琴よりもずっと適役だ。……というかさ、テン、あの白い竜は君にとってもイレギュラーなんだろう？　今までと同じ手で収められるのかい』

『……っそ、れは、』

目をそらしたテンは言いよどんだけど、その反応で怪しいことはわかった。

『テンさん、私はすごく君にわだかまりがあるけれど、ドラゴンとして蝕の存在を放ってはおけないし、仙さんや美琴の故郷である東和のことは結構好きだ。だから、全面的に協力するよ』

『助けて、くれるのかい？』

面食らった顔をするテンに、私はわざとらしく腕を組んで、言ってみせた。

『終わったら、蝕について、５０００年前に何があったかも、きりきりはいてもらうからね？』

それから「世界を救ってみないか？」という言葉の意味も。

『それに、ある意味チャンスだよ。だってあの白い竜はどう考えても封じた蝕の根幹になるものだろう。倒せば、大半の混沌が消滅する。それならいっそのこと、この混沌を、いま全部解決しちゃおう』

『そなた、なかなか良い提案をするな』

とりあえず帝さんに肩をすくめてみせて、私は呆然とするテンと真琴を見つめた。

『ねえ、少なくとも、真琴を殺さないですむ手立てはできたよ』

『わたくし、は……』

どう反応していいかわからないとでも言うように、ぼんやりと赤い瞳をまたたく真琴はふいに離れた美琴を戸惑ったように見ていた。

美琴は涙を服の袖で拭うと、決意を宿して宣言した。

『私だって、巫女です。私も、契約してくださる方ができました。だから、東和を守る盾となれます。

お姉ちゃん一人には背負わせません』

『……っ！』

そうしてカイルの傍らに立った美琴に、真琴はこらえきれなかったように顔をゆがめてくずおれる。

真琴と美琴のやり取りを見ていた帝さんは、テンに向かって言った。

『そなたがどれほどの労力を割き、涙をのんでこの地を守護してきたかは柱巫女の話で理解した。――だが。人とて、いつまでも同じままではないのだよ』

すうと、息を吸った帝さんは、ふてぶてしく口角をつり上げて笑ってみせた。

『あまり、東和をなめてくれるなよ』

呆然とするテンは、激情をこらえるように下を向いていたかと思うと、顔に手を当てて空を仰いだ。

『ああ……もうっ。だから大好きなんだ君たちが！』

うれしくてたまらないとばかりに漏らされた声はどこか湿っていて。

けれど私たちを向いた彼女は憑き物が落ちたような様子で、不敵に微笑んでいた。

『５００年の後回しに、けりをつけよう。君たちの考えを聞かせてくれないか』

◇　◇

以前、私たちが帝さんに提案したのは、魔族と人との一時的な契約だ。

蝕を倒すには、協力しなければならないが、それ以外にも制約が生まれる盟約はひどく重く、さらに神聖視されている。それが、盟約をしようとする者がひどく少ない理由だ。

けれど、この東和の魔族達は、多かれ少なかれ東和が好きで残っているし、人にも魔族と共に生きることに抵抗はない。

だから、蝕を倒す、その一点だけで共闘関係を築くための、一時的な契約方法を提案したのだった。

ネクターが成長させた精霊樹の葉を触媒にして、その葉が枯れるまで、あるいは用をなさないほど粉々になるまでの契約だ。

もちろん、魂に結んだ盟約よりはずっと軽く、人が魔法を使えることはないし身体能力が上がることもなく、魔族が人の魔力を手に入れることもできない。

けれど、蝕に耐性をつけるには十分で、そうすれば、魔族は魔法を振るえばいいし、守人なら対蝕用に鍛造された武器を、巫女ならば最高の結界術がある。

けれど、それは、魔族と人の強い絆を大事にする東和の考えに反することでもあって。

だけど、帝さんがひそかに未契約の魔族、人の双方に提案した結果、魔族の８割が守人、巫女と仮契約をしていた。

魔族は八百万とはいかないまでも数百は居る。その８割だから、七つある分社に分散させても十分戦力がいきわたった。

すごい、ことだと思う。

だって、魔族が、一時的とはいえ、自分たちより弱い人と、肩を並べることを自ら選んだのだ。

百年では変わらずとも、数百年あれば魔族ですら変わる。

テンが、５０００年かけてつなげてきたことは、確かに実を結んでいたのだ。

そうして、帝さんの指示のもと、強化した華陽の門から、続々と各地の分社へ肩を並べて消えていく魔族と東和の人たちを、テンがぐっと何かをこらえるように見つめているのが印象的だった。

◇　◇

ぴしり、と大社の空に亀裂が走って、もう保たないことが知れた。

真琴と大社の巫女たちが〝門を〟開き、指示を受けた魔族と守人、巫女たちがそれぞれの戦場へと向かい終えたところまで保ったのが、幸運だったのだろう。

けれど今も蝕が溢れて各地が寸断されたような状況になっている中、この通り道が使えないのは大きな痛手だ。

それでも万が一のことを考えれば仕方がないと、被害が広がらないように門を閉じようとしたが、その前に、白と毛先に薄紅を乗せた亜麻色の髪が門をくぐってきて、同時に大地へ杖をつく。

詠唱はすでに唱え終えていたのだろう、たちまち強固な対蝕の結界が水の門を押し包むように展開された。

来るとは思っていなかった私とテンは驚いて、ネクターと真琴を見た。

「ネクター!?　君はむこうで魔族たちの簡易契約をサポートしているんじゃ。そもそも門は!?　アールは!?」

「必要分の精霊樹はおいてきましたし、門の管理はほかの巫女に任せてきました。アールは帝様の側近に託しております。あそこが一番安全ですから。それに、ここを閉じれば蝕を倒した後、どうやって現実世界に帰還するのです？　再び空間を開けるだけの魔力が残っていない可能性も考慮しなければなりません」

矢継ぎ早に言ったネクターの顔が険しく、薄青の瞳を曇らせているのに、少ししゅんとする。

テンの依り代になって混沌に飲まれた竜……蝕竜を倒してくるって勝手に決めてしまったからなあ。

「……怒ってる？」

「怒ってはいません。ただ、あなたが蝕を倒しに行く、というのはそれしかないとわかっていても、手伝うことのできない悔しさはありますよ」

恐る恐る聞いてみれば、ネクターは正直な胸の内だろうことをぽつりとつぶやいた。

やっぱりと思っていると、彼は少しだけ表情を緩ませて続けた。

「ですが、私にはできないことです。ならば、私ができることで、あなたを支えましょう」

隣で、東和の呪文字がきざまれた杖を立てる真琴も、緩やかに微笑んだ。

『わたくしとて柱巫女、常とは違うお役目なれど、東和を守るお役目は果たしてみせましょう』

その表情は、すこし複雑そうだけど、どことなく明るいように思えた。

とうとう空の亀裂が決定的なものになり、白い霧が溢れ出してくる。

声なき声とともに、あのこちらの心まできしむような、ぞわっとした感じがいっそう強くなった。

溢れる白い霧がぶつかっても、ネクターと真琴の結界は小揺るぎもしなかった。

これほど頼もしいものはない。

カイルと美琴、リグリラと仙次郎も、それぞれ戦場へ行ってくれていた。

ネクターは対策をとっていかなかったリグリラと仙次郎を案じていたけれど、私は知っている。

二人がすでに契約をしていることを。

二人がそろっていなくなって帰ってきたことがあってさ。手合わせしに行ったんだろうと思っていたんだけど、二人の……特にリグリラの雰囲気が変わったことがあったんだよね。

ものすごく落ちついたっていうか、距離が近づいたっていうか。

それでこっそり聞いたら、数分黙りこくった後、「引き分けですわ」って！

ひきわけ。つまり、勝負がつかなかった、ってことだ。

すごく悔しそうな雰囲気を装っていたけど、リグリラはものすごく嬉しそうだった。

ちょっと、いや、かーなーり見たかったけど。これは二人の大事なコミュニケーションの一つだし、特別なことだから恨み言はなしだし、むしろ手放しで祝福したい。

まあ、ともかく。今大事なのは、背中はきっと大丈夫だってことだ。

頼もしさに嬉しくなりながら、私は厳しく表情を引き締めて、結界の維持をする超かっこいいネクターに近づいて、頰に唇を寄せる。

「っ!?」

「行ってきます。帰ってきたら口にちゅーしようね」

人差し指を唇に当てて、してやったりと微笑んでみせれば、ネクターはそれでも術式は乱さなかったけど、悔しそうに顔を赤らめていた。

「約束ですからね！　後でやっぱやめたはなしですよ！」

やけっぱちになるネクターかわいい。

うはは、すっごく元気出た！

その隣で真琴がまあって感じに顔を赤らめているのは、ちょっとやっちゃったな感はあるものの、これくらいの役得はあってもいいだろう。

「まったく、見せつけてくれるなあ。いいもんね、いいもんね、後でまこっちにもふもふさせてもらうもんね！」

「旦那がいる特権だからね。さあ、来なよ」

テンが妙に悔しそうにするのに、そう返した私は両手を差し出す。

神降ろしという大仰な術式を使わなくても、同族である私たちなら、ドラゴンネットワークをつなぎ直すだけで事足りる。

「行くよ」

テンが私の両手に自分の手を重ね合わせて、額を合わせた瞬間。

私の精神にテンの意識がすべり込んできた。

霊体なのに未だに圧倒されそうな魔力を有している彼女に、一瞬、混じり合いかけるけれど、あらかじめ用意しておいた意識の壁を立てて事なきを得る。

でも、長くこのままでいると、いろいろ筒抜けになるのは明白だ。

《短期決戦だ。準備はいい？》

《もちろん》

とうとう亀裂から顔を出した蝕竜をにらみつけ、私はドラゴンへ戻ったのだった。

第19話　精霊は心に惑う

ベルガと呼ばれる精霊は、窓から、森の中に蝕の霧と蝕に構成された有象無象がなだれ込む様を眺めていた。

ここは仲間である絵筆の精霊パレットが作り出した空間である。

パレットが描く扉によってつながるそこは、今回は東和の国に隣接するようにあるらしく、複数ある窓から自由に外を眺められるようになっていた。

ベルガは、自分がどうしてここにいるのか知らない。

この体と意識をくれたリュートの役に立つことが、ベルガの存在意義なのだから、それ以外は必要ないのだ。

それでも意識があるというのは不思議な物で、ベルガの先輩になるバスタードと手合わせをしたり、屋敷のようなこの空間を歩き回ったり、パレットが絵を描く様を眺めたり、ごくまれに、リュートの弾き語りに聞き入ったり。

穏やかで幸せな日々だ。

けれど、ひとたびリュートに願われれば、ベルガは何だってしてした。

ベルガは魔術銃の精霊で、誰かを倒すためだけに存在するのだから。

バスタードとともに、多くのモノを屠り、リュートに褒められるたびにベルガは無性に嬉しくなる。ああこのために己は存在していると、実感できた。

だというのに。

「何を考えている」

太く厳が話すかのような声を投げかけられてベルガが顔を上げれば、その声にふさわしく堂々とした体格の男の姿をした精霊、バスタードがいた。

パレットは絵を描いているか、ぼんやりとしているかだし、リュートは方々を飛び回っていて忙しい。

必然的に彼と顔を合わせることが多いのだが、なんとなく安心するような気がして、話すことが多かった。

いつもと同じく、その背には本体となる肉厚の大剣が負われていて、見下ろしてくる瞳は思慮深く理知的だ。

訳もなく責められているような気がして、ベルガは黙りこくる。

だというのに、彼はベルガが見ていた窓の向こう側を見て続けた。

「助けに入りたいのか」

自分の思考を見透かされたようで、肩が震えたベルガだったが、首を横に振った。

「リュートは外には不干渉っていったもん。それに、あいつはリュートの敵だ。助ける義理はない」

「敵……？　ああ。迷宮で遭遇した魔族がいるのか」

バスタードが今気づいた様子なのに、ベルガは自分が先走りすぎたのだと知ってかっと頬が熱くなった。

あの溢れるような蝕を……正確には大地を埋め尽くすような群れを見ていると、ベルガは不安で落ち着かなくなる。

怖い、と思うのは当然だ。ベルガはリュートからあれがどういうものか知らされているのだから。

なのに、そこに迷宮で相対したあの魔族が現れたとたん、ぎりぎりと絞られるような焦燥に変わっていたのだ。

こんなの知らない。知らないはずだ。

なのに、いてもたってもいられないような心地にさせられる。

あの背を守らなければいけないなんて、あり得ないのに。

だって、あの魔族に出会ったのは一度きりで、敵だったのだ。

自分の銃を捧げたのはリュートだ。そのはずだ。

見ることをやめればいいのにそれもできず、ベルガは膝を抱えて、その窓のむこうで雷を引き連れる一体の魔族を見つめるしかなかった。

「ベルガ」

はじかれたように顔を上げたベルガが振り向けば、そこには淡い髪色に楽器を背負った青年リュートがいた。

「リュート！　お帰りっ！」

それだけで、ぱっと心が明るくなるのだから、きっとさっきのなんてただの気のせいなのだ。

ベルガは勢い勇んで立ち上がったのだが、リュートが複雑な表情をしているのに戸惑う。

「リュート？」

「気になるの？」

リュートにも見破られてしまったベルガは、怒られるだろうかと身をすくめてうつむいた。

だから、彼が、痛みを覚えているかのように同じ窓を見ているのには気づかなかった。

「僕は君に、僕の望みを叶えるのを手伝って、と言ったよ。そのために呼び覚ましたのだから」

それに同意したから、ベルガはこうして精霊として形を取っている。

だから首を上下させてうなずいたのだが。

「けど、それ以外については、君が何をしても僕はとがめないよ」

顔を上げれば、リュートは笑ってもいなければ怒ってもいなくて、ベルガは混乱した。

「で、でも……」

「パレットにあれは描いてもらってる？　ならいい。鍵を忘れると帰ってこられなくなるから、それだけは気をつけること」

じゃあね、とばかりに身を翻して去って行くリュートに、頭が真っ白になる。

行ってはいけないと、言われなかった。

あんな奴知らない。ベルガの銃を捧げるのは、リュートだ。

わからない。わからないのに。

『ベルガ！』

あの声が頭から離れなくて。

気がつけば、ベルガは目の前の窓を開けていた。

ベルガが窓から飛び降りたのを確認した後、リュートはぽつりとつぶやいた。

「ただ僕は、君の記憶を奪っているのだけどね」

自分には後悔をする権利などない。する気もない。それでも滑り出したのは罪悪感だった。

「ずいぶん感傷的になっているな」

声をかけられて、リュートは隣にたたずむ大柄な剣の精霊、バスタードを見上げた。

「君は僕を恨んでいるかい」

「自分の記憶は、忘れてしまわねば、この姿を保っていられないたぐいのものだったと、その記憶がない今ですら感じている。なくすことで、ようやく安寧が得られていると」

「……そっか」

「自分の剣はお前の力だ。自由に使うといい」

とんと、背中をたたかれたリュートは、しばしうつむいた後、顔を上げた。

「この騒ぎが終わったらすぐ動けるように準備をするよ。あの子には足止めをしてもらう。あの様子だと、以前に因縁があるみたいだし」

そう。足止めだ。

近くで、なおかつ知り合いであれば、気が取られるだろう。

リュートが目覚めさせたベルガは精霊としての器を強化して、蝕への対策もしてある。

遠距離での攻撃ができる彼女は蝕を屠るのに適していた。魔族よりもずっと強い。

ベルガが飛び降りていった場所は、華陽にほど近い分社の一つだ。

あの竜の仲間の足止めにはもってこいだろう。

だから、脳裏に亜麻色の髪と黄金の瞳の子供の顔が浮かぶせいではない。

自分にとって大事な黄金は一つだけなのだから。

「パレットに話さなきゃな。行くよ」

「わかった」

リュートはもやもやとする気持ちを押し込めて、足早にパレットがいるはずの部屋へ向かった。

◇　◇

カイルは、美琴とともに禁域の一つにいた。

分社には結界の要となる「神体」なるものがあるらしい。

それを壊されなければ、結界は揺らがず、蝕は禁域の外へは出て行かない。

だが、溢れた蝕はすでに様々な幻獣や魔物の形をとって徘徊を始め、手当たり次第に生ける者を取り込まんとしていた。

ほかの魔族と守人巫女共々、至上命題は分社を守ること。その一点につきる。

ラーワ達が大本である蝕竜を倒すまで死守できれば、こちらの勝利というのは非常にシンプルでわかりやすいと、カイルは思った。

この分社は山間に位置しており、足場は悪いものの、防衛しやすい城の体を成している。

おそらく、こういった魔物の襲来を予期した上での作りなのだろう。

カイルが見たのはセンドレ迷宮で見た白い霧だけであり、実体（といっていいものか少々迷うが）をとった蝕……こちらでは無垢なる混沌となった獣たちを見るのは初めてだ。

だが、つかみ所があり、さらには自分たち魔族が触れても多少は大丈夫になった、というだけ十分だと思うのだ。

「ミコト、右前方来るぞ」

「はいっ」

勇ましく返事をした美琴は、大社より借り受けた杖に雷電をまとわせて振り抜く。

瞬間雷電は狙い違わず走り、突進してこようとしていた鹿型の白の妖魔を霧散させた。

「でき、た！」

達成感に狐の耳をぴんと立たせた少女の黄金の髪には、今焦げ茶色の一房が混じっている。

魔力を、存在の力を共有した証だ。

カイルと美琴が交わした契約は、実際にこの国で成されている盟約とはまた違うものだが、蝕に対抗できる術式を使えることは変わりがないため、かり出されていた。

はじめ、この狐人の少女は白い霧に飲まれ塵となる植物を前に、杖を握りしめて青ざめていた。

自分で立候補したとはいえ、さぞ恐ろしかろう。

それでも、彼女はその狐耳を勇ましく立たせ、尻尾を揺らめかせて立ち向かっている。

この娘は手練れとはいえ新兵と変わらない。

……正直言えば、年頃の少女にこのようなことをさせるのは気がとがめもする。

その分、彼女が良き戦い手となれるよう導いてやるのが、年長者としての義務だ。

「これでわかっただろう。白の妖魔が怖い物なのは確かだが、術を使っている間は、ただの魔物と変わらん。君の技量なら過剰に恐れる必要はない」

「っ！」

「大丈夫だ。取りこぼしは俺がつぶす。思いっきりやれ」

美琴が再び杖を構えるのに、その後ろ姿に重なる古い記憶を思い出しながら、周囲の魔力を練り上げる。

そして己の魔法である、雷と颪に変えて、一陣が来るのに合わせ一番層の厚い部分の白の妖魔を次々に殴り飛ばしていった。

白の妖魔も魔物と変わらず、魔力の強いものへ向かってくる性質があるようだ。

ゆえに妖魔は分社へ迷わず走ってくるし、人よりは魔族である己の方へやってくる。

自分が引きつけ攪乱している間に、美琴が正確に討ち果たしていけば、なんとかなるだろう。

だが、状況は思った以上に厳しい。

もちろん分社の防衛にはほかの魔族と巫女達もいるのだが、思った以上に動きに精彩を欠いているのだ。

原因は、慣れない契約だ。

契約をした魔族は、強制的に人の姿を取ることになるらしい。

人の一部を反映するための副作用だが、今回初めて契約を交わした魔族達が、慣れない体と弱体化した魔力に四苦八苦しているせいで、うまく連携がとれていなかった。

兵の練度が足りていない中、実戦に放り出しているようなものだが、戦力がとにかく欲しい中では目をつぶらねばなるまい。

幸いにも、契約自体は有効のため、今のところ脱落者はいないようだから、時がたてば魔族も人型に慣れて来るだろうが、人のほうの体力が持つか、という問題がある。

森の中で遮蔽物が多い中、守りに徹しているためなんとかなっているが、白の妖魔以上に黒の妖魔、魔物も続々と現れるため、休む暇がないのが現状だ。

だから、ましに動けている美琴が前線に出続けているのだった。

案の定、何度か黒の妖魔と白の妖魔との交戦が続き、美琴は苦しそうに荒く息をつく回数が増えてきた。

休ませなければ後が続かないだろう。

だというのに、瞳から強さを失わない美琴に、カイルは麦穂色の女を思い出していた。

そして、自分が最前線に立っている間は、何があっても後衛を降りようとはしなかった。

彼女に無理をさせないために適度な配分を覚えて、結果的に円滑に動けるようになったのはいい思い出か。

つい、口元がほころぶのに気づいて引き締める。

当時は危なっかしいだの、死ぬ気か!?　と怒鳴られたことも数あったが、ネクターかベルガが必ずいたからとれるリスクだったのだ。

今は、ネクターはいない。ましてや、彼女とは敵対する間柄だ。

あの時と同じ戦い方はできなくとも、動ける自分が守らなければなるまい。

「カイルさんっ！」

美琴がすこし血の気の引いた顔で指示したのは、その白い長い巨体をうねらせて虚空を突き進む白の妖魔だった。

蛇によく似たそれは確かミズチといったか。

遮蔽物のない空から飛んでこられたら、分社にたどり着くのは容易だろう。

悪いことに、地上からも複数の白の妖魔が襲いかかってくる。

遠距離魔法の使えるネクターがいれば、ミズチを任せただろう。

ベルガであれば……いや、これは考えても意味がない。

あの高度では、美琴の扱う魔法でミズチに届くか届かないか。

若干地上の方が到達するのが早い。

綱渡りになるが、彼女の魔術で気を引いているうちに、地上の白の妖魔を掃討して行くしかない。

あと一人、手が足りれば。だがないものねだりをすれば死人が出る。

カイルは覚悟を決め、美琴へ指示を出しかける。


「一斉掃射」

無数の魔力の光が、すさまじい音を立てて地上をうがった。

光の雨のように降り注ぐ魔弾は、寸分違わず、地上の白の妖魔をとらえ、消滅させていく。

それを見たとたん、カイルは魔力を込めて空へ飛び上がっていた。

一瞬で上空のミズチに肉薄したカイルは、雷をまとわせた杖を全力で叩きつける。

甲高い衝撃音とともに、霧散したミズチにはもはや興味はなく。

地上に降り立ったカイルは、同じく少々離れた位置に舞い降りた、麦穂色の髪を結い上げ暗色の衣を纏う娘を凝視する。

紛れもなく、それはセンドレ迷宮で去って行った自分の妻であるベルガだ。

あの日から追い求め、幻かと思いすらした彼女が何の兆候もなしに現れて、複雑に渦巻いている想いが胸に詰まり、カイルはとっさに言葉が出てこない。

麦穂色の瞳が、カイルをとらえる。

「ベル……」

「お前なんか知らない」

呼びかけを打ち消すように重ねられた言葉と冷めた眼差しで、彼女は以前あったままだと知る。

だが娘は、魔術銃を無造作に撃ち込み、仕留め損ねていた白の妖魔を消滅させた。

「だけど、こいつらは倒す」

その決意のこもった横顔を見た瞬間、カイルの渦巻く胸中は晴れてしまった。

あの時、ベルガであれば、地上の妖魔を足止めし、一点突破に長けているカイルが空中の妖魔を討ち果たす時間を作るだろうと、そう考えた。

今は殲滅になっていたが、あの絶妙なタイミングはまさしく彼女のもので。

それを実感して、覚えていなくとも敵対していようとも、彼女がここにいることが無性にうれしく感じられてしまったのだ。

「ああ。行くぞ、ベル。背中は任せた」

「っ!?　馬鹿！　突っ込んでいくな!!」

虚を衝かれたように目を丸くしたベルガが叫んでいたが、きっちり魔術銃を構えているのがますますおかしい。

だが、笑うのは後だ。

まずは、目の前の白の妖魔どもを一掃することに集中しようと、自らの魔力を練り上げ突進していったのだった。

第20話　ドラゴンさんの奮闘

ドラゴンに戻った私は、油断せずに蝕竜が空の亀裂からうっそりと出てくるのを視界にとらえつつ、中にいるテンに問いかけた。

《一番やっかいなのは、本体の周辺にある時空のゆがみだけど、テン、どうする》

《それはあたしの得意分野だから任せて、あたしのコピーなら使い方の癖も一緒なはず。というか君、おっそろしいほど演算領域広いなあ！》

テンがざっと私のスペックを確認して、口笛を吹くような雰囲気を醸し出した。

お休みを作るために管理術式をくみ上げたり、ちょっぴり楽をするために高速モードを作ったりしていたからなあ。わりと魔法の処理スピードは速いと思うけど。

そんなに広いのかな？　とちょっと首をかしげたのもそこまでだ。

蝕竜が顎を開けて咆哮した瞬間、魔法の気配がして、無数の白い塊が、虚空に現れる。

一つ一つは野球ボールくらいの大きさのそれが、すさまじい勢いで襲いかかってきた。

とっさにセンドレ迷宮で使った魔法の結界をまとわせた翼を盾にしたが、瞬間、結界を突き抜けて強烈な痛みを覚えた。

《ほんとうに大丈夫なんだね。でも蝕は精神にもダメージを与える。ここまでの濃度になると柔い結

界なら突き抜けて影響が出るから、なるべくよける方向で！》

それ早く言って欲しかったかな！　と思いつつも、雨のように降り注ぐ蝕をくるりと回って横にそれてよけた。

たぶん、何か、蝕の塊一つ一つの飛ばす時間をいじくっているんだろうけど、魔法が使われたことがわかっても時間は私の守備範囲外だから、うまく効力を予測できない。

そのせいでいくつかが急に虚空で停止したり、急加速したりしてタイミングをずらされ、またいくつか当たってしまった。

それでも足を止めるのは下策中の下策だ。さらに咆哮した蝕竜がはき出す蝕を大きくよければ、テンが演算領域を使う気配がした。

うわあ、やっぱりちょっとぞわっとするな！

《耐えてくれよっ。今、あの時繰りが見えるようにあたしの視界とつなげるから！　ついでに君の使う魔法全部に、蝕竜の時空のゆがみを相殺する術式入れるよ！》

テンは何でもないことのように言うけど、視界の共有はともかく、あのランダムとしか思えない魔法の相殺術式をリアルタイムで構築するなんて、どんな神業だ。

と考えている間にも、視界に違和を覚えたと思ったら、亀裂から完全に体を出してきた蝕竜の周囲にぼんやりとした渦みたいなものが見えてきた。

うわあ、すごい、あれが全部時空のゆがみか、……って。

《あの竜なんかさっきより一回り大きくなってないかい!?》

《たぶん、あそこにあふれ出していた蝕を全部統合したんだろう！　本格的にくるよ!!》

今や完全に大社の空へと顔を出した蝕が、体当たりを仕掛けてくるのを大きくよけた。

だけど、そのとき尾が時空のゆがみに当たって、岩のように重くなる。

《わっ!?》

そこだけ時を遅くされたのだ、と気づいたときには体勢が崩れて、空中で方向転換してきた蝕竜が襲いかかってくる。

私はとっさに魔力を練り上げて事象を定義した。

『我放ツハ　衰滅ノ炎!』

直前に、テンの術式が混ざり、放射された魔法で形作られた炎は、ゆがんだ時空で多少勢いは減じたものの、蝕竜に届いた!

声なき声でもだえている間に尾にかかった魔法を解除。

たちまち平常軌道に戻った私は距離をとって一呼吸ついた。

テンが乗せてくれた術式で時空のゆがみは相殺できたものの、複数の魔法を同時に行使しているようなものだから、これを常時使うのなら、対蝕の防御結界は張り巡らせられないな。

まあ、あの蝕に体当たりでもされたら、あの結界じゃ保たないだろうから、どっちみち一緒か。

そのとき、テンからやや引きつった思念が伝わってきた。

《なあ、君、やたらと対ドラゴン戦に慣れてないか?》

《ああ、一回、先輩方に監禁されかけてね。抵抗するためにこう、ドンパチを》

あのときもいろんな魔法を使ってきて大変だったたし、最後は負けてしまったんだよなあ。

ちょっと悔しいと思うあたりは、大概かもしれない。

《……意外とバイオレンス？》
その評価はすっごく不本意だ。
《なんだかんだで忙しい気はするけれど、本当は、のんびりとしていたいよ》
《それはほんと同感だ》
テンから伝わってきたのは、巫女さん達のしっぽをもふもふ、頭をかいぐりする光景だった。
うわあ、すっごいでれでれ。
まあでもそれは非常に同感なので。
ああもう、アールを思いっきり甘やかしたくなってきた！
ならばやることは一つ！
私達はたたみかけるために一気に加速した。

◇

◇

蝕竜はしぶとかった。

張り巡らせていた時の流れが破られて攻撃が通ることがわかると、自分の時の流れをいじって、急加速して私への攻撃に使うことに切り替えた。

これもテンの記憶というか能力が残っているせいなんだろうけど、やっかいすぎて泣けてくる、と思いながら、私は蝕竜の魔法を打ち破るための術式を編み込む。

いつも使う魔法のはずなのに何でか使いづらい。

いや、ちがう。使いづらくて当然だ。私はこの魔法を初めて使う！

《それはあたしの魔法だ！　君のじゃない！》

《っわかってる！》

私は言い返すと、ぐんと方向転換をする。

それで蝕竜の突進をよけ、すかさず振り向いたところで、術式を組み込んだブレスを吐いた。

炎のブレスは赤々と空を焼き、蝕竜の尻尾をとらえたが、打ち落とすにはまだ足りない。

しかもすぐに再生されてしまうのには本当に、心が折れそうになる。

くっそう、周囲の白い霧を吸収して修復しているんだろうけど、攻撃パターンの変更といい、再生能力といい、ゲームのラスボスみたいなことをしないでくれるかな!?

《らすぼす？》

《っ何でもない！》

テンから聞き返されたことで、記憶が垣間見えたことを知った私は、急いで心の壁を構築し直す。

実を言うと、そんなに悠長にしていられないのだ。

この大社は時間の流れが微妙に遅くなっているとはいえ、現実世界では今も蝕と交戦中で、一刻も早く元を絶たないとならないというのもあるけど。

一番は、テンを私の中に入れておくと、混ざってしまうからだった。

まだテンを受け入れてそれほどたっていないのに、すでに意識をしないとテンと自分の区別がつかなくなり始めていた。

ドラゴンというのは世界の分体で、個性はあれど体の構成は変わらない。

ドラゴンネットワークでは全員器があるからそんなことは起きないけど、いま、私の中にはむき出しのテンの精神が入り込んでいる。

だから、たとえ外部から入ったテンの精神でも、なじみやすいのは当然なのだった。

《君は私じゃない》

《そうだ。あたしは君じゃない》

何度も確認して、自分とテンを区別する。

それでも、蝕竜と相対していると、知らない情景が勝手に脳裏に浮かんでくる。

それは、おびただしい数の飛行型の白の妖魔が上空を埋め尽くす光景だった。

眼下には静かに、だが無慈悲に蹂躙していく蝕で、緑でいっぱいだった大地は見えない。

ブレスでなぎ払っても、使える限りの魔法を振るってもなお、東和の大地の半分が消失した。

あいつがほとんど持って行ったって言うのに、それでもなお絶望するには十分な氾濫。

だが、自分は生き延びなければならない。何をしてでも。

あいつが残した希望を死んでもつなげていくのが手向けだ。

悔しかった。自分は止められなかった。

これを忘れたくない。忘れちゃいけない。

覚えていられるのは、任されたあいつのほかには、死んでいるあたしぐらいなものなのだから。

誰にも話すことができなくとも。せめてあたしだけはあいつがいたことを覚えていよう。

けれど、あいつって、だれだっけ。

よぎるのは、白銀の鱗と青の……

《ラーワ!!》

引きちぎられるような魂の痛みとともにネクターの声が脳裏に響いて、前方で蝕竜が顎を剝き出しに襲いかかってくるのを寸前でよけた。

じりっと、鱗が削れるような感触がするけれども、無事だ。

荒く呼吸を繰り返して、立て直しているあいだにもネクターの心配そうな声が響く。

《ラーワ、動きが鈍りましたが、まさかトラブルが！》

《助かったよネクター》

心の底から、思った。

危なかった。テンの記憶に引きずられて私がいなくなりかけた。

同化すれば、私とテンの記憶を持った別の竜になる。

テンが主になるか私が主になるかはわからないけれど、たとえ私のことを覚えていたとしても、もうそれは私じゃない。

今の魂の痛みは私が消えかけたから、ネクターと交わした誓約が警告を発したのだ。

《ごめ……君を、巻き込んだ》

《しょうがないよ》

テンの青ざめた思念に、私はそう返した。

あれは彼女のトラウマともいえる衝撃的な記憶だったのだ。コントロールも難しい。

ただ、あんな深いものまで見えてしまうなんて、だいぶまずいところまでいっているようだ。

なにか、対策を立てないと。自分で作る障壁はあんまり意味がない。

また蝕竜の攻撃をよけつつ下を見れば、不安で仕方がなさそうなネクターがこちらを見上げていた。

結界の維持もめちゃくちゃ大変だろうに、私の様子がおかしいのを見て思念話まで飛ばすなんて、ほんとうに愛されているなあと、しみじみうれしくなっちゃうんだ。

そう、ネクターを伴侶に選んだのは紛れもなく私だ。

で、思いついてしまったわけで。

《ネクター、このまま私に話しかけていてくれないかい》

ネクターのことを忘れなければ、私は私でいられるはずだ。

《ちょっラーワ!?》

《もちろんかまいませんとも！》

戸惑うテンには悪いけどネクターは俄然やる気だ。

テンがしょうがないとあきらめる気配がして、私はぐんと加速して蝕竜へ向かっていく。

すうっと、息を吸うような間の後、ネクターは滔々と語りだした。

《ラーワの黒の鱗は、黒曜石のような艶ときらめきを帯びながら、何よりも硬く強固で。滑らかな手触りは私をいつだって陶酔へ導いてくれます》

複数の火炎弾をたたき込もうとしていた私は、うっかり手元を滑らせかけた。

まあいくつかは着弾して、蝕竜が身をよじる中、私は動揺する心をなだめる。

確かに話しかけてくれって言ったけど、のろけるとは思わないだろう!?

抗議しようとしたけれども、ネクターのスイッチが入ったらしく全く止まる気配がしない。

《赤と黒の翼は骨格が強靱でありながらも皮膜は薄く日が透けてしまいそうで、鱗とはまた違う感触が不思議ですね。私を雨から守ってくださるすてきな翼です。困ったときに顔を隠そうとするのは愛らしくもありますしね》

その皮膜の翼を羽ばたいて、蝕の霧を吹き飛ばした。

傘がわりにも結構いいんだよねえ。それだけだよ。それだけ!!

《赤のたてがみが炎をはらむのは、それがひどく物騒であるからこそ、ほれぼれとするほど美しい。牙も、あごも、ドラゴンとしてこれ以上ない美を誇っていると常々思っています》

たてがみに炎をはらませ、私は蝕竜へ向けて炎を吐いた。

べ、別に恥ずかしくて炎が抜けきらないとかないんだからな！

《長い尻尾はしなやかで、意外と感情が豊かです。嬉しい時には楽しそうに揺らめきますね。ですが余計な被害を作らないように一生懸命我慢しているのがまたかわいいんです》

わーわー！　隠しているつもりだったのにばーれーてーるー！！！

内心全力でもだもだしながらも、炎を避けた蝕竜の軌道に先回りする。

その尻尾を振り回し、蝕竜に叩きつけた。

硬質な対蝕結界を纏わせた尻尾は、蝕竜の頭をぶち抜く。

蝕竜は地面に落ちる前に立て直したものの、ふらついているように見えることからして、大ダメージになったようだ。

《何より、ラーワの黄金の瞳は月の光を固めたかのように美しく、またその性質そのままを写し取っ

た温かさと優しさに満ちていて、見ていて全く飽きないのです》
《うらやましいなあこのう！　ごちそうさまっ!!》
開き直ったテンが私のことを揶揄しまくるのにもますますダメージを食らう。
まあね、おかげでテンと私が明確になったけれどもこれは恥ずかしい、やめときゃ良かったかもと思うくらいには恥ずかしい！
《はっいけません！　容姿ばかりを連ねてしまいましたっ。あなたの良さは内面にも数限りなくあるというのに！》
《いいぞもっとやれ旦那君！》
《テンさんあおるんじゃないよ!?》
こんなに語ったというのに、ネクターはまだまだネタが尽きないらしい。
大変だ、このままだと私がネクターに褒め殺される！
早く蝕竜を倒さねばと、なんだか別の方向からやる気が沸き上がってきた。
そのとき、下方でふらつく蝕竜が、ネクターと真琴をとらえた。
やばい。
《真琴！》
私の中でテンが叫ぶ。
焦りに満ちたその思念に、私も焦燥があおられるけど、大丈夫だ。
蝕竜の勢いは衰えない。結界さえ破れば、向こうにたくさんのごちそうがあるとわかったのだろう。
ごちそうって、表現で合っているのかはわからないけど。

ネクターが、傍らの真琴を抱えて背にかばう。

けど、薄青の瞳はこちらを、私を見たままで、あるのは一点の曇りもない信頼だ。

そうしてネクターはいつもどおりの柔和な顔に笑みを浮かべた。

《愛しておりますよ、ラーワ》

《私もだよ、ネクター！》

正直言えば、余裕は全くない。

体当たりで全身ありとあらゆるところの鱗が削れて痛みを覚えているし、蝕竜に周辺魔力を食われているせいで補給もままならないから、体内魔力を使っている。

さらに、テンの術式も乗せなきゃいけないから、かなり燃費の悪い魔法を使い続けて正直きつい。

それでも、私は体内の魔力を練り上げて放った。

お返しだ！

『我巡ラセルハ　衰滅ノ刻！』

テンのわずかに深緑を帯びた魔法が蝕竜をとらえ、その動きを急激に鈍らせた。

さんざんやられた時間を何倍にも遅くするやつだ。

蝕竜は当然すぐにでも魔法をほどこうとするが、それよりも私が新たな魔法を構築する方が早い！

私の周囲に灼熱の炎が生まれ、テンの時繰りによって、赤の炎に深緑の光が混ざった。

『我放ツハ　破邪ノ火炎!!』

炎が巨大な渦を描いて蝕竜の全身を押し包んだ瞬間。火柱となって業火をまき散らした。

結界にひびが入り、ネクターと真琴の姿が炎で見えなくなる。

灼熱の炎の中で、先の魔法をほどいたらしく、蝕竜は身をよじって逃げ出そうとするが、私はありったけの魔力を注いでさらに炎の威力を強めた。

《ラーワ！　まこっち達が!!》

《だいじょうぶだからっ、集中してっ》

炎に巻かれて見えなくなったことで、テンの焦った声が響く。

でも説明している間もないくらい、これはドラゴンの魔力でもきついのだ。

二つの魔法を維持して恐ろしい勢いで魔力が削れていくのに、蝕竜が逃れようと暴れている。

ちょっとでも乱したら蝕竜を逃がしてしまうだろう。

そうしたら次がない。

しんどい。しんどいけれど、これできめなきゃ二人が危ないんだ。

テンも全力でサポートしてくれているけど、まだ足りない。

私は、取っておいたありったけの魔力をつぎ込んで火力を上げた。

蝕竜の断末魔のような悲鳴が全身に響いてくる。

不思議と、痛みの感情はなく。あるのは深い悲しみと孤独の慟哭だった。

悲しい、つらい。苦しい。怖い。――――寂しい。

その奥に、見えるのは？

《もう終わったっ消滅したよ！　それ以上は君が壊れてしまう！》

殴りつけるような声音に、はっと意識を取り戻せば。

まさに炎の渦の中で、蝕竜の最後の一筋が消えていくところだった。

私がとっさにコントロールを手放せば、炎は拡散し、周囲に残っていた白い霧の残滓もなくなる。

そうして、魔力を使い尽くした炎が霧散した先では、こっちに元気よく手を振るネクターがいた。

煤一つついていないし、腕に抱えられている真琴も無事だ。

ネクターと交わした誓約と、新しく作った護符によって、私の力でネクターが傷つくことは絶対にない。

誓約で誓った、「永久に愛する」と言うのは私にとって慈しみ守ることだから、それで護符の力がさらに強化されて、私の引き起こした魔法の業火も一切影響を及ぼさなかった。

本来は誓約の使い方としてはあんまり褒められたことではないけれど、やれやれよかったよかった。

と、思ったら、体から力が抜けた。

《ほんと君、使いすぎだから！　地上までもうちょい踏ん張って》

呆れたテンの声音になんとか翼を動かそうとするけど、うまいことといかない。

間の悪いことに、散々破壊し尽くされた異空間が崩壊を始めていた。

それよりも体が重い。ばらばらになったようで、翼すらうまく使えない。

え、これ、ちょっとまずい？

『テンっ！　こちらに!!』

真琴の声がした瞬間、私の中からふっとテンの意識が抜けていって、少しだけ楽になった。

けれども、テンを移したらしい真琴は代わりにひどく重そうにその場へ膝をついている。

あれだけの規模の結界を維持し続けてテンの精神を受け入れれば、そうなるだろう。

だがなんとか、動けるだけの余力を取り戻した私は、消費魔力を抑えるために人型になる。

異空間の崩壊は収まらない。

「ラーワ、こっちです！」

「大丈夫！　だから先行ってて！」

そう声をあげたのだけど、真琴を抱えたネクターがかたくなに首を横に振る。

しかたない、と思いつつも、それでもまだ門が生きて逃げ道を確保できているのが幸いだ。

全く、ネクターの備えがばっちり役に立ってしまった。

と思ったら、七つある門のうちのいくつかが徐々に揺らぎ始める。

そっか、あの門の術式は巫女達で維持されていたけど、テンも少なからず関わっていた。

テンはそれを維持できないほど弱っているのだ。

門が消えてしまえば、今の私では再構築できない。

そうすれば、どこともわからない異空間に取り残されて、永遠にさまようことになる。

そんな結末冗談じゃない。

あと少しあと少し！

私は、もはや落下と変わらない感じで地上へたどり着くと、ネクターにぶつかる勢いで残った門へ転がり込んだ。

透き通っていくような水の中をくぐり終えたとたん、背後で大量の水が落ちる音がした。

石畳の敷かれた地面に広がって、私の服を濡らしていくけれども、そこには魔力があって、空気があってレイラインがあった。

戻ってこられたと思ったけれど、もう、倒れ込みたいほど疲れ果ててしまっていて、指一本も動かしたくない。

案の定、体が勝手にかしいでいく。

地面に倒れる前に、強い腕に体を支えられた。

ネクターかな、と思ったのだけど、違う。

「ラーワ!」

だって、ネクターの声は少し遠くから聞こえるから。

おっくうでも、なんとか顔を上げて、信じられない心地で目を見開くことになった。

私を支えていたのは、ヘザットの離宮で出会った、淡い髪に淡い瞳を黄金色に光らせる、リュートだったのだから。

◇　◇

「ラーワに何をするのですか!?」

驚く気力もない私の代わりに、ネクターが叫ぶと、すぐに杖を構えて飛び出してこようとする。

けれど、その前に大柄な体格に見合う剣を持ったバスタードと名乗っていた男性型の精霊と、もう一人、見知らぬ白い服を着た女性型の精霊が阻んだ。

「っ!」

悔しげに顔をしかめるネクターに、私を捕らえたリュートは朗らかに告げた。

「久しぶりだねネクター。ただ僕はテンみたいに優しくはないから、なにをするかわかんないよ」

「……なぜ、あなたがここにいるのですか」

「たぶん、それを一番に聞くものだと思うんだけどなあ。そんなに、この竜が大事？」

苦笑したリュートが、私を引き寄せたのを見計らって、刃のように鋭くした爪をリュートに突き立てようとする。

だけど、その前に耳元へささやかれた。

『汝は人　柔らかき肌と弱き四肢の者』

不思議な抑揚のつけられた古代語が、耳に滑り込んだとたん、私の指から爪が消えた。

どうっと体が重くなって、今度こそ立っていられなくなる。

なに、をされた？　四肢の頼りなさが増して、思うように動かなかった。

その間に腕の関節を極められ、身動きがとれなくなった結果、リュートへ体を預ける形になってしまう。

私は思い通りにならない体に焼けるような焦燥を感じながらも、少し離れた場所にいるネクターを見返すしかなかった。

ネクターは指先が白くなるほど杖を握りしめながら、リュートをにらみつけていた。

「なにをしましたか」

「人の身体能力になるように、呪いをかけただけ。だいぶ魔力が枯渇してるようだから、動けないだろうけどね」

リュートは深くため息をつくと、ネクターの後ろで膝をつく真琴へ視線を向けていた。

「なあ、テン。どうだった。この竜は代わりになる？」

正確に彼女の中にいる者に呼びかけたリュートに、真琴が口を開く。

「なるよ。条件を満たしていた」

真琴の声だったけれど、それは紛れもなくテンの言葉だった。

テンもひどく消耗しているのだろう。

けれど、テンとリュートが仲間だったという衝撃と、条件を満たしていたという言葉に対する疑問符に混乱するしかない。

その返答にリュートはわずかに瞑目すると、決意を宿して私を抱える手に力を込めた。

「そう。ならいい。じゃあ連れて行く」

連れて行く？　あれほど嫌っていた私を？　なんのために？

「パレット、ベルガは来そう？」

「今向かってきてる」

「じゃあバスタード、こいつをよろしく」

「行かせません！」

頭が真っ白になっている間に、リュートからバスタードへと渡されかけるが、ネクターが魔力を練り上げて立ち向かおうとする。

相手は三体の精霊だ、無茶だ。と言おうとしても、全然声にならなかった。

代わりに、リュートが複雑そうな雰囲気で、ネクターのほうを向くのがわかった。

「ほんとに、君はこいつが大事なんだな」

「当たり前でしょう!?　私にとっては、その人が唯一なんです！」

「なら、君も来ればいいよ」

ネクターは虚を衝かれて、繰り出されようとした魔術は不発に終わった。

「これは僕の望みを叶えるために必要だから譲れない。だけど、ついてきてくれたら理由を教えてあげる」

リュートは平静に淡々と語っているように思えるけど、それは内側に押し殺された感情がわかるような声音で。

それで、私にもリュートが本気だとわかった。

ネクターにもわかったのだろう、さしのべられた手に薄青の瞳が揺れる。

このままだと、ネクターは来るだろう。知ることに貪欲で、何より私のことだから。

でも、

「だめ、だ……」

リュートの目的がわからない中でネクターを危険にさらしたくないし、アールを一人にしてしまう。

それは避けなきゃいけない。

だというのに声が出ないし、私の意志に反して意識を保っていることすら億劫だった。

魔力もからっぽで、体も全然動かない。

なすすべがないのはわかっている。でも、誰か。

何か……！

「なんともまあ、情けない姿だのう。不肖の弟子よ」

そんな穏やかな声が聞こえて。

石畳の隙間から、草木が溢れた。

「なっ!?」

石畳を持ち上げる勢いで氾濫する植物たちはネクターと精霊たちはおろか、私とリュートすらも孤立させる。

リュートが体勢を崩したことで、私の拘束が緩み、急成長する植物たちの海に飲み込まれかけた。

だけど、その前に、ごく気軽に背中を支えられた。

「黒竜や、ずいぶん無茶をしたのう」

いくつも年を得たのがわかる深い声色は、この世界で一番なじみがあるもので。

だからこそ、私は信じられない心地でその人を見上げた。

褐色の肌に深いしわが刻まれてもなお、だからこそ味わい深く美しいとも言える顔には豊かなひげが蓄えられ、艶のある白髪と共に揺らめいている。

さらにバロウ国風のしゃれた旅装に身を包んで、美老人ぶりに拍車がかかっている木精のおじいちゃんだった。

木精のおじいちゃんは、まるで本体の精霊樹から出てきたかのようなごく気軽さで、ひょいひょい

と、枝葉を飛んで安定した地面に降りてくる。

その間、私を抱えてだ。

今、私は一切体重をいじっていないから、それなりの重さがあるにもかかわらず、である。

意外と腕力あるんだな、と場違いなことを考えているうちに、おじいちゃんはネクターの傍らに降り立つ。

下ろされたとたん、ネクターの腕に囲われた。

「ラーワ、よかった……!」

ネクターの体温に安堵しつつも、驚きと混乱は収まらず、ひょうひょうとした態度で傍らにたたずむおじいちゃんを見上げるしかない。

「不肖の弟子よ、いちゃいちゃするのにかまけて、修行を怠っていたのではあるまいな」

「くっそんな、ことは。それよりも御師様。なぜ……」

「なんでお前がここにいる!?」

ネクターの問いかけをかき消す悲鳴のような声音に振り返れば、成長の止まった草木の間から現れるリュートだった。

だが、その表情にはさっきまでの余裕なんてかけらもなく、驚愕と、動揺に彩られている。

そんな彼に対しおじいちゃんは、いっそ違和感があるほど落ち着き払っていて、ただ厳しく目をすがめて呼びかけた。

「おぬし、あの自動演奏器の精霊じゃな。可能性としては考えておったが、自律思考まで得るとはわからないものだの」

私とネクターは声を上げないのが不思議なほど、驚いた。

おじいちゃんはリュートのことを知っている？

よくよく考えてみれば、リュートの反応も顔見知りに会ったような反応だった。

そこで植物の間から白ずくめの女性も出てきて、一瞥したおじいちゃんはさらに厳しい表情になる。

「やはり、自動筆記具の精霊も一緒か。だがおぬしらには晦冥《かいめい》の封印を任せておったはずじゃ。なぜ現世に出てきておる」

「うるさい！　あのヒトをなかったことにした癖にっ！」

おじいちゃんの詰問口調に青ざめたリュートだったが、そう叫んだ。

あのひと、って誰？

かいめいのふういんてなに。

だけど、そんな疑問をはさむ余地がないほど、二人の間には侵しがたい空気が流れていた。

「仕方なかろう。皆忘れるしかなかったのだ。忘れなければ守れなんだ」

「っ、仕方ないなんておかしいっ。どれだけあのヒトが悲しんでいるのか知らないのか！」

「なに……？」

そこで初めて、おじいちゃんの顔色が変わったけれど、リュートが顔をゆがめて叫んだ。

「僕はあのヒトを、アドヴェルサを忘れない！　アドヴェルサを殺した世界なんて知るものか！」

「……何を言うても聞く耳は持たぬか」

息をついたおじいちゃんは、炯々とその緑の瞳を光らせて続けた。

「じゃが、これだけは言うておこう。あやつの封印がほどけかけておるぞ」

リュートの反応は、劇的だった。

「なん、だって……」

「おぬしの役割を思い出すがよい」

限界まで目を見開いて、それきり言葉をなくす彼に、おじいちゃんが近づいていく。

矢先、激しい破壊音とともに、光の帯が私たちとリュート達を分断した。

「リュート！　間に合ったっ⁉」

飛び込んできたのは暗い色合いの服に身を包んだ麦穂色の髪の娘さんで、どう見ても若い頃のベルガだった。

あったはずの建物をぶち抜いたのは、彼女の周囲に浮いている魔術銃の束だろう。

私達の前に立ちはだかるように陣取ったベルガは、真っ青な顔をしているリュートを振り返った。

「足止め、してるからっ！」

「っ！」

そこからは劇的だった。

目を見開き、何か言いかけるリュートを、突如現れた大柄なバスタードがさらう。

ベルガが開けた大穴からは雷をはじけさせながらカイルが現れ、ベルガに杖を振り抜き、交戦状態になった。

雷鳴と発砲音が響く中、逃がさないとばかりにおじいちゃんが腕を一閃した。

瞬間、ふたたび植物がリュート達をとらえようと動き出す。

それらはリュートを抱えたバスタードが、片手で軽々と大剣を振り回し、一つ残らず無力化され足止めにしかならない。

『水穿弾《ウォーターバレット》』

けどネクターは神速で魔術を構築し、いくつも水の弾丸をはなった。

バスタード達に触れる矢先、にじみ出るように壁が現れ軒並み阻んだ。

壁はすぐにぼろぼろに崩れ去ったが、パレットが手に構える絵筆を振りぬけば、あふれだす色彩から、奇妙な生き物たちが現れ、ネクターとおじいちゃんを足止めする。

リュートが不安定な中でも楽器を構えて弦をならすのが見え、たちまち転移の魔法陣が現れた。

あれで逃げられれば、また話が聞けない。

「ラーワっ無茶を」

『影踏《シャドウバインド》っ』

ネクターの制止の呼びかけを無視して、私は最後の力を振り絞って影を走らせたが、いつもよりもずっと弱い。

それでも、リュート達に向けて複数の帯となって襲いかかる。

バスタードが再び剣を一閃したものの、帯を一つ消滅させただけで残りが殺到した。

けれど。

寸前で気づいたらしいベルガが、虚空の銃をすべてこちらに構えて一斉掃射した。

光によって一切の視界が塗りつぶされれば、私の影も弱体化する。

手応えが消え、魔力が動く気配がして。

魔力光が収まった後には、カイルの腕の中で意識を失うベルガがいた。

あの光の中で、肉薄し、一気に意識を刈り取ったのだろう。
体内の魔力を意図的に乱すことで、そういうこともできるのだ。
けれど、荒れ果てた空間にはリュート達の姿はない。
また、聞くことができなかった。と思いつつも。
限界を迎えていた私の意識は、暗い闇へ滑り落ちていったのだった。

第21話　ドラゴンさんは後を知る

目が覚めると、そこは柔らかな布団の上だった。

板張りの天井は知らないものだし、眠るなんて何年ぶりだ？　と思いつつ、体を起こしてみれば、慌ただしい足音とともに襖が開けられた。

「かあさまっ！」

「ラーワ！」

飛び込んできたのは、アールとネクターで、心底安堵した顔になると、私に飛びついてきた。

え、え？　どういうこと？

「あれから丸三日眠られていたんですよっ。今までになかったことなので心配しましたっ」

「何にもなくて良かったあ」

矢継ぎ早に話すネクター達に、ようやく私の頭が再起動して、蝕の竜のこと、リュート達のこともそしておじいちゃんのことも怒濤のように思い出した。

「あれから、どうなったんだい？」

表情を引き締めて問いかけたのだが。

ぐうううう～～～～っ。と、どこからか怪獣の鳴き声のような音がした。

…………………ごまかすのはよそう。

私である。数百年間、鳴ったことなんてなかったというのに！

この腹の寂しさというか、空っぽ感はそれか。おなかがすいていたのか！

まじめな話をしようと思っていたのに、どうしてよりによってこのタイミングで鳴るんだばかっ！

と、あっという間に火を噴いてしまいそうなほど赤くなった顔で震えていれば、軽い足音とともに、
ひどく懐かしい魔力の気配がした。

「リュートとやらに、弱体化の呪《しゅ》をかけられた影響が残っておるのじゃろうて。巫女のお嬢さんがたが食事を用意しておるからの、もらいにゆけば良かろう」

さらっと現れたおじいちゃんは、東和の着物を当たり前のように着流していた。

白の髪に褐色の肌で東和国の人とは違うのに、やったら似合っているのが不思議である。

「おじいちゃん……」

私がさぞや形容しがたい表情をしていたのだろう。

けれどひょうひょうとしたおじいちゃんは、肩をすくめるだけだ。

再び声をあげようとした矢先、またおなかの音が主張する。

と、いうか今気づいたけど魔力もほぼ枯渇状態なんじゃ……？

道理で体に力が入らないわけだと現実逃避をしていると、ネクターとアールが立ち上がった。

「今、ちょうどお昼時なのですよ。私達の分も持ってきましょう」

「うん、かあさままってて！　二膳で足りるかな？」

収まらないおなかの音に情けない気分になりつつ、ネクターとアールが嵐のように去って行くのを見送ったのだった。

しょうがないので、ネクター達が持ってきてくれたお昼ご飯を囲んだ。

小さいテーブルみたいな箱膳で出されたご飯は、お肉もお魚も野菜もたっぷりの結構豪華な献立でびっくりした。

「近くの農民と巫女達からの感謝の気持ちのようですよ」

なんでも、禁域から外へ出て行った白の妖魔はわずかだったけど、レイラインからの魔力の過剰供給で黒の妖魔は大量発生していたらしい。

その妖魔達から近隣の村を守った巫女と、守人に感謝を込めた寄進物という名の支援がこのお肉やお魚で、それを出してくれた巫女さん達は白の妖魔の大元を絶ってくれた私へ、ささやかなお礼の気持ち、なのだそうだ。

ちょっぴりどころではなく、うれしいのだけど……恐ろしいことにその豪勢さでも私のお腹は収まらない。

見かねたネクターのお膳のおかずをもらい、さらにはご飯の入ったおひつを空っぽにする勢いで箸を進める。

みんなの啞然とした視線にいたたまれなさを感じつつも、食べながらあれからのことを教えてもらった。

ここは、リュートが襲撃してきた分社で、華陽から一番近い位置にあるのだそうだ。

私が意識を失った原因が弱体化と魔力の枯渇だったから、少しでも魔力の濃い場所に身を置いていた方が回復が早いだろうというおじいちゃんの提案によるものらしい。

正直、びっくりした。

意識を失うなんて何百年ぶり？　というか、これまで意識的に休眠状態になったこと以外なかったから、迎撃モードに移行して迷惑をかけずにすんだのは奇跡かも知れない。

というか、急速に魔力を回復しようとするから、周囲の魔力を枯渇状態に追い込むんじゃと今更真っ青になっていると、おじいちゃんがめちゃくちゃにやついた顔になっていた。

「人族の呪がかかっておったのが怪我の功名であったのじゃろうが。弟子かアールがそばにおる間はおとなしいものじゃったで被害はないぞ。子供のように頭をすりつけてまあかわいいものだったわい」

やっぱり魔力を枯渇させる勢いで自動的に迎撃術式をくみ上げかけたのだが、ネクターが呼びかけて触れた途端、全部解除されたらしい。

アールでも同じ現象が起きたものだったから、二人が交代で私のそばにいてくれたのだという。

「うわあ、その、ごめん……」

いたたまれないのと、無性に恥ずかしいので顔が真っ赤になるのを抑えられなかった。

箸を止めてうつむいていれば、ネクターは柔らかく微笑むばかりだ。

「まったくかまいませんよ。あなたが無事で良かった」

「いいってことなんだよっ」

にっこり笑うネクターはなんだかやに下がっているというか、すんごいうれしそうな表情だし！

アールはふんすといった感じで思ったより元気そうだしいいかあ。

「あまり気にする必要はないぞ。そなたの寝顔を眺めてやに下がっておったからの」

「御師様っ！　のぞきはよくありません！」

ネクター突っ込むのはそっちなのかい。

……って、今更気がついたけど。

「おじいちゃん、西大陸語が話せるのかい!?」

「わしがこやつに杖をやってから、何年たったと思うておる」

当たり前のように言うけどね、それを今まで毛ほども匂わせなかったのはちょっとお茶目というか、なんというか。

「全く不都合がないものを強いて言う必要はなかろうて」

呆れつつも、肩をすくめるおじいちゃんはいつものことなのであきらめて、続きを聞く。

根幹とも言うべき蝕竜が大社ごと消滅したことで、この東和にはびこっていた蝕は8割以上消滅したらしい。

七つある分社はなんとか持ちこたえた。

だけど大社が崩壊する衝撃で結界が壊れてしまったところもあるようで、そこから若干の白の妖魔と蝕の霧が流失したそうだ。そうでなくても黒の妖魔は多数目撃情報があり、余力のある盟約した魔族と人で討伐に出ているのだという。

ちなみに、リグリラと仙次郎は華陽からはかなり遠い分社に行ったのだが、白の妖魔の最多討伐記録を樹立したらしく、余力も十分あるので妖魔の討伐しつつ、諸国を漫遊してから合流するそうだ。

『人が一級クラスの魔物を相手にするのはこんな気分かしら。あんな楽しいおもちゃがいるなんて、東和は楽しいところですわね！』

という、リグリラの伝言を聞かせてもらった時には笑ったけど。白の妖魔を倒すのがおもしろいと称せるリグリラはやっぱすごいと思った。

帝さんとカルラさんは蝕の流出のあと、陣頭指揮を執り、蝕と連動して出てきた大量の妖魔を討伐。

終わった後はそのまま、被害のあった村々への救援と復興のための算段を精力的にこなしているらしい。

なのに、私が倒れたと聞くなり、華陽に預かっていたアールを、カルラさんを護衛につけて連れてきてくれたのだった。

「カルラ姉さまには今度、西大陸のお菓子を作ってあげるねって約束したんだ」

アールは短い間だったけど、狙い違わずカルラさんを骨抜きにしていたらしい。

帝さんのところに必ず顔は出すつもりだけど、復興支援の采配が殺人的に忙しそうだから、あとにしよう。

真琴は最後にテンを降ろしたことが負担になったものの、一日眠り込んだだけで起き上がり、今は美琴とともに救護の必要な近隣の村を回っているのだそうだ。

「テンさんは？」

「……ここにいるよ」

その声に振り返れば、障子の向こうに隠れるように座る人影があった。

けれども、ちょっと待て。なんか障子に映る影はちっさいし、どことなく声も幼いような？と、思っていたら、立ち上がったアールが障子の向こうへ歩いて行った。

「テンさん、そこじゃお話しづらいです。こっちに来ましょうよ」

「わ、わかったよ！　わーもーまだこの体に慣れてないんだっ」

アールにつれられて、きまり悪そうに障子から現れたのは、すごく小さいテンだった。

緑色の髪と黄金の瞳はそのままだけど、背はアールよりも小さくて、全体的にぷにぷにしている。大体5、6歳くらいだろうか。要するに幼い。

けど、どこも透けておらず、感じる気配も限りなく実体に近かった。

「一体全体何があったんだい」

「その、だね」

どこから驚いたらいいのかわかんなくて、思わずそう聞けば、テンは所在なさそうに視線をさまよわせた。

「蝕竜を消滅させたことで、封印していた蝕の大半が消えたから、もうあたしは必要ない。結構好き放題にやってたからね。恨みも買ってるから、あらかたの事後処理が終わったら消滅するって、大社の子たちに言ったんだよ」

なんだって、と私は気色ばみかけたが、テンは決まり悪そうに頬を掻いた。

「そしたら真琴に、ダメって言われてさ。封印の要になっていたあたしの竜珠を押し付けられちゃったんだよね」

あんなに怖いと思ったことはなかったと、震えるテンだったけど、その表情は恐怖ではなく、困ったような嬉しいような、そんな感情が複雑に入り混じっていた。

まあ、テンが弱体化したことは遠からず魔族たちに知れ渡るのだ。今までテンが魔族たちを抑えていたが、それがなくなれば、血気盛んな魔族たちがお礼参りのために何をするかわからない。おとなしく消滅したほうが迷惑はかからないと思うのは無理もないだろう。

けどテンはそれを打ち明けた瞬間、病み上がりの真琴に正座詰めでお説教されたのだという。

そりゃそうだ。役目が終わったとたん、はいさようならなんてあんまりにも薄情すぎるのだ。

だから巫女たちは、分社で封印の要にしていたテンの竜珠を超特急で回収し、巫女全員に説得されたテンはそれを取り込みなおすことで、精霊もどきみたいなポジションに落ち着いたらしいのだった。

テンは簡潔にまとめたけど、いろんなやり取りがあったことは想像に難くない。

「とりあえず、今はこの姿だけど、ほかの分社に残った竜珠も回収すれば、もうちょっと成長できるはずだ。あたしの扱いをどうするかは今代の帝くんと話し合わないといけないだろうけど。もうちょっとだけなんとかしてみるよ」

テンはいろいろと吹っ切れた様子でそう締めくくった。

私はテンを降ろしてある程度記憶を共有したから、彼女が大社と分社の一部分でしか姿を保てないこと。500年の間、ずっと巫女たちの話や、水鏡でしか東和の国を見ていないことを知っている。

今のテンではアールと同等かそれ以下の魔力しかない。

けれど、霊体ではできなかった飲み食いや、人とのふれ合いや、街の活気を直接味わうことができるのだ。きっと巫女たちは彼女にそれをまた味わってほしいと願ったのだから、こぞってテンを街へ連れ出すにちがいない。

これからの身の振り方も、守り抜いた国を見て回ってからでもいいはずだ。

私たちはさんざん彼女に振り回されたけれども、テンと真琴の絆を垣間見た私は素直にそう思えた。

……まあ、それとこれとは別なこともあるんだけど。

「というわけでこのとおり！　今のあたしはほぼ無力だよ。煮るなり焼くなり好きにするが良い。君にはなんでも要求する権利がある」

いつもの軽い調子で空気を変えるように、けど覚悟を決めたようなたたずまいになったテンに、私は自然と箸を置いて居住まいを正した。

彼女がアールたちを誘拐したのは許せることじゃない。

それにテンが、リュートとつながっていたのは、あの短いやりとりで明白だった。

ネクターがぴりっとするのも感じた。だってテンの一言で、今度は私が攫われかけたんだからね。

私も覚悟を決めて口を開こうとした矢先、おじいちゃんが立ち上がったことで虚を衝かれた。

おじいちゃんはそのままテンの下へ歩いて行くと、なんと、その頭をはたいたのだ。

見た目幼女だというのに、思いっきり首がしなってその力加減の容赦なさがわかり、目が点になる。

「ひんっ！　なにするんだ！」

「テンペスターレ。お前が言い訳せぬたちなのは百も承知じゃが。まず、言うべきことがあるじゃろうて。こやつらが協力したから、おぬしの好きな物が守れたのじゃろう？」

「だって、加害者に言われたって、うれしいこともないだろう？」

「お前は、はじめから気を回しすぎる。たとえ喜ばれずとも筋を通すのが礼儀と言うものじゃろう」

おじいちゃんに静かに叱られたテンは、うろうろと視線をさまよわせていたが、その黄金の瞳を私たちへ向けると、深く頭を下げた。

「東和を助けてくれて、ありがとう。それから、ひどいことしてごめんなさい」

すごくシンプルで素直な言葉で、本当に感謝をして反省しているのが感じられたけど、それよりも。

「あの、もしや、お知り合いですか」

ネクターも私と同じことを考えていたようだ。

二人のやりとりは今、初めて会ったとも思えないほど気安いもので、そう考えるしかないのだけど。

案の定、テンはきょとんとした表情になった。

「あれ、フィセル、話してない？」

「まあ、話す前にお前さんが来たからの」

「うへえ、そっかあ」

「ちょっと待って、フィセルって」

耳慣れない名前に、私が面食らって聞き返せば、テンはきょとんとしていた。

「待つも何もただの名前だよ？」

「誰の？」

「こいつの」

「え」

「え？」

私たちの面食らった表情でテンは理解が及んだらしく、さっきまでの殊勝な態度を一変して心底呆れた顔でおじいちゃんを見た。

「君こそ、名前を教えてなかったってどうかと思うぞ!?　昔っからものぐさだったけど、ものぐさ過ぎるんじゃないかなあ！　この子、君の養い子だろう!?」

「特に必要を感じなかったからのう、こうなし崩し的にじゃな」

「というか、あたしより若いくせにじいちゃん言葉を使うのがきしょい！　めっちゃきしょい！　じじい顔もどうせふりなんだろう」

「お前こそ、若作りが過ぎるであろう。年食うどころか精霊もどきになりおって」

一歩も譲らずに応酬を繰り広げる二人は、息が合っていてどう見ても知り合いだった。

いや、まさかおじいちゃんに竜の知り合いがいるとはなあ。

「おじいちゃん、お名前があったんだねえ」

「そうだねえ」

ほへーと、感心するアールとともに二人の言い争いを見ていたのだが、ふと横を見てみれば、ネクターが怖いくらい驚いた表情で固まっているのに気づいた。

こう、まさか、というか信じられないという感じで。

「どうかしたかい？　ネクター」

「……っあ、いえ。なんでも」

まったくもってなんでもない、という雰囲気ではないのだけど、ネクターが深く考え込んでしまったので、それ以上聞くのはあきらめた。

「まあ、ともかく！　フィセルとは古い知り合いなわけ。出不精でものぐさなこいつがまさかこんなところまで来るとは思っていなかったけどね」

やれやれという感じのテンに、おじいちゃんは肩をすくめてみせた。

衝撃の事実がさらっと明かされていろいろ吹っ飛びかけるけれど、私は改めて幼女なテンに向き直った。

「とりあえず、外見が10代くらいになったら一発殴らせて」

怒りと言うよりは、けじめの一発に近いけど、さすがに今の姿じゃ殴りづらい。

……おじいちゃんは思いっきりやってたけど。

「うん。それはもちろん。君の旦那君と子竜ちゃんにはもう聞いたから君で最後なんだ」

思わず二人のほうを見れば、ネクターは黒くあいまいに微笑し、アールはどこかすっきりした様子で胸を張っていた。

「きちんと誓約していただきましたから」

「うん。ぼくもすっきりだよ」

「二人ともなかなかえぐかったデス」

テンが片言になるなんて、二人とも何を要求したんだよ。と、戦慄したが、ネクターはおろかアールまでイイ笑顔で教えてくれそうにない雰囲気だったので、聞くのはあきらめた。

その後、テンは誓約の精霊を介して私に殴られることを誓ってくれた。

まったく、そんな律儀なところがあるから、憎み切らせてくれないんだよなあ。

それに東和を守るまっすぐな姿勢は尊敬出来て、人族とかかわりあい、触れ合いながらレイラインを整えていった姿は私の目標とも言えてしまうんだから。

最後まで振り回されてばかりだ、と思いつつも五人前はあったおひつご飯を空にして、ようやくおなかが落ち着いた。

　たぶん、リュートにかけられた呪の影響が残っていて、魔力不足が空腹に感じられただけだから、魔力を回復しない限りまたおなかが減るだろう。

　でも今は十分に元気が出た。聞きたいことも、受け入れる気力も十分だ。

「それで、テン……」

　私は気を引き締めて尋ねかけたのだが、どたどたと複数の足音が聞こえてきた。

「ラーワ様っ！」

『ラーワ様、起きられましたか』

　そうして、美琴と真琴が、カイルとともに現れたことで、和気あいあいとした近況報告となり、テンとの話はひとまず措いておくことにしたのだった。

◇　◇

　ほっこりほこほこ、お風呂でさっぱりした私は、部屋の前にある縁側に座って、夕暮れを眺めながらぼんやりしていた。

「東和国史上、最小限に抑えられた妖魔災害」になったとはいえ、被害はゼロではなく。

　三日たった今でも非常事態はほどかれていない。

　巫女さん達は家をなくした人達のために炊き出しをしたり、傷ついた人達を癒やすための救護所を設置したりして、被災した人達を受け入れている。

そういう人的被害もあるし、荒れ果てた森や、白の妖魔だけではなく、魔物の被害でめちゃくちゃになったレイラインの被害も甚大だ。

そっちの修復なんかは魔族やドラゴンにしかできないんだから、起きた以上、私もそっちに加わろうと思ったんだよ。

なのにみんなして、「お前はとにかくにも休め！」って何にも手伝わせてくれないのだ。

そう、アールにまで、「レイラインの修復はぼくに任せてねっ！」って言われてしまって。

さすがにそれはと思ったんだけど、弱体化しているとはいえ、ドラゴンであるテンが指南役になってやるアールのレイライン調整がそりゃあ堂に入ったものだった。

どうやらアールがテンに願ったことと関係しているようで。「願い事を聞く」みたいなことを要求して、それでレイラインの調整を教えてもらっている節があるんじゃないかと思うのだ。

ついでにおじいちゃんもフォローに入るものだから危なげがない。

それに、テンは魔族達にせっせと指示を出して組織的に修復作業にいそしんでいるから、私がうかつに手を出せないのもあった。

美琴はほかの巫女さん達とともに忙しそうだし、ネクターは救護所で使う薬の生成を手伝ってるし、私、確かにいなくても大丈夫……。

まあせめてもの抵抗として、川の近くに大浴場を作ってやったけどな！　はっはっは！

……んで、避難してきた人達とともにお風呂に入っていたらみんなに見つかった。

そしたらアールに泣かれかけたので、今はおとなしく分社の濃い魔力に身をゆだねてお休みしていたのでありました。

別名、ふてくされている、とも言う。

お風呂に入ってさっぱりしたけれど、心は寂しい。

はあーと再び息を吐きつつ、私はさっきのカイルにちらっと聞いた話を思い返す。

カイルに意識を刈り取られたベルガは、カルラさんに掛け合って融通してもらった封印具をはめて、軟禁中なのであった。

というか、ベルガ自身があてがった部屋から出てこないのだからしかたがない。

彼女の本体である魔術銃にも厳重な封印を施して生殺与奪権を握っている状態なのだから、当然と言えば当然だ。

彼女は間違いなくベルガの魂と魔術銃を核とした精霊だったけど、案の定、私達の記憶はなく、おじいちゃんとネクターで調べたところによると、彼女に記憶を奪う呪いがかけられていた。

魂に食い込むほどの深い呪いだから、無理に解こうとすれば彼女自身を消滅させてしまうから、悔しいけれどそのままにせざるを得なかった。

毎日、暇を見つければカイルが会いに行っているけれど、視線も合わせないらしい。

私はもちろん、カイルにとってはかなりつらい状況だろうと思ったのだが、当の彼は意外なほどけろっとしていた。

「あの態度、出会った頃のベルガそのままなんだ。記憶がないだけで、あの頃と変わらないんだと思うと、もういっぺん会えたことの方が嬉しくてな」

だから、ベルガは俺に任せてくれないか。と続けたカイルの意思を尊重して、私もネクターもそっとしておくことにした。

ベルガから、リュートについて聞けないかなと思うし、私もできれば会いたいけど、たぶんドラゴンってだけで嫌われるだろうしなあ。

「んで、ネクター。そこで何をしてるんだい」

しょんぼりしつつも、ちらっと振りかえれば、障子に隠れるようにして、ネクターがこちらを見ていた。結構怪しいよ？

「あなたがおとなしく休んでいるか、監視しているのです。私は救護所の夜勤がありますので、夕飯後にはアールが参ります」

「もう大丈夫だって言ってるのに……」

「大浴場を使ったあと、倒れかけたのはどなたです」

はい。私です。

アールを産んだときとはまた違う魔力の枯渇状態で、どうにも加減がつかめないんだよなあと思っていると、ネクターが隣にやってきて座った。

「いよいよ、わかるのですね」

「うん」

テンと、おじいちゃんはこの事態がある程度収まったら、きちんと話してくれると約束してくれた。話してしまうのであれば、一度にしてしまった方が手間は省けるだろうと。

ただ、おじいちゃんがあのタイミングで東和にやってきたのは、リュート達を捜してだと言っていた。

テンは、東和の蝕の封印がほころびるタイミングが早すぎる、と漏らしていたし、今間違いなく何かが起きようとしていて、一番状況を知っている二人だと思う。

「不安ですか」

「まあね。でも、きっとなんとかなるよ」

心強い友達と、何より頼りになる伴侶がいるのだから。

大好きな誰かがいれば、頑張れる。素直にそう思えるのだ。

けれど、ネクターは薄青の瞳に決意を宿していったのだ。

「私ももっと、知識を身につけましょう。あなたを守れるように」

「十分だよ。あのときも、ネクターがいなかったら、私はテンさんと同化していたんだし」

「リリィさんのように、強さでドラゴンであるラーワを超えたい、というわけではありませんが。蝕竜の討伐は、あなたにすべて押しつける結果になりました。あなたと対等でいたいという気持ちがあるのに、守られてばかりで情けないです」

苦笑するネクターが表情を曇らせるのに、私は戸惑った。

ネクターが情けないって思ったことは一度もないし、私の心を引っ張り上げてくれるのはいつだって彼だったから、守られてばかりなのは私のほうだと思っていたからだ。

今回の大社へつなげる門作りだってほとんどネクターが陣頭指揮を執っていたし、新しい魔族との契約形態も彼が見つけたようなもので。正直もう、ネクターに魔術の技術力では及ばない。

さらに言えば、先の蝕竜戦だってネクターが門を守りに来てくれなければ私は帰ってこられなかったし、そもそも言葉でつなぎとめてくれなければ、今の私は居なかったわけで。

私、かなり頼りきりだったなあとしょんぼりしていたくらいなのだ。

けど、今、ネクターがこぼした想いは、私が感じていたものと変わらなくて。

なんだ、同じことで悩んでいたのか、と気づいたらなんだか心がすごく軽くなってしまった。

と同時に無性におかしくて、思わずくすくす笑っていると、ネクターに不思議そうな顔をされた。

ごめんね、ちゃんと説明するから。

「仙さんとリグリラみたいな関係になりたい、って言っているようなもんだなあと思ってさ。私たちにはきっと無理だし似合わないよなあと」

「そんなことは……ありますか？」

「あるある」

あの二人は、〝強くなる〟という同じ目標に向けてお互いに切磋琢磨し合う関係だ。

それはそれで素敵なものだけど、私たちにはなんとなくしっくりこない。

そう言えば、ネクターは目から鱗が落ちたような顔をしたあと、おかしそうに笑い始めた。

「ラーワを超えようとは思いませんと、私自身が言ってましたのに。なんで気づかなかったんでしょう」

「私はネクターも同じことを考えていたのかあとびっくりだよ」

私は驚いた顔をするネクターをのぞき込んで、続けた。

「だからさ、得意な分野で補い合うってのはどうだい」

「？」

「ネクターはネクターのできるところ、私は私のできるところで守り合うんだ。きっと私たちにはそれがしっくりくる。少なくとも、お互いの心を守るのはお互いにしかできないだろう？」

「そうですね」

肩の力を抜いたネクターは、薄青の瞳を和ませてくれた。

「それがあなたを補うことになるのであれば、これからも、私にできることを最大限にすることにいたしましょう」

「私も私にできることを最大限にやって、これからも君たちを守っていくよ」

そうして見つめあったのだけど、なんだかまじめに言うのがおかしくて、吹き出してしまった。

しあわせだなあ、としみじみ思っていると、こほんと改めるようにネクターが咳をした。

「まあ、ともかく。約束、まだ、果たしていただいていないのですが」

約束？　と頭に疑問符が浮かびかけたが、蝕竜を倒しに行く前に言ったことを思い出す。

そういえば、そんなこと言ったな。

「約束、しましたよね？」

念を押すように言ったネクターは夕日に照らされて全体的に赤みがかっているのだが、頬がちょっと色が濃い気がする。

いつも思いっきり押してくるくせに、こういうときは照れるんだ。

うちの旦那は、かっこいいくせに妙なところでかわいくなるのが反則だ。

ちらり、ちらりと左右を見て、ちょろっと気配を探っても、周囲には誰もいない。

ネクターは期待を込めた眼差しで見つめてきている。

約束はもちろん、喜んで守りますとも！

私は縁側に置いてあるネクターの手に自分の手を重ねて指を絡めた。

ちょっと驚くネクターと距離をゼロにして、そっと額に額を寄せて、鼻をすりつける。

「ありがとね、ネクター」

それからごめんね。

後半は、心の中でだけつぶやいて、私はネクターと存分にいちゃいちゃすることにしたのでした、まる。

◇　◇

夜も更けた室内で、横で眠るアールを起こさないように細密な幻影を作り、そっと抜け出した。

それくらいの魔力は回復していたから助かった。

……どうやって回復したかを聞くのは野暮だよ？

そうして、外に出た私は、静かに翼を出して、分社の裏手にある鎮守の森へ飛び込んで、少し進めば、テンの竜珠が使われた要石が納められたほこらがある。

巫女でさえ、日々のおつとめ以外には不用意に近づかない場所で待っていたのは、主である緑髪を背に流すテンと、木精のおじいちゃんだった。

相変わらず、テンは子供の姿のままだったけど、三日もたてばけっこう慣れる。

アールなんて、妹ができたみたいに構いまくっていてちょっとびっくりしたもんだ。

ともかく。そう、私は日中に、この二人から思念話で、話すことがあると呼び出されていたのだ。

もし、テン一人に願われていたら、私はネクターに話しただろう。

けど、おじいちゃんが、私だけに話したいと言ってきたのだ。

思慮深いおじいちゃんがそう結論づける何かがあったのだろうと思ったから、私はこうして一人で来ていた。

「で、二人とも、何を話してくれるんだい」

とはいうものの、私はある程度用件に見当がついている。

きっと、テンと同化しかけたときに垣間見た、あの白い竜についてだ。

おじいちゃんが同席する理由まではわからないけど、ドラゴンだけで解決したほうがいいことなら、私にだけ、声をかけるのもうなずける。

腕を組んで問いかければ、要石に座っていたテンが、ひょいと地面に降り立った。

ほんわりと宵闇に輪郭が浮かぶテンは幼い外見でも、いやだからこそひどく幻想的だ。

精霊の本質を隠していないおじいちゃんも同様だけれど、人あらざるものという雰囲気がする。

まあ、私も仲間と言えば仲間なんだけどね。

「フィセルがさ、まずは君に話をしなきゃいけないって言うからね」

なんだか、歯切れの悪い物言いだなと思いつつ、柱に背を預けていたおじいちゃんがゆっくりとこちらを向くのに視線をやった。

「そうじゃなあ。お前さんとは、もうずいぶんな付き合いになるのう」

「なんていったって、生まれたときからになるからね」

私が火山の中心でえぐえぐ泣いているところに、おじいちゃんがなだめに来てくれたのが出会いだった。そこから、この世界のことや、魔術や言葉を丁寧に教えてもらったのだが、もう、５００年以上になるのかと思うと感慨深い。

おじいちゃんなんて呼んでいるけれど、この世界で親に当たるのは間違いなくこのヒトなのだ。

「おじいちゃんが偶然生まれたての私を見つけてくれなかったら、今の私はなかったよ。ありがとう」

今更感はあるけれど、この際だからと言ってみれば、おじいちゃんの柔和な表情が少しだけ崩れた。

悲しみの方向に。

「昔から、わしはお前さんに謝らねばならぬことがあるのじゃよ」

「なに？」

「わしは、お前さんがあそこで生まれることを知っていた」

意味がよく飲み込めなくて、目を瞬かせていれば、おじいちゃんはそっと私に近づいてくる。

確かめるように、優しく髪や頭を滑って行く手は、ドラゴンの時に私の鱗を撫でてもらったことを思い出して安心する。

けれど、おじいちゃんの顔は悲しみと後悔に沈んでいた。

「なぜならば、お前さんがこの世界に来てしまった原因が、わしにあるのだからの」

私は、真っ白になった。

もしかしたら別の意味かも知れないと聞き返そうとしたけれど、おじいちゃんのまなざしには有無を言わさない雰囲気があって、否応なく理解させられた。

おじいちゃんは私が転生者だと知っていたこと。

その原因がおじいちゃんだったことに衝撃を受けて、うまく考えられなかった。

なんで、いまさら、その単語が出てくるのか。

「弟子にも話しておらぬと感じてはいたからの。そしてわしの意図とは正反対にこの世界を好いてくれた。じゃからこそお前さんの判断にゆだねられておる」

私が絶句している間も、おじいちゃんは言葉を続けた。

痛みと苦しさを押し殺すような、平坦な声音で。

「世界に崩壊が迫っておる。そして、それを止められるのはお前さんだけじゃ」

ドラゴンに生まれ直して数百年。

前世のことなんて、記憶の彼方に飛んでいたけれど。

根深い何かが、あったようでありました。

あとがき

初めての方は初めましてて、ですが四度目ましての方が多いかもしれません、道草家守です。

とうとう4巻目になりましたドラゴンさん。

間を空けずに出せましたよドラゴンさん。

作者もびっくりだよドラゴンさん!!

けふん。とにもかくにも、こうして無事にお届けすることができた作者の驚きと安堵が伝われば良いのですが。

今回もあとがきを先に読まれる方にも優しく、ネタバレはそそっと避けて参ります。

……が、作者の欲望が溢れる可能性が大なので、そこだけはご容赦を。

さて、今回は美琴と仙次郎が登場してからここだけはどうしても書きたかった、東和国編でお送りいたしております。

いいですよね、和風！　なにを隠そう私は和モノが大好きでして、続けるとしたら絶対に入れ込もうと思っていたんです、日本風の国と文化を！

どうせなら全部好きなモノを詰め込もうと、ケモ耳に巫女さんにおっさんに着物美女にと、あれや

これやともりもりにいたしました。いやあ楽しかった！（超いい笑顔）

そんな感じで生まれた彼ら、彼女らでして、彼らの作品史上有数の自由っぷりは作者のハイテンションさが理由と思われます。

そうなると、そわそわっと気になるのはイラストでありまして。

イラストレーターの白味噌先生のイラストは毎回素敵であるとはいえ、ここは思い入れがあるけれど冷静になろうと言い聞かせて、キャララフに備えたのですが。

白味噌先生は私の妄想を一足飛びで超えてゆかれました。

帝さんが来たときには編集さんと「ええおっさんですね！」「ええおっさんです！」と言い合い。

表紙のラーワの、和服っぽくありながらも異世界風味の入った服装には悶え。

挿絵イラストがくるたびにごろっごろ転がりました。

このような感じで好きなモノとはいえ、曖昧だった彼ら彼女らに明確な形を与えてくださった白味噌先生には、頭が上がらないのでありました。


……え、なんです？　はしゃいでいるが、今回もやったら厚くないか？

さらに言えば、なんてところで終わらせとるんだあんたはー!!　ですって？


ええと、弁明しようもないと言いますか。

長らく連載していたドラゴンさんもいよいよ大詰めに入り、そうしますと入れ込む必要のある要素がありすぎて、文字数とか文字数とかがかさみまして収まらなかったのです。

ひとまず書くべきところは書ききれたという満足感はあれど、青くなった私は相談いたしました。

すると、編集さんはあっさりとおっしゃったのです。

「一冊にしましょう」

クエスチョンマークなどない即断でした。だろうな、と思いました。

なぜならば、東和国編と題するだけありまして、上下に分けるには厳しい内容でしたから。

今まで物語を削らずに刊行できていたのが幸運だったのです。腹をくくって何とか一冊分の文字数に収めよう。覚悟を決めた矢先、編集さんはこう続けられました。

「たぶん、ここをこうして字詰めすれば、内容を削らずにすむと思うんですよ！」

そのまなざしは、本気と書いてマジと読む雰囲気でありました。

……ねえ待ってください、これほにゃらら（一冊に収めるにはかなりまずい膨大な文字数）ありますけど本当に一冊にするんですか!?

何とかしますよ、と朗らかな編集さんに、なんとか削れないかやってみますから！と言いつつもぎりぎりの詰め込み具合で書いていたこともあり、削れずキャパを超えまして。

結局削るどころか、ＷＥＢ版よりも一話分増えてのお届けとなりましたとさ。

そう、編集さんはもちろん、かかわって下さった方々に頭が上がらない一冊なのでした。


こほん、そのような想いもありつつ、最後に謝辞を。

編集の稲垣さん。今回は性懲りもなく文字数を増やしてしまったドラゴンさんを、数々の必殺技を駆使して一冊に収めてくださりありがとうございました。

イラストレーターの白味噌先生。数々の魅力的なイラストで、今回も物語を彩ってくださりありがとうございます。どこが良いかを語りだすと止まらなくなるので一言で表しますと、

ときめきました!


校正さんにデザイナーさんなど、この本を作るために関わってくださった数々の方々に感謝を。

そして、小説家になろうでの連載中に、感想や読了などで応援してくださった読者の皆様。

執筆中、幾度も紙のファンレターやファンアートやプレゼントまでいただきまして、喜びの舞を踊って喜んでおりました。

はげましてくれた仲間達。未だに書き続けていられるのは彼らのおかげです。

そして何より、この本を手にとってくださったあなたに、感謝を捧げます。


先ほども書きましたように、ドラゴンさんもいよいよ大詰め。

友達が欲しかったドラゴンさんもずいぶんと成長しました、最大の試練も乗り越えてくれるはず。

ドラゴンさんと彼らの物語、最後まで見守っていただけましたら幸いです。


次回もまたお会いできることを願って。

いそいそと冬物に袖を通しながら

道草家守

4巻
おめでとう
ございます!!

小説家になろう
50万作品の
年間ランキング
第2位！
続々重版中！
累計30万部突破の
大人気作!!
5
FUNA
私、能力は
平均値でって言ったよね！

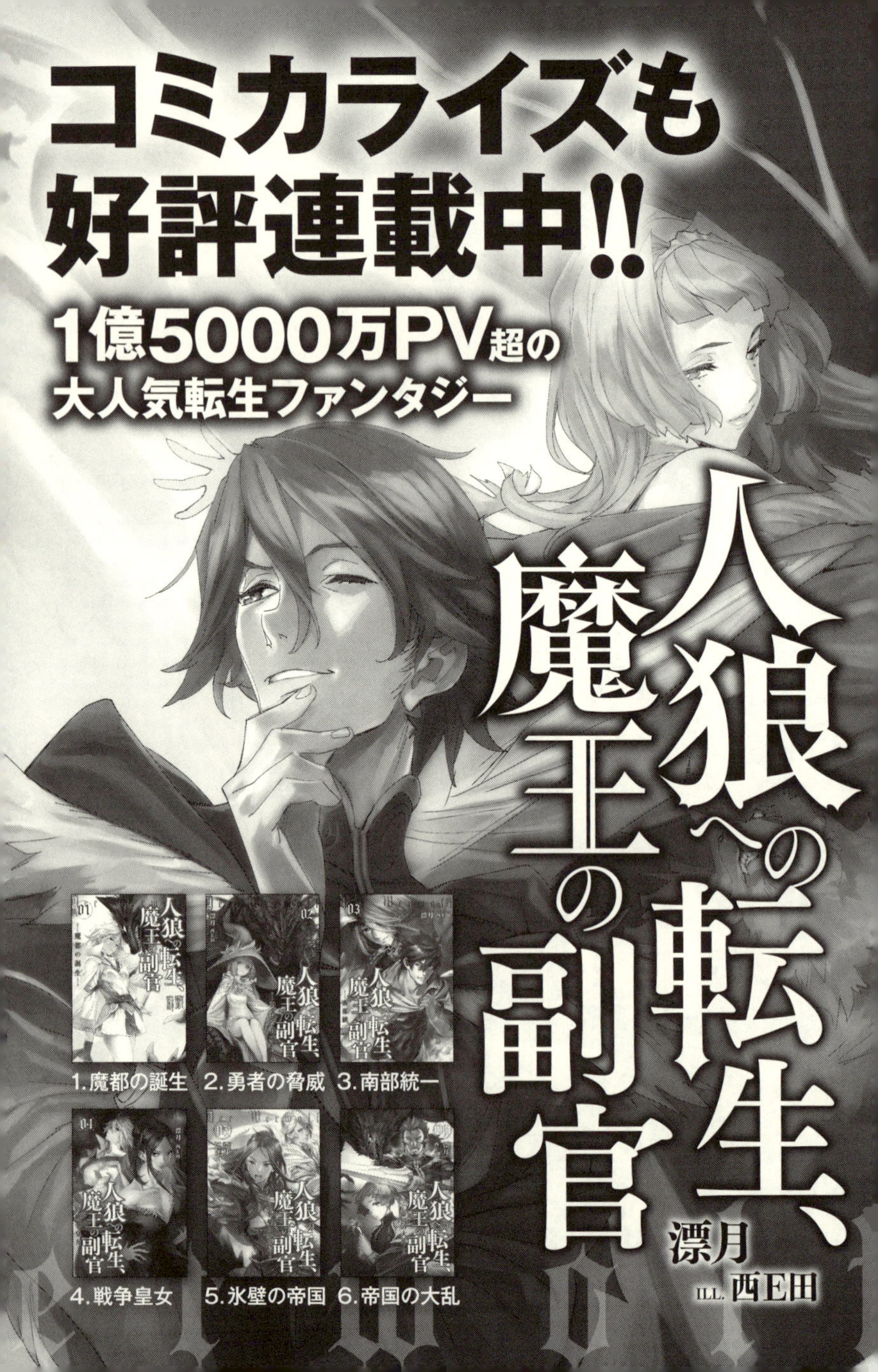

コミカライズも
好評連載中!!
1億5000万PV超の
大人気転生ファンタジー
人狼への転生、
魔王の副官
漂月
ILL. 西E田
1.魔都の誕生
2.勇者の脅威
3.南部統一
4.戦争皇女
5.氷壁の帝国
6.帝国の大乱

シリーズ累計
30万部突破！
魔王軍第三師団の副師団長ヴァイト――それが、
人狼に転生した俺の今の姿だ。
そんな俺は交易都市リューンハイトの
支配と防衛を任されたのだが、
魔族と人間……種族が違えば考え方も異なるわけで、
街ひとつを統治するにも苦労が絶えない。
俺は元人間の現魔族だし、両者の言い分はよくわかる。
だからこそ平和的に事を進めたいのだが……。
やたらと暴力で訴えがちな魔族を従え、
文句の多い人間も何とかして、
今日も魔王軍の中堅幹部として頑張ります！
最新刊！
人狼への転生、魔王の副官
7.英雄の凱旋

EARTH STAR NOVEL

ドラゴンさんは友達が欲しい！ Ⅳ 東和国編

発行 ―――― 2017年11月15日 初版第1刷発行

著者 ―――― 道草家守

イラストレーター ―――― 白味噌

装丁デザイン ―――― 百足屋ユウコ＋石田 隆（ムシカゴグラフィクス）

発行者 ―――― 幕内和博

編集 ―――― 稲垣高広

発行所 ―――― 株式会社 アース・スター エンターテイメント
〒107-0052 東京都港区赤坂 2-14-5
Daiwa 赤坂ビル 5F
TEL：03-5561-7630
FAX：03-5561-7632
http://www.es-novel.jp/

発売所 ―――― 株式会社 泰文堂
〒108-0075 東京都港区港南 2-16-8
ストーリア品川
TEL：03-6712-0333

印刷・製本 ―――― 中央精版印刷株式会社

ISBN 978-4-8030-1128-9